Khalid Boudou

Lehrjahre im Schnitzelparadies

Khalid Boudou

Lehrjahre im Schnitzelparadies

Roman

Aus dem Niederländischen von
Franca Fritz und Heinrich Koop

Karl Blessing Verlag

Originaltitel: Het schnitzelparadijs
Originalverlag: Vassallucci, Amsterdam

Die Übersetzung wurde gefördert vom Nederlands
Literair Produktie- en Vertalingenfonds, Amsterdam.

Bei allen Personen in diesem Buch handelt es sich um Kinder meiner Phantasie. Eventuelle Ähnlichkeiten mit lebenden Personen sind daher rein zufällig. Dagegen sind die Rinderfilets, Schnitzel und Schweinelendchen hundertprozentig echt.

Umwelthinweis:
Dieses Buch und sein Schutzumschlag
wurden auf chlorfrei gebleichtem Papier gedruckt.
Die vor Verschmutzung schützende Einschrumpffolie
ist aus umweltschonender und recyclingfähiger PE-Folie.

Der Karl Blessing Verlag ist ein Unternehmen der
Verlagsgruppe Random House GmbH.

1. Auflage

Umschlaggestaltung: Design Team, München
Satz: Uhl + Massopust, Aalen
Druck und Bindung: GGP Media, Pößneck
Printed in Germany
ISBN 3-89667-204-5
www.blessing-verlag.de

Hotel-Restaurant bei Großbrand stark beschädigt

Von unserer Reporterin

Opwallen – **Gestern Abend hat ein Feuer im Hotelrestaurant Der Blaue Geier in Opwallen schwere Schäden angerichtet. Das Feuer verwüstete einen Großteil der beiden Küchen sowie das Magazin und das Restaurant. Die Feuerwehr schließt Brandstiftung nicht aus.**

Während die Flammen um sich griffen, wurden sämtliche Hotelzimmer und das Foyer von der Feuerwehr geräumt, um eine Ausbreitung des Brands zu verhindern. Dabei zog sich einer der Feuerwehrleute eine schwere Kopfverletzung zu und musste mit dem Rettungswagen ins örtliche Krankenhaus gebracht werden.

Das Hotelrestaurant, das zur Restaurantkette Der Blaue Geier gehört, geriet vor einem Monat wegen Steuerhinterziehung in die Schlagzeilen. Die daraufhin von der Staatsanwaltschaft eingeleiteten strafrechtlichen Ermittlungen laufen derzeit noch auf Hochtouren.

Max Meerman, Direktor des umstrittenen Hotelrestaurants, reagierte schockiert. »Es hat den Anschein, als dürften wir nicht existieren«, äußerte er sich gestern Abend bestürzt gegenüber den zahlreich erschienenen Vertretern der Presse.

Alt & lieb

Er hatte seine Kinder lieb,
man liebte ihn
Lieber als sich selbst hatte er seine
Enkelkinder, eine vielköpfige Schar

Lieb war er auch zu Pferd,
Ziege und Schaf
Streute er Weizenkörner,
dann pickten Hennen und Hähne zu seinen Füßen

Nur den faulen Esel,
den konnte er nicht leiden
Die Last durften wir allesamt
der Reihe nach tragen

Teil I

Oh Boy

Schlafen, wachen, erwachen

Im Eiltempo zische ich mit meinem Rad am Wohnpark vorbei, fahre die grünlich-trübe Gracht entlang in Richtung Westen, über die Sint-Jans-Brücke, durch das Stadtzentrum, an der Sint-Simeon-Kirche vorbei, und biege im letzten Kreisverkehr rechts ab. Ein fetter Luden-BMW zieht über die Haltelinie, will mich schneiden, sieht sich aber zu einem Bremsmanöver gezwungen, da ich einfach weiterstrample, keinen Moment zögere. Der bebrillte Rastafari schlägt heftig auf das Lenkrad, fuhrwerkt mit einer Hand an der Gangschaltung herum und stößt drohende Rauchwolken aus. Ich flitze gerade noch so vor der riesigen, mattglänzenden Motorhaube vorbei, winke dem aufgebrachten Verkehrsteilnehmer lebhaft zu und rufe in bestem Kauderwelsch: »*Iwa, iwa* – ganz ruhig bleiben, Mann! *Take it easy, boy!*«

Der Fahrer zeigt mir den Mittelfinger – offensichtlich neigt er zu groben Vereinfachungen.

Ich trete wieder in die quietschenden, schwergängigen Pedale, weiter, weiter, an der Sporthalle entlang und vorbei am öffentlichen Hundeklo. An der Ampel drücke ich auf den Schalter, starre ins Licht, werde vom Blindensignal geweckt, überquere die Straße und stehe Auge in Auge mit dem Blauen Geier.

Der Leichen fleddernde Vogel ist ein riesiges Gebäude mit einer asymmetrischen Fassade und grünen Sonnendächern über den breiten Hotelzimmerfenstern. Mir ist schon klar, dass meine

Stimmung nicht besonders gut ist und dass ich vieles zu schwarz sehe, aber dieser Steinklotz ist ganz bestimmt das Werk eines total durchgeknallten Architekten, eines rachsüchtigen Restauranthassers, dem man irgendwann einmal in einem der achtzig Blauen Geier – so viele Knusperknurpsschnitzelhochburgen sind im ganzen Land verteilt – eine zähe, französisch betitelte Mahlzeit vorgesetzt hat. Gott im Himmel, was für ein hässlicher Bau!

Auf der Veranda laufen Touristen in durchsichtigen Morgenmänteln auf und ab, fahren mit forschenden Fingern über die schlanken Pfeiler. Macht euch keine falschen Hoffnungen, das ist nur Stahl – auch wenn ihr im Urlaub seid, ihr kommt hier nicht raus. Diese Speckschichten, milchigweiß mit schwarzen Pigmentflecken, offenem Mund ... *ach, verdirb dir nicht die Augen, Boy.* Hurenempfänger recken und strecken sich die Seele aus dem Leib, wenden sich gähnend der Sonne zu, die ab und an aus der Wolkendecke hervorlugt.

Plötzlich hab ich einen Schleier vor den Augen. Meine Kondition ist auch nicht mehr das, was sie mal war. Monatelang bin ich wie gelähmt gewesen, lag quasi im Koma. Aber jetzt fange ich wieder von vorn an. Mit frischem Mut und ganz klein, kleiner als ich eigentlich bin, ganz einfach fange ich an: Gedichte lesen, auf Schritt und Tritt beobachten, Praktikum machen und zuhören, vor allem zuhören. Über die Mauer der »Pfannküche« schauen und zusehen, wie es um Liebe, Freiheit, Hoffnung, Träume bestellt ist.

Eine Welt im Kleinen, sagte Meerman, als er mir den Praktikumsvertrag zum Unterschreiben vorlegte.

Ich hatte angerufen und bekam nach der klassischen *Einen-Augenblick-bitte-er-kommt-gleich-kleinen-Moment-noch-haben-Sie-vielleicht-noch-einen-Augenblick-Zeit?*-Ansage einer warmen Stimme, die in mir schmutzige Phantasien weckte, endlich Meerman an den Apparat. Er stand mir sehr freundlich Rede und Antwort: »Was kann ich für dich tun? Suchst du Arbeit? Hier ist genug zu tun, komm einfach vorbei, frag nach Meerman. Und stell dich schon mal darauf ein, dass du spielen musst.«

»Spielen?«

»Ja, denn wir möchten gern wissen, wie du spielst.«

Ich war mir sicher, dass die Küche der absolut beste Platz für ein Praktikum war, zumindest für jemanden, der ganz von vorn anfangen will, für ein Kind, das sein Spielzeug zerschlagen hat, in der Hoffnung, neues zu bekommen. Fragt sich nur, was ich verbrochen habe, dass ich meine, mit einem Rucksack voller Schuldgefühle von vorne anfangen zu müssen? Was verfolgt mich so, dass ich das alles mit Abstand betrachten will? *Erinnerungen... oh Boy... Erinnerungen...* Ich bin so schuldig wie nur was. Ich ließ mich im Meer treiben, lebte von Tag zu Tag, genau so lange, bis mich die schweren Wogen in Schuld hüllten und an den Strand warfen, wo ich, das Wasser noch in den Lungen, nach dem Sinn meines Lebens grub und wo mir zugeflüstert wurde: *Nordip, du bist ein totaler Flop.*

Abends hing ich auf den dafür vorgesehenen Plätzen in unserem Viertel rum, und den Rest des Tages verschlief ich. Ich wurde träge, faul, brachte für nichts mehr Kraft auf. Ich ließ die dampfenden Gemüseplatten meiner Mutter stehen und lebte wie ein Murmeltier von Pizza und McDonald's. Irgendwann drangen vor lauter Elend einzelne Tränen bis zu meinen Wimpern vor, und glücklicherweise, oh Boy, noch bevor die Jahre über mir zusammenschlugen, hörte ich zwischen den freundschaftlich krampfhaften Bemühungen der Streetworker – Integration, multikulturelle Problematik, Couscous mit Fleischbällchen und dieses ganze Sozialarschgelaber –, dass es irgendwo eine andere Welt gab. Eine kleine Welt, in der Küche eines Restaurants. In der Küche des Blauen Geiers, am Westrand von Opwallen, eine Welt, in der Liebe, Hass, Rivalität, Spannung, Kälte, Wärme und noch vieles mehr zu finden waren … Es klang wie die große Welt, aber im Kleinformat …

Als ich diese Welt zum ersten Mal betrat, roch ich außer den gebratenen Zwiebelringen und Paprikastreifen auch die Gerüche des Lebens, oh Boy!

»Also … erzählt mal, Jungs, wo ist das?«, hatte ich hungrig gefragt. »Macht schon, erzählt's mir!«

»Aber Nordip, so dämlich kannst du doch nicht sein. Da verdienst du doch nichts, Mann«, warnten Rashid und Krimo mich.

»Ich will mich selbst zurückverdienen«, erwiderte ich gelassen. Und ließ den gesamten Kulturverein, der hinter Karos und Kreuzen hockte, mit einem Lachen hinter mir.

Sag's mir, wenn's nicht stimmt, oh Boy. Wo könnte ich den Hunger besser stillen als in einer Küche, die fast so groß ist wie das Feld des Opwallener Fußballclubs?

»Du willst ein *Praktikum* machen?«, fragte Meerman am Telefon erstaunt. »Hier kannst du, wenn überhaupt, nur hinterm Herd was verdienen, mein Junge. Aber von mir aus, komm einfach vorbei. Mal sehen, was wir mit dir anfangen können.« Und bevor ich etwas erwidern konnte, meinte er: »Ich hab jetzt keine Zeit, schau einfach morgen im Büro vorbei. Morgen um neun.«

»Neun Uhr morgens?«, fragte ich erschrocken zurück, versank aber bereits im *Tuut-Tuut-Tuut*. Ich sah meine Mutter an, die mir im gleichen Augenblick einen Becher Kaffee unter die Nase hielt, und legte den Hörer auf.

»Was für eine dämliche Fliege! Was für eine unglaublich dämliche Fliege!« Meerman ließ den geflügelten Gliederfüßler aus seinen Händen auf den Schreibtisch fallen. Sich selbst ließ er noch etwas tiefer in seinen schwarzledernen Chefsessel sinken. Dann stemmte er sich mit den Händen gegen die rot lackierte, mit Memozetteln gespickte Schreibtischplatte, rollte ein paar Zentimeter nach hinten und begann aus dieser Entfernung mit gestreckten Armen in seiner Schreibtischschublade zu kramen. »So, so ...«, sagte er langsam und zog sich wieder an seine ursprüngliche Position zurück. Er pustete die Fliege vom Tisch und klatschte in die Hände. »So, so«, sagte er erneut, »du willst hier also ein Praktikum machen.« Er nahm einen Bürohefter vom Schreibtisch, drückte ein paar Klammern gegen seine Hand, ließ auch diese fallen und blickte in das Licht der kleinen Halogenlampe, die im Schnabel eines ausgestopften Geiers befestigt war. Das Stromkabel verlief vom Schwanz des Geiers direkt zur Steckdose. Der große Vogel blickte genauso verschlagen und voller Hoffnung auf das rasche Ableben anderer Lebewesen drein wie ein *lebendiger* Geier, mit leicht gespreizten Flügeln, trüben Augen und einem gekrümmten Schnabel, der auf mich gerichtet war, immer auf der Suche nach faulendem Fleisch.

Ich warf einen Blick auf meinen Hosenstall. »Ja ... ja«, sagte ich. »Genau. Deswegen bin ich hier.« Meine Augen fingen an zu brennen.

Ich hatte schlecht geschlafen. Die ganze Nacht war ich im Dämmerzustand zwischen Wachen und Schlafen hin und her geirrt. Im Grau der Nacht wurde mein junges Leben wie ein Satz Karten durcheinander gemischt und mir in bruchstückhaften Bildern präsentiert. Ich hatte mich stundenlang hin und her gewälzt, bis die Vögel ihren Morgengruß zu flöten begannen. In diesem Moment wünschte ich, ich wäre ein fliegender Fleischfresser, ein fliegendes Krokodil ...

Es war schon sechs Uhr, als ich gähnend einen Blick aus dem

Fenster warf und mir mit den Fingernägeln über die Kopfhaut kratzte. Lange her, dass ich so früh aufgestanden war. Durch die dünnen feuchten Wände der Arbeiterwohnung konnte ich hören, wie unsere Nachbarin ihren Hund Zsa Zsa dressierte.

»Kooomm her... kooomm her, kooomm her! Köpfchen hoch! Pfötchen nach vorne...! Guter Hund... Mach eine Pirouette... Gut gemacht! Dafür gibt's ein Leckerli... Und jetzt einen Salto. Zsa Zsa, mach Salto! Braav. Und jetzt wieder zurück... Guter Hund, feiner Hund...«

Die Vögel, die am Rand der Dachrinne saßen, den Kopf zum Wasser geneigt, flogen auf. Der Zeitungszusteller blickte hoch.

Rasch schloss ich das Fenster, ließ mich auf das Bett fallen und hämmerte mit der rechten Faust gegen die Wand. »Mevrouw Marode, ich werde mein Leben ändern! Ich werde mein Leben wirklich ändern, Mevrouw Marode! Ich werde bald ERWACHSEN sein, Mevrouw Marode!«

Sie gab keine Antwort.

Natürlich nahm sie mich, genau wie der Rest der großen Welt, nicht ernst. Vielleicht, aber auch nur vielleicht, hatte sie ihr Hörgerät ausgestellt.

Pfeifend zog ich eine Jogginghose an und stolperte die Treppe hinunter. Der große Tag war gekommen.

Unten saß mein kleiner Bruder Süleyhirn – eigentlich heißt er Süleyman – über seinen dicken Schulbüchern, in denen so viele hirnschädigende Worte stehen, dass ich sie selbst in fünf langen Leben nicht schlucken könnte. Als er mich durch die Tür kommen sah, legte er seinen kleinen Finger auf den Satz, mit dem er gerade Zwiesprache hielt, nahm vornehm die Brille ab, steckte sich das Ende eines Brillenbügels in den Mund und sah verwundert zu, wie ich mich übertrieben ausgiebig reckte und streckte.

»Mamá! Mamá!«, rief er kultiviert. »Es ist unglaublich, es ist sechs Uhr, aber der Werwolfmann ist schon wach!«

Da es für mich ein wichtiger Tag war, hielt ich mich zurück und verpasste ihm ausnahmsweise mal nicht die sonst täglich fällige, höchst brüderliche Tracht Prügel. Stattdessen kratzte ich mit einer Hand über den Stoppelteppich in meinem Gesicht und mit der anderen über meine pickelübersäte Brust: »Süleyhirn, ich werde ab heute versuchen, mein Leben zu ändern. Ich werde mein Leben vollkommen umkrempeln.«

»Hast du vor, ab jetzt den ganzen Tag im Bett zu verbringen?« Der Kleine reagierte recht ausgeschlafen.

Ich ignorierte ihn einfach.

Ein Jahr hatte ich dafür angesetzt. Und ich hatte mir einen Ort ausgesucht, an dem ich meine noch ungelegten Zukunftseier in Ruhe ausbrüten konnte. Ich würde ein Praktikum machen, beim Großen Vogel, dem schrecklich hässlichen Vogel am Westrand des Städtchens Opwallen an den gewundenen Ufern der Maas.

Es war das erste Mal seit langer Zeit, dass ich so entsetzlich früh aufstehen musste. Wie ein abgestrafter Soldat.

Mit der Fernbedienung schaltete ich den Fernseher ein, spuckte in die Hände, rieb sie gegeneinander und machte einen Kopfstand – mit den Beinen gegen die weiß-orange gestreifte Tapete. In dieser Haltung, auf dem Kopf, betrachtete ich das Testbild von NL 2 und zwar exakt so lange, bis mir schwindlig wurde, ich mich wieder aufrichtete und spontan *Bruder Jakob* zum Besten gab. Dann stopfte ich zehn Zuckerwürfel in die Kaffeekanne, die für mich auf dem Eichencouchtisch bereit stand, packte die Kanne an ihrer Tülle, warf den Kopf in den Nacken und ließ mir die lauwarme, schwarze Brühe in die Kehle laufen.

Süleyman tippte irgendwelche Zahlen in seinen Taschenrechner, betrachtete das Display mit gerunzelter Stirn und schrieb das Ergebnis auf. Ohne den Blick von seinem Stift zu nehmen, den er über das Papier jagte, sagte er ernst: »Mon-goo ...«

Ich stieg die Treppe wieder hinauf und ging ins Bad. Ich

duschte mich, rasierte mich, putzte mir die Zähne, spritzte mir mit meinem Hugo-Boss-Duftwässerchen etwas Frische auf die Brust und zog einen schwarzen Nadelstreifenanzug mit breiten weißen Streifen an, dessen Hosenbeine über meinen Fußknöcheln endeten. Den Anzug hatte ich noch von den diversen Hochzeitsfeiern meiner acht älteren Brüder. Mit mir und Süleyhirn auf den Flügeln und Vater im Tor würden wir eine erstklassige Fußballmannschaft abgeben – und einige fruchtbare Jahre später wären wir mit dem Dunia Sportverein (DSV) der Schrecken der Ersten Liga. Die Erinnerungen, die der Anzug weckte, schwirrten mir durch den Kopf, und ich legte mich auf mein Bett, um die verbleibenden zweieinhalb Stunden bis zum Termin mit Meerman auf meinen Nägeln zu kauen und gegen die Decke zu starren.

Ich wachte auf und fand es merkwürdig, dass ich mich gar nicht mehr müde fühlte. Ich schaute auf die Zeiger der Wanduhr, die bereits auf drei Uhr nachmittags vorgerückt waren – *du belügst mich doch, böse Ticktack! Lügst mich einfach an!* Ich angelte nach meinem Wecker, der irgendwo unter dem Bett liegen musste, und sah, dass dessen Zeiger genauso weit vorgerückt waren wie die der Wanduhr. Die Zeiger waren nicht stehen geblieben. Da konnte ich mir ganz sicher sein. Ich hatte es vermasselt. Ich hatte es wieder einmal so richtig gründlich vermasselt. Ich strich meinen Anzug glatt und legte mich noch mal eine Viertelstunde hin, weil es jetzt eh egal war. Aber schließlich zog ich zu dem Zebraanzug weiße Socken und meine Nikes an, taumelte schlaftrunken die Treppe hinunter und fiel mit der Tür ins Wohnzimmer, wo ein noch immer über seine Hausarbeiten gebeugter Süleyhirn mich von Kopf bis Fuß scannte und vornehm verkündete: »Mamá, der Werwolfmann ist schon *wieder* wach.«

Da hab ich ihm dann doch noch die brüderliche Tracht Prügel verpasst.

»So, so, junger Mann, du willst also bei uns ein Praktikum machen…« Meerman erhob sich aus seinem Chefsessel, verschränkte die Hände im Nacken und ließ seinen Blick über einen der Monitore wandern, die an der Wand befestigt waren. Dann nahm er die Hände wieder herunter, zog ein Päckchen Zigaretten aus seiner Brusttasche und hielt es mir hin.

Ich lehnte höflich beschämt ab.

Meerman steckte sich selbst eine Zigarette in den Mund und deutete mit dem Finger auf die tanzenden Schatten, die verzögerten körnigen Schwarzweißbilder auf einem der Bildschirme. Wilhelm hämmerte gerade mit einem Hackbeil auf einen Schweinekopf ein und Doornkaat schlug in sicherer Entfernung seine großen Zähne in eine dicke Melonenscheibe: Der Küchenherkules schabte das Fruchtfleisch mit seinen Schneidezähnen ab und warf die Schale mit unnachahmlicher Präzision, ein Auge zugekniffen, in Richtung des mageren Ali, dem daraufhin der Besen aus der Hand fiel. (Natürlich erfuhr ich die Namen der Akteure erst später, aber im Hinblick auf die bessere Verständlichkeit scheint es mir doch angebracht, sie hier bereits einzuführen.)

Meerman schüttelte den Kopf und klopfte etwas Asche von seiner Zigarette. »Das musst du dir ansehen – was für ein Haufen von Idioten, Nordil.«

»Mein Name ist Nordip«

»Nordip. Ist der Name hebräisch?«

»Nein, russisch.« Ich streckte meine Brust etwas heraus.

Meerman setzte sich wieder. »Warum kommst du eigentlich so spät, Nordip?«

Ich schwieg und lauschte auf das schwere Ticken der Uhr.

»Hmmm…«, drang es zwischen Meermans zusammengepressten Lippen hindurch.

Das Faxgerät piepste, und Meerman drehte seinen Sessel in Richtung des Geräts, stopfte ein paar Blätter Papier hinein, wartete, bis das Ganze knatternd zum Vorschein kam, und las das eingegangene Fax. »Die kapieren es wirklich nie«, murrte er und legte das DIN A4-Blatt neben sich.

Ich begann wieder auf meinen Nägeln herumzukauen und dachte: Dieser freundlich wirkende Mann wird jeden Moment davon anfangen – von den Begriffen Zeit und Rhythmus, und dass es sich auch später nicht mehr einrenken lässt, wenn man nicht von Anfang an vernünftig an die Sache herangeht.

»Willst du was trinken, Nordil?« Meerman drückte die Zigarette aus, bevor er versuchte, seine Krawatte zurechtzurücken.

»Willst du was trinken, Nordil?«

»Kaffee. Schwarz, bitte, und mit viel Zucker. Nordip.«

Er griff zu seinem drahtlosen Telefon, drückte zwei Tasten und gab – den kleinen Finger zwischen den Lippen – in knurrendem Kommandoton eine Bestellung auf. »Ja, Kaffee, jaaa«, wiederholte er barsch. Als er das Gespräch wegdrückte, lächelte er und meinte: »Bisher haben wir noch keine Vereinbarungen mit den umliegenden Schulen getroffen, um Schüler für ein Praktikum oder ähnlich neumodischen Kram einzustellen.« Er nahm einen Stift und deutete in Richtung Decke, auf einen antiken Kronleuchter. »Schule – das bringt sowieso nichts, Nordil. Du musst einfach hart arbeiten, knallhart arbeiten. Mein Vater hat knallhart gearbeitet, um den Blauen Geier aufzubauen. Er hatte eine Idee. Und um Ideen umzusetzen… dafür brauchst du keine Schule. Aber es gibt genug Schulen, die Ideen kaputtmachen. Mein Vater hat mich und meine neun Brüder und zwei Schwestern allesamt mit zwölf von der Schule genommen. Wir hatten was Besseres zu tun. Seit dem Tag, an dem wir laufen lernten, haben wir in der Küche…« Eine Art Trauer überschattete sein Gesicht. »Wer hat dich geschickt, Nordil?«

»Niemand hat mich geschickt. Ich will mein Leben ändern. Ich hab zu lange im Abseits gestanden«, sagte ich entschieden und senkte meinen Blick, »… oder eher gelegen.« Ich sah direkt auf die Kuhhaut unter dem Schreibtisch. Ich versank in einem der schwarzen Flecken.

»Du bist also dumm gewesen«, sagte Meerman in einem Ton, als ob er es mir wirklich übel nahm. Er legte den Stift kurz gegen die Lippen und richtete ihn anschließend mit einer weise wirkenden Geste auf mich. »Es gibt so viele dumme Menschen auf dieser Welt, Nordil. Aber eins steht fest: Hier bei uns kannst du auf keinen Fall dümmer werden.« Er zog den Stift zurück und strich mit der Hand über den Kopf des ausgestopften Geiers. »Die Menschen finden Geier unheimlich, abstoßend; sie sehen in ihnen Tod und Verderben, Nordil«, sagte er, wobei er seine Stimme senkte und die Worte immer schleppender aus seinem Mund drangen. Mit dieser Stimme und so dicht neben dem toten Vogel ähnelte er einem Medizinmann, der in seinem zu engen Wigwam von den Rauchschwaden seiner eigenen Kräutermischung vollkommen benebelt wird. »Aber sieh dir nur mal diese Augen an«, fuhr er fort, während er den Vogelkopf zärtlich tätschelte. »Sieh sie dir an. Dieser Vogel wartet, er lauert auf den richtigen Moment, er ist wachsam, er lässt den mächtigen Tod sein Werk verrichten. Vielleicht zählt er äußerlich nicht gerade zu den Schönsten, aber dafür räumt er ordentlich auf. Und zwar dort, wo andere glauben, es gäbe nichts mehr zu holen… Wir haben viele Betriebe übernommen, die in den letzten Zügen lagen, bei denen niemand mehr Rat wusste. Aber wir haben es verstanden, daraus wieder blühende Unternehmen zu machen. Jetzt umwerben die Gemeinden uns wie Barmädchen mit Baugrundstücken… wir müssen noch nicht mal mehr dafür bezahlen… ein symbolischer Betrag… für 'nen Appel und ein Ei!« Wie ein siegesgewisser Kartenspieler schlug er mit der flachen Hand auf den Tisch. »Die Gemeinden rufen zwar lautstark nach Hilfe, so wie es von ihnen erwartet wird, sobald unsere Flagge in ihre Richtung weht, aber in Wirklichkeit sind sie froh, wenn wir auf ihrem Grund niedergehen. Arbeitsplätze, Freizeit, Sport…

und vor allem … richtige Schnitzel, so groß wie Teller, mit so viel Gemüse und Kartoffeln dabei, wie man nur will. *Füll den Mund, iss dich rund. Iss uns arm, trink uns reich…* die Menschen haben Hunger, Nordil.«

»Nordip … Ich heiße Nordip.«

»Auch gut.« Meerman rollte einen Bleistift zwischen den Fingern, betrachtete ihn eingehend und sah dann hoch. Sein prüfender Blick lastete zentnerschwer auf mir.

»Ich hab hier 'ne ganze Reihe von Jungs arbeiten«, sagte er, »die sonst nirgendwo einen Job bekommen würden. Niemand will sie, niemand kennt sie. Ich kenn sie, ich will sie. Wir sind gut zu ihnen, Nordil. Der Geier fängt sie auf. Noch vor nicht allzu langer Zeit holte mein Vater sie busweise aus Tanger. Sie bekamen Arbeit, was zu essen, ein Dach über dem Kopf, sie schliefen in der Küche … anständige Jungs, jeder Einzelne von ihnen. Dank unserer Hilfe werden sie es zu etwas bringen. Denn wenn du ein paar Jahre bei uns gearbeitet hast, kannst du überall anfangen. Auch du …«

Ich verstand ihn nicht, nickte aber voller Verständnis. Wenn man sich selbst zwei Jahre lang was vorgemacht hat, gelingt einem das mühelos.

Meerman deutete wieder auf den Monitor. »Dahinten … ich hab da noch keine Kamera installiert … dahinter, wo die sechs Jungs stehen und Enten rupfen … kennst du die eigentlich?«

Ich schüttelte den Kopf.

»Dahinten ist die Pfannküche. Mit der haben wir ständig Probleme. Keiner der Jungs, die wir mit einem Spiel aussuchen, will zwischen den Pfannen und Töpfen arbeiten. Aber ohne saubere Pfannen können wir nicht anständig kochen. Das scheint mir ein guter Einstieg für dich …« Meerman schob das Kinn etwas nach vorn und sah mich für den Bruchteil einer Sekunde eiskalt an.

»Was für ein Spiel wird denn da gespielt?«, fragte ich, nur um etwas zu sagen.

»Für dich ist das nicht so wichtig«, erwiderte er. »Das Spiel ist nur für Spieler.«

Die Tür des großen Büros öffnete sich langsam, und ein molliges Mädchen in einem hässlichen und viel zu engen Pinguinkostüm trat herein. Sie stellte dem Boss einen Becher – schon wieder dieser blaue Geier, diesmal unter einer Schicht Glasur gefangen – auf den Schreibtisch. »Bitte schön«, sagte sie leise, mit niedergeschlagenen Augen.

Ich drückte auf mein Nasenbein und betrachtete ihren knallroten, abgesplitterten Nagellack.

»Der ist für *ihn*«, sagte Meerman mit einem leicht geringschätzigen Ton in der Stimme.

Frau Pinguin nahm den Becher wieder weg und stellte ihn vor mir ab, wobei sie etwas Kaffee verschüttete. »Tut mir Leid. Bitte schön.«

»Vielen Dank.« Ich kippte die Flüssigkeit in einem Zug hinunter. »Da ist... äh... da ist ja gar kein Zucker drin«, stieß ich hervor.

»Sorry«, entschuldigte sich das Mädchen.

»Du bist flink. Du bist *ziemlich* flink«, sagte Meerman wie ein allmächtiger Pate, der von seinem Sessel aus alles überblickt.

Die Serviererin suchte alle Tassen und Untertassen zusammen und stellte sie auf ein Tablett. Ein Teelöffel entglitt ihrer zitternden Hand.

»Was für ein *unglaublich* dummes Kind, diese Claudia«, flüsterte Meerman der tanzenden Schleife ihrer Schürze hinterher und schlug sich mit der flachen Hand gegen die Stirn, als das Mädchen leise die Tür schloss. »Praktikanten verdienen hier nichts und dürfen nur auf der Strafbank hinter den Pfannen sitzen«, fuhr er fort.

»Ausgezeichnete Konditionen«, sagte ich und schlug mit der Faust leicht auf den Tisch. »Wann kann ich anfangen?« Ich war aufgedreht und wollte so schnell wie möglich an die Arbeit.

Meerman sah verwundert hoch, drückte seine Borsten flach und klickte zweimal mit seinem Parker. »Dann komm mal mit, Lockenköpfchen. Hast du echt solche Locken oder ist das zurzeit Mode?«

»Mode.«

»Und der Streifenanzug wohl auch?«

Ich schwieg.

Sein Blick wanderte – wie von einem steilen Abhang – von meiner Brust bis zu meinen Füßen.

Meerman führte mich zum Aufzug, betrachtete mich eingehend während der langsamen, ruckelnden Fahrt nach oben, sagte aber kein Wort. Die Aufzugtüren schoben sich auseinander, zentnerschwere Schmetterlinge flatterten in meinem Magen, als der Küchenlärm wie eine Lawine über mir zusammenschlug. Fallendes Besteck, schreiende, dröhnende Stimmen und brausende Dunstabzugshauben – Timbre des sozialen Lebens. Zwei Jahre lang hatte ich es nicht mehr gehört.

»Einfach weitergehen ... komm schon«, sagte Meerman, der eilig vor mir herlief, und einem den Fußboden schrubbenden Ali zurief: »Sprich Niederländisch! Wisch da auch noch mal ... da die Ecke. *Richtig* sauber machen! Da liegen noch Apfelsinenschalen ...« Ali war ein schmächtiger Mann, das konnte ich jetzt sehen, mit pockennarbiger Haut, ungepflegtem Schnurrbart und wild abstehenden Haaren.

Die weiß gekleideten jungen Männer in der Küche musterten mich von Kopf bis Fuß. Meist blieben ihre vorlauten Blicke an meinen weißen Socken hängen, die wie die Reflektoren auf den orangefarbenen Westen der Straßenarbeiter unter meinen viel zu kurzen Hosenbeinen aufleuchteten. Ich fühlte mich wie an meinem ersten Schultag, als der dicke Schulleiter mich – mit seiner großen Hand auf meinem kleinen Rücken – der dritten Klasse vorstellte:

»Das ist Nordip, und Nordip geht ab jetzt bei uns auf die Schule.« In einer der hinteren Reihen streckt ein mit Pigment besprenkeltes Jüngelchen, der Prügelknabe der Klasse, einen Finger in die Luft. Hart lispelnd fragt es: »Herr Lehrer... Herr Ssssimon. Wasss isss ein Nor-dipp?«

Meerman stellte mich Wilhelm, dem kleinen Chefkoch, mit den Worten vor: »*Er* braucht das Spiel nicht zu spielen.«

»Wie? Warum nicht?«, fragte Wilhelm, sichtbar erstaunt.

»Er ist für die Ecke bestimmt, kostet nichts... einer von den...« Meerman warf einen Blick auf meine Schuhe.

»Du kommst also her, um was zu lernen?«, fragte der Chefkoch, schraubte einen Zeigefinger in die Nase, zog einen grünen Popel heraus und schnippte ihn mit dem Daumennagel auf den Küchenboden.

»Ich werde ein neues Leben beginnen.«

Wilhelm trat auf den Popel und drehte ihn mit der Stahlkappe seiner Schuhe auf den schwarzweißen Fliesen ein paarmal hin und her. »Dann bist du hier an der richtigen Adresse«, sagte er höhnisch. »Krempel schon mal die Ärmel hoch, junger Mann. Mit wem habe ich die Ehre?«

»Nordip.«

Der Koch warf einen kurzen Blick zur Seite, in Meermans Richtung, und dann spöttisch auf meinen Anzug. »Aha... trägst du ein weißes T-Shirt unter diesem äh... diesem schönen Anzug, Nordieb?«

Ich nickte.

»Willst du einen Kaffee, Nordieb?«

»Nordip.«

»Aha.«

»Schwarz bitte... mit viel Zucker.«

Er führte mich in eine Ecke, die vom Rest der Küche abgetrennt war, gab mir eine Bürste, einen Schwamm und eine Tasse

Kaffee und sagte: »Fang mal an zu schrubben und sieh dich von hier aus um. Das hier ist deine Ecke. Bleib immer innerhalb deiner Grenzen. Du hast nur in die Küche zu kommen, wenn ich dich rufe. Pass auf, dass du meinem Personal nicht im Weg stehst. Und in Zukunft holst *du mir* den Kaffee ...«

Ich nickte erneut, oh Boy. Ich konnte nur noch nicken, dank der zahlreichen großen und durchdringenden Augenpaare, die mich mit forschenden Blicken anstierten, als wollten sie mir die Haut vom Körper ziehen.

Amimun schlug heftig mit seiner Fleischgabel gegen die Dunstesse. *Deng! Deng! Deng!* Es klang wie ein Alarm.

»... und zwar jeden Morgen«, sagte der Chefkoch, während er in die Richtung sah, aus der das Geräusch kam.

Ich nickte unterwürfig und bemühte mich, ein breites Lächeln aufzusetzen.

Doppelsalchow durch die Küche

Bei jedem Tritt auf die Pedale hab ich das Gefühl, ein weiteres Organ fällt aus – meine Lungen lecken, pfeifen und zerreißen meinen Brustkorb, mein Herz dröhnt im Technobeat, und meine Milz rammt mir ein stumpfes Messer in die Seite. Ich bin abgeschlafft, oh Boy, vollkommen abgeschlafft durch diese endlose Mittagsschlaferei … ein nasser Putzlappen, das bin ich.

Ich flitze mit meinem Rad über den Parkplatz und kurve um die großen Schlitten herum, viele deutsche Kennzeichen. Überall liegt Abfall, menschlicher Müll unter Taubendreck. Die leeren Amstelbier-, Cola-, Thunfischsalat- und Cornedbeefdosen verschwinden eine nach der anderen unter meinem rotierenden Vorderrad. Ich parke mein klappriges, gelbes Flohmarktrad mit den besoffenen Rädern im Fahrradschuppen, eine Art Obdachlosenasyl für misshandelte Zweiräder. In den krummen Stahlbügeln stehen einsame Drahtesel, die unter ihrem eigenen Rost dahinsiechen, hin und wieder auch nur ein Vorderreifen, der sinnlos an einem Schloss baumelt – der Rest ist von Ersatzteildieben, Teilzeitjunkies und Gelegenheitsvandalen anderen Zwecken zugeführt worden. Aber gut … ich war auch nicht immer ein Heiliger.

Wie üblich bin ich mal wieder zu spät. Ich nehme den Magazineingang, um den Weg zur Küche abzukürzen. Hier im Lager riecht es faulig, nach Verwesung, nach allem, was nichts, aber auch gar nichts mit der raffinierten Küche zu tun hat, wie sie in elegantem Französisch auf den Goldrandspeisekarten im Restaurant präsentiert wird. Mit großen Schritten nehme ich die Treppe, die zur Küche führt – »das Piratenloch«, wie die aus reicher Familie stammende Agnes, unsere hupfdohlige Kellnerin, diesen Ort des siedenden Fleisches und der klirrenden Schüsseln nennt.

Die Tür quietscht in ihren trocknen Angeln, als ich sie aufdrücke und meine Tasche über die Schulter werfe. Frittenmief schlägt mir entgegen, und der Lärm von fallendem Besteck donnert wie eine Lawine in meinen Ohren.

Ich schlittere über das Fliesen-Schachbrett der Küche, trete auf den Abfluss, in dem die Lebensmittelreste zusammengefegt werden. Der Boden ist feucht, ich muss aufpassen, dass ich nicht ausrutsche, und halte mich an einem großen Stahltisch fest, auf dem ein paar Teller mit Endiviensalat stehen. Das Porzellan klirrt leise.

»Tag, Nordip.«

»Morgen alle miteinander.«

Ich gehe an Wilhelm vorbei und an einer Kuh, die mit erstauntem Gesichtsausdruck auf einer Palette liegt, wie ein k.o. geschlagener Schwergewichtsboxer. Ihre Zunge hängt schlaff aus dem Maul, und die Fliegen sirren zwischen den mistverkrusteten Nasenlöchern. Für den menschlichen Verzehr ungeeignete Schweine und Rinder – ob auf der Weide tot umgefallen oder wahnsinnig geworden von ihrer monotonen Existenz – werden hier regelmäßig durch die Hintertür angeliefert. Wilhelm schneidet sie in Stücke und presst sie mit Gewalt durch den Fleischwolf. Die Hiwis mit den Spitznamen formen daraus Suppenklöße und Frikadellen. Alles ist käuflich, auch die Mitarbeiterin vom Gesundheitsamt. Sie kommt hier einmal im Monat reingeschneit: eine Madame Notizblock, die ein paar verdammt gute Lügen aufschreibt und mit Taschen voller Schnitzel, der

»Wahrheit«, Cordon Bleus und einem herzhaften Lachen – »Ist für den Hund, haha!« – die Treppe hinunterstakst, durch die Magazintür zum Parkplatz geht und in ihrer ächzenden, klapprigen Fiat-Blechkiste davonfährt.

Durch den schmalen Küchenlauf, an den riesigen Gefriergeräten, Kühlschränken und aufeinander gestapelten Kisten vorbei, die mit Gemüse in allen Farben des Regenbogens gefüllt sind, bis zu einer kleinen Treppe, die zum Umkleideraum führt. Bei jedem Schritt überspringe ich eine Stufe.

Ich salamiere: »Salam, Morgen alle miteinander.«

»Du meinst wohl ›Tag alle miteinander‹! Bist du schon wieder zu spät gekommen, Nordip?«

»Nur ein bisschen.«

»Nur ein *bisschen*…«

Auf den Obstkisten sitzen zwei Küchendeserteure; nach der hektischen Mittagszeit brauchen sie eine kurze Verschnaufpause. Nummer eins ist Ivan, ein großer Ungar mit depressivem Gesichtsausdruck und dicken, borstigen Augenbrauen, die in der Stirnmitte in einer tiefen Falte zusammentreffen. Auf seinem Kopf thront eine Adidas-Kappe, die er verkehrt herum trägt. Neben ihm hockt Amimun, an den Seiten und hinten kurz geschorene und auf dem Kopf zusammengekämmte, glänzende Haarwellen, wie ein italienischer Fußballspieler, geföhnt und mit Haargel in Form gebracht: *Nile Hair Slick Dressing Pomade*, gelbe, aus Amerika importierte Dosen, die überall rumliegen – auf dem Boden, auf den Spinden, auf der Toilette. Amimun hat ein dunkles, eingefallenes Gesicht und scharfe Augen, wie ein gewiefter Vertreter von Recycling-Toilettenpapier. Er trägt ein schwarzes *Replay*-Shirt und darunter eine *Gapstar*-Jeans, die an den Knien aufgeschnitten ist, so dass die Fäden heraushängen.

Das entspricht nicht ganz der Kleiderordnung im Blauen Geier, denn eigentlich hat Meerman die Küchenbrigade verpflichtet, ein weißes T-Shirt und karierte Kochhosen zu tragen.

Andrerseits: Amimun ist unentbehrlich. Er weiß, wie man Teller mit Schwung durchschleust und wie ein ordentliches Steak auszusehen hat. Zusammen mit Krimo bereitet er die Hauptgerichte zu und sorgt dafür, dass die Bestellungen eines Tisches auch alle zusammen erledigt werden und im selben Moment rausgehen, inklusive der Schüsseln mit den Beilagen – Fritten, Bratkartoffeln, Bohnen mit Speck und eine Mischung aus Erbsen und Möhren. Amimun ist sozusagen der zweite Maschinist des Großen Küchenzugs. Er schreit die Kellnerinnen und Ober an, wenn sie das Essen zu lange stehen und kalt werden lassen und nicht rechtzeitig zu den Gästen bringen, die entweder übertrieben freundlich oder zu pampig sind, aber so gut wie nie normal. Amimun ist jemand, dem man zuhören muss und zu dem man aufsehen kann.

Er begrüßt mich, sagt nickend, dass es ihm auch gut geht, und richtet seinen Blick auf Agnes, die keuchend in den Umkleideraum gerannt kommt. Sie reißt die Tasche von ihrer Schulter und lässt sie auf den Boden fallen. »Hi… Mist… ich… hab… völlig… die… Zeit… vergessen…«, keucht sie, jedes Wort nach kurzem Atemzug einzeln ausstoßend.

»Tag, Agnes«, sagt Amimun. »Gut geschlafen? Du siehst irgendwie blass… äh… müde… elend aus…« Er haut seine Zähne in ein Apfelviertel, das er mit einem kräftigen Brotmesser aus dem Apfel geschnitten hat. Er kaut schnell. Und schluckt genauso schnell.

Während Agnes sich umzieht, steht Ivan auf und geht entlang der abgetakelten Spinde zur Treppe, den Blick auf den Boden dieses siffigen Verschlags gerichtet.

Amimun sucht auf einer Gemüsekiste eine bequemere Unterlage für seine Sitzfläche, zwinkert mir zu und streicht mit den Kerben in der Klinge des Brotmessers über seinen Oberschenkel.

Ich hole meine Arbeitsschuhe aus der Tasche und lehne mich

gegen einen der Spinde, dessen Tür schwermütig aus den Angeln hängt. Die müde flackernden, fast schon in den letzten Zuckungen liegenden Neonröhren zwingen mich, nach oben zu sehen. Die Decke ist übersät mit Tomatensoße und Erdbeerflecken – Erinnerungen an die Lebensmittelschlachten, die hier regelmäßig stattfinden. Ein Fest für die Fliegen, die mit zittrigen Beinchen über die klebrigen Neonröhren laufen; eine Fliegenorgie, vielleicht aber auch ein offizielles Treffen von Mistfliegen – ich kenn mich da noch nicht so aus.

»Nein, ich hab kaum geschlafen«, sagt Agnes kurz angebunden, nachdem sie wieder zu Atem gekommen ist.

Wortlos erwartet Amimun ihre Erklärung.

Agnes kickt ihre Schuhe in hohem Bogen von den Füßen.

»Ich bin mit einer Freundin ausgegangen. Nichts Besonderes. Hier in der Stadt. Wir waren im ›Klokhuis‹.«

»Ach, in diesem piekfeinen Lokal ...«, frotzelt Amimun.

Agnes straft ihn dadurch, dass sie nicht darauf eingeht, zieht ihren weißen, eng anliegenden Pullover aus und zwängt sich in das gleiche Pinguinkostüm, das das hässliche Mädchen trug, welches bei meinem ersten Gespräch mit Meerman den Kaffee brachte. Sie traut sich nicht, in unsere Richtung zu sehen – riskiert aber einen Blick in die Scherben ihres eigenen Spiegels. So betrachtet sie ihr kaputtes Spiegelbild, während sie Lidschatten aufträgt.

»Soll ich helfen?«, fragt Amimun.

»Nein, danke.« Agnes zieht die Schleife an einer Schürze etwas fester.

»War ja nur 'ne Frage.«

Als ich gerade meine Arbeitsschuhe anziehen und in meine Spülecke gehen will, erscheint im Türrahmen ein hoch gewachsener Mann, der geräuschlos die Treppe hinaufgekommen ist. In dem schütteren Haar, das sich noch auf seinem Kopf hält, zeichnen sich tiefe Geheimratsecken ab, die er mit Implantaten zu vertuschen sucht – in regelmäßigen Abständen gepflanzte Haarwurzeln. Sein Mund steht permanent halb auf, so dass er aussieht, als ginge er staunend durchs Leben. Doch tatsächlich ist er eine Brillenschlange in dreiteiligem Maßanzug. Er trägt eine Krawatte mit Mickymaus-Muster, die mit einer Blauer-Geier-Krawattennadel an seinem weißen Hemd befestigt ist. Wenn er die Brille auf der Nase hochschiebt, scheinen seine Augen größer zu werden. Er sieht an mir vorbei – als unbezahlter Tellerwäscher bin ich schließlich ein zu vernachlässigendes Randphänomen –, wirft aber Amimun einen viel sagenden Blick zu, steckt seine Hände in die geräumigen Taschen seiner Bundfaltenhose und schiebt sie nach vorn.

Die Brillenschlange schüttelt den Kopf, als Agnes gespielt unschuldig und entschuldigend hochblickt. Sie schenkt dem hoch gewachsenen Mann ein süßes Lächeln.

Bartels, der Restaurantmanager – denn um den geht es hier –, beherrscht den Moment vollkommen. Sein Mund verrät die Bereitschaft zur Artikulation, aber Bartels wartet noch und nimmt sich die Zeit nachzudenken. Mit angewidertem Gesicht sieht er sich um, betrachtet die kaputten Spinde und die herumliegenden Tischdecken und Handtücher.

»Agnes?«

Bartels befreit seine rechte Hand aus seiner Hosentasche, schiebt den Ärmel hoch und blickt demonstrativ auf seine Uhr. »Du bist eine Viertelstunde zu spät. Ich hab zu wenig Leute im Restaurant. So geht das nicht weiter. Du bist zwar eines meiner besten Mädels im Stall, aber das passiert mir zu oft, viel zu oft. Ich werde dich abmahnen müssen, Agnes.« Der Restaurantmanager hebt seine Hände bis über die Schultern. Unter seinen Armen feuern die Schweißdrüsen aus allen Rohren.

Er putzt Agnes runter, indem er sich der pseudo-psychologischen Managersprüche aus seinen Hepp-hepp-*you-are-simply-*

the-best-Brainwash-Heftchen bedient, in denen steht, wie man Untergebene bei ihren Emotionen packen muss, wie man die Regeln der Macht zu seinem Vorteil einsetzt und die Zügel fest in der Hand behält – und in denen sich solche Weisheiten finden wie: *Jeder, der Ihnen zuhört, ist ein Packesel, also nutzen Sie ihn auch als solchen.* »Eine einzige Katastrophe, der letzte Dreck, das Personal heutzutage! Ich sprech jetzt nicht speziell von dir, Agnes …« Er deutet auf die Spinde. »Kein Mensch kümmert sich noch um Uhrzeiten, der Begriff Disziplin ist völlig unbekannt, und es gibt niemanden mehr, der sich für dieses Restaurant einsetzt. Mitarbeiter wie mich, denen der Blaue Geier am Herzen liegt, muss man mit der Lupe suchen. Ich arbeite *sechs Tage die Woche, vierzehn Stunden pro Tag*, Agnes. Und ich ärgere mich in letzter Zeit schwarz über unsere eigenen Steaks! Weißt du, was das heißt, Agnes? *Ag-nes*?« Er sieht erneut auf seine Uhr, lässt den Arm sinken, traut seinen Augen nicht und blickt ein weiteres Mal übertrieben ungläubig auf seine Uhr. »*Wir-haben-Hochbetrieb*, Agnes.«

»Bin gleich so weit.«

»Also gut. Du hast Bereich zwanzig.« Der Restaurantmanager klopft nervös auf das Glas seiner Uhr und zieht seine Lippe hoch, so dass seine schöne, gleichmäßige obere Zahnreihe zum Vorschein kommt. »Und was hast *du* hier zu suchen?« Er wendet sich an Amimun, der mit mahlendem Kiefer und scharfem Blick den Wutausbruch des Managers verfolgt hat. »Solltest du nicht in der Küche sein? Hast du vielleicht einen Brückentag?«

Amimun grinst, schneidet große Fruchtfleischbrocken aus seinem Apfel, nimmt eine noch selbstbewusstere Haltung ein und streckt seine Beine aus.

Bartels seufzt schwer und verlässt fluchend und zeternd den Umkleideraum, wobei er ein paar Handtücher zur Seite schiebt. »Scheißkerl!!!«

»Alter Hühnerficker!«, ruft Amimun ihm hinterher.

Das hätte fast gesessen, aber Bartels ist schon die Treppe runter und in den Küchenlärm eingetaucht.

»Der hat zu Hause bestimmt nichts zu melden; das kommt davon, wenn man immer unten liegt, verstehsdu ... von daher«, murmelt Amimun mit vollem Mund, während er sich aufrappelt. Mit elastischen Beinen springt er auf und nimmt geschmeidig die Karategrundhaltung ein.

»Es ist meine Schuld«, sagt Agnes und blickt erneut in den Spiegel. Sie zupft an ihren Haaren. »Das ist jetzt schon der dritte Tag, den ich zu spät komme. Irgendwann ist mal Schluss ...«

»Ich komm jeden Tag zu spät«, bekenne ich.

Amimun runzelt die Stirn.

»Ach, *du*« sagt Agnes. Kaum hat sie ihr Portemonnaie mit der langen Kette an ihrem Gürtel befestigt, eilt sie auch schon die Treppe hinunter.

Ich folge ihr und gleite über den nassen Boden in die Küche, wo Wilhelm mich vor seinem Hackblock abfängt und mir sein flaches, scharfes Beil in die Rippen drückt.

»Warum bist du zu spät, Schaumschläger? Es ist schon zwanzig vor eins!«

»Die Zugtüren waren festgefroren, Chef.«

»Ach so? Ja dann ... Na, dann hol mir mal 'ne Tasse Kaffee.«

Agnes ist lieb

Während ich mir den Schlaf aus den Augenwinkeln reibe und mit koffeingierigen, zitternden Fingern aus den Wimpern zupfe, begrüße ich Wilhelm, der wieder mal mit seinem stumpfen Beil eine Kuh auf einer Palette zerhackt.

»Tag, Schaumschläger«, grüßt er zurück. Er geht vollständig in der Zerteilung des Kadavers auf und vergisst ganz zu fragen, warum ich gekommen bin – prima, dann kann ich mir die Antwort, die ich mir auf diese Frage ausgedacht habe, für morgen aufheben.

Mit Schmerzen im Unterleib beuge ich mich über den Wäschekorb und fische eine Tischdecke heraus. Ich zerreiße das große blaue Stück Tuch zu Taschentüchern und Schürzen für die gesamte Woche. Dann knote ich zwei Tuchstreifen zusammen und mache daraus einen Gürtel, den ich um die Schürze und meine knochige Taille binde. Meine zu weite Jeans ist übersät mit Flecken, Kaffeesatz und Stroganoffsauce. Zusammen mit den Curryflecken auf dem Herzmotiv meines T-Shirts macht mich dies zu einem aussichtsreichen Kandidaten für eine Benetton-Werbekampagne.

Helfen Sie Nordip, dem Zuhörer, dem Küchenperlentaucher, der Schlafmütze mit den spitzen, haarigen Ohren, der neugierigen, ungezogenen, dreckigen Küchenschabe. Überweisungen bitte auf Girokonto xyz, Nordiper Sparkasse. Ich stehe tief in der Kreide!

Ich bin der Typ, der Pfannen und Töpfe spült, die so groß sind, dass ich selbst hineinpasse. Ich passe überall rein. Ich bin der Typ, der nicht zu sehen ist, aber selbst vieles sieht. Mein Arbeitsplatz ist die »Pfannküche«, in der es nach Schimmel und Reinigungsmittel riecht, nach Currychlor, Satéschlamm und anderen kulinarischen Ausscheidungen. Und ich throne mittendrin und schau mich um.

Ich hocke mich auf die Strafbank – einen umgedrehten Suppentopf. Neben mir steht noch ein weiterer Topf, den ich für den Fall freihalte, dass ich Besuch bekomme. Ein Topf mit Antihaftbeschichtung, der jedes Gewicht, jeden Kummer und jede Heiterkeit (er)tragen kann – ein Zufluchtsort für Freud und Leid.

Und dort drüben haben wir die Küche, die Bühne mit den Akteuren dieses Trauer- und Lustspiels. Allmählich vertrauen sie sich mir an. Ich meine damit, oh Boy, dass die Menschen ihre Sorgen am liebsten mit jemandem teilen, der im Abseits steht. Was kann einer wie ich ihnen schon anhaben? Ich werde nicht auf sie herabsehen, sie nicht auslachen oder verurteilen. Ein Praktikant ist schließlich nur ein Experiment. Die Pfannküche ist die unterste Sprosse der Küchenhierarchie… Wo ist jetzt diese verdammte Bürste schon wieder hin?

Und ich… ich bin ein Einzelgänger in diesem Sprengel der kleinen Töpfe mit großen Henkeln, großen Töpfe mit noch größeren Henkeln, der Schöpfkellen, Schaumlöffel, Fleischgabeln und Hackbeile. Während der Stoßzeiten sitze ich hier völlig allein. Ich habe eine Weile gebraucht, mich an alles zu gewöhnen. Als ich die ersten Tage nach Hause kam und meine durchtränkten, Insekten vertilgenden Socken auszog, waren meine Füße von der Feuchtigkeit weiß aufgequollen, und meine rechte Schulter tat furchtbar weh vom Rühren in der Seifenlauge. Inzwischen ziehe ich Urban-Tüten über meine Schuhe und habe immer eine Dose Tigerbalsam dabei, um meine Schulter einzuschmieren.

In meinen Gedanken klettere ich über die niedrige, geflieste Mauer – die Trennwand zwischen der Spülecke und der Küche –, tauche ein in einen herzförmigen Raum (zwei Kammern, Platz genug) und schaue mir die zickige Reicheleutetochter an, den hoffnungsvollen Musikanten, den Naseweis ... und alle anderen. Genau wie ich sind sie auf der Suche ... aber auf der Suche wonach? Wonach hungern sie? Von diesem Sitzplatz aus – die Pfannküche ist mein sicherer Hafen – schicke ich mein Schiff auf den ungestümen oder stillen Ozean ihrer Gedanken, meiner eigenen Erinnerungen und Phantasien, und manchmal ... oft verirre ich mich dann im weiten Meer des Spülbeckens.

»Ein strammer Max!«, schreit Amimun.

Als ich Amimun das zum ersten Mal rufen hörte, dachte ich, er hätte Ärger mit Doornkaat, weil der den strammen Max markiert, und würde ihm deshalb einen Tritt in die Eier androhen.

Amimun sieht mich kurz an und schlägt mit seiner Fleischgabel gegen den Herdrand. *Deng! Deng! Deng!* Was denkt er? Welche Rolle spiele ich in seiner Geschichte? Die Geschichten, die typisch sind für das Leben einer jungen Schlafmütze, liegen hinter mir, aufbewahrt in einer Kiste abgeschlossener Zeit. Falls mich jemand danach fragt, werde ich antworten, dass ich den Schlüssel verlegt habe und ihn auch nicht wieder finden will. Ab und zu spritzen sie aus einem Eimer Seifenlauge hoch, diese Erinnerungen, wenn ich selbstvergessen vor mich hin spüle. *Es wird Zeit, erwachsen zu werden, oh Boy.*

Verdammt, schon wieder hab ich meine Bürste verloren. Ich krempele die Ärmel hoch, stelle meine plastifizierten Schuhe in die Seifenlauge und fange an zu scheuern.

»Agnes! Liebe Agnes!«

Sie hält ein Tablett mit drei Tellern Lachsfilet in ihren ausgestreckten Händen und blickt auf.

»Holst du mir bitte einen Kaffee?«

Sie nickt und eilt durch die Schwingtüren.

Agnes ist die Tochter von de Ruyter, dem Direktor der Lampenfabrik Lexaflux im Gewerbegebiet Ampereplatz am Stadtrand. Viele der dort beschäftigten Arbeiter wohnen in meinem Viertel Besenloos – Gastarbeiter, die allesamt bald in Rente gehen. Ich hoffe nicht, dass sie wie Mevrouw Marode in eine Rentenlücke fallen. (»Nordip, ich komm mit dem Geld nicht aus. Ich komm mit dem Geld nicht aus, Nordip«, jammert sie in einer Tour, während sie sich von ihren eigenen Heckenblättern ernährt. Ich habe immer gedacht, dass mit dem Alter auch die Erkenntnis kommt und dass sich die Weisheit in den Falten findet, die die Jahre ins Gesicht gegraben haben – aber wie so oft lag ich auch diesmal falsch.)

Mein Vater war ebenfalls bei de Ruyter angestellt. Er wurde im Rahmen einer Reorganisation entlassen und arbeitet jetzt in einer Obstkonservenfabrik in der Kleinstadt Appelboom, etwa fünfundzwanzig Kilometer von hier entfernt. Bei de Ruyter hat Vater geschweißt, gehämmert, geschnitten und lackiert – von Lampenschirmen bis zu Neonröhren –, alles in diesen riesigen Industriehallen, in denen es nach Farbe, verbranntem Eisen und Schweiß riecht.

»Los, ihr Piraten, Mittagspause!«

»Was ist ein Pirat, mein Sohn?«, fragte mein Vater, während ich gerade damit beschäftigt war, Haselnusscreme auf ein hartes Brötchen zu streichen. Er hockte auf den Knien vor den Flammen des Gasherds, tief über das Weihnachtspaket von de Ruyter gebeugt, das mit dem Christuskind in der Krippe und anderem weihnachtlichem Dekor wie Strohhalmen, süßen Eseln, lahmen Lämmchen und knorrigen

Tannenbaumzweigen geschmückt war. Links neben ihm stand der Weltempfänger mit ausgefahrener Antenne und brachte die volle Gefühlsladung: Vaters Lieblingsmusik, die tränenden Stimmen des Nils – Farid El Atrach und Um Kaltsum.
Vater kramte in dem dekorierten Karton und holte eine Büchse Roastbeef zum Vorschein. Noch einmal studierte er die graphische Darstellung des Fleisches auf der Büchse sorgfältig – ob sie nicht vielleicht doch ein paar anständige Sardinen enthielt –, kam dann aber zu dem Schluss: »Reines Schweinefleisch, kein Zweifel« und legte die Büchse auf den bereitliegenden Müllsack rechts neben sich. Danach packte er die Weinflasche am Hals, die Weihnachtskarte an dem Falz, das Marzipanschwein am Schwanz sowie den verkehrt geschlachteten Truthahn am Fuß und legte die verbotenen Genüsse Stück für Stück neben sich. »Alles für die Nachbarin«, brummte er. »Und was bleibt für uns übrig? Eine Packung trockener Weizenkekse! Die Menschen hier sind schlau, mein Sohn, sie halten alles wie ein Jo-Jo fest in der Hand: Sie geben dir nur das, was sie auch wieder zurücknehmen können. Gut genug für die Piraten.« Stumm starrte er auf die Kekspackung.
»Piraten?«, fragte ich. »Wieso Piraten, warum keine Cowboys? Du bist doch so ein großer Westernfan, von rauchenden Colts und wilden Mustangs? Woher hast du das Wort ›Pirat‹, Vater?«
»Von meinem Chef. Von meinem Chef. Damit ruft er uns an die Arbeit und in die Mittagspause. Der Chef gibt uns einen Namen, macht uns zu einem Kollektiv. ›Morgen, ihr Piraten!‹ ›Mittagspause, ihr Piraten!‹ Aber was bedeutet es, Nordip? Ich habe dich nur gemacht, damit du das herausbekommst, was ich nicht wissen kann, kleiner Scheißer.«
»Du willst aber doch gar nicht alles wissen, Vater«, erwiderte

ich. »Also gut: Ein Pirat ist ein Abenteurer. Dein Leben ist doch ein großes Abenteuer, oder? Ein Leben ständigen geistigen und körperlichen Wandels?«

»Was ist das jetzt wieder für eine Antwort?«, sagte er enttäuscht. »Wie oft soll ich dir noch sagen, dass man in diesem Land ohne Bildung nicht weiterkommt.«

Und so stakte die Bourgeoisietochter mit diesem Piraten-Gruß auf ihren Lippen und in Schuhen mit viel zu hohen Absätzen ins Hotelrestaurant. Neunzehn Jahre jung, ein schmales Provinzgesichtchen, hohe Wangenknochen, hübsche, schulterlange, wild gestylte Haare, graugrüne Augen, ein kleiner Mund, der aus ihren Wangen ein wenig herausstand – ihre gesamte Erscheinung strahlte eine bewusst desinteressierte, aber auch kleinmädchenhafte Coolness aus.

Ich traute dem Ganzen nicht, kapierte es nicht... Womöglich bin ich ja nur ein dummer, einfältiger Schüler. Ich ließ meine kaum wiedergefundene Spülbürste fallen, als ich hörte, wer Agnes war, und runzelte die Stirn. Was wollte sie hier? Arbeitete sie als Spion? War sie vielleicht schon in jungen Jahren Internet-Witwe geworden, hatte sie einen Mann verloren, der jede Nacht im Netz des Computers starb? Oder war sie einfach nur eine fleischeslüsterne Feinschmeckerin, die mit ihrem leicht gebeugten Rücken auf den heißen Herd wollte – man kennt sie doch, diese weich gebetteten Transusen, die in einem goldenen Käfig aufwachsen, ganz prickelnde Händchen vom vielen Geschenkeauspacken haben und dann auf einmal denken: *Dieses süße, seichte Leben, diese paradiesische Stille ist sterbenslangweilig, nicht spannend genug für mich, ich will wie Rambolina leben, ich werde Survivaltraining machen, ich lass meine Haare grün und gelb färben, so what, geht dich das vielleicht was an, he?* – um dann spontan wild durch die Gegend zu fliegen:

Hasch entspannt,
Koks entflammt
und dann die Türen eingerannt.

»Mama … ihr beide seid ja so … so … kleinbürgerlich!« Oder flüchtete sie vielleicht vor einer kranken Mutter, die ihre eigenen Träume nicht verwirklichen konnte und ihre Seele im sinnlichen Körper des lieben Töchterleins bei Talentsuchen feilbot … bei Playbackshows … Töchterlein macht die Mundbewegungen und Mutter singt: *Ich bin eine Frau …* Stundenlange Torturen auf dem Speicher …

Schritt nach links, eins, zwei
Schritt nach vorn, drei, vier
Mikrofon vom Mund, gut so

Davon muss man doch aufsässig werden. Oder? Oh Boy … dann rennt man noch mehr Türen ein, dann flüchtet man in die Große Weite Welt und dann schreibt Mama ein Buch mit dem Titel: *Meine kleine Agnes.*

Alles nur wilde Vermutungen, Skizzen einer enthemmten Phantasie. Wenn sie Wirklichkeit würden, dann würde die liebe Agnes bis auf die Knochen abgenagt werden, hier in der stickig heißen, dampfenden Küche. Die Küchenpiranhas zögen den prächtigen Schwan nach unten und verschlängen ihn in der Hitze hinter dem Herd – eingerostete Bohrmaschinen, das sind sie, unterdrückte Sexualität, juckende Wut, brüllende Nässe. (Alles die Schuld dieser nicht funktionierenden Dunstabzugshaube.)

Agnes ist ein Mädchen, das schon alles hat: Ihr stehen alle Mittel zur Verfügung, um ihre Karten in Ruhe neu zu mischen. Sie braucht sich doch nicht wie ich auf die Suche nach dem Gleichgewicht zu machen, sie braucht doch keine Werte –

Normen, Traditionen – abzuwägen. Reizt sie etwa dieses schnelle, turbulente, aber inhaltslose Leben am Fließband, von dem ich mich nicht herunterzusteigen getraue. Was sucht sie hier im Dreck, im Bauch eines Aasfressers? Was in aller Welt hat eine Lexaflux-Tochter im Blauen Geier verloren? Fragen … viel zu viele Fragen, oh Boy – und ich kann hier nicht wie in der Schule – die ich so verabscheute, weil ich das Gefühl hatte, in ihr vom richtigen Leben fern gehalten zu werden – einfach meinen Finger hochstrecken und den Lehrer eine Antwort erfinden lassen.

Liebe Agnes, scheues Mädchen aus Sondergleichen, dem luxuriösesten Viertel von ganz Opwallen! Mädchen aus dem Viertel, in dem alle Fugen zwischen den glänzenden Pflastersteinen exakt gleich sind, wo die Luft sündhaft teuer ist und der Mercedes nur der *Einkaufswagen* im Wagenpark am Ende der breiten, von Ziergärten und quakenden Lilienteichen gesäumten Auffahrten. Das Viertel mit Tennisarmen, Golfclub, Hundesalon, Meerschweinchen-Akupunktur-Praxis und einer einzigen türkischen Metzgerei … Dieses exklusive Viertel, in dem die Einkäufe allerdings noch bei Aldi um die Ecke erledigt werden … preiswerte Milsani-Milch, River Cola und Karlsquell Edel-Pils werden für die Gäste in der großen Küche eingeschenkt, so dass die chronische Armut im Kühlschrank bleibt …

Die liebe Agnes erzählt all diese Dinge von sich aus. Ich muss sie gar nicht danach fragen. Ich muss sie nur um eine Tasse Kaffee bitten. Eine herrliche Tasse Kaffee. Manchmal bin ich genau wie der Eimer neben mir, in den jeder alles hineinwirft …

Es sind vor allem die Reichen, die seit dem industriellen Aufschwung der Stadt Opwallen Sondergleichen groß gemacht haben. Das genaue Gegenteil entstand im Süden der Stadt, an einem toten Seitenarm der Maas. Die Arbeiter, die für die blühende Industrie hierhergeholt wurden, steckte man Stück für Stück in die alten, schuhkartongroßen Arbeiterwohnungen in

Besenloos – dort, wo sich jetzt Gruppen von Jugendlichen unter den Treppen mit Urinskizzen und schrillen Graffiti auf den von der Feuchtigkeit weiß ausgeschlagenen Mauern gegenseitig zu übertrumpfen versuchen. Polizeiwagen fahren im Schritttempo vorbei, beobachten, kontrollieren, registrieren … wissen im Vorhinein schon genug und fahren weiter zum nächsten Grüppchen. Den Beamten – meistens ein dicker Jan und ein komischer Kees mit einem Funksprechgerät, das überhaupt nicht zur Uniform passt, am Ohr – wird aus unverfälschtem Unmut hinterhergespuckt. Hier herrscht das Chaos – und die Kreativität, die daraus entsteht. Ich weiß nicht, ob ich darüber lachen oder weinen soll. Es gab Zeiten, da war ich dort glücklich, aber genauso oft habe ich geheult, bis ich weich wie ein Pudding in den äußersten Ecken der schmalen Gassen zusammensackte. Und wenn ich dann hochblickte, sah ich die meterhohen Graffitiwände der Hochhäuser und die langsam weiterziehenden Luftwattebäusche, und dann schien ein Entkommen unmöglich. Und wenn ich zur Seite blickte, die Gasse hinunter, die auf dem Platz endet, dann sah ich, dass aus dem Grasboden weitere Betonkolosse in den Himmel emporschossen. Noch ein Versuch, noch ein Bürgerzentrum … noch so ein Tischfußball-Kasten (der später in *Alcatraz* umgetauft werden sollte), mit dem sie mich – uns – fangen wollten. Aber ich war bereits ein Gefangener: des Stolzes, der Liebe, der Angst … Ich sah zu den Betonkolossen hinüber und dachte: *Sie, die für mich denken, wollen ein Freilandhuhn aus mir machen. Dort zwischen den Pfählen – die bald von Unkraut überwuchert sein werden – muss niemand Nordip verstehen, muss niemand mit Nordip reden, muss niemand Nordip kennen lernen. Ich muss nur brav Problem-Eier legen, auf dem Tischfußballfeld, und alles um mich herum verändert sich von selbst …* Die Streichholzschachtel juckte in meiner Hosentasche, aber noch bevor ich sie herausholen konnte, blickte ich in den Lauf einer Straßenräuberknarre.

»Geld oder Leben!«, zischt mir jemand zu.
Ich gähne. »Von mir aus Leben.«
»Scheiße, Mann! Was soll denn das?«
Ich gähne erneut. »Komm schon, sei kreativ, Mann,
Leben und Tod liegen in deinen Händen ...«

In Besenloos gibt es sie noch, die spielenden, unbefangenen Kinder mit schwarzen Fingernägeln und Rotz unter der Nase – ihr Spielzeug ist all das, was sie in die Hände (oder unter die Füße) bekommen. Kinder, die ihre ausfallenden Milchzähne noch nicht mit einem Megabyte in die digitale Datenautobahn von Pamela_Anderson.com gehauen haben. Lärmende Rotzlöffel – genau wie ich vor meinem großen Schlaf, oh Boy – vollführen mit dem Ball Kapriolen und Glanzleistungen. Sie lehren den Ball, ihrem Körper zu gehorchen: auf den Oberschenkel, runter zum Fuß, auf den Kopf, die Hacke, gut so, rüber zum Mitspieler und wieder zurück und dann hol den Jungen da drüben von seinem Mountainbike runter...

»Geht ihr denn nie ins Bett?!«

Mit einer Stimme wie eine Kreissäge schreit das Waschweib auf dem oberen Balkon die Flecken aus den Laken. *Klaaatsch!* – ihr eigenes rotznasiges Kind kriegt eine Watsche. »Finger aus der Nase! Du brauchst frische Luft.«

Agnes klickklackt auf ihren hohen Absätzen nach hinten, bückt sich gegenüber dem Salatposten zum Wasserhahn und dreht ihn auf. Sie presst ihren schlanken Körper in ihrem hässlichen Pinguinkostüm gegen das Becken, sieht hoch und nimmt einen Schluck Leitungswasser. (Das Leitungswasser wird hier – so hab ich mir erzählen lassen – als Mineralwasser verkauft und zu Weihnachten, während der schönen, manchmal flockig weißen Wintertage, als stilles Wasser.)

Ich besteige ihre mädchenhaften Hügel, mit vorsichtig tastenden Schritten ziehe ich die Konturen ihres Körpers nach und küsse mit einem sanften Blick ihre Beine und Füße. Liebe Agnes hat schöne Füße … Ein Topf mit angebrannten Suppenresten am Boden lässt sich kaum sauber kriegen, das ist fast nicht zu machen. Nachdem sie sich wieder aufgerichtet hat, streicht Agnes mit der Rückseite ihres Daumens über ihre gespitzten dünnen Lippen, die dick eingecremt sind. Ein Tropfen Wasser kann entkommen und gleitet über ihr Kinn. Sie gähnt und streckt sich und wirft einen Blick in die Flammen des Herdes, vor dem ein schmächtiger Mann in einer Kochjacke mit gespreizten Beinen und viel zu großen Stahlkappenschuhen an viel zu großen Töpfen steht.

Er ragt kaum über die Durchreiche. Mit einem riesigen Löffel rührt er in einem dampfenden Topf mit Reis. Er steckt seinen verschwitzten Arm in den heißen Topf, holt mit dem Löffel ein paar Reiskörner heraus, legt sie auf den Herdrand und drückt sie mit dem Daumen platt, um zu überprüfen, ob der Reis schon gar ist. Der kleine Koch bindet seine Haare stets mit einem Stück Seil zusammen; er hat eine auffallend lange Nase und tief in den Höhlen liegende Augen. Ein lächerlicher Partykoch in Gestalt eines in zerlassene Butter gefallenen Narren, eine Karnevalsfigur. Prinz Eierschädel der Kahle Hohle Dritte aus der anderen Mongolei, könnte man meinen – doch es ist Chefkoch Wilhelm. Ich nehme mir vor, ihn die nächste Zeit sorgfältig zu beobachten. Er bekommt übrigens noch Kaffee von mir – wie jeden Mittag. So steht es schwarz auf weiß in meinem Ehrenamtsvertrag.

Neben ihm hantieren Amimun, Krimo und Doornkaat am Herd und rühren geschäftig in Pfannen mit Zwiebeln, Champignons, Paprika, Schweinefilets und Schnitzeln.

Amimun, der Filmfanatiker, sprüht; er ist hyper-hyperaktiv, tritt mit seinen gelenkigen Beinen gegen die Dunstabzugshaube, rutscht in einen Spagat, steht wieder auf, vollführt ein paar Luftschläge, während er »Kei-li!« schreit, und hält sich selbst für Bruce Lee, van Damme oder den betrunkenen Kungfu-Meister – seine Filmhelden. Als er mit einer Vorwärtsbewegung wieder gegen die Esse tritt und weitere Luftstöße vollführt, bricht er in ein neues Kriegsgebrüll aus: *»Ajáááááá! Bambambam! Don't hunt what you can't kill!«*

Unsere Reicheleutetochter scheint das nicht mehr zu verwundern.

»Hé, hallo, hi liebe Agnes...« Die Schamesröte in Amimuns Gesicht verschwindet mit einer schnell erfundenen Ausrede: »Das kommt von der Hitze, verstehsdu... die steigt einem in den Kopf.«

Krimo und Doornkaat prusten los. »Mach endlich, Amimun, wo bleibt der Schinken...?«

Dunkelbraune Augen durchbohren Agnes, als sie ihr lächelndes Gesicht von Amimun abwendet. Sie tut so, als würde sie das alles nicht interessieren. Sie hat hier neben mir gesessen, auf diesem Topf hier, *oh Boy*.

Ich habe ihre Pupillen und ihre lebhafte Mimik gesehen und die Musik in ihrer Stimme gehört. Ich entdecke ein brennendes Verlangen in ihren Augen, das sich in den roten Blutäderchen ihrer Augäpfel festgebissen hat.

Die Hände gleichgültig in die Seite gestemmt, stellt sie sich vor Krimo auf die Zehenspitzen und zieht ein freundliches Gesicht. »Hi«, sagt sie.

Krimo grüßt zurück und dreht sich rasch wieder um.

Agnes steckt einen Bestellbon auf die Metallspitze des Bonbretts.

Amimun nimmt die Essensbestellung von der Spitze, beschmiert sie mit seinen Soßenfingern, entziffert mit gerunzelter Stirn die Tintenstriche und schreit die Gerichte mit seiner schrillen Schäferstimme hinüber zu den Köchen an den Töpfen:

»Vorspeisen für Tisch zweiundzwanzig! Aufgepasst, ihr Missgeburten! Eine Gemüsesuppe, eine Dorschleber und eine Fischpastete. Klar?«

»Geht klar.«

»Hauptgericht: Krimo, wirf zwei Pfannen auf den Herd! Zweimal Schweinekotelett mit Sahnesauce; die Sauce in einem separaten Schälchen. Klar?«

»Separates Schälchen?«

»Ja, separates Schälchen.«

»Ich hab hier keine Schälchen mehr.«

»Dann knall die Sauce einfach drauf.«

»Okay ...«

»Für Tisch fünfzig ein Grillteller, mit extra ... äh ... extra Ananasscheiben.«

»Mein Grill ist voll!«

»Nicht rumjammern: Fleisch in die Pfanne, Gabel ins Feuer und dann das Fleisch damit brandmarken!«

»Okay ...«

»Fritteuse, aufgepasst! Ivan: zweimal Kindermenü Schlumpf und einmal extra Pommes zu den Beilagen ... Hast du mich verstanden? Alles klar?«

»Extra Beilagen?«

»Nein, einmal extra *Pommes* zu den Beilagen.«

»Oh, andersrum? *Something like that?*«

»Mach schon, Mann, dein Job.«

»I don't understand.«

»Weichei!«

»*What do you want, man*, Eier oder Pommes?«

Agnes seufzt. Die elastischen Gummibänder, die an ihren Mundwinkeln ziehen, straffen sich, sobald sie sich durch die Schwingtüren ins Restaurant schiebt. Aber hier in der Küche darf sie schimpfen, zetern und fluchen; dies ist der ideale Ort, um Dampf abzulassen. Sie wirft einen raschen Blick durch die Türöffnung, um nachzusehen, ob noch neue Gäste dazugekommen sind. Ruhe. Sie zündet sich eine Zigarette an und versucht, eine Haltung zu finden, in der sie sich entspannen kann. Sofie lehnt neben ihr am Tisch.

Sofie ist ein Teil des Marketingkonzepts, das hübscheste Gesicht des Blauen Geiers. Sie versteht es, sich in Szene zu setzen. Ich hab mir erzählen lassen, dass sie pro Stunde einen Euro mehr verdient als die anderen Kellner. Sie ist ein kicherndes Hollywoodgeschöpf, eine Aufblaspuppe – blond, schlank, voller Busen und große blaue Augen, in denen die nervösen, Fleischgabel schwingenden Amateurköche versinken.

»Willst du ein paar Pommes, Sofie? Ich hab hier ganz frisch gemachte. Vielleicht einen Hühnerschenkel? Oder soll ich ein Steak für dich in die Pfanne hauen ... puuuuuh, ist das hier warm. Mann, was ist es hier scheißwarm. Schuld ist nur diese streikende Dunstabzugshaube. Die müsste mal dringend wieder repariert werden. Möchtest du vielleicht ein Erdbeereis, Sofie?«

Sofie genießt den Anblick der vor ihr auf und ab steppenden, sabbernden Schwarmgeister. »Was starrst du die so an? Die können doch gar nicht reden.«

Agnes bietet ihr Zigaretten und Feuer an.

»War schon viel zu tun? Hast du schon viele Tische voll?«, fragt Sofie, als die Flamme übergreift.

»Nein, ich bin hier schon seit halb zwölf, und bisher waren es mal gerade sechs Tische«, erwidert Agnes träge und saugt das Feuer in den Tabak hinein. »Nee, nicht viel los heute. Allerdings hab ich hinten in der Ecke ein paar echte Kotzbrocken sitzen, Sofie, so was hast du noch nicht ... «

»Vorspeisen für Tisch zweiundzwanzig sind fertig! Mitnehmen, stehen schon viel zu lange hier rum.«

»Eben aufrauchen, Amimun«, gestikuliert Agnes und klopft mit ihrem Zeigefinger – perlmuttrot schimmernder Nagellack – die Asche von ihrer Zigarette.

»Wie du willst, aber Bartels beobachtet dich von der Spülküche aus, verstehsdu.«

Ein schneller Blick zur Seite, und Agnes weiß Bescheid. Sie drückt ihre Zigarette aus, zwinkert Amimun zu, stapelt die Teller auf das Tablett und nimmt die Vorspeisen für Tisch zweiundzwanzig mit nach draußen.

»Agnes! Liebe Agnes! Vergiss meinen Kaffee nicht!« Ich halte zwei Finger hoch, deute auf zwei Tassen, zwei Tassen intensives Aroma, der Duft des Erwachens, der Duft der Begierde.

Sie nickt erneut, und das bedeutet: *Kommt sofort, hatte ich vergessen.*

Vergessen ... Von mir aus darfst du alles vergessen, oh Boy, aber nicht den Kaffee, ein Becher schwarzer Kaffee mit zehn Zuckerwürfeln – damit beginnt für mich der Tag.

Die Bürste liegt schon wieder im Spülbecken.

»Mir ist ganz schlecht, ich muss gleich kotzen von diesen Typen da draußen«, lamentiert Agnes, als sie mit einem leeren Tablett in die Küche zurückkommt und sich wieder gegen den Tisch lehnt.

Sofie stößt Rauch aus und hält ihre Lippen gespitzt. »Gar nicht mal so übel, dieser Krimo, oder?«

Agnes weicht meinem nach Kaffee lechzenden Blick aus. Sie hat eine perfekte Taille ... und ich habe perfekt kleine Hände.

»Och ja, ganz okay, Durchschnittstyp.« Agnes lehnt sich noch stärker gegen den Tisch und zerkrümelt Weißbrot zwischen ihren Fingern. »Es sind und bleiben Piraten, Sofie.«

»*Piraten*? Wie zum Teufel kommst du auf diesen Piratenschwachsinn?«

Erneut weicht Agnes meinem drängenden Blick aus.

Ich spüre die Aufregung, die durch ihren Leib wogt und Funken sprühend in ihren Augen blitzt – sie springt über, prallt gegen den Herdrand und fängt Feuer. Agnes richtet sich auf und zeigt nach vorne. »Krimo! Krimo! Deine Pfanne...! Deine Pfanne brennt!«

»Oh, Scheiße... die Koteletts!« Der leicht gebräunte schweigsame Junge – mein singender Cousin, der mich im Feigenbaum das Flötenspiel lehrte, während unsere nackten Füße auf dem abgemergelten Eselsrücken ruhten – hat dichte Locken, ein hageres, kräftiges Gesicht und einen leicht schrägen Blick.

»Das kann ich bei dem Tisch jetzt echt nicht gebrauchen«, sagt Agnes entschlossen, während sie ruhig und mit verschränkten Armen auf Krimo zugeht.

»'tschuldigung«, sagt dieser verlegen und zieht von zwei neuen Schweinekoteletts die Folie ab.

Die beiden Mädchen nutzen die Gelegenheit für eine Naschtour durch die Küche. Sie kommen in meine Richtung – das Wasser strömt –, bedienen sich von den Tellern mit Gurkenscheiben und Melonenstücken, pflücken ein paar Trauben und tunken alles in Joghurtdressing, bevor sie es auf ihre ausgestreckten Zungen legen. Sie selbst werden ihrerseits aus kürzester Entfernung von den Augen der Lüstlinge verschlungen.

Ihr Weg führt sie kurz vor dem großen Fenster an einem Küchentisch vorbei, hinter dem fünf Jungen stehen, die gerade mal über den Tisch ragen. Auf den ersten Blick wirken sie wie knapp Vierzehnjährige und unterscheiden sich nur durch die Spitznamen, die sie sich gegenseitig verpasst haben – Gläserdieb, Hühnerwichser, Katholik, Tripper und Staubkamm. Während sie wüste Witze reißen, rupfen sie wilde Fasane und Enten und häuten Kaninchen.

»Igitt... wie eklig...« Agnes wendet sich ab. Hühnerwichser rennt mit einem toten Karnickel hinter ihr her. Kreischend sucht Agnes hinter Sofie Deckung.

Sofie verjagt den wilden Verfolger, indem sie ihn beherzt am Handgelenk drückt. »He, du kleiner Pisser... mach 'nen

Satz!« Sie hält sich die Hand vor den Mund und fängt an zu würgen.

Mit Agnes und Sofie in der Nähe macht den Spitznamen das Wildrupfen bedeutend mehr Spaß. Unter stimmbrüchigem Absingen von Eros Ramazzottis *Se bastasse una canzone* reißen sie kraftvoll an den Federn der von Schrotkugeln durchsiebten Fasane.

»Könnt ihr nicht einmal die Schnauze halten?«, dirigiert Wilhelm von seinem Hackblock aus, die mageren Beinchen breit über einem Kuhkopf gespreizt. Seine Hände zerren an den gekennzeichneten Ohren. »Sieh mich an, du blöde Kuh! Ich werd dich lehren… Schnauze halten, sagte ich! Sieh mich an, blöde Kuh! Ich werd dich… ich werd dich… – (*hack-hack-hack*) – ich werd dich… ich werd dich… – (*kracks-hack*) – du dämliche, blöde Scheißkuh…! Weiterarbeiten, alle miteinander…!«

Die beiden Mädchen schlittern an den Gefrierschränken vorbei und stehen (endlich) vor der kleinen Mauer, die diese Ecke vom Rest der Küche abtrennt.

»Willkommen, willkommen!« Ich bin ein höflicher Gastgeber.

Ihr Blick schweift an mir vorbei und bleibt an den riesigen Töpfen, krummen Suppenlöffeln und verbeulten Sieben hängen, die wild in- und übereinander liegen.

Wie soll ich beschreiben, wie es hier in meiner Ecke aussieht? Womit könnte ich mein Reich vergleichen? Eine Mini-Müllkippe? Ein SM-Studio für skurrile Senioren? Ein Schwindel erregender Schlammpfuhl? Ein Turnierplatz für sich tummelnde Bazillen? Jedenfalls haben die Bakterien in diesem Suppenpolder zwischen den Mäuseköttteln ihren eigenen Bazillenstaat gegründet: Sie gehen hier zur Schule, arbeiten im Schnitzellabor, trinken zusammen ein Bier, planen ihre Zukunft, organisieren Wettbewerbe, wer zuerst in der Suppe ist, und machen Zulassungsprüfungen für die Höhere Fäulnisschule.

Ich muss hier meiner Phantasie freien Lauf lassen, anders halte ich das nicht aus, oh Boy. Diese Arbeit tötet alles ab, was man im Kopf hat. Sie kriecht von Zelle zu Zelle. Wenn man sich nicht hin und wieder in Tagträumereien flüchtet, wird man selbst zu einer Spülbürste. Die Essensreste, die aus den Töpfen fließen, sind blau- und weißgeädert von den Schimmelpilzen. Am Anfang stinkt es Grauen erregend, aber wenn man, so wie ich, schon eine Weile hier sitzt, dann riecht man es nicht mehr, dann wird aus dem Gestank eine subtile Mischung aus Toiletten- und Containerduft. *Wie das genau riecht, wollt ihr wissen? Krümmt euren Hals und verwendet euren Kopf als WC-Ente – dann wisst ihr es.*

Und ich sitz mittendrin, hier auf meinem Topf. In den Falten auf meiner Stirn haben sich Pickel mit weißen Köpfen eingenistet, so fettig ist es hier. Zwei kleine trübe Augen starren mich aus den wachsenden Kreisen im Wasser an, während ich im Spülbecken rühre. Meine Nikes drücken sich durch die Plastiktüten in die Suppe auf dem Fliesenboden und haben inzwischen die gleiche Farbe angenommen. Eine Tarnfarbe. Noch ein paar Monate, und ich sehe aus wie die Töpfe und Pfannen um mich herum – Mannomann, was für glänzende Zukunftsaussichten, Meneer Dunia!

Kaffeepause!

»Hi, liebe Agnes, hallo, die Damen, guten Tag alle miteinander.«

Agnes streicht über meinen Krauskopf, streichelt mich zu steifer Glückseligkeit und versucht so, mich aus meinem nassen Schneckenhaus zu locken, um Antworten auf Fragen zu erhalten, auf die ich nicht scharf bin.

Sofie ist diejenige, die immer Agnes' Fragen stellt: »Hast du schon eine neue Freundin, Nordip, unser kleiner Casanova?«

»Wo ist mein Kaffee, liebe Agnes?«

»Vvvoooorrssicht…!« Krimo und Ivan kreuzen Agnes' und

Sofies Weg mit zwei Metalltabletts, auf denen blinde Schweinsköpfe liegen. Die Mädchen weichen jeweils zur Seite aus.

»Wo ist mein Kaffee?«

»Oh, tut mir Leid, hab ich total vergessen. Wenn ich meine Bestellung gleich wegbringe, komm ich auf dem Rückweg mit zwei Kannen für dich zurück«, erwidert Agnes kichernd.

Sofie schiebt ihren Hals nach vorne und erwartet eine Antwort auf ihre Frage.

»Hör bloß auf. Hör mir auf von der Liebe«, sage ich und blicke mich suchend um, um nachzusehen, wo ich in meiner Verwirrung die Bürste jetzt schon wieder hingelegt habe. *Ich hasse die Liebe.*

»Du bist doch gerade mal neunzehn, Nordip, hast du jetzt schon die Schnauze voll?«, fragt Sofie gespielt entrüstet.

»Neunzehn? Schlag noch mal zwanzig Jahre Kopfschmerzen drauf. Hier sieh mal. Ich werd schon kahl.« Mit feuchten Fingern halte ich das dünne Haar auf meinem Scheitel auseinander. Ich setze mich wieder gerade, klatsche die Hände gegeneinander und wische sie an meinem dreckigen T-Shirt ab, auf das ich mit einem Stift »Bob Marley« gekritzelt habe.

Amimun schlägt mit der Fleischgabel gegen die Dunstabzugshaube. *Deng! Deng! Deng!*

»Tja, liebe Sofie, liebe Agnes … Chupita war so anders, mit den Kartoffelmesserschnitten in ihren Salatölfingern. Chupita war manchmal genauso doppelt und durchsichtig wie die Fensterscheiben bei uns zu Hause, aber sie bestand aus weichem Kürbisfleisch, duftete nach Lux-Seife und Babypopocreme. Chupita war ein hübsches, kluges, unschuldiges Mädchen, eine typische Dorfschönheit. Mannomann, was hat sie mir nicht alles angetan …?«

Ich traf sie im Hafen von Malaga, auf dem Parkplatz zur Fähre nach Afrika, wo zusammengekrümmte Mütter neben den Reifen ihres fleckigen Kleinbusses Eier in schwarzem Olivenöl brieten und leise vor sich hin weinten, weil ihre eigenen Mütter, ihr eigenes Haus, ihre eigenen Olivenbäume, eigenen Eigenheiten, eigenen Schafe, eigentlich alles … so zum Greifen nah … und doch unerreichbar waren.

Ich blickte in die tief stehende Sonne, ließ meine Hand sinken und dachte mit leichtem Werbespott: *Darauf einen Dujardin.* Ich schweifte über den Parkplatz, schlenderte zu einem Wasserhahn, der aus einem stumm brüllenden Steinlöwenkopf herausragte, unter dem Kinder in T-Shirts mit der niederländischen Flagge leere Fanta-Flaschen füllten, sich gegenseitig bespritzten und gemeinsam sangen:

Fischer, Fischer, wie tief ist das Wasser?
Fünf Meter tief! Und wie kommen wir da rüber? Springen …!

»Macht euch vom Acker, allesamt!« Da stand sie dann plötzlich, das Geschenk des Sommers. Auf einmal war ich hellwach, vollkommen klar im Kopf – so klar wie Wasser. Trotz der drei Tage, die sie zusammengefaltet im Laderaum eines Kleinbusses verbracht hatte, stand sie dort vollkommen knitterfrei in einem grünen Kleid, mit Hennazehen in Sportsandalen, und sprach breitestes Platt.

Wie ein trunkener Minnesänger begann ich, den glatten Himmel mit Liebesliedern vollzusülzen, und stolperte auf diese voll tolle und scharfe Erscheinung zu.

»Hi, ich heiße Nordip.«

»Hi, ich heiße Chupita.«

»Warm hier, was?«

»Ja, echt voll warm.«

»Voll warm wie letztes Jahr.«

»Ja, total voll warm.«

»Aber nachts ist es unterwegs echt kalt, vor allem in Frankreich war es voll kalt.«

»Ja, voll kalt, vor allem in Frankreich.«

Wir sprachen über alles und vor allem über nichts, bevor ich sagte: »Ich mach nichts an der Hauptschule.« Sie sagte: »Im Augenblick mach ich auch nichts, aber bald werd ich was machen, ich will BWL an der Fachhochschule studieren.« Ich sagte: »Ja, das ist in der Tat was, echt klasse, das Leben ist das reinste Zuckererbsenschlecken, komm, wir machen was anderes als nichts. Es sind Ferien. Wir hocken uns hinter die voll gepackten Wagen und knutschen und danach können wir dann immer noch über dieses ganze Nichts reden, darüber kann man sich stundenlang unterhalten …« Sie sagte: »Ja, einverstanden.« Und ich sagte: »Okay.«

Vor unserer ersten Verabredung in Appelboom, Kilometer von zu Hause weg, habe ich eine ganze Urlaubswoche mit ihr in meinen buntesten Phantasien verbracht … Junge, das war nicht schlecht, sag ich euch, haha … Ich entwickelte eine Phantasie nach der anderen, kolorierte die Schwarzweißbilder mit meinen Gedanken, die die Liebe mir eingab. Sie und ich lachend, gemeinsam und voller Harmonie durch das Leben, zusammen zeitreisen. In den glücklichsten Momenten schleckten wir von der Erde und hüpften voller Ekstase auf den Luftmatratzen des Kosmos herum. Wir spazierten durch die Dünen. Wir lauschten dem Spiel der Wasserberge im Meer, wir schenkten uns gegenseitig den Wellen, sobald sie schäumend an Land brachen. Wir lagen auf dem Sand, dort an diesem tosenden Schlund, wo die See über den knorrigen Zweigen, Holzstückchen, Muschelresten und alten Flaschen zusammenschlug. Sie nahm alles in ihre Arme, spielte damit und spuckte es den Strandräubern vor die Füße.

Wir sahen die Sonne in den schönsten Herbstfarben hinter

dämmrigen Dunstschleiern untergehen und am Morgen wieder kräftig aus den Wolkennebeln hervorbrechen. Ich lag mit meinem harten Schädel an ihrer weichen Schulter. Sie strich mit ihren Fingern durch mein Haar und glitt hinunter bis zu meinem Nacken, wo sie mit ihren scharfen, roten Nägeln einen Fisch tätowierte. Ich versank... ich schlief... beinahe...

War plötzlich wieder hellwach. Das Meer war mein eigenes Dachfenster, das die Wolken in das dunkle Zimmer hineinließ. Die Sonne war eine 40-Watt-Glühbirne an einer weißen Decke. In den Wolken nahm ich ihre Hand von meinem Nacken. Ich richtete mich auf, warf die Laken von mir, drehte mich um und biss in mein Kissen. Ich klopfte den Sand von meiner Haut, sah sie dort liegen. Meinen sehnsüchtigen Blick auf ihren Rücken gerichtet. Der Wind drückte gegen meine Knöchel, blähte mein T-Shirt auf, beschleunigte meine Schritte und riss mich vom Boden, bis ich flog.

Chupita blieb liegen, ruhig, mit gestreckten Beinen, ihre Füße in der schäumenden Brandung, in der ein Hund mit kleinen, kurzen Sprüngen in die Richtung des Stöckchens lief, das sein Herrchen geworfen hatte. Ich sah von oben auf sie herab. Chupita befreite ihre rechte Hand aus dem Krokodilledertäschchen, das immer um ihren schlanken Hals hing, und holte eine Nadel hervor. Mit einem leicht amüsierten Lächeln stach sie wie ein Showmaster in den Ballon. Der Wind ließ mich fallen. Ich stürzte blau neben ihr nieder. Sie stand auf, klopfte den Sand von sich ab, wusch ihre Hände im Meeresschaum, ging fort und verschwand hinter den Dünen...

»Junge... was für 'ne Phantasie...«

»Sie hat diese Augen, liebe Agnes, diese Augen... die... so... so äh...«

Sofie lacht. Sie sieht Agnes naschend und zugleich höhnisch an, fleht sie an, in ihr Gelächter einzustimmen, doch die Reicheleutetochter hört ernsthaft zu, während sie eine Haarlocke um ihren Finger wickelt.

»Ich bin mit einer für sie bestimmten Packung Schlecker-Pralinen unter dem Arm durch den Zug gestreift. War der Schaffner hinten, dann hab ich mich vorn herumgedrückt; immer auf der Hut. Ich meine, ich wollte ihn schließlich nicht mit irgendwelchen Geschichten von vergessenen Fahrkarten und Ähnlichem belästigen. Heutzutage sind die Schaffner doch eh schon so furchtbar überlastet ...«

Ich stieg aus, wartete in der Kälte und las aus lauter Langeweile Bücher aus Fleisch und Blut – Menschengesichter: die Lebenden, die Halbtoten, die Erzählenden, die Heimlichtuer und die Fieslinge. Ich tauschte einen Gulden gegen eine Straßenzeitung und eine Frühlingsrolle mit Hühnerfleisch, die nach Frosch schmeckte, weil in der Zeitung irgendwas über Frösche stand. Straßenfrösche in Vietnam. Ich, der ich mich im festen Griff der Brunst befand, hörte mir alle Verspätungen an, die seufzend in drei verschiedenen Sprachen durchgegeben wurden.

Und dann kam sie endlich; sie hatte sich schlappe zwei Stunden verspätet. Bei Woolworth ist es wieder Zeit für die Liebe. Allerdings hasse ich Woolworth.

Unsere Blicke begannen ein heftiges Gefecht.

Sie drehte lässig einen Zahnstocher zwischen ihren Lippen und kicherte in einer Tour ... Und dann – ich dachte, jetzt passiert es, jetzt gleich passiert es, die Zündhölzer werden brennen, unsere Lippen werden wie die stärksten Magneten der Welt zueinander hingezogen, die Sterne werden uns ausblenden –, dann nahm Chupita den Zahnstocher aus ihrem Mund, trank einen Schluck Zitronenlimo und gurgelte gedämpft: »Nordip, weißt du, was das Geheimnis des Lebens ist?«

Mich durchfuhr ein Schlag. Als ob ich auf dem elektrischen Stuhl säße und der Henkersknecht langsam die Spannung erhöhte – ich war verurteilt worden, weil ich Gefühle ermordet hatte. »Das Leben? Sein Geheimnis? Was hältst du davon, ohne Geheimnisse zu leben? Ist vielleicht das das Geheimnis? Einfach da sein, hier und jetzt, nur wir beide, Chupita und Nordip. Ich hab Streichhölzer dabei, Chupita. Sollen wir uns gegenseitig entflammen?«

»Du bist total verrückt.« Ihre Augen stachen wie Dolche auf mich ein.

»Ja, nach dir. Durch dich verrückt und nach dir verrückt… Vollkommen übergeschnappt.«

»Weichei.«

»Winselstute«, konterte ich.

»Schlafmütze.«

»Okay.«

»Ich liebe dich.«

»Okay.«

Ich blickte ihr einen Moment fest in die Augen, sah dann aus dem Fenster der Seniorenboutique von Woolworth und versank tief in Gedanken.

Sie stand auf. »Möchtest du einen Kaffee?«

»Ja. Mach gleich zwei draus.«

Sie fing wieder an zu kichern und watschelte zur Theke. Meine Augen folgten ihr mit dem verlangenden Blick eines Bauern, der seiner Weihnachtsgans hinterhersieht. Ich zog mich in meine Melancholie zurück, hielt meinen Mund an den Rand der Tasse und ließ mein Seelenorchester das Lied des Wahnsinns spielen…

Ich kicke mit dem Fuß gegen eine Dose; sie fällt um und die dicke Sahnesauce rutscht in einem Brocken heraus.

Ich starre in den Abfluss, zähle die Löcher des Siebs, ziehe einen großen Topf zu mir heran und hebe erneut mein müdes Haupt. »Aber warum fragt ihr mich immer wieder nach der Liebe? Hat die Liebe dort zugeschlagen, wo du es nicht für möglich gehalten hättest, Agnes? Gib mir mal den Schwamm, bitte.«

Agnes bückt sich, hebt den Schwamm auf und drückt ihn aus.

Sofie löst die Schleife an ihrer Schürze und bindet sie noch einmal neu.

»Es ist dieser Schweiger, richtig? Dieser Träumer, dieser Sänger, mein Lieblingscousin? Oder bilde ich mir das nur ein?«

»Wer?« Agnes sieht sich schnell um und wendet sich dann wieder Sofie zu.

In der Küche schleift Krimo ein Messer an einem Wetzstein.

»Du meinst doch nicht etwa diesen *Piraten*?«, fragt Agnes ruhig. Erst danach erschrickt sie über ihre eigenen Worte – und legt die Finger auf ihre Unterlippe.

Ich schaufle mit der Bürste etwas Seifenlauge aus dem Eimer und blase in den Schaum. Keine Seifenblasen. »Das ist ein Pirat«, sage ich, während ich die Bürste langsam ertränke, »den du selbst erobern musst, Mädel …«

»Tisch zweiundzwanzig! Zwei Schweinekoteletts mit Sahnesauce. Und zweimal Kindermenü Frikadelle. Ag-ness?!«, schreit Amimun.

Agnes dreht sich um. Sie hat hübsche kleine Ohren. Und ich habe hübsche kleine Finger.

»Mist! Mein Essen, mein Tisch! Total vergessen …!«

Zu zweit eilen die beiden schönsten Pinguine in Richtung Herd. Auf dem Weg dorthin naschen sie noch von den Tellern mit dem Räucherlachs (auf einem Gemüsebett und mit Kapern bestreut; auf dem Tellerrand liegen eine geschnitzte Zitronenblume und eine Tomatenscheibe – sehr appetitlich).

»Agnes!«
»Ja?«
»Vergiss meinen Kaffee nicht.«

Kilos und Eier

Warum kommst du zu spät, Schaumschläger? Es ist schon zehn vor eins!«

»Mein Vorderrad war stecken geblieben, Chef.«

»Ach so? Ja dann … Na, dann hol mir mal 'ne Tasse Kaffee.«

»Wärst du so nett, Agnes …?«, gestikuliere ich, während ich meinen Spülposten wieder einnehme.

»Zwei Tassen und zehn Stückchen Zucker«, ergänzt sie von sich aus. Sie steht vor Amimun, der ihren Bestellbon – einen zerknitterten Papierfetzen – inbrünstig studiert.

»Eine *Käse*platte? Was hab ich dir getan, Agnes? Du weißt doch, dass ich diesen Käsemist hasse, verstehsdu?« Er schlägt zwar einen kläglichen Jammerton an, krempelt aber die Ärmel seines Hemds bis über den Bizeps hoch.

Agnes zuckt mit den Schultern.

»Ich hab dich heute den ganzen Tag nur vorbeirennen sehen, verstehsdu.« Der Charmeur hat jetzt Schleim auf den Stimmbändern. »Keine zwei Worte hast du für mich übrig. Sieht so aus, als würdest du mir in letzter Zeit aus dem Weg gehen, Agnes. Du wirst mich doch nicht im Stich lassen, Baby? Oder? Du weißt doch, dass ich ohne dich nicht leben kann?«

Agnes lächelt. Oder vielmehr: Sie gibt sich alle Mühe.

Amimun packt sie am Arm.

Sie versucht, sich loszureißen. Seine küchenschmutzigen, von

Brandwunden und Messerschnitten verstümmelten Klauen drücken sich fester in ihr Fleisch.

»Aauuu … Amimun, lass mich los! Verschwinde, du Schmutzfink, du stinkst nach Fisch! Ekelhaft!«

»*Tas tas … ibugrur*, jetzt sieh sich einer diesen Rotzlöffel an«, murmelt Doornkaat zwischen den Beilhieben, die auf das riesige Stück Schweinefleisch vor ihm niedergehen.

Amimun stempelt mit seinen trockenen Lippen flüchtig Agnes' Wange, spurtet zurück an seinen Platz hinter dem Herd und dreht ein paar nervöse Pirouetten, um den raschen Kuss auf die rosigen weichen Wangen des Mädchens aus Sondergleichen nicht allein zu feiern.

Und tatsächlich – er wurde beobachtet. »He, du kleine Ratte! Hast du noch nie 'ne Frau gesehen, oder was?« Hinter seinem Hackblock fährt Sofian – ein kahler, schwitzender Riese mit kleinen Ohren – mit der Zungenspitze über seinen breiten ungepflegten Schnurrbart. Sofian ist ein Herkules, der jeden Morgen sechs Bananen, fünf rohe Eier, drei Esslöffel Proteinpulver und eine Packung Vanillejoghurt zu einem Shake zusammenrührt, das Resultat in eine Thermoskanne füllt und ständig mit sich herumträgt, um die Mischung über den ganzen Tag verteilt – vor und nach seinen sechs Hauptmahlzeiten – zusammen mit drei Vitaminampullen zu vertilgen. Anschließend krempelt er seine Ärmel hoch, öffnet langsam die Knöpfe seiner Kochjacke und spannt seine Muskeln an, bis er zu einem roten Hulk anläuft. Danach lässt er die Luft wie aus einem Fahrradreifen aus sich raus, knöpft beschämt die weiße Jacke wieder zu und wendet sich mit rauer Stimme an alle Spitznamen – sein unfreiwilliges, nur aus Respekt vor der Schöpfung zuschauendes Publikum: »Ich muss mehr essen und trainieren. Ich bin noch immer zu dünn. Oder was meint ihr?« Meistens packt er anschließend einen der Spitznamen am Kragen – Hühnerwichser genießt seine besondere Aufmerksamkeit, da er genau den richtigen Hals dafür hat – und sagt dann mit seinen großen Lippen: »Ich will die Wahrheit hören, verstanden? Nichts als die Wahrheit. Bin ich stark oder nicht?«, während sein heißer Atem dicht über das vor Angst weiße Gesicht seines Opfers streicht.

»Ja … ja, klar. Du bist der stärkste Mann der ganzen Welt. Lass mich runter, Mann«, piept Hühnerwichser. Seine Beine strampeln in der Luft.

»Oh, Mann, du bist ein echter Hühnerwichser …!« Sofian lässt ihn fallen und verpasst ihm noch einen leichten Tritt. Während er wieder in Richtung seines Hackblocks marschiert, dreht er den Kopf in einer plötzlichen Gefühlsanwandlung nach hinten und sagt langsam und deutlich, den Zeigefinger auf Hühnerwichser gerichtet: »*Ich komme wieder!*«

Der an Bigorexia leidende Riese mit den vielen Spitznamen (sein schönster lautet »Homo Erectus Alcoholicus«, aber der am häufigsten verwendete ist »Doornkaat« – unter anderem aufgrund seiner Vorliebe für Korn und andere hochprozentige Genüsse) steht mit seinen kräftigen Beinen, die stramm in den Hosenbeinen stecken, wie eine Fleisch gewordene Statue in der Küche. Sein riesiger Kopf ruht auf den vielen Speckschichten seines stämmigen Körpers; sein Hals hat unter dem Druck nachgegeben und ist zwischen seinen Schultern verschwunden. Er hat wurstartige Arme, und mit seiner Bärentatze umklammert er das Metzgerbeil. Mit einem einzigen Schlag – *Pamm!* – formt er einen Klumpen Schweinefleisch zu flachen Schnitzeln. Selbst Wilhelm schafft das nur mit vier Schlägen. Mit einem breiten Grinsen, das die Speckschichten um seinen Hals bis kurz unter sein Kinn zusammendrückt, holt er jetzt mühsam – wie ein lange nicht geleerter Staubsauger – Luft und schreit in Amimuns Richtung: »Ich werd dich demnächst mal mit zu den Nutten nehmen, die können dir dann den Schorf von deinem Würstchen ablecken. Dich juckt's in der Hose, was, *ajamschum*? Stimmt's, du kleine Ratte? Hahaha!«

Amimun dreht sich um, macht sich klein, schiebt die spitzen Zinken seiner Fleischgabel in Richtung des Riesen und katapultiert die Worte von seiner messerscharfen Zunge: »Was faselst du da, Fettsack? Hat Mami dir heute noch keinen Proteinshake gemixt?«

Doornkaat lässt das Beil auf den Hackblock fallen und läuft wie ein Ringer, mit weit gespreizten Armen und Wackelbauch, hinter Amimun her. Er zwinkert Krimo, der die Szenerie aus sicherer Entfernung beobachtet, mit einem Auge zu, wobei sein ganzer Mund mitzwinkert. »Komm her, du Ratte! In Gegenwart unserer schönen Blondinen traust du dich wohl, das Maul aufzureißen!«

Liebe Agnes ist sichtbar geschmeichelt. Ihre Hände ruhen auf ihren Hüften.

Mit einer Hand auf Amimuns Schlüsselbein drückt Sofian alias Doornkaat den Koch auf den nassen Boden.

»Lass mich los... lass mich los... sonst passiert was, verstehsdu?«, schreit Amimun. Seine Füße strampeln in den von Blut rot gefärbten Wasserlachen.

»Ach nee, Schlappschwanz. Hahaha!« Sofian greift trotz heftig zappelnder Gegenwehr nach Amimuns Gürtelschnalle und macht sie los. »Lass mal sehen, wo deine Eier sind, kleiner Wichser!«, höhnt er und drückt seine riesige Hand gegen Amimuns stolze Murmeln.

»Zieh Leine, Fettsack! Verpiss dich...!« Amimun strampelt wie ein Bessener. Das Wasser zieht in seine helle Jeanshose.

Aber die brutale Kraft hält ihn unerbittlich fest.

Krimo kehrt, den Blick zu Amimun gewandt, an den Herd zurück, ein Kalbsbries in der Hand. Er dreht das Gas herunter, so dass die zitternde blaue Flamme, die sich mit Mühe am Leben hält, den prasselnden Butterschaum zur Ruhe kommen lässt.

Inzwischen spielen die beiden ein demütigendes Schiffeversenken:

»Vier B, nichts… Vier C, wieder nichts, hahaha… *walu*… nichts! Hahaha! Da ist ja überhaupt nichts… hahaha!«

Ich sehe die Goldfüllung in einem der Backenzähne des Riesen.

»He! Ihr Schwuchteln! An die Arbeit! Spart euch diese Spielchen für später auf… Und wascht euch die Hände, bevor ihr wieder an die Arbeit geht!« Eine Hand am Rahmen, die andere auf der Türklinke, betrachtet Chefkoch Wilhelm das Spektakel vom Kühlraum aus.

Doornkaat zieht seine Hand zurück und packt Amimun am Handgelenk. Er will ihm beim Aufstehen helfen, sozusagen als Geste: War nur ein Scherz, haha, ein kleines Küchengeplänkel.

Aber Amimun sieht das anders. Er macht seine Hose zu, sieht sich um und erträgt gelassen seine Demütigung. »Was glotzt du so, Schaumschläger?«

Ich verschwinde in einem Topf.

»Alte Drecksau«, brummt Amimun und klopft sich den Staub von der Hose.

Mit gespielter Enttäuschung im Blick beugt sich Agnes über Amimun und hilft ihm beim Aufstehen. »Was ist los mit dir? Wo sind deine Muckis? Und ich dachte schon, du wärst Karate Kid?«

»Ich werd demnächst Fitnesstraining machen«, murmelt Amimun betroffen. »Morgen werde ich mich anmelden. Ich fang mit Fitnesstraining an, echt. Ich werd drei Proteinshakes pro Tag trinken, verstehsdu? Und dann knöpf ich ihn mir vor…« Er geht in die Hocke und bindet seine nassen Schnürsenkel zu. »Aber wann gehen wir denn mal endlich einen trinken, Agnes?«

»Pffffff…« Agnes presst Luft zwischen ihren Lippen hervor.

»Nicht, Agnes. Mach nicht so komische Geräusche. Ich kapier schon, was du mir damit sagen willst.« Er sieht mit theatralisch gerunzelter Stirn zu ihr hoch.

Agnes versteht dieses expressive Mienenspiel nicht und blickt zur Seite in Krimos Richtung, zu Däumelings Cousin, zu meinem Musikanten.

Am äußersten Rand des Herds – wenn ich genau sein darf: am letzten Brenner – steht Krimo mit einer Metallbürste und reinigt den Grill. Seine Augen folgen dem Auf und Ab des Holzblocks mit den eisernen Stacheln, mit dem er die verkohlten Fleischreste von der gusseisernen Platte kratzt. Er ist nicht bei der Sache; in Gedanken ist er meilenweit von hier entfernt, auf der Suche nach sich selbst, nach den Dingen, die er als Nächstes aufschreiben will. Oh Boy, dieser Träumer … der stille Cupido, der nichts anderes zu tun hat. Er schreibt wirklich alles auf, was er sieht und hört, um es dann mit volltönender Stimme wieder von sich zu geben. Selbst wenn er Erbsensuppe mit fetten Fleischstückchen gegessen hat oder schreckliche Scheißeritis hat – er notiert alles. Die Gefühle strömen förmlich durch seine Finger, füllen das Tintenfass und fließen in einem warmen Strom über das Papier … die Gefühle, die er häufig an mich weitergibt, hier in meiner Pfannküche: Er setzt sich an meine Seite, nimmt einen Schluck Kaffee und sagt mit dünner Stimme: »Nordip, mein Bruder, sieh dir mal an, wo ich gestern war, sieh mal … ich war wieder sehr weit weg … in Tamasint … bei Großvater …« Eine Träne rollt über seine Wange, sucht sich einen Weg nach unten und fällt beschämt auf seine Hand.

Gierig reiße ich ihm das Papier aus den Händen.

»Das darf sonst niemand zu lesen bekommen«, sagt Krimo und sieht sich um, ob nicht vielleicht irgendwelche Spanner auf der Lauer liegen.

Und ich sage, die Hände fest um das Papier geklammert: »Niemand wird es lesen, Träumer, ich bin der Einzige. Ich muss lernen anders zu träumen. Ich werde es lesen und erleben. Ich habe viel geschlafen, aber wenig geträumt. Ich habe immer von außen nach innen geträumt, statt von innen nach außen … Ich hab nicht weiter geguckt als bis zu der Stelle, wo meine Füße standen; ich war meiner selbst überdrüssig, habe mich im Kreis auf diesem zusammengepressten Fleck gedreht, auf dem mein ganzes stürmisches Leben stattfand… Aber das weißt du längst, schließlich bist du mein Cousin.«

Als Krimo gestern aufstehen und an seinen sicheren Ort hinter dem Feuerspucker zurückkehren wollte, habe ich ihn beiseite genommen: »Dieses Mädchen da drüben, diese reiche, schöne, reine Hollanda, die errötet wie ein Apfel im Herbst, der reif zum Pflücken ist, die Tochter von de Ruyter, diese liebe Agnes… also meines Erachtens hat sie was für dich übrig… Sie ist in dich verknallt. Warum? Das musst du mich nicht fragen, aber sie ist echt verliebt, das steht fest…«

Krimo lächelte kurz, stand auf und lief mit seiner Fleischgabel hantierend zum Herd. Er ließ mich mit seinen Gedanken auf dem Papier zurück, die ich auf mich selbst übertrug. Sie trugen mich weit fort. Ich vergaß meine Spülbürste, mich selbst, die Seifenlauge und die Zeichen der Liebe. Ich stopfte kleine Schwammstückchen in meine Ohren, floh in die Stille, vergaß das Praktikum, vergaß alles um mich herum und ging auf Reisen, zu dem Ort, an dem meine Nabelschnur durchtrennt worden war… *Nach Jahren der Langeweile und des Überdrusses war ich endlich zu Hause angekommen…*

Ich paddelte mit meinen Füßen
durch den roten Sand,
grüßte Sellam, den Hirten,
am schwülheißen Strand.

Ich lief heiter
immer nur weiter,
bis zu den felsigen Stellen,
wo Land und Meer verbunden durch Wellen.

Stand mit meinem Gesicht
im goldenen Licht …

Ich hatte gesehen und übersehen:
was war erworben,
was war gestorben
und was war verdorben.
Ich hatte gesehen und übersehen.

An diesem Mittag der sirrenden Zikaden,
von Seeluft erfüllt,
von Sonne und flirrenden Schwaden,
gab ich der See mein Augennass.
Es fiel wie nichts ins Gewicht,
bis mich umarmte bergiges Gras
und trocknete mein Gesicht.

Wurde von der Welt überrollt.
War das wirklich so gewollt?
Mit dem Ticken der Zeit
verlor ich die Wirklichkeit.

Mein Dorf
Ich hatte gesehen und übersehen …

»Au! Verdammt noch mal, was soll denn das?«

»Weiterspülen, Schaumschläger!«

»Du kannst mich mal …«

»Weiterspülen, Schaumschläger!«

»Okay, okay …«

Manchmal kann Wilhelm echt nett sein.

Warum mit Agnes?

Ich salamiere: »*Salam!* Hi, Amimun, setz dich, der Platz ist noch frei.«

Amimun sucht in den Taschen seiner durchweichten Hose und findet ein zerknittertes Päckchen Tabak. »Hast du mal ein Blättchen?«

Ich gebe ihm eine Zigarette. »Hier, nimm 'ne Anständige.«

»Ich hab meine zu Hause liegen lassen; die sind übrigens besser als die hier, verstehsdu«, sagt er mit großem, unerschütterlichem Stolz, bevor er sich den Nikotinstengel in seinen nicht minder großen Mund schiebt.

Ich lasse eine Zigarette für mich selbst aufglimmen und schließe den Wasserhahn über einem Eimer mit Schaumlöffeln und Schöpfkellen. Der Geruch von Verwesung, der einen Ausdruck des Ekels in Amimuns braunes Gesicht meißelt, weht an mir vorbei.

»Wirst du von diesem Gestank und den schimmelnden Töpfen um dich herum nicht krank, Nordip?«, fragt er, während er mit der Nase in den Schaum taucht.

»Ach … irgendwie hab ich mich daran gewöhnt …«

Amimun röchelt und rotzt Spucke in den Abfluss. »Der Blaue Geier stinkt, dieses ganze versiffte Hotelrestaurant stinkt nach Leichenfäule …«

»Warum suchst du dir dann nicht woanders Arbeit?«, frage ich.

Er sieht mich prüfend an. Mit seinem stechenden Blick bringt er meine Pupillen zum Stillstand. Eine Suppendose kippt um.

»Was willst du hier eigentlich, Nordip? Bist du vielleicht vom Geheimdienst? Warum all diese Fragen?«

»Ich bin Praktikant, ich will von dir lernen.« Ich ziehe den Silberring von meinem kleinen Finger und spiele damit.

Amimun streicht sich mit seinen lädierten Gliedmaßen über die Stirn und schlägt die Fleischgabel gegen den Rand eines Topfs. »Irgendwie merkwürdig – dein Praktikum. Schon echt seltsam. Oder hast du vielleicht vor, mich aufs Kreuz zu legen? Ich hasse Verräter, verstehsdu … Warum redest du eigentlich so viel mit Agnes?« Er spuckt erneut in den Abfluss, schlägt wieder mit der Gabel gegen den Topfrand und wiederholt langsam und mit vorgeschobenem Kinn: »Ich hasse Verräter, verstehsdu, von daher …«

Ich lasse den Ring fallen. Er rollt über die Fliesen zum niedrigsten Punkt im Boden – zum Abfluss. Aber bevor er mit einem Kopfsprung in die Kanalisation eintauchen kann, verschwindet er unter dem Turnschuh des Kochs. Ohne ein Wort zu sagen, wischt dieser den Ring an seinem Hemd ab und gibt ihn mir zurück. »Ach, ich weiß auch nicht«, sagt er und saugt seine Lungen voll. »Es ist überall dasselbe. Überall werden Spielchen gespielt.« Mit stoischem Blick, das Kinn weit nach vorne gereckt, lässt er aus seinem Mund ein paar ringförmige Rauchkringel entweichen. Er sieht sich um und deutet auf die Küche, wo Ali zwei Eimer Wasser heranschleppt.

Ali ist ein kleiner, magerer Mann mit pockennarbigem Gesicht, ungepflegtem Bart und wild zerzausten Haaren.

»Du weißt, wie die Jungs hier an ihren Job gekommen sind, oder?«

Ich sehe mich verwirrt um. »Was meinst du?«

Ali schüttet Wasser auf den Tisch, fegt einmal mit dem Besen drüber, stellt ihn neben den Herd und drückt die Gummilippe eines Abziehers gegen den Tisch.

Wilhelm scheucht ihn mit wilden Armbewegungen aus seiner Trance, läuft zu ihm hinüber und legt seine Hände – zwischen Alis – um den Besenstiel. »Ali… das ist ein Abzieher! Und mit einem Abzieher zieht man! Nicht drücken! Nein, verdammich! Ziehen, nicht drücken! Sonst hieße er schließlich ›Drücker‹. Ziehen, du Döskopp! Tjunge, Junge…«

Amimun streckt seinen Zeigefinger in die Luft. »Die Jungs da… diese Jungs, Nordip, sind aufgrund eines Spielergebnisses eingestellt worden. Sie sind genau da, wo ihr Ergebnis sie hinplatziert hat, verstehsdu…«

»Nein, versteh ich nicht. Was für ein Spiel? Warum reden hier alle andauernd von irgendeinem Spiel?«

»Du willst mir doch nicht erzählen, dass…« Amimun scannt und seziert mich mit rasiermesserscharfem Blick. »Bist du etwa eingestellt worden, ohne den Test zu machen?!«

»Welchen Test?«

»Na, das Spiel, natürlich.«

»*Welches* Spiel, Mann? Wovon redest du?«

Amimuns Gesicht bekommt auf einmal einen verschlagenen Ausdruck. Einen Moment sieht es so aus, als wären wir allein, mitten in der Wüste, dem Überlebenskampf überlassen, vorangetrieben von Hunger und Durst. Wir könnten einander aufschlitzen, das Blut des anderen trinken, einander auffressen… doch wir lächeln einander mit aufgesetzter Freundlichkeit an.

»Arbeitest du vielleicht für Meerman, Nordip? Dass du hier in diesem Loch arbeitest, vor dem sich selbst die Spitznamen ekeln – und das will was heißen –, ist an sich schon ziemlich merkwürdig. Aber dass du den Test nicht machen musstest – echt merkwürdig, Mann… Und warum redest du eigentlich so viel mit Agnes?«

Ich nehme meine Bürste und rühre in der dreckigen Brühe.

Warum geht ein Naseweis wie er nicht fort und sucht sich woanders Arbeit? Er könnte einen neuen Weg einschlagen, etwas wirklich Aufregendes entdecken. Sein Können würde ihn überall hinbringen, ihm viele Türen öffnen. Handelt es sich vielleicht doch um versteckte Unsicherheit hinter diesem stolzen Auftreten, oder hat er einfach keine Lust mehr, in fahrbaren Gewässern zu segeln?

Blicke ich jetzt nicht gerade in einen Spiegel, erkläre ich jetzt nicht gerade mich selbst? Ich habe es wirklich versucht, oh Boy, bevor ich mich festfuhr und zwei Jahre zum Erliegen kam. Nicht nachdenken, einfach in der Herde mitlaufen, sich in Hoffnungen und Erwartungen verlieren, nach dem Goldenen Kalb suchen, ein unendlicher Prozess des Reisens von A nach B, sich in abgemessenen Kreisen drehen und wieder von B nach A zurückreisen – allerdings vollkommen gedankenlos, denn Gedankenlosigkeit bereitet keine Schmerzen.

Die auf TV-Ansagerin geschminkte Tussi mit den rasierten Armen bei der Zeitarbeitsvermittlung bürdete mir immer wieder die gleichen Jobs auf, die sie in einer schwarzen Mappe mit dem Buchstaben »S« wie »Sonstiges« unter ihrer Schreibtischplatte aufbewahrte. »Berufserfahrung …? Sie suchen jemanden mit mehr Erfahrung?« Ich erklärte ihr, dass ich mein ganzes Leben lang Erfahrungen gesammelt hatte, mich sogar eigenhändig auf diese Welt gekämpft hatte – was an sich schon eine ziemliche Erfahrung ist. Und dass ich zehn war, als ich in Oosterlande, einem Dorf hier in der Nähe, Äpfel sammeln ging, und mit zwölf wie ein wild gewordener Affe in den Bäumen hing und diese saftige Köstlichkeit pflückte … Zeitungen austragen, Gartenarbeiten bei Mevrouw Marode, Steine schleppen in der Steinfabrik, Brötchen backen … und so weiter und so fort. Man ist schließlich jung und will was erreichen, und im Sommer bedeutete das: Erdbeeren pflücken. Vom Erdbeerpflücken wird man echt reich, oh Boy! Reich an Kohle und reich an Aroma. Nichts ist herrlicher als der intensive Duft eines taufrischen Erdbeerfelds am frühen Morgen…! Ich bekam von der ganzen Kriecherei zwar dicke Knie, auf denen dann diverse Feuchtigkeitsbeulen, Fleischgewächse und Fisteln gediehen, aber was soll's. Profifußballer wäre ich sowieso nicht geworden, dafür muss man schließlich regelmäßig trainieren und ich war eher ein Freund von regelmäßigem Ausschlafen.

Mit Mistklumpen unter den Holzpantinen und einem betagten Bouvier im Kielwasser kam der krumme Bauer auf mich zu, als ich gerade ein Brot mit Erdnussbutter und Erdbeeren vertilgte. Sein Gesicht war schlammverkrustet, und er sagte: »Gut, min Jung, iss man tüchtich weider, dann wirssu später bestimmt ma n bannig feine Bur un dann kannssu nen Burenhof da in din Türkei anfangen. Aber nu plück man tüchtich weider, es is ja noch soo schön kühl…« Er gab mir einen freundschaftlichen Klaps auf meinen Achtersteven, und ich warf einen Blick auf das Feld, auf die Umzäunungen aus Stacheldraht, auf die frei herumlaufenden Schweine, Kühe und Bauerntöchter.

Plötzlich war ich meiner selbst so überdrüssig, dass ich dachte: *Mannomann, da macht man was mit, hier auf diesem Erdbeerfeld! Welch ein Leben, welch eine funkelnde Herrlichkeit, welch eine grausame Art und Weise, der frischen wunderschönen Jugendzeit ein Ende zu bereiten!* Und deshalb ging ich mit einer raffinierteren Taktik zu Werke. Sobald der Bauer auf seinem Traktor saß und brummend durch den Schlamm fuhr, um die Vögel – *He! Hallo! Ho!* – aufzuschrecken, klaubte ich etwas von dem Stroh zusammen, mit dem die Wege zwischen den Erdbeerreihen bedeckt waren, und füllte damit die untere Hälfte der grünen Pappschälchen, in die ich anschließend die prachtvollsten Erdbeeren legte. *Sei kein Dummkopf, Zeit ist Geld, spar kreativ im Erdbeerfeld* – dies war mein morgendliches Motto und mein kleines, kostbares Geheimnis. Ich konnte es jetzt etwas ruhiger angehen lassen; das Ganze war sozusagen eine Art Erdbeer-Stütze, und so wurde ich zum König der grünroten Felder. Jeden Tag war ich derjenige mit den meisten Erdbeerkisten – und damit auch derjenige mit der dicksten Lohntüte. Dieses Arrangement hätte von mir aus ewig so weitergehen dürfen, doch es kam der Moment, da der Bauer das Wie und Warum von seinen Abnehmern bei der Versteigerung vernahm und die Schälchen von allen Pflückern umkippte, um sie zu inspizieren und den Bauernschwindel aufzudecken. Ende Karriere Nordip.

Ich döste gerade mit halb geöffneten Augen vor mich hin, den Blick auf die Knie der Bauerntöchter gerichtet…

»Du Schiet-Jung! Ich werd dir eins überziehn! Du has mich betrogen!«, schrie der Bauer. Er zog seinen Holzschuh aus und schlug auf meinen instinktiv ausgestreckten Ellenbogen ein.

»Ruhig, Mann. Nur die Ruhe! *Take it easy, man*, das lässt sich doch alles besprechen«, verteidigte ich mich, ließ mich rückwärts in das Stroh fallen und streckte abwehrend die Beine aus.

»Frrrrrt, Bodo! Fass! Fass den Türken! Fass, Bodo!« Der Bauer hetzte seinen Hund auf mich.

Aber es war Sonntag. Der Hund wollte nicht. Es handelte sich wohl um einen streng katholischen Hund.

Der lästige Bauer holte ein Luftgewehr von seinem Traktor und richtete den Lauf auf meine Stirn. Ich blickte direkt auf die zitternden, plumpen Finger des rasenden, Holzschuh tanzenden Overalls.

»Sieh dattu wechkommst!«, schrie der Mann. »Un wenndu hier noch ein ma längs komms, knall ich dich übern Haufen!«

Ich sprang auf, schnäuzte mich, machte eine besänftigende Bewegung mit meinen Erdbeersirupfingern und lief zu meinem Rad. Rashid blickte mit Stroh in den Haaren aus den Erdbeersträuchern hoch und brach in schallendes Gelächter aus. In dieser Nacht konnte ich vor lauter Magen stechenden Ideen nicht schlafen und kämpfte mit den Laken.

Am nächsten Tag bin ich dann zur Essenszeit mit schwunglosem Reggae in meinen Ohren zum Hof des Bauern zurückgeradelt. Ich hab seinen Hund mit Bonzo Diät plus Glasstückchen gefüttert, seine Melkmaschine sabotiert, seine Gülletanks weit aufgedreht und drei Kisten Erdbeeren auf meinen Gepäckträger gestapelt, die ich dann im Bürgerzentrum Alcatraz für ein Päckchen Marlboro und eine Maxi-CD von Bob Marley weiterverkaufen konnte.

Und nach langem Quengeln und dem Vorzeigen meiner geschundenen Knie bekam ich von dieser glänzenden Tresentussi in diesem glänzenden Zeitarbeitsunternehmen einen dieser glänzenden Jobs, der glänzende soziale Fertigkeiten von mir verlangte. Ich durfte in einer Druckerei hin und her wetzen und Kopien machen – und wurde entlassen, weil ich immer zu spät kam. Ich durfte bei einem Verlag den ganzen Tag gähnend Faxe senden und empfangen – und wurde entlassen, weil ich manchmal zu spät kam. Ich durfte am Telefon sagen: »Hallo? Guten Abend Mevrouw XY mein Name ist Dick Daanen von der Firma Desa Telemarketing haben Sie vielleicht einen Moment Zeit und vielleicht noch einen um ein paar Fragen zu beantworten… Nein? Also es ist so Mevrouw XY wir würden Ihnen gerne folgendes Angebot unterbreiten: ein faustdickes Lügengebäude aus Buchenholz, solide auf Sand gebaut…« Ich wurde entlassen – nicht, weil ich während der vereisten Morgenstunden lieber meinen Träumen nachhing, nein, oh Boy, das fand man da überhaupt nicht schlimm. Nein, ich wurde entlassen, weil ich mich nicht an die Vereinbarung hielt, mich nicht mit meinem eigenen Namen zu melden – *kein Ge-Nordip, kein Ge-Dunia… ich bekam einen Tele-Namen verpasst: Jan Dalen. Unser Manager meinte, potentielle Kunden würden beim ersten, sehr wichtigen Kontakt abspringen, sobald sie einen fremdländischen Namen am anderen Ende der Leitung hören… »Und achte darauf, Nordip: in einem Verkaufsgespräch immer offene Fragen stellen.«* Ironischerweise holte dieser Manager genau das Fremdländische in mir zum Vorschein.

> Hallo? Schönen guten Tag, mein Name ist Achmed Janssen, Desa Tele-Marketing. Wie meinen? Jaa, Achmed Jans-sen, mit zwei S. Wie oft haben Sie in der letzten Woche eine anständige Portion Hammelfleisch gegessen…

Danach bekam ich einen Job bei Hellema, einem Hundetrainingszentrum, wo ich den Bürokram des Clubhauses auf den neuesten Stand bringen durfte. Oh Boy, ich bin damals mit hemmungsloser Euphorie durch Besenloos gerannt, habe mit Glückssteinen nur so um mich geworfen und wie ein brünstiger Bananenverkäufer – wirklich, in *der* Lautstärke – überall rumposaunt, dass ich jetzt Büroarbeit machen würde. Ich erzählte es den Kindern und den Frauen mit dem losen Mundwerk: und die erzählten es anderen, die es ihrerseits wieder… und so weiter und so fort. So machte es die Runde:

NORDIP, DER SOHN DES DUNIA,
MACHT BÜ-RO-AR-BEIT

Selbst die Alten flüsterten es einander zu, nach dem abschließenden Gebet in der großen Moschee von Opwallen: »Nordip, dieser *ifies*, dieser schlaue Fuchs des Dunia, macht BÜ-RO-AR-BEIT. Großartig! Was für ein Vorbild, dieser Junge! Endlich mal ein vorbildliches Vorbild…«

Ihr könnt euch sicher vorstellen, dass ich nur allzu gerne aufwachte, um dann randvoll mit Koffeincourage zu sortieren, abzulegen, zu tippen und Briefmarken zu kaufen…

Bis…

Bis es einfach nicht mehr ging, oh Boy, es ging wirklich nicht mehr… ich hab es echt versucht… auf die Zähne gebissen… aber ich konnte dieses sozial verbrämte Geschwafel einfach nicht länger ertragen… vor allem montagmorgens… wenn meine gesamte Courage noch am Boden der Kaffeekanne dümpelte…

»Und, was hast du am Wochenende so gemacht, Nordip?«

»Am Wochenende? Ach, ich hab Büffel gejagt, Heuschrecken gegessen, einen Kopfstand gemacht und mir das Testbild angesehen. Ich hab meinen Zeigefinger hunderttausendmal in mein Ohr gesteckt und wieder herausgezogen, einen ganzen Swimmingpool voller Kaffee leer gesoffen, unserem Kontaktbereichsbeamten mit einem Superschuss Morphium aufgelauert und… dann… dann bin ich schlafen gegangen…«

»Also ein hektisches Wochenende gehabt?« *Tick-tack…*

»Ja, kann man so sagen…« *Tick-tack…*

Hinter dem Fenster… draußen… schien alles noch schöner. Selbst die sterilen Bürogebäude im Industriegebiet wirkten auf einmal genauso prachtvoll und episch wie eine rot glühende Sonne, die hinter einer alten Mühle im struppigen Gras dahinschmilzt.

Und dann setzte diese Häkeldeckchen-Cora – die schwer unter dem Breite-Masse-Syndrom litt, nach Holzkohle und Erdnussbutter roch und auf der Festplatte ihres Computers eine Menge Hirn erweichenden Buchstabenbrei gespeichert hatte (mit solch sinnigen Titeln wie: *Wie werde ich genauso reich wie Oprah? Wie werde ich genauso glücklich wie Oprah? Wie entwickle ich ein genauso kosmisches Bewusstsein wie Oprah?*) – zu einer Reihe von Fragen an und breitete ihr gesamtes Leben auf diesem kleinen Buchenholztisch aus, an den wir uns beide in unseren ergonomischen Bü-ro-ar-beit-stühlen rollten. Ihre Seele zeichnete geheucheltes Interesse in ihre blaugrauen Augen. Sie tauschte nur heiße Luft auf dem Markt der Freundlichkeiten aus: »Wo lebt deine Familie was machen sie beruflich was isst deine Familie in diesem Dorf aus dem du kommst, Nordip?« *Tick-tack…*

»Sie essen Heuschrecken, leben in Zelten und organisieren Kamelreisen zum Mond für kurzsichtige komplizierte Touristen wie dich, liebe Cora, die mal so richtig ausspannen und zu sich selbst finden wollen.« *Tick-tack…* Die angestaute Energie in meinem Bauch kroch in mein Zwerchfell. Ich seufzte und blickte zu den trägen Zeigern der Uhr hoch. Sie tickten so quälend langsam; es schien, als wären sie bleischwer.

»Wirst du heute Mittag wieder was Exotisches essen, Nordip?«

»Ja, ich hab ein gebratenes Huhn dabei, dreihundert Gramm Oliven und einen Schafskopf. Möchtest du vielleicht ein knuspriges Ohr? Oder ein Stückchen zarte Zunge? Der Austausch der Kulturen beginnt beim Essen, liebe Cora.«

Ich tauchte in ein Wörterbuch ein und fraß die Buchstabenkombinationen mit Vergnügen in mich hinein, nur um ihr aus dem Weg zu gehen. *Aalbeere, Aalfang, aalglatt, Aalleiter, Aalquappe ...*

Brutal riss sie mich aus meinen Worten. »Wirst du von deinen Eltern schon mal misshandelt, Nordip?«

»Ja, klar. Mein Vater hängt mich sonntags an eine Wäscheleine und verpasst mir anschließend stundenlang elektrische Schläge, während meine Mutter mir Henna auf die Füße schmiert.«

Sie wich meinen Hohn triefenden Sätzen bequemlichkeitshalber aus. »Hör mal, Nordip ... du selbst bist zwar nicht so, aber ... du kennst sie doch auch, diese Früchtchen auf der Straße, auch aus deiner Kultur, die sind anders, ganz anders als du. Du bist wirklich ganz anders. Völlig anders, Nordip.«

»Ja, ich bin anders, ganz anders, anders als andere, liebe Cora, gib mir doch mal eben den Locher, Augenstern.«

»Ich finde übrigens doch, dass du dich zu sehr in dich selbst zurückziehst, Nordip. Wie kommt das eigentlich, Nordip?« *Ticktack ...* Ich hatte es fast schon vermisst. »Gehört das vielleicht auch zu deiner Kultur? Teepause, Nordip, Teepause. Ach, nein, du bist ja anders. Du trinkst ja Kaffee.«

Wie sollte man so bombardiert den Tag überstehen, oh Boy? Immer nur Ja und Amen sagen zu dieser Art von Engstirnigkeit? Oder war das meine eigene Engstirnigkeit? Zog ich das unwillkürlich an? Lenkte ich vielleicht alle Aufmerksamkeit auf mich?

War ich derjenige, der seine Umgebung mit seiner eigenen Borniertheit bombardierte, in meinem Kampf gegen diese Krämerseele ...?

Ich versuchte, es zu verstehen. Vergebens. *Durchhalten, Nordip, einfach weitermarschieren auf deinen platt getrampelten Zehen.* Ich ging dazu über, jeden Tag zwanzig Tassen Kaffee zu trinken, an den Montagen krankzufeiern, bald die halbe Woche zu Haus zu bleiben und dann ... dann schlich ich mich ganz davon, nachdem ich dieser Mückenlarve einen blutigen Schafskopf, traditionell an der Kehle aufgeschlitzt, in ihre Schreibtischschublade gestopft hatte ...

Und nun stehe ich hier ... In den Eingeweiden des Blauen Geiers, dieses fliegenden Leichenfressers, gelten keine sozialen Normen. Hier herrscht das Gesetz des Dschungels.

Was ist das für ein Spiel, das hier gespielt wird? Was hat es damit auf sich?

Ich sehe Amimun an. Der Hunger grinst in seinen Augen, funkelnde Monde. Die Stille sagt alles. Es ist die Sehnsucht nach Selbstachtung.

Routinemäßig fliegt ein Löffel über die Mauer und schlägt mit dem Rücken gegen die Innenseite einer Suppendose.

»Ach, hier steckst du, Amimun.« Wilhelms Quadratschädel lugt über der Mauer hervor, während er sich mit den Ellbogen aufstützt. »Was machst du hier, wer steht am Herd?«

»Krimo und Ivan.«

»Und du ...?«

»Sieht man das nicht? Ich unterhalte mich mit Nordip.«

Wilhelm lässt seinen Blick über die Töpfe und Pfannen schweifen und betrachtet dann angelegentlich meine Spülbürste.

»Wieso hab ich nur das Gefühl, dass du keinen Zentimeter vorwärts kommst, Nordip?«, fragt er und popelt mit einem Finger in der Nase.

»Ich kann auch nur einen Topf auf einmal spülen.«

»Nicht so pampig, Schaumschläger, hol mal die Bürste aus der Brühe. Ich werd nicht schon wieder 'ne neue für dich kaufen. Das ist schon die dritte diese Woche. Was stellst du nur mit den Bürsten an? Und das hier – was ist das hier?« Er greift nach einer Flasche Spülmittel und schüttelt sie. »Ist die auch schon wieder leer?«

Ich nicke.

»Ich werd heute Abend früher nach Hause gehen und mir den Rest der Woche freinehmen«, sagt der Chefkoch rasch und wirft die leere Flasche über die Mauer. Genauso rasch blättert er mit einer Hand durch seine Unterlagen, reißt ein DIN-A4-Blatt aus seiner ausgebeulten Ärztetasche, streckt seinen Arm aus und reicht Amimun den Zettel. »Hier. Das ist die Party-Liste. Das Programm für nächsten Samstag. Die Tiger kommen mal wieder, zu ihrer jährlichen Fauch-Versammlung. Was für ein Haufen Idioten …«

Ich blicke über Amimuns Schulter auf das Papier.

»Du stinkst nach Zwiebeln, Nordip.«

GROSSES TREFFEN DES TIGERCLUBS
IM MISSISSIPPI-SAAL

Mit vereinten Kräften zum Erfolg!

21.00	Sektempfang
21.15	Ansprache des Vorsitzenden, Hrn. Verstellen
21.30	Vermeldete Erfolge des vergangenen Monats
22.00	Musikalisches Intermezzo (Streichterzett *Die Mitesser*)
22.15	Erfolg – die eigene Entscheidung! Vortrag und Training unter Leitung von Rik Brugman
23.00	Diner
24.00	Schlusswort

Und in Wilhelms Handschrift:

Küche: Amimun, Ivan und Sofian
Bedienung: David, Agnes und Claudia
Aushilfe: Schaumschläger (Nordip)

»Amimun, sorgst du dafür, dass alles glatt läuft mit der Feier für die hohen Tiere? Diese Yuppies? Mach einfach irgendwas. Die finden doch sowieso alles toll... Und du darfst dich ausnahmsweise mal aus deiner Spülecke hinauswagen, Schaumschläger: Du wirst Amimun nächsten Samstag helfen. Ach... ich werd mich heute Abend besaufen, und danach werde ich meine Frau in den Wahnsinn treiben, in der Hoffnung, dass sie sich dann morgen von mir scheiden lässt. Dann brauch ich nur noch ja zu sagen. Ja, sieh mich nur an, Schaumschläger, mit deinem plüschigen Bob-Marley-Shirt. Du gewöhnst dir deine Phantasien auch noch ab. Ach... als Vater muss ich meinen Kindern auch noch was mitgeben. Ein Maschinengewehr und ein paar Handgranaten. Und danach zünd ich das Haus und die Feuerwache an, und dann bezahl ich dieser grandiosen Idee Alimente, weil ich nicht eher darauf gekommen bin. Ach... ich habe meine Ideen verwahrlosen lassen. Ach, als Gastronom muss man alles sorgfältig planen. Die Menschen in der Gastronomie sind Menschen mit Selbstmordneigungen, die sich ständig beschäftigen, damit es bei der Neigung bleibt, und die dann doch noch kaputtgehen, vor lauter Arbeit. Und alle sind glücklich. Was für ein Haufen Idioten!«

Nach diesem Festvortrag kratzt Wilhelm sich die Stirn, steckt seinen Finger in die Nase, wischt den Rotz am Rand meiner Mauer ab und greift nach einem Glas Milch, das seit über einer Woche auf dieser Mauer steht und vor sich hin gärt. Er steckt seine große Nase in das Glas, drückt es anschließend an seine Lippen und schluckt den Schimmelquark in einem Zug hinunter. »Aaaaah … das war köstlich, Jungs!« Zufrieden leckt er sich die Lippen. Er stellt das Glas so heftig auf die Steinmauer, dass es klirrt, wischt sich den Mund am Ärmel seiner Kochjacke ab, versucht, seine zu volle Tasche zuzuklicken, wirft sie auf den Boden, als ihm das nicht gelingt, stampft dreimal mit dem Fuß darauf, hebt sie wieder auf, klickt sie zu und klemmt sie unter den Arm. »Bis morgen, Jungs.« Der Küchenkasper geht zur Balkontür, bleibt davor stehen, betrachtet sinnend sein Spiegelbild in der Scheibe, öffnet den Mund und dreht sich wieder um. Mit großen Schritten kommt er zurück und blickt mir tief in die Augen. »Ich hab auf einmal so ein Déjà-vu-Gefühl.«

»Sodbrennen vielleicht?«

»Ach, Mann … Kenn ich dich nicht aus einem vorigen Leben, Nordip? Haben wir nicht zusammen eine Kaffeerösterei betrieben? Wir sind Pleite gegangen, du und ich. Wir haben zu viel von unserem eigenen Kaffee getrunken und konnten nicht zusammenarbeiten, weil du immer zu spät kamst. Ist doch irgendwie verrückt, so ein Gefühl, findest du nicht?« Und als weitere Worte ausbleiben und nur auf der Stirn erscheinen: »Also dann, bis morgen …«

»*Buhali!* Sag doch einfach, was du sagen willst.«

Amimun schüttelt den Kopf, legt die Hände auf seine Knie, drückt sich hoch, steht auf und steckt die Fleischgabel in seine Gesäßtasche. »Lass uns mal wieder an die Arbeit gehen«, sagt er ohne einen Hauch von Freude in seiner lauten Stimme. Er geht an den Spitznamen vorbei, die im Kreis um Doornkaat herumstehen, der gerade mit einem Sack Zwiebeln Muskeltraining absolviert.

Die Spitznamen zählen im Chor, wie oft Doornkaat mit schmerzverzerrtem Gesichtsausdruck den Sack hochstemmt. »Fünfundvierzig, sechsundvierzig … sieben … los, runter, *runter*, in die Knie … komm schon, Dicker!«

Doornkaat lässt den Sack fallen, streckt seine Arme aus, packt

Hühnerwichser am Kragen und hebt ihn vom Boden. »Nenn mich nicht *Dicker*, oder ich lass dich den ganzen Tag Anabolika schlucken, bis du aussiehst wie ein richtiger Mann, du Memme!« Er schleppt Hühnerwichser in die Mitte des Kreises, befiehlt ihm, auf seinen wegsackenden Knien stehen zu bleiben, nimmt den Zwiebelsack und platziert ihn auf den Schultern seines inzwischen kreidebleichen Opfers. »Fünfzig Kniebeugen, mein Junge, und wehe dir, wenn du nicht jedes Mal in die Knie gehst!«

»Noch zwanzig, noch neunzehn, zurück, noch zwanzig... runter, *runter*...!«

Jetzt herrscht hier ein Gefühl der Freiheit – das seh ich. Und ein Gefühl der Entspannung – das spür ich. Die Anspannung ist weg. Es ist wieder Nonsenstag... Wilhelm ist nach Hause gegangen, um seiner Frau Probleme zu bereiten, und Meerman weilt in Spanien, um seiner Frau und seinen Kindern eine Freude zu bereiten. Meerman hat wirklich tolle Kinder, für die Amimun letzte Woche noch, dort an seinem Herd, ein Entführungsszenario entworfen hat, als er seine verborgensten Sehnsüchte prustend zum Vorschein holte – eine zügig geleerte Flasche Port hatte ein wenig nachgeholfen. Er würde die Kinder in den Kühlraum werfen, neben die toten Hasen und das tiefgefrorene Schaf Anna; anschließend würde er die Temperatur auf minus dreißig Grad stellen und Meerman vor den Hackblock stellen: Innerhalb der Zeit, die es dauern würde, bis sie erfroren waren, musste Meerman perfekt und akzentfrei die marokkanische Berbersprache beherrschen, ohne zu lispeln und bei den Rachenlauten zu stocken – sonst würden seine Eiskinder zu einem herzhaften holländischen Gericht oder Hackfleisch verarbeitet. Das alles platzte einfach aus ihm heraus, alles, was tief unter seinem Herzen vergraben lag...

»Sprich Niederländisch!«, hatte Meerman immer wieder gerufen, wenn er vorbeirannte und ihm der fremde, temperamentvolle Klang wie eine Ahle in den Ohren stach. Selbst wenn er nur auf seine Monitore starrte, die ihm die Bilder des Küchenlärms in sein Büro brachten, konnte er es an den Lippenbewegungen erkennen. Die Kameras, die hier an den Küchenwänden kleben, sind seine Augen, ein digitaler Star aus unermüdlich rotierenden, zoomenden Linsen. Es gibt nur eine einzige Ecke, in die die Kamera nicht sehen kann: meine Spülecke.

Die Jungs trauen sich noch nicht mal, die Küchentoilette zu benutzen, weil sie Angst haben, dass Meermans Augen ihnen auch dorthin folgen. Sie haben Angst, dass diese Katzenaugen ihnen in den Dickdarm kriechen. Dann könnte Meerman sehen, was sie alles vertilgt haben, hier hinter meiner Mauer. Von seinem Büro aus, in dem ich am ersten Tag meiner glänzenden neuen Zukunft saß, verfolgt der Direktor die Bilder wie ein Wachmann, der auf eine Beförderung scharf ist. Wenn ihm etwas auffällt, das ihm nicht schmeckt, holt er sich das Bild näher heran, friert es ein, schreit »Unfassbar!« und spurtet mit einer Hand an der Krawatte zum Aufzug, der seinen Adrenalinspiegel nach oben treibt und ihn anschließend strauchelnd und mit Schaum vor dem Mund in die Küche spuckt. »'tschuldigung, zur Seite, mach Platz, pass auf, Ali. He! Wisch auch mal die Ecke da, ja, da, mit dem Schrubber! Aha, heureka! Erwischt!« Er stürmt mit gestrecktem Zeigefinger wild um sich zeigend in die Küche. »Du … du und du: Mitkommen! Sofort! Ja, jetzt gleich, leg die Gabel ruhig hin, ja, da hin! Vielleicht brauchst du sie bald nicht mehr … Ihr habt Gambas gegessen und auch vom Hummer. Weißt du eigentlich, was der kostet, Sofian? Und warum trinkst du so viel Milch? Und kein gelber Reis, *kein* gelber Reis! Nur weißer Reis, das solltest du inzwischen eigentlich wissen! He, du da! Du hast herumgetrödelt, ich hab's genau gesehen. Was? Du streitest das ab? Na, dann komm mal mit, dann spulen wir dein Leben mal fünfzehn Minuten zurück, du Lügner. Und du … du hast ein Eis gegessen. Was sagst du? Das stimmt nicht? Leg das Schokoplätzchen weg! Ihr sollt doch die Finger von den

Schokoplätzchen lassen, höchstens einen von den Keksen nehmen! Und warum tanzt du eigentlich in der Küche? Warum zum Teufel? Also? Was starrst du mich jetzt so belämmert an? Fürs Tanzen ist hier keine Zeit, du Schmalspurcasanova. Oder sieht's hier vielleicht aus wie in einem Tanzsaal? Doch sicher nicht, oder? Und du da drüben: Du arbeitest zu langsam und du hast ein falsches T-Shirt an und diese lange Mähne, die musst du dir mal schneiden lassen. Und sprich Niederländisch. Nie-der-län-disch! Jungejunge, so viel Blödheit auf einem Haufen …!«

Aber heute ist so ein Tag, an dem man die Segel hängen und sich vom Wind treiben lassen kann. Absolute Freiheit, *liberté*, genau so müsste ein Tag wie dieser genannt werden. Aber warum wird dieses Freiheitsgefühl eingesperrt? Ich darf gar nicht daran denken, dass ich in der Vorstellung festsitze, hier festzusitzen … *Ja, das denkst du jetzt vielleicht, Nordip, aber was machst du hier eigentlich, hier in deiner Spülecke? Bin ich das wirklich? Gehör ich hier wirklich dazu? Zu dieser Horde Chaoten? Ist es nicht die Angst, die mich hier weggeschlossen hat? Ist ein Gefängnis immer eine Zelle mit Gitterstäben? Habe ich mich mal wieder selbst in die Enge getrieben, meine Seele in den Schraubstock geklemmt, schwimme ich abermals direkt auf die Netze zu, bin ich vielleicht der saftige Lachs für die Bärentatze …?*

Wie auch immer – wenn Wilhelm und Meerman weg sind, wird aus dem Vollen geschöpft. Ali blendet die elektronischen Augen der Kameralinsen, beschmiert sie mit Schlagsahne, Gurkenresten, Thunfischsalat und Marmelade. *Kamerasalat.*

»Willst du auch ein Puddingteilchen, Nordip?« Ali ist glücklich.

»Nein, vielen Dank.«

Amimun schlendert an uns vorbei. »Lass ihn nur. Er denkt, er sei etwas Besonderes, dieser Spülwurm …« *Amimun mag mich wirklich.*

Die ganze Küchenbrigade wird seekrank: Jeder testet und probiert die teuren Garnelen, die Pseudo-Krabben aus Weißfischfleisch, Farbstoff und Bindemittel und die so genannten Zeeland-Muscheln aus Belgien. Doornkaat hat sich als Einziger an das zarte Rinderfilet gewagt. Um ihn herum flüstern die Spitznamen, dass alles *haram*, schlecht und fies ist, was dieser Muskel-aufbauende-Präparate-schluckende-Fettsack-Zionist, der alle Glaubensvorschriften schändet, da in sich hineinstopft. Hühnerwichser riecht sehnsüchtig an der Gänseleberpastete. Unsere Blicke kreuzen sich. Er setzt die Pastete wieder ab – als sei sie reserviert –, lässt aber absichtlich seinen kleinen Finger darauf liegen.

Doornkaat marschiert mit einem Hühnerfilet zum Wasserhahn und spült es ab. »Was starrt ihr mich so an?« Er fühlt sich beobachtet. »Pass bloß auf, Hühnerwichser! Pass bloß auf! *Wallah*, du bringst dich noch echt in Schwierigkeiten!« Er drückt die Feuchtigkeit aus dem Fleisch, nimmt einen Teller aus dem Regal und wirft ihn wie ein Frisbee in Hühnerwichsers Richtung. Der Teller prallt gegen den Gewürzständer und zerspringt in tausend Unglück bringende Stücke.

ZUERST WIR, DANN DIE GÄSTE

lautet das leicht überarbeitete Küchenmotto. Unter der Leitung meines Cousins, der für kurze Zeit aus sich herauskommt, singen die Spitznamen Lieder in einer Küchenmixtur aus niederländischen Schlagerfetzen »*Mama, du sollst doch nicht um deinen Jungen weinen*«, etwas Opwallener Englisch »*so-matsch-matsch-bebie*« und einem Klacks Arabisch »*wah wah Mimuna*«, begleitet von Hip-Hop-Tischgetrommel und quiekenden Mundtrompeten. Die Verse trudeln und sprudeln nur so aus ihnen heraus:

Tak tak Zituna
Brot muss man teilen
mollige Mimuna

kannst du nicht verweilen
magere Hedduna
sind nur Liebeszeilen

Meerman – von früh bis spät,
willst du wissen, was dir entgeht?
hier in diesem Raum?
wir trinken deinen Wein
wir leben unsren Traum
verdrängen unsre Pein
wir sind frei, wir sind frei!
– die Gäste sind uns einerlei!

Bartels traut sich mit seiner aufdringlichen Krawatte in die Küche. Die Gruppe verteilt sich. Die Spitznamen tun so, als würden sie Messer schleifen, als würden sie sich liebevoll um die Champignons kümmern, als würden sie das Würfeln von Butter zur hohen Kunst erheben.

»Komm mal mit, Schaumschläger.«

Ich stehe auf und folge dem Restaurantmanager ins Lager.

»Pack mal mit an. Diese Kisten hier müssen alle in den Bus, Nordip. Wie läuft's denn so? Hab gehört, du machst dich ganz gut.«

»Ja, läuft ganz okay«, sage ich mit gemischten Gefühlen und gehe in die Hocke, um den ersten Stapel Kisten anzuheben. *Ich sollte mich mal trauen, was anderes zu sagen! Vielleicht beim nächsten Mal …*

Schweinefilets, Gänseleberpasteten, tiefgekühlte Schweinsköpfe, angestaubte Flaschen Bordeaux, Melonen, rote und grüne Paprikaschoten und Blaubeertorten. Ich nehme die Befehle an wie der bescheidene Lehrling, der um seiner eigenen Karriere willen keinen Auftrag ablehnt, hebe die Kisten hoch, staple sie allesamt auf der Ladefläche des blauen Kleintransporters und bitte Gott ausnahmsweise mal nicht um eine Bazooka, sondern um Vergebung. Ich helfe einem Dieb im Maßanzug. »Geben Sie 'ne Gartenparty, Chef?«

»Stell keine unnötigen Fragen, Junge. Du machst dich gut, aber du musst noch viel lernen.«

»Sie haben Recht, Sie haben ja so Recht.«

»Natürlich hab ich Recht. Und jetzt geh wieder an deine Arbeit. Immer schön schrubben, okay?«

»Okay.«

Mit einem breiten Lächeln auf seinem Seifenoperngesicht klopft er mir auf die Schulter.

Ich springe von der Ladefläche und klopfe mir meine dreckigen Hände ab. Bartels schiebt die Seitentür zu, wühlt in einer seiner Taschen, holt einen Schlüssel zum Vorschein und schließt die Tür ab. Ich bleibe stehen und starre auf die hellblaue Tür des Toyota.

Als das Blau mich der Wirklichkeit entrückt und ich im Nebel eines Tagtraums zu versinken drohe, holt mich eine Stimme zurück aus dem Strudel. »Ich hab dir doch gesagt, dass du gehen kannst…« Bartels betrachtet den strahlend blauen Himmel und kaut auf einem kerngesunden Apfel herum.

Ich will schlafen, einfach nur schlafen…

Zwei Herzen und eine Zunge

Zwölf Uhr, endlich nach Hause, ich bin müde, oh Boy. Meine Füße tun weh. Hopp… die Bürste ins Spülwasser tauchen lassen und ab in die Umkleide.

»Na, ihr!« Sofie versprüht eine ganze Deodose unter ihren Achseln; neben ihr sitzt Ivan, der eine Studie über den Einfluss von Zehenkäse auf Nasenhaare durchführt.

»Bist du auch schon fertig, Sofie?«

»Ja, endlich. Kommst du noch mit, was trinken, Nordip?«

»Weiß nicht recht. Ich weiß eigentlich überhaupt nichts…«

Sie runzelt die Stirn und schiebt ihre Unterlippe nach vorn.

Die weiße Tür zur Toilette und Dusche ist mit wüsten Verwünschungen beschmiert. Daneben hängt ein Zettel, auf den Wilhelm mit einem dicken Stift ein paar Regeln gekritzelt hat.

- Ins Klo pinkeln, nicht in die Dusche
- Sämtlichen Krempel wegräumen
- Den Hintern mit Papier abwischen, nicht mit Tischdecken, Handtüchern oder Alufolie
- Dusche einmal kaputt = Dusche für immer kaputt. Ich bin kein Klempner.

W.

Die Tür geht mit Krimo an der Klinke auf. *»Hi, family boy.«*

Ich salamiere.

Um seine Hüften hat er ein grünes Handtuch gewickelt; das Wasser rinnt über seine muskulöse Brust zu einem Waschbrettbauch hinunter. Er sieht zu Boden, wo die Wassertropfen auftreten, und läuft mit zitternden Lippen zu seinem Spind. Die nassen Abdrücke seiner Füße sind ihm dicht auf den Fersen. Er öffnet die Spindtür, reißt seine Sachen vom Kleiderbügel und wirft sie auf den Boden. Dann nimmt er ein Hemd und zwängt sich hinein; er spürt die Blicke, die auf ihn gerichtet sind, während er seinen Arm durch einen der kurzen Ärmel steckt, und öffnet die Augen.

Auf der Suche nach seinen Sachen fegt Amimun mit einem Fuß durch die Handtücher und Tischdecken und hockt sich neben Ali und die Spitznamen, die sich rund um ein Schälchen Pommes versammelt haben, als wäre es ein prasselndes Lagerfeuer.

Sie erwarten weitere Schikanen von Amimun und rücken ein Stück zur Seite, etwas weiter von ihm weg.

Amimun kickt die Pommes weg und streicht mit einer kräftigen Hand durch seine klebrige Haarmode. »Seid ihr Kühe, oder was? Macht ihr das zu Hause auch? Ihr macht uns doch alle total lächerlich, ihr Idioten!«

Ali springt wie eine gespannte Feder hoch, tötet Amimun mit einem Blick, bewegt sich Richtung Ausgang und murmelt sein Klagelied: »Fick dich doch ins Knie, eines Tages bist du tot, Wichser.«

Amimun steht auf und läuft ihm hinterher.

Krimo hält ihn an seinem T-Shirt fest. »He, komm mal her! Was hast du vor?«

»Free fighting!«

»Setz dich, Mann … Setz dich …«

Amimun setzt sich wieder hin und betrachtet Sofie, die sich in ein hübsch eng anliegendes, schwarzes, ärmelloses Kleid gezwängt hat. Sie bürstet ihre blonden Locken und genießt im Spiegel die Aufmerksamkeit ihres gaffenden Publikums. (Es ist heiß hier drin, und der Umkleideraum hat keine Dunstabzugshaube.) »Gehst du aus, Sofie?«, fragt Amimun, bereit sich seine Demütigung abzuholen. »Kannst du nicht auf mich warten?«

»Frag Krimo, Püppie.«

»Krimo?«

»Ja, Krimo.«

»Wieso Krimo?«

Krimo pfeift vor sich hin.

Amimun sucht im Spiegel Sofies strahlenden Blick.

»Ich geh mit ihm ins Klokhuis«, sagt sie leise.

Agnes blickt erschrocken in Krimos Richtung. Sie rechnet gerade ihren Tagesumsatz aus.

Amimun trottet über die Handtücher zu Sofie hinüber und schließt kühn und mit äußerster Konzentration den Reißverschluss auf der Rückseite ihres Kleides.

Liebe Agnes sieht sich um und schüttelt ihre rechte Hand. Verstohlen blickt sie auf ihre Uhr; sie versucht verzweifelt, sich nichts anmerken zu lassen. »Hübsches Kleid, Sofie!«

»Danke, Ag… lass den Scheiß, Amimun!«

Liebe Agnes ist verwirrt; sie bringt ein unbeabsichtigt saures Lächeln zu Stande. Ihre Augen wandern bestürzt über ihre Schuhe bis in alle Ecken dieses heimlichen Umkleidestimmengewirrs.

Sie wühlt in ihrer Tasche, findet ihren Lippenstift und frischt die Maske, die sie rasch aufsetzt, noch ein wenig auf. »Du kommst doch auch noch mit, Nordip, oder?«

Unsere Schritte hallen auf dem Straßenpflaster. Der Weg ist dunkelgelb vom Licht der Laterne und wird am Rande aufgemuntert vom schreienden Neonlicht eines Ladens mit Schlussverkaufsplakaten. SOLANGE DER VORRAT REICHT.

Ich bleibe ein wenig hinter den anderen zurück, weil ich finde, dass ich als Tellerwäscher noch nicht richtig dazugehöre – zu dieser lärmenden Gruppe von Menschen, die vor mir geht. Ich starre die schlanken, eleganten Schaufensterpuppen an und lese die Preise auf den Kunstbusen laut vor.

~~149 €~~ / 109 €

Von einem ganzen Tag Arbeit gerate ich in einen Rausch, oh Boy. Ein älteres Ehepaar, das den Hund ausführt, geht an der Gruppe vorbei und kommt mir direkt entgegen. Ich sehe überall meinen Großvater.

»Hallo.«

»Guten Abend.«

»Darf ich Sie etwas fragen?«

Der Mann will stehen bleiben, darf es aber nicht. Seine Frau zieht ängstlich an seinem Ellbogen. »Komm schon, Johann. Lass uns gehen.«

»Nun warte doch mal, Greta. Was ist denn, junger Mann?«

»Sie sind schon alt und haben das Spiel bereits gespielt; ich bin nur ein neunzehnjähriger hungriger Lehrling in einer experimentellen Phase. Wissen Sie, wohin ich muss, um der zu sein, der ich sein darf? Ich folge der Herde nur in einiger Entfernung; ich weiß nicht, wohin sie mich führen wird.«

Der alte Mann sieht mich erstaunt an, zieht zitternd an der Hundeleine, weil sein Pudel an mir herumlecken will, und zögert keine Sekunde: »Wir haben hier in Opwallen kein Irrenhaus.« Schüchtern geht er weiter, sieht sich noch einmal verschreckt um und sagt mit altersheiserer Stimme zu seiner Frau: »Die Jugend von heute steht ständig unter Drogen, Mutti. Zu unserer Zeit hat man sich noch mit einem Tässchen Kaffee begnügt und gesellig beisammen gesessen ...«

Slip of the tongue, oh Boy, das bereitet mir wirklich Probleme.

Wir nähern uns dem Vergnügungszentrum der Stadt, wo die Kneipen und Diskos von Opwallen konzentriert sind. Das Dröhnen schneller Stampf-in-kurzer-Zeit-möglichst-viele-Rammpfähle-in-den-Boden-Musik entweicht den Türen und Mauerritzen des Klokhuis, das am Ende des Markiesenplatzes steht, gegenüber vom Sandwichclub Tinus Double X. In einer Ecke dahinter starrt ein Junge mit glasigem Blick weit vorgebeugt in sein Abendessen – ein matschiger Brei, der an den Bürgersteigplatten klebt.

Ich nehme die rechte Hand vom Fahrradlenker und halte sie mir wie eine Kappe vor den Mund.

Amimun und Doornkaat spucken auf die Straße.

Als Nächstes passiert uns eine Gruppe schwer schwankender, lauthals krakelender Jugendlicher, die auf der alkoholischen Tonleiter »Morgen wird alles gut« zum Besten geben. Die Seitenwände bilden Stützen für Pärchen, die sich ineinander verknotet haben und sich gegenseitig mit geschlossenen Augen leer saugen, gemäß dem Diktat des Instinkts. Ich hasse die Liebe.

Klein-Opwallen by night. Die Stadt lebt, die Stadt pulsiert. Aber verglichen mit einer Stadt wie Amsterdam ist diese provinzielle Explosion nichts weiter als ein dünner, feuchter Fliegenschiss.

Vor dem Eingang des Klokhuis wartet eine kurze Schlange quatschender und paffender Leute. Doornkaat und Amimun stehen neben mir. Der Rest der Küchenbrigade ist schon drinnen.

»Ich werd hier jetzt bestimmt nicht Schlange stehen, verstehsdu. Komm mit!« Amimun zieht mich am Ärmel in einem Bogen um die Schlange herum, sodass wir bei den ersten dreien stehen.

»Ich arbeite hier«, entschuldige ich mich bei den Wartenden, die uns mit mörderischen Blicken und wütenden Zigarettenzügen nachsehen. Ich krümme meinen Arm, entblöße mein Handgelenk und schaue auf das grün reflektierende Zifferblatt – ein Uhr.

Es ist kalt; der Atem ist zu sehen.

Vor uns der Türsteher.

»Der ist echt ziemlich breit gebaut«, brummt Doornkaat. »So breit werd ich nie.«

Doornkaat schiebt seine Brust weit nach vorn.

Der Türsteher manövriert sein rechteckiges Kinn abfällig in Doornkaats Richtung, scannt den großen Körper mit einem Detektor und klopft anschließend die Oberarme und Innenseite der zitternden Oberschenkel ab.

Doornkaat pfeift vor Demütigung.

»Okay, kannst rein.«

Ich bin an der Reihe und strecke meine Arme schon mal weit aus.

»Hast du irgendwas dabei? Messer, andere Stichwaffen oder Drogen?«

Ich sehe ihn an wie David einst Goliath. »Nein, heute hab ich nur mein MG dabei.«

»Spar dir deine Witze, sonst kannst du gleich draußen bleiben!« Der Wadenbeißer schnauzt mich an und versetzt mir einen leichten Stoß.

Die Halle ist dunkel, Laserstrahlen schweifen farbenfroh durcheinander – Rot und Blau dominieren –, und ein Stroboskop flackert über den Köpfen der wie in Trance zappelnden schönen Menschen auf der Tanzfläche. Junge Mädchen mit viel zu engen Tops und viel zu langen Stiefeln unter viel zu kurzen Röcken – prima, weiter so – tanzen zu irgendeiner alten Nummer: Sing hallelujah! Come on party people …! Come on …! Sing hallelujah …! Sing it …! Sing lellabuja …! Lellaaabujaaa …!

Ich bin so müde, dass ich den Text nur bruchstückhaft auffasse. Die zweisprachigen Gedanken spielen miteinander. Ich erschrecke und muss kurz schlucken, als ich meinen Blick über die Bar streifen lasse, hin zu den kopfüber aufgehängten Likörflaschen und dann wieder zu ihm... Es ist irgendwie merkwürdig und erbärmlich, meinen alten Biologie- und Klassenlehrer da auf dem Barhocker sitzen zu sehen. Mijnheer Soomer, von der Wilhelm III-Hauptschule, wo ich und meine Freunde Rashid, Jussef und Mark wie Sandsäcke an der Schulmauer lehnten, als hätten wir Angst, dass das Schulgebäude eines Tages umfallen könnte. Chips krachen lassen, Zigaretten oder ab und zu mal eine Haschpfeife rauchen, in die Wolken starren, deren Erhabenheit erkennen, vor Lachen einen Schluckauf kriegen, auf die schrille Schulklingel warten, hinten in der Klasse sitzen, die Arme träge verschränkt, den Kopf darauf sinken lassen, schlafend reich werden und in einem Cabrio durch die eigenen Tagträume touren...

Der neueste Mercedes, exklusiv für mich nach meinen Wünschen gefertigt, einen eigenen gläsernen Pizzahut, eine Shoarmabude (die allergrößte und die erste mit geruchloser Knoblauchsauce!), zweihunderttausend Euro werd ich in einem Jahr verdienen, zehn Millionen in fünf Jahren, dann bin ich gerade mal zwanzig, ein junger Dagobert Duck, auf der faulen Haut liegen mit der ein oder anderen weiblichen Schönheit im Arm und in der anderen Hand ein Eis, ich werde von den Tagen schlecken, mich zum puren Orgasmus entwickeln und triefend durchs Leben gehen...

»Ist Meneer Dunia anwesend?«

...eigenes Boot, eigene Nike-Schuhfabrik, fünfzehn Häuser in Al-Hoceima, allesamt auf dem Wasser treibend, selbst die Hühner kriegen eins, dann muss ich allerdings auch ein Gummiboot besorgen, falls sie ins Wasser fallen, können Hühner eigentlich schwimmen...

»Nochmals: Ist Meneer Dunia anwesend?«

> ... zu meinem Sechzigsten lasse ich mich von den besten Ärzten filetieren, besorge mir ein neues Skelett, eine straffere Haut, ich werde im Atlasgebirge Bungee-Jumping machen, bis mein Gehirn vollkommen durchgeschüttelt ist und sich wieder anfühlt wie das eines jungen Knaben, halleluja, was will der Mann da an der siffigen Tafel, die Realität ist so hart wie eine Schultafel, wär ich doch nur ein Delfin, ein Delfin, scheiße, ich hab zu viel geraucht ...

»Meneer Dunia!!!«

»Ja, Mann, ja ... Ich bin ja hier, Mann, entspannen Sie sich ...« Ich hielt zwei Finger hoch, ließ aber den Kopf liegen. Der lag gerade so gut.

»Setz dich mal grade hin, Nordip, du bist hier nicht beim Wassertreten.«

»Ich hab 'nen Bandscheibenvorfall.«

»Hast du dafür einen Entschuldigungsbrief?«

»Mein Vater kann kein Niederländisch.«

»Es wird dir nicht alles in den Schoß geworfen, Nordip. Du musst es dir verdammt noch mal verdienen, Junge«, sagte Mijnheer Soomer mit großer messianischer Geste, als hörte er genau in diesem Moment, wie sein Name aus dem brennenden Busch gerufen wurde, um ihm die Zehn Gebote einzuflüstern. »Wenn du so weitermachst, Junge, wirst du es nie zu was bringen.«

»Welches Naturgesetz ist denn das?«, fragte ich naiv.

Soomer räusperte sich, breitete seine Arme über dem Pult aus und stand da wie ein Richter, der mich verurteilen musste. »Vielleicht sollte ich das besser mit deinem Vater besprechen.«

»Ja ... ja ... ganz bestimmt ...« Ich stand auf, steckte meine Hände in die Hosentasche und tigerte zwischen zwei Schultischen hin und her. »Mein Vater, der arme Teufel ... wenn ich nur die Bilder in den Donald-Duck-Heftchen betrachte, sieht er in mir bereits einen zukünftigen Akademiker, der seine Doktorarbeit über bekleidete Enten geschrieben hat. Quälen Sie ihn also nicht, lassen Sie uns das Problem gemeinsam lösen. Wir schaffen das schon irgendwie. Aber… aber… Wie soll ich es Ihrer Meinung nach denn sonst machen, Mijnheer Soomer?«

»Einfach so, wie es sich gehört!« Er erhob seine Stimme, schlug wie ein Auktionator auf das Pult und blickte müde aus dem Fenster. Seine Mundwinkel zuckten im Rhythmus seiner Finger.

Ich folgte der Neigung seines Halses und fiel aus dem gleichen Fenster nach draußen, wo ein Hund im Schulgarten sein Geschäft erledigte. Wir hatten in diesem Jahr in einer seiner Biologiestunden Sonnenblumen gesät. Fünf von den zwanzig Samen waren rausgekommen. Es wimmelte dort von Meisen.

Und plötzlich sprach eine Stimme zu mir, eine Stimme aus einem zungenlosen Mund, eine Stimme, die mein Ohr vollständig erfüllte: Nordip, das hier ist nichts für dich, du kannst dieses System nicht ausstehen. Du willst keine kleine Schraube in einer großen Maschine sein. Du bist jemand, der seine Tage selbst gestalten will. Also nichts wie raus hier.

Schon in jungen Jahren wurde ich zur Bewusstwerdung und zur Selbsterneuerung angehalten. Möglicherweise lag das daran, dass ich als Kind zwei deutlich verschiedene Welten sah, die ich auch beide bewohnte. Eine Welt, in der der Mensch nicht weiß, woher er es nehmen soll, und eine Welt, in der der Mensch nicht weiß, wo er mit sich hin soll – wie zwei verirrte Brieftauben. Sie fliegen durch dein Herz, aber wissen nicht, wo sie landen sollen. Das Leben in einem öden Bergdorf, wo der arme Hirte keine Wahl hat und sich in die jammervollen Töne seiner Flöte flüchtet, oder das Leben auf einem fruchtbaren Kuhfladen, wo der Bauer zu viele Wahlmöglichkeiten hat und sich in Gejammer flüchtet – beide wissen es nicht besser. Aber ich schon, ich weiß es besser. So lernt man bereits in jungen Jahren – mit Hilfe der beiden scharfen Kameralinsen im Schädel – die wichtigsten Dinge von den Nebensächlichkeiten zu trennen. Denkt man jedenfalls.

Und ich hatte gedacht, die Schule sei ein Fundament, aber das Haus darauf müsse ich selbst bauen. Mit meinen eigenen warmen Steinen, von denen ich allein – und vielleicht die, die mich neun Monate getragen hat – weiß, aus welchen Elementen sie bestehen. Ich spürte, dass ich von diesem schwachen Fundament wirklich genug hatte, um mein eigenes Lebensgebäude darauf zu setzen. Ich wollte sehen und fühlen können … ich wollte ein prickelndes Leben führen … auch wenn ich noch ziemlich jung war … und noch so formbar … wie feuchter Ton … aber ich war meiner Sache sicher … Renn alle Türen ein! Raus hier! Nichts wie raus hier!

Der weiße Hund, der mit seinen Hinterbeinen in die Hocke gegangen war und mit seiner Kimme direkt über dem Gras schwebte, setzte eine Wurst auf die Grashalme, streckte seine Beine und lief mit erhobenem Kopf ins Gebüsch.

Dieser Hund tut, was er tun muss, dachte ich.

Die Aussicht verschwamm vor meinen Augen wie hinter einem Schleier. Ein rauer Wind pfiff durch die Lüftungsschächte.

Dort, in der Schule, begann die Rebellion gegen »das System«, was schließlich zu einem Frontalzusammenstoß führen sollte und damit verbunden zu zwei Jahren Enthaltsamkeit – zwei Jahre Dauerschlaf, ergriffen von einem Strudel der Gleichgültigkeit und genährt von vollständiger Ergebenheit. Ich war das ganze Theater gründlich satt. So müde ich auch war – ich packte meine Schultasche, schleppte mich in die Cafeteria und bestellte drei Pappbecher Kaffee und zehn Würfel Zucker.

»Trinkst du nicht ein wenig zu viel Kaffee, junger Mann?«, fragte die Bedienung hinter der Theke mit der rosa Schürze und dem dicken Haarknoten, der von einer hölzernen Haarspange gehalten wurde.

Ich drückte ein Milchdöschen zusammen. »Ich bin koffeinsüchtig«, antwortete ich scharf. Was ging sie das überhaupt an? »Schwer abhängig, ich bin ein Junkie, ein mürrischer Lorkejunkie, durch meine Adern fließt nur noch Kaffee, Kaffee und nochmals Kaffee, ich warte nur auf einen Platz in der Jacobs-Klinik.«

»Oh, wie schrecklich. Wissen deine Eltern davon?«

»Meine Eltern wissen zwar, dass ich Kaffee trinke, aber nicht wie viel...«

Die Kantinenangestellte nahm mir die Milchdose aus der Hand und stellte den Kaffee vor mich auf die Theke.

Ich trank mir selbst Mut an, zerdrückte die Pappbecher und sagte zu der Frau: »Du bist meine Rose, darf ich dich pflücken und in ein Dichthaltegefäß stellen?« Dann bewegte ich meine zitternden Beine in Richtung Flur.

Sie verstand mich nicht. Sie stand einfach da und wickelte irgendein zerfleddertes Geschirrtuch um ihr Handgelenk.

Vor dem Hintergrundgeräusch aus Schülerstimmengewirr und quietschender Kreide fand ich vor der Toilette zwei Rucksäcke, bestückt mit schweren Büchern. Ich hängte sie mir über die Schulter und ging nach draußen, in die Große Freiheit, wo die Sonne strahlend vom Himmel schien – aber es war nicht warm, es war eher kalt. Mir war kalt. »Guten Tag, Herr Direktor.«

»Freistunde?«

»Ja. Schlimme Sache, dieser Lehrermangel, Herr Direktor...«

Ich durchquerte den Park, begrüßte meinen guten alten Freund, den Tippelbruder Douwe, und setzte meinen Weg ins Zentrum fort. Meine eigenen Bücher, die nur als Stütze für meine Ellbogen dienten, und die Bücher in den beiden Taschen, die für mich bereitgelegen hatten, verkaufte ich in dem Antiquariat an der Ecke. Von dem Geld kaufte ich mir beim Friseur und im nächsten Sportgeschäft eine neue Identität.

»Du hast dich verändert«, sagte mein Vater, als ich am gleichen Tag spät nach Hause kam und er mich von Kopf bis Fuß musterte.

»Ja, jetzt ist er ein echter John Travolta«, sagte Süleyhirn. Sein kindlicher Zynismus ließ mich in der Küchenschublade nach einem Beil suchen … oder einem Messer … oder einem Hammer …

Zu Süleyhirns großem Glück hatte mein Vater an diesem Tag ein Schaf gekauft, das er im Schuppen entkleidet, erotisch an die Mauer genagelt und für eine Kolonie Schlachthausfliegen ausgestellt hatte, um es mit dem passenden Werkzeug zum passenden Zeitpunkt in kleine Portionen zu zerhacken und in die passenden Gefrierbeutel zu stopfen.

* * *

Zu Beginn meines Aufenthalts, während des Nachdenkens über all meine Jugendsünden, schaue ich genau auf drei Sitzsäcke. Einer von ihnen ist mein Lehrer – weit nach vorn gebeugt schaut er tief in den weißen Schaum der spritzigen Gerstenkaltschale und sinniert über Gestern und Morgen. Er zieht an seinen Hosenträgern, die wie eine nasse Peitsche auf die schlappe Büffelhaut seines Wurstbauchs klatschen. »Das Leben ist beschissen!«, schreit er nach einer weiteren bacchantischen Runde. »Sollen wir 'ne Runde Billard spielen? Du die ganzen und ich die halben Kugeln.« Hicksend fallen die drei von ihren Barhockern.

»Was kommt denn jetzt?«, fragt die Barfrau mit roten Ohren. Sie beugt sich über die Theke und hält drei Gläser Bier hoch.

Ich leide unter Gedächtnisverlust. Daher nehme ich auf einem Hocker neben Doornkaat Platz, der mit verschränkten, dicht behaarten Armen und weit gespreizten Beinen an der Theke steht.

»Sieh dir den an, Nordip, der Typ da ist echt ziemlich breit gebaut.«

»Wo?«

»Da.«

»Das ist ’ne Frau, Dicker.«

»Nenn mich nicht *Dicker*, du Seifenblase. Warum gehst du eigentlich nicht mal zum Training? Du bist so flach wie ’ne Flunder.« Er kneift in meinen leeren Bizeps, der wie ein nasser Socken schlaff unter meiner Schulter hängt.

»Jedem Tierchen sein Pläsierchen, Dicker.« Ich rieche den Blauen Geier. »Und in Zukunft dusch dich gefälligst, Mann, du stinkst nach Küchenmief«, sage ich mit angewidertem Ausdruck, während ich Doornkaats verdutztes Gesicht mit einem groben Blick in Richtung meiner Zehen ziehe. »Wenn du bei einem Mädchen landen willst … so einer big, big Mama … Doornkaat, dann sag ihr, dass du ein neues Aftershave benutzt. Botteram Rivercool Aftershave Lotion oder so ähnlich.«

Verblüfft starrt er mich eine Weile an. »Fängst du jetzt auch schon an rumzusülzen, Topfkratzer? Du bist noch keine drei Monate im Blauen Geier und wirst schon genauso lästig wie diese kleine Ratte hier.« Er legt eine Hand auf Amimuns Schulter und lässt seinen Blick auf den lederbestiefelten Oberschenkeln einer hüftenschwingenden Nymphe ruhen.

»Darauf trinken wir!«, schreit Amimun und hebt seinen Longdrink.

Auf einem kleinen Podium dreht eine Tänzerin eine Pirouette. Sie trägt eine weiße Boa um ihren Hals und windet sich ebenfalls wie eine Schlange.

»Auf ein langes … langes Leben voller Rumgesülze …! He, seht mal, wer da ist!« Amimun deutet in Richtung der Toiletten.

Agnes steht neben Claudia, sieht uns an der Bar rumhängen und steuert auf uns zu, vorbei an einer Reihe gieriger Blicke. Unterwegs wird sie von einem Karohemd aufgehalten, so einem, das dich sofort an Mathematik und Physik denken lässt und ein kleines bisschen an Boxen.

Doornkaat lächelt und zieht seine Hose bis über seinen Bauchnabel hoch. »Der ist echt ziemlich dünn, genauso dünn wie du, Schlappschwanz.«

»Ja, Mann, er ist echt ziemlich dünn, genauso dünn wie ich.«

»Agnes«, reagiert sie auf die ausgestreckte rechte Hand des Karohemds, das sofort versucht, sie mit den üblichen Standardwerkzeugen anzubaggern.

»Hi, kennen wir uns nicht irgendwoher?«

Als Amimun sein Glas vor der Nase des Schmalspurgigolos kräftig auf die Theke knallt, tut der so, als stünde er hier rein zufällig, lässt seinen Kopf sinken und löst sich in der tanzenden Menge auf.

Mit den Augen folge ich dem Blauton in seinem Hemd, der langsam immer grüner wird.

»Möchtest du was trinken, Agnes?«, fragt Amimun.

»Nein, danke, ich hab eh schon zu viel. Hast du vielleicht Krimo gesehen?«

Amimun schüttelt den Kopf – nein, nein, sieh lieber mich an ...

Agnes taucht und buddelt in ihrer Tasche, wühlt zwischen den Tempotüchern, abgenutzten Lippenstiften, Schlüsseln, Tampons und leeren Aspirinröhrchen und knipst die Tasche wieder zu. »Weißt du vielleicht, wo er sein könnte, Nordip?«

»Er ist doch mit Sofie hier, oder nicht?«, sage ich grausam.

Agnes wendet ihr beschämtes Gesicht ab.

»Krimo ist, glaube ich, nach Hause gegangen«, murmelt Amimun mit dem Glas an den Lippen. »Dieser Musikant kommt hier nur hin, wenn er einen Grund hat; er will seine Zeit nicht vergeuden, verstehsdu. Diese Sorte Mensch ist schon lebend tot, verstehsdu.«

»Die Liebe ist eine der höchsten Gnaden«, werfe ich ein – und weiß nicht, was ich da sage.

Agnes taucht wieder in ihre Tasche ein und schwimmt lange auf dem Grund herum. Sie hat wirklich große Lungen.

»Nun hör sich das einer an. Jungejunge, der Tellerwäscher trinkt ein Glas Limo und denkt, er könnte das Wie und Warum der Liebe erkennen.« Amimun hebt sein Glas und schiebt seine Brust nach vorn. »Das hier musst du trinken, wenn du alles begreifen willst, verstehsdu, Spülwurm! Johnny Walker – das Wahrheitsserum!« Seine Stimme übertönt den Diskolärm. »Du musst noch viel lernen, Tellerwäscher... noch sehr viel... von daher.«

»Ja, klar, Johnny be good auf die Lampe gießen. Du hast ja so Recht, verstehsdu... von daaaaher...«, sage ich, kaue auf einem Eiswürfel und zwinkere Agnes zu.

Amimun beugt sich über eine wandelnde Parfümflasche an der Bar – ein schlankes Püppchen mit roter Spitzenbluse, falschen Wimpern und kurzem pechschwarzem Haar, das gerade erst frisch lackiert ist. »Hi«, grüßt er kühn und knapp zugleich und legt eine Hand auf ihre Schulter.

Aber Püppchen sieht nur ihr Martini-Glas, das sie langsam und desinteressiert zwischen ihren Fingern – violette Stilettnägel – hin und her dreht, im Rhythmus der Musik.

Amimun beugt sich über sie. »Ich bin Gino, Italiener aus Milano, verstehsdu... Zigarette, Sweety?«

»Nein, danke. Und ich bin Frau Antje; ich rauche keine Zigarette zu viel«, antwortet sie mit durchschneidender Stimme. Sie sieht Amimun an, als wäre er Luft, schiebt mit der Arroganz eines Mannequins auf dem Laufsteg seine Hand von ihrer Schulter, steht auf und stolziert mit pudelhaftem Gang von dannen.

Amimun hat das Nachsehen, aber immerhin auf ihren Hintern. »Das ist ja doch nur 'ne Hure, verstehsdu... von daaaher...«

Liebe Agnes macht allen Frauen Ehre und verschüttet meine Cola über Amimuns Bein. »Sollen wir nach Hause gehen, Nordip?«

»Gute Idee, Mädel.«
»Ich bin kein Mädel.«
»Okay, aber es bleibt eine geniale Idee, gnädige Frau.«

Neunundneunzig Schnitzel

Kreativ schnitzt Amimun an den Früchten.

Ich nehme mir eine Traube, schmecke das Fruchtfleisch und spucke die Kerne wieder aus.

Der Koch legt sich voll ins Zeug, schneidet Erdbeersterne, fertigt Kreuze aus Mangostreifen, faltet Sträucher aus Eisbergsalat und baut Wasserfälle aus Karotten und Gelatine.

»›Ihr seid verwöhnt‹, würde mein Vater sagen, wenn er dich so sehen könnte«, sage ich zu Amimun, der auf sein Messer schaut.

»Die alten Leute sagen viel, wenn der Tag lang ist«, entgegnet er grimmig.

Ich schäle mir eine Apfelsine und rede mit den Orangenkernen auf der Zunge einfach weiter. »›Ihr spielt mit Lebensmitteln‹, würde mein Vater sagen. ›Zu meiner Zeit waren wir froh, wenn wir etwas Olivenöl hatten, in das wir unser trockenes Brot tunken konnten. Aber ihr *chebab*, die Jugend von heute … Nein, es ist schon schlimm. Ihr seid verwöhnt von Margarine, Milch und Käse, von Kartoffeln in Fünfundzwanzig-Kilo-Säcken vom Supermarkt um die Ecke. Elstar-Äpfel kistenweise. Und manchmal sogar eine Curry- oder Bratwurst! Wenn das Schwein nicht noch darin grunzt! Ihr seid die Gute-Butter-Generation.‹ Das würde er sagen.« Ich nicke beifällig, wie ein ungefettetes Scharnier.

Amimun rammt sein Messer in eine Kerbe im Schneidbrett und sieht mich mit einem Besorgnis erregenden Blick an.

Ich fahre kaltblütig fort. »Wir sind tatsächlich die Gute-Butter-Generation. Wir werden niemals an den Heldenmut und die Streitlust unserer Eltern heranreichen. Wir sind für einen Appel und ein Taubenei zu kaufen. Wir haben Pech, Amimun. Dies ist eine gute schlechte Zeit.«

Der Koch schnaubt und sieht mich an, als wäre ich verrückt. »Was erzählst du da für'n Blödsinn, Spülwurm? Brabbelst wie ein alter Mann vor dich hin? Die Alten, von denen du redest, haben sich in den Siebzigern dumm und dämlich gebumst, verstehsdu. Mit ihren fettigen Haartollen, die vor ihnen herliefen, ihren Backenbärten, den mattgelben Flowerpowerbrillen auf der Nase, diesen komischen weiten Hosen mit Schlag, verstehsdu, vor ihnen war keine Blondine sicher, und heute … heute … ist auf einmal alles verboten, verstehsdu. Das Einzige, was sie uns noch erlauben, ist heiraten.« Seine Augen fordern mich heraus … Sag's mir, Langschläfer, was Sache ist, komm schon!

Er wird umgehend bedient. »Das ist nur Angst, Amimun … Oh Mann, ich hör mich schon an wie Doktor Sommer …« Ich schiebe mir ein tropfendes Apfelsinenstück in den Mund.

»Dr. Sommer? Wer ist Dr. Sommer?« Wütend wirft Amimun eine Suppenkelle auf den Boden. »Schwach-sinn! Ab-so-lu-ter Schwachsinn! Wie kommst du nur auf so'n Quatsch? Was fällt dir ein, hier so rumzusülzen?« Sein Fuß feuert eine Pastete ab – das Ragout spritzt über den Boden. Er zieht sein Messer aus dem Brett und richtet es auf mich.

»Du musst nur zwei Jahre Abstand von allem nehmen, Amimun, und dann erhältst du einen Überblick«, sage ich bedächtig. Ich bin wirklich ein alter Mann.

Er schmatzt. Schüttelt den Kopf. »Immer dieses komische Gequatsche. Eure Schädel sind vom ständigen Brüten kahl und hässlich geworden, verstehsdu. Ich muss meinem Vater zeigen, dass ich ein richtiger Mann bin, einfach hart arbeiten, von daher… ’ne fette Schleuder, ein großes Haus und ’ne anständige Frau… und ansonsten soll er mich nicht voll quatschen, der Alte!«

»Ist das alles? Ist das schon alles?« Lautstärke und Klang meiner Stimme erinnern wohl an ein Transistorradio, dessen Batterien fast leer sind. Wachsam beobachten meine Augen das Messer, das sich dank Amimuns unkontrollierter Energie immer mehr in Richtung meiner Brust vorzittert.

Seine Ohren wackeln, glühend rot vor Wut. »Was soll denn sonst noch sein, Spülwurm? Was ist mit euch Jungs los? Euch haben sie wohl schon völlig auf ihre Seite gezogen, mit diesen komischen, faden Weißbrot- und Weihnachtsmannmärchen. Aber mich kriegen sie nicht!« Er schlägt sich kräftig gegen die Brust. Eine harte Faust küsst das Schneidbrett. Vorderzähne graben sich in die Unterlippe. »Ich bin und bleibe ein *maro*, Nordip, außer ich gewinne zwanzig Millionen Mäuse im Lotto. Typen wie ihr macht uns nur lächerlich. Ihr mit eurem Gelehrtengequatsche. Und was hat dir das gebracht? Du schrubbst hier Pfannen und Töpfe. Aber sieh dir mal die Chinesen oder die Türken an – über die spricht oder schreibt niemand, keine Zeitung, kein einziger Fernsehsender, niemand weiß, was die machen. Denen ihr Leben ist denen ihr Leben. Sie verkaufen sich nicht selbst, verstehsdu. Sie haben alle ihre eigenen Läden, arbeiten füreinander, unterstützen sich gegenseitig, bewahren ihren Stolz und *that’s it.*« Er schluckt. Der Apfel in seiner Kehle hüpft auf und nieder. »Zwischen die kriegt keiner auch nur einen Fingerbreit. Hast du schon mal irgendjemand über die meckern hören? Oder hast du… Spülwurm, dummer kahler Pickelhering… hast du vielleicht schon mal einen Chinesen mehr Niederländisch reden hören als ›Sambal dazu‹? Und alle rufen: ›Prima, ja, machen Sie es ruhig scharf… ja, prima, lecker… leckres chinesisches Essen…‹ Die sind stolz. Die sagen nur das, was nötig ist. Aber ihr ... ihr Kahlköppe, ihr müsst ja mal wieder ein Riesentheater um uns machen, euch selbst verleugnen, eure Seele an *Schitan* verkaufen, Couscous für sie aufwärmen und sogar die Teller noch ablecken, euch anpassen und auch so ... auch so ein Weißbrot-*Aromie* werden wollen. Ich schwör dir, noch keine zwanzig Jahre und ihr sitzt allesamt mit 'nem String am Hintern mit euren Kindern rund um ein geräuchertes grinsendes ekliges Dreckschwein und singt fröhlich Weihnachtslieder wie: Morgen, Kinder, wird's was geben ...«

»Das ist ein Nikolauslied, Amimun.«

»Fuck you!« Amimun lässt das Messer fallen. Seine Hände greifen in die Luft, auf der Suche nach Halt; die Haut über seinen Knöcheln ist angespannt.

Ich lache leicht nervös auf und suche selbst Halt am Tisch.

»Was stehst du da noch rum? Hol mir mal 'nen Eimer, Spülwurm. Wir müssen uns auf die Feier vorbereiten, die Feier dieser so genannten Tiger, dieser albernen Clowns ...«

»Was kriegen die zu essen?«, frage ich – eine Flucht vor seinem schweren Bombardement.

»Als Vorspeise Tomatensuppe oder Croûtes mit Garnelen. Danach können sie dann wählen zwischen gebratenem Schnapper mit Tomaten oder einem Schnitzel mit Sahnesauce. Wir müssen neunundneunzig Schnitzel braten. Der übliche Fraß, verstehsdu. Als Gott die Nahrung verteilt hat, müssen sie als Letzte drangekommen sein.« Er wirft einen Blick zur Seite, betrachtet Agnes, die ein paar Scheiben Toastbrot in ein Körbchen legt. »Meinst du nicht auch, dass sie irgendwie arrogant ist, Nordip?«

»Meines Erachtens hat sie 'ne Schwäche für meinen Cousin«, antworte ich mit knackenden Fingern.

Amimun runzelt die Stirn. »Das ist genau das, was ich meine. Du siehst alles falsch; du solltest besser wieder in dein Bett zurückkriechen.« Er holt drei Pfannen aus dem untersten Regalfach und verteilt sie auf dem Herd. »Du musst dich besser umsehen, sonst bringt dir dein spülerisches Lernen absolut gar nichts, verstehsdu. Sie haben alle 'ne Schwäche für Krimo. Und weißt du auch, warum? Weil er ein Faultier ist. Er kann noch nicht mal normal reden, von daher … Der ist doch garantiert von deiner Familie total verwöhnt worden, oder?«

»Seine Eltern sind beide gestorben, Amimun.«

»Oh, tut mir Leid … aber trotzdem. Wenn jemand schwach ist, will jeder ihm oder ihr helfen, um selbst stärker zu werden, verstehsdu. Ihr ständig denkenden Kahlköppe habt uns schwach gemacht!« Ein anklagender Finger bohrt sich in meine Brust. »Das hat nichts mit Verliebtheit zu tun. Hier geht es nur um Macht. Sie hat alles und will jetzt, genau wie ihr Vater in der Lampenfabrik, einen auf wichtig machen, die große Dame spielen … von daher … die müsste mal anständig durchgevögelt werden!« Er rührt mit seinem Finger in der Sahnesauce, grinst falsch, leckt an seinen Fingern, stopft sie in den Mund, schmeckt und spuckt die Sauce aus. »Igitt …« Sein Gesicht verzieht sich vor Ekel. »So'n Dreck! Was will die hier eigentlich? Ich kapier das nicht.« Er hebt zwei Pfannen an, lässt das Gas strömen und gibt dem Feuer Zunder.

»Das hab ich mich auch schon gefragt«, sage ich. »Aber glaubst du nicht, dass das ein bisschen zu einfach ist, Amimun? Sie hatte die Wahl und hat sich entschieden, hier zu arbeiten, eine andere Seite von sich selbst zu suchen und kennen zu lernen. Du hast die Wahl nicht … ist das viellei …«

»Nein! Überhaupt nicht!«, unterbricht er gereizt meinen Satz. »Hör endlich auf, ich mag dieses komische Gequatsche nicht.« Er schüttelt langsam den Kopf, als wäre er aus Beton. Seine messerscharfe Zunge bewegt sich wie ein Radar in seinem Mund. »Ganz Opwallen erwartet ständig irgendwas von mir, Spülwurm. Mein Rücken ist bald völlig im Eimer … *Fuck off* mit den Gästen! Das hier ist echte Drecksarbeit.« All das klingt wie aus einem tiefen Loch heraus – langsam und jämmerlich. Einen Moment später reißt er mir den Eimer aus der Hand. »Gib her, Nordip. Ich muss gleich die Vorspeisen rausbringen. Hol du inzwischen schon mal 'nen Servierwagen…«

Zwischenspiel – der allerbeste Sohn

Zazz, Löwenherz und Pienssa, diese Mädchenwadenbetrachter, sitzen auf den Bänken, von denen der rote Lack abplatzt, neben den allzeit bereiten schwarzen Sheriffs direkt vor C&A. Ihre heftige Erbsensuppendiskussion wird mit reichlich Prahlerei aufgekocht und dreht sich um die Frage, welches Bergdorf in welcher Region zurzeit das fruchtbarste ist. Diese Frage klären sie anhand von Regenmillimetern: Die Niederschlagsmengen, die die Wettertante aufzählt, sind von alles entscheidender Bedeutung. Alle Nachrichtensendungen aus der Heimat, die via Satellit das warme Wohnzimmer erreichen, die Sportschau verdrängen und die Kinder nach oben auf ihre Zimmer jagen, enden mit den Niederschlagsmengen. Was auch immer Neues in der Welt geschehen sein mag – da kann ein Orkan die halbe Erdkugel weggefegt oder das Ebola-Virus ein Viertel der Weltbevölkerung in die ewigen Jagdgründe geschickt haben –, die wichtigste Nachricht bleibt der Wetterfee vorbehalten, diesem sonnigen, süßen Püppchen. Je mehr Regenmillimeter auf den Heimatort tröpfeln, desto saftiger wird der Boden. Und alle, die da auf der C&A-Bank aufgereiht sind, wollen auf das beste und saftigste Dorf verweisen können. Die Niederschlagsmengen sind die feuchten Aktien, die ein verlassenes Dorf auf dem Beliebtheitskurs der C&A-Bank fallen oder steigen lassen.

Die Abtrünnigen 5 mm
Die Wohlwollenden 10 mm
Die Guten 15 mm

»Ihr besitzt zwar Getreide aus Gold, eure Feigen sind appetitlich und eure Schnecken kriechen aus ihren Häusern, aber wir haben Schuhe von Adibaz und Bepsi Cola«, sagt Löwenherz großspurig mit hoch in die Luft gestrecktem Zeigefinger.

Und danach werde ich spontan vom glatten Zungensprungbrett abgefeuert. Nordip mit der Bü-ro-ar-beit, plötzlich der Gelehrte, der Retter in der Not, der Held aller armen Schlucker. »So wie Nordip müssten sie alle sein«, flüstern sie meinem Vater zu. Sobald ich zur Sprache komme – was nur vorübergehend geschieht –, entsteht auf der roten Bank wieder eine brüderliche, bedächtige Atmosphäre. »Aha … ahwahwaha … jaja … dieser Nordip, Sohn eines gesegneten Vaters, wahrhaftig, er ist wie eine Perle unter all den Murmeln.« Sie stellen mich auf das höchste, goldene Podest, so dass ich nur noch tief in mich selbst zusammenfallen kann …

»Aufstehen, aufstehen, Werwolfmann!« Süleyhirn rüttelt mich wach. »An der Tür steht ein gefährlicher Mann für dich.«

Schlaftrunken schiebe ich meinen Arm zwischen Wand und Bett und angle nach einem harten Gegenstand, der einen Stern in die Brille dieses kleinen Besserwissers zaubern könnte, so dass er die Welt ein wenig spielerischer und weniger ernst betrachten könnte.

»Es ist dieser verirrte Neandertaler, der Vater von Rashid«, sagt Süleyhirn und zieht die Tür hinter sich zu.

Ich greife zu spät in die Tassensammlung und rolle mich schlafblind aus dem Bett.

»Salam, sei gegrüßt, Nordip«, sagt Löwenherz feierlich, als ich Augen reibend in der Türöffnung erscheine.

Ich nehme mir die Zeit, mich zu wundern, und salamiere.

Normalerweise schert sich dieser wie ein Exhibitionist gekleidete chronische Nörgler nicht um irgendwelche Begrüßungsformeln – kein schwer fromm-rhythmisches Salaaaaaaaaam oder Hallo, weil er nach eigener Aussage beim Dominospiel oder Tee schon zu viele *Salam alaikums* verschenkt hat, gratis, umsonst, für lau. »Wenn ich für jedes *Salam alaikum* einen Euro bekommen hätte«, sagt er laut um Aufmerksamkeit heischend beim Setzen der Dominosteine, »dann wäre ich jetzt Multimillionär und läge im Adamskostüm auf dem Sandteppich von Agadir, würde mit einem Strohhalm Blasen in meinen Pfefferminztee blubbern und mich von tanzenden, Cocktail servierenden Kokosnussmädchen in Baströckchen bedienen lassen.«

Aber wie das nun mal so ist: Gesagt ist nicht getan, und darum steht Löwenherz jetzt bei uns vor der Tür. Er lobt mich zuerst in den Himmel, bevor er um einen Gefallen bittet. »Ist dein Vater da?«

»Nein«, sage ich, »mein Vater nimmt an einem Kurs teil.«

»Kurs?«

»Ja, Windows für ausgemusterte Gastarbeiter.«

»*Feschkel*, das ist ja toll… Dein Vater ist nicht wie diese kriechenden sich den Bauch voll schlagenden Beutelratten auf der C&A-Bank. Dein Vater ist ein guter Mann. Er ist der Beste.«

»Ja, der Beste. Er ist wirklich toll, Mann.« Ich klappre mit dem Deckel des Briefkastens und reibe meinen Zehennagel wie ein rolliger Kater über die Fußmatte. In Wahrheit sehne ich mich nach der Deckung meiner warmen Decke.

»Möge Allah deine Seele mit Glück bestäuben, Nordip, und dich mit allem Reichtum der Erde segnen, damit du wachsen und nach der Wärme der Sonne greifen kannst, ohne dir dabei die Finger zu verbrennen, und möge Allah dir ein Pflaster geben, falls du sie dir doch verbrennen solltest. Mögen die Sterne sich zu einem Kleid verweben, mit dem deine liebreizende Mutter vor die Himmelspforte tritt …«

»Ja, ja«, seufze ich möglichst übertrieben, damit Löwenherz daraus seine Schlüsse ziehen kann. Aber auf Grund der Anspannung habe ich keine Luft mehr. Es ist, als würde ich eine Kugel auf eine kugelsichere Weste abfeuern – eine Weste, mit der sich dieser Mann so schamlos schützt, dass die Kugel zurückprallt, in meine Richtung, sich schmerzhaft langsam in mein Herz bohrt und Gift freisetzt, das sich bis zu meinen Magenwänden verteilt. Ich entschuldige mich etwas zu freundlich, gehe wieder ins Haus, ziehe dem alles sehenden Süleyhirn die Nerd-Gläser von der Nase, verpasse ihm ein paar brüderliche Schläge, trinke einen Schluck kalten Kaffee, sprinte zur Toilette, stecke mir einen Finger tief in den Hals und kotze all die vom Schleim umhüllten Sätze wieder aus …

»Was ist los?«, fragt meine Mutter besorgt. »Warum bist du so früh wach; es ist doch erst zwei Uhr mittags!«

»Die Kacke ist am Dampfen«, erwidere ich bissig und marschiere mit Säure im Mund wieder zur Haustür, zurück zur Ursache des Ärgers.

Löwenherz wartet auf mich mit einer Damenbindenpackung in seiner Manteltasche, die bis zum Rand mit Papieren gefüllt ist. »Junger Mann, ich habe hier ein paar Formulare, die du kurz für mich ausfüllen musst. Du bist doch der Gelehrte in dieser Dummkopfansammlung, diesem Haufen gieriger Hunde, *iwa iwa*, es ist nicht allzu viel, mein Junge, jetzt schau doch nicht so … so …« Erwartungsvoll spreizt er die Arme, seine Handflächen segnend nach oben gerichtet, als warte er auf Regen. »Du willst doch in den Himmel, oder? Bist du vielleicht gerade erst aus dem Bett gekommen? Du siehst so … so … Du isst doch auch genug, oder?« Er macht eine schaufelnde Bewegung zu seinem Mund. »Leckere *batata*, mit ordentlich Lammfleisch, Auberginen, Möhren und anständiger Soße. Du isst doch wohl anständig Soße,

Junge?« Löwenherz legt mir seinen Arm um die Schulter und macht eine schaufelnde Bewegung zum Mund.

Ich blicke auf seine abgenutzte Hand herab.

»Eure … eure Generation muss es zu was bringen. Für uns ist die Zeit abgelaufen«, sagt er traurig.

Einen kurzen Moment lang lausche ich dem Wind, der Herbstflöte in meinem Ohr spielt. »Und was sollen wir tun? Uns vielleicht auf den Kopf stellen?« Ich sehe mich rasch um, blicke ins Haus. Süleyhirn hat keine Antworten parat. Auf die Rückseite eines Reklameblättchens hat er mit dickem Stift

WER IST DIESER HÄSSLICHE STÜTZESCHNORRER?

gekritzelt und hält den Zettel wie ein Mini-Transparent vor sich.

»Ja, mach das … mach das, Sohn des Dunia, unser Gelehrter, unser Professor, unser heller Kopf. Halt das mal.« Löwenherz holt die Bindenpackung, die fast aus ihren Plastiknähten platzt, aus seiner Manteltasche und zieht ein paar Papiere heraus. »Hier hab ich einen Lottoschein«, sagt er. »Meine Glückszahl ist die Neun, Sohn des Dunia. Schreib das mal eben auf. Hast du einen Stift? Sonst vergisst du es noch, weißt es nachher nicht mehr. Weißt du, Sohn, dass es hier auch eine Klassenlotterie gibt? Wie kommen die nur immer auf diese Ideen? Das sind alles Einsteins hier. Echte Schlauberger, diese nicht spurenden, gerissenen *ihallufen*. Sieh dich nur mal um. Überall wird Land vermessen und gebaut. Entlang der Straße, auf den Böschungen, am Waldrand, überall stehen diese reflektierenden orangefarbenen Männer hinter ihren Landvermessungsgeräten. Häuser, turmhoch, Pfähle, noch mehr Pfähle in die Erde … Aus schlechtem Wasser machen sie gutes Land, darauf spielen sie den besten Fußball, vor allem dieser dunkle mit den Wollfäden, den sie aus Surinam gekauft haben. *Gullit Gulden.*« Sein Daumen und Zeigefinger schnüffeln aneinander, um das große Geld anzudeuten. »Alles, was gut ist, machen sie sich zu Eigen, und wenn es nicht mehr gut ist, schlagen sie es wieder kaputt. Das ist ö-ko-no-misch, Sohn des Dunia, kaputtmachen, um es wieder aufbauen zu können. Ein neuer Anfang schafft Arbeit und Arbeit bedeutet Ökonomie. Und wir schuften einfach nur blöd weiter! Wir – ihr – wir sind Esel!«

Ich kneife mir ins Nasenbein; Schweiß strömt über meine Finger.

»*Iwa, iwa*, jetzt mach nicht so ein Gesicht! Ich meine es doch nicht so. Du wirst doch wohl noch einen Scherz vertragen, oder? Aber … wo war ich stehen geblieben … Ah ja, die arbeiten heutzutage sogar sonntags! Ich frage mich, ob die überhaupt noch schlafen, diese aufgedrehten Roboter. Meines Erachtens bauen sie auch in ihrem Wolkenkuckucksheim an der Zukunft. Es ist wirklich erstaunlich, mein Sohn, unglaublich! Die trinken doch bestimmt irgendwas, was sie so munter macht. Du weißt das doch bestimmt, Nordip, unser Gelehrter, unser Professor, unser heller Kopf …«

»Ja«, sage ich ernst. Wie ein brütender Wissenschaftler reibe ich mein Stoppelkinn. »Die trinken alle Red Bull.«

»Da hast du's; genau das mein ich, solche Sachen … da kommt ihr Esel nicht drauf. Und weißt du, woran das liegt, mein Sohn? Weißt du's?«

Ich setze einen einfältigen Gesichtsausdruck auf und blicke um die Ecke, an den blassen Steinen unseres Arbeiterhauses vorbei, hinüber zu Mevrouw Marode, die ängstlich aus dem Fenster sieht. »Das liegt daran, dass ihr zu viel an Mösen denkt, ihr Mösenbärte!«, sage ich. »Ihr wärt als Erste auf dem Mond gewesen, wenn ihr mit Sicherheit gewusst hättet, dass dort tiefe Grotten höchster Wonnen nackt und weit geöffnet auf euch warten. Gehst du eigentlich schon mal in die Rote Straße, um mal wieder anständig zu äh … zu äh … zu ähähhen?«

Löwenherz schiebt einen Daumen zwischen Zeige- und

Mittelfinger, lässt sein rechtes Augenlid sacken und flüstert: »*Iwa, iwa*, was erzählst du da, kennst du denn überhaupt keine Scham mehr?«

»Hört doch niemand zu.«

»Willst du mir keinen Tee anbieten? Nein, nein, lass nur. Ist jetzt nicht mehr nötig. Aaah, mein Fuß!«

»Hm, dein Fuß, ja ...«

»Aber vielen Dank auch, Sohn des Dunia. Doch der Große, der Allmächtige, sieh auf meinen Zeigefinger, der sieht alles. Diese Jugend von heute. Diese halb toten *chebab* haben überhaupt keinen Respekt mehr ...«

»Ja, das ist schon schlimm.«

»Tja ... ihr Kinder von McDonald's ... es ist diese Zeit ... Dieser ganze Wahnsinn ständig im Fernsehen. Wo ist nur die ganze Zeit geblieben? Und warum starrt uns eure alte, *halluf*-fressende Nachbarin so an?«

»Sie findet dich attraktiv, Löwenherz.«

Löwenherz klopft mit seinen geflochtenen Slippern auf die Ziersteine, zieht seinen Regenmantel etwas von seinen Schultern herunter und streicht wie ein herausgeforderter Casanova mit einer Hand über den unbewaldeten Teil seines Kopfes. »Ach ... früher, Sohn des Dunia ... früher hatte ich sie scharenweise«, sagt er Mitleid erregend, »... zehn an jedem Finger. Für eine Tüte Fritten bekam ich jede auf mein Moped ... und nicht nur auf mein Moped, Sohn des Dunia ... aber heute ... heute ... aah, mein Fuß ...!«

»Dein Fuß, ja.«

Löwenherz sieht auf seine Uhr. »Ich muss gehen, mein Sohn. Hier hab ich noch einen Strafzettel wegen Falschparkens, Junge. Nimm, nimm. Und sorg dafür, dass ich einen Straferlass kriege, Sohn des Dunia. Und dann hab ich noch dies. Halt mal deine Hände auf, Junge. Das ist von meinem Sohn, der in Scheidung lebt, wodurch er in finanzielle Schwierigkeiten geraten ist. *Te-*

mara, temara, mein Sohn. Nichts als *temara* mit diesen Kindern, die flattern wie Schmetterlinge, trunken von den Düften dieses teuflischen Rosariums. *Merde, merde*... Hier, du bist wenigstens ein guter Esel, Nordip. *Safi*, ich geh dann mal... du weißt Bescheid. Und mach bitte ein bisschen zügig mit all diesem Papierkram, der mein armes, zerbrechliches Herz überrascht, mein allerallerbester Sohn, denn hier in diesem Hollanda von Honda und Wanda – mit dem einen kommt man zu dem anderen – ist man sehr schnell mit irgendwelchen Papieren zur Hand. Das macht mich noch wahnsinnig! Man wird regelrecht darunter begraben. Möge Gott es alles dem lodernden Feuer übergeben. Eh man sich versieht, ist der Briefkasten schon wieder voll mit schriftlichen Heimsuchungen. Ach, übrigens... kann man dieses Zeug... dieses Rätbuhl auch auf dem Markt in Beverwijk kaufen?«

Und dann weiß ich genau – nachdem ich die Tür wieder schließe, die aufgestaute Wut schreiend und schlagend an dem Sofakissen auslasse und mit einer Damenbindenpackung voller Papiere unter meinem Bett weiterschlafe –, dass Löwenherz sich, noch bevor er seine Schuhe ausgezogen hat, auf meinen besten Freund Rashid stürzen wird. Noch bevor er seine Schuhe ausgezogen hat, wird er losschreien: »Mein Ra-shit ist ein grauer Hängeohresel der dümmsten Sorte! Mein Ra-shit ist eine Kuh ohne Euter! Sieh dir deinen Freund an, diese gesunde Saat, du Hornochse! Sieh dir den Sohn des Dunia an, der macht Bü-ro-ar-beit, wirklich, er ist ein Gelehrter, ein Professor, ein heller Kopf, ein Superman. Und was bist du, du Hornochse...?« Und wenn Löwenherz sich dann die Olympiade ansieht, sagt er zu seinem Ra-shit: »Du wirst Olympiasieger, Esel!« Und einen kurzen Moment lang – fernab jeder Realität – bin ich eine feste Größe, der beste Sohn von ganz Opwallen. Manchmal kann ich dich schon verstehen, Amimun.

Teil 2

Tanz um den heißen Brei

In den Fängen des modernen Tigers

»Hier, du Ratte, hier hast du das Zeug.« Doornkaat ist noch vom Treppensteigen ganz außer Atem, als er Amimun die Plastiktüte reicht. Der nimmt sie gierig in Empfang, wirft einen Blick hinein und fragt: »Wie viel hast du dem Halsabschneider dafür bezahlt, Dicker?«

»Fünfundzwanzig. Kostet eigentlich fünfunddreißig, aber für dich hat er 'ne Ausnahme gemacht«, erwidert Doornkaat. »Der Rest ist für's Benzin.«

Amimun zieht die Augenbrauen hoch. »Fährt dein Wagen vielleicht wie du auf Whiskey? Oder hast du wieder einen Joint gekauft? Und wenn du dem Halsabschneider das nächste Mal begegnest, sag ihm, dass er sich diese Art von kommerziellem Freundschaftsdienst bei mir sparen kann. Ich verzichte gern auf dieses ganze Geschwafel.« Aufgedreht reißt er die Tüte auf und holt eine kleine Flasche zum Vorschein.

LOVE RAIN SPANISH FLY
FÜR ULTIMATIVEN SEXUELLEN GENUSS

»Willst du einen Tropfen?«, fragt er mich grinsend und hält mir die geöffnete Flasche unter die Nase.

Ich weiche einen Schritt zurück und stoße mit meinem Hintern gegen den Herdrand.

»Wie spät ist es?«, fragt er nervös. »Wir müssen bald anfangen.«

»Viertel vor zehn.«

»Ivan, bist du so weit? Hol den Fisch aus dem Ofen, dreh die Flammen auf und bereite die Teller schon mal vor. Wir werden gleich mit dem Braten anfangen! Neunundneunzig Schnitzel! Neunundneunzig Schnitzel für einen Haufen von Monstern!«

Ivan gähnt und kratzt sich unter dem Hemd, direkt über dem Bauchnabel.

Amimun liest die Bedienungsanleitung auf der kleinen Flasche, runzelt wieder die Augenbrauen, reißt die Augen auf und marschiert mit einem Finger am Kinn zum Vorratsschrank. Er nimmt eine Rolle Klebeband heraus, geht zu den Kameralinsen und klebt sie der Reihe nach zu. Er strotzt vor sündiger Vorfreude.

»Was hast du vor?«, frage ich, als er mit einem gemeinen Grinsen im Gesicht zurückkommt.

»Ich werde diese reichen Leute da unten mal ein bisschen aufpeppen«, sagt er amüsiert.

»Willst du damit sagen, dass du das Zeug in der Flasche da in die Soße kippen willst?«

Er nickt. »Genau. Und ich hab auch noch eine schöne fette Ratte gefangen; die dreh ich durch den Fleischwolf und rühr sie ebenfalls unter die Soße.«

»Du hast definitiv zu viele Filme gesehen. Das kannst du doch nicht machen?!«

»Nein … aber für lau in der Spülküche arbeiten, das kann man machen, wie?«

Ich spüre, wie ich langsam klein werde und wie ein Mutterfleck in meiner eigenen Schamröte verschwinde.

»Die kommen hier jedes Jahr her. Du wirst es ja sehen, Spülwurm, echt merkwürdig, verstehsdu. Dann stellen sie sich mit alle Mann hin und fauchen, was das Zeug hält. Und diesmal werd ich sie das Fauchen lehren. Die brauchen Pfeffer unterm Hintern, damit sie sehen können, was für ein Scheißleben ich führe.« Er rührt in der Soße, nimmt den Löffel aus dem Topf und schlägt gegen den Topfrand. *Deng! Deng! Deng!* »Oder findest du das vielleicht kein Scheißleben, Nordip? Sieh dir das mal an, Mann, wir tropfen beide vor Schweinefett!« Mit dem Zeigefinger streift er sich einen Schweißtropfen von der Stirn. »Puh! Mann, Mann, Mann, das ist doch ein echtes Hundeleben hier!« Die Sahnesoße kocht. Amimun dreht die Flamme etwas herunter.

»Hm.« Mehr kann ich nicht sagen.

Amimun hält die Flasche über den Topf, überlegt, seufzt, umschließt die Flasche fest mit einer Hand, wirft sie in die Luft, fängt sie wieder auf und steckt sie in seine Hosentasche. »Ach, was soll's. Lass gut sein, bevor Gott mich noch mehr straft. Aber irgendwann mal werd ich das Zeug für diesen arroganten Meerman verwenden. Komm her, Schaumschläger, heute ist dein Tag. Ich werde dir zeigen, wie man kocht.«

»Meinst du das echt?«

»Blödmann.«

»Meinst du das wirklich echt?«

»Ja. Jetzt komm schon.« Amimun reißt mir die Spülbürste aus der nassen Hand und hält mir eine Fleischgabel vor die Nase.

Ich betrachte die beiden scharfen Spitzen und weiß nicht, was ich damit anfangen soll.

Der Koch nimmt einen Topf mit zerlassener Butter vom Herd, verteilt die Butter auf vier Pfannen und dreht die Herdplatten voll auf. Das Feuer beißt sich blau in das Gusseisen. Langsam fängt die Butter an zu schäumen, erobert jeweils die ganze Pfanne und beginnt zu spritzen. Ich gehe einen Schritt zur Seite und lasse Amimun vor, der mit einem Container geplätteter Doornkaat-Schnitzel an den Pfannen vorbeimarschiert.

»Was soll ich tun?«, frage ich aufgeregt.

»Nicht so hastig, Spasti. Oder willst du dir als Pfannenposten jetzt schon ein Burn-out-Syndrom einfangen?«

»Meinst du damit, dass ich mir die Finger verbrennen könnte?«

»So was Ähnliches.«

»Was denn?«

»Ach, lass stecken.«

»Okay.«

Während die heiße Butter in das Paniermehl zieht und den Schnitzeln eine hellbraune Tönung verpasst, dreht Amimun die Flammen etwas herunter und teilt mir endlich eine Aufgabe zu. »Jetzt dreh sie mal um, Nordip. Zeig mal, was du kannst, Schaumschläger!« Er stemmt die Hände in die schmalen Hüften und sieht mir über die Schulter – wie ein Meister dem Lehrling.

Zitternd vor Nervosität steche ich die Gabel in einen der panierten Fleischlappen.

Direkt vor meiner Nase trinkt Doornkaat einen Erdbeershake.

Als ich das Fleisch anheben will, rutscht es von meiner Gabel.

»Ich konnte das gleich beim ersten Mal, Junge«, sagt Amimun bestimmt. Er reißt mir die Gabel aus der Hand, schreit Ivan zu, dass er schon mal einen Wagen holen soll, um diesen Schweinefraß wegzubringen, und sticht seinerseits in das Fleisch. »Reinstechen, hochheben, zu dir hin ziehen und dann langsam runter lassen.« Amimun macht es mir zweimal vor, gibt mir die Gabel zurück und wischt sich die Hände an seinem T-Shirt ab. »Zu dir hin ziehen, zu dir hin ziehen, Mann!«

»Man sollte nur das Beste zu sich hin ziehen, Amimun.« Während ich das sage, wende ich mein erstes Schnitzel. Nachdem ich den Dreh erst mal raushabe, bin ich zu schnell für das Feuer, das mich anschwärzen will.

Begeistert steche ich die anderen sechsundneunzig Schnitzel fertig. Ich bin sogar ein wenig stolz auf mich. Ich kann Schnitzel braten, oh Boy!

»Glaub ja nicht, dass du es jetzt schon könntest.« Amimun drückt mir die volle Schüssel mit Schnitzeln in die Hand.

Ich verteile sie auf die vorbereiteten Servierteller.

»Reines Anfängerglück. Du musst wirklich gut sein, um so gut zu werden wie ich. Von daher. Ich hätte bei dem Spiel fast gegen Wilhelm gewonnen, verstehsdu. Und ich werde ihn bald zu einer weiteren Partie herausfordern. Ich bin der Beste, ich will Chefkoch werden. Das ist sogar noch besser als Souschef.«

»Könnte ich ... könnte ich dieses Spiel ... gegen Wilhelm vielleicht auch gewinnen?«

»Du? Haha! Wenn du gewinnst, Nordip, dann steck ich den Blauen Geier eigenhändig in Brand. Du? Ha!«

Doornkaat stellt den Topf mit der Sahnesoße ab und geht mit einem Gesicht weg, das Amimuns Angeberei streng verurteilt.

Wir lassen Ivan zum Aufräumen in der Küche zurück und schieben den Wagen in den Gang, hoch beladen mit Schnitzeln und Schnappern in Servierschüsseln. Doornkaat kommt uns entgegen. Er blickt düster drein.

Ich lege einen Arm um seinen Hals und frage ihn, was los ist.

»Ich habe gestern Nacht von einer Schlange geträumt, die einen großen Frosch frisst.«

»Ja, und?«

Er bleibt stehen. »Unglück, Nordip, so ein Traum bedeutet Unglück. Ich fühl mich echt nicht gut, Nordip.«

»Du frisst zu viel – das bedeutet dein Traum und sonst gar nichts. Du hast nur die Botschaft falsch entschlüsselt.«

Sein Geist muss diese Antwort erst noch verarbeiten. »Hast du nicht manchmal auch das Gefühl, dass du gefangen bist, Nordip?«

An der Brotecke bleibt eines der Räder an einem Tischbein hängen. Amimun hebt den Wagen leicht an und wirft uns einen schrägen Blick zu.

»Wie meinst du das?«, frage ich.

Der Wagen rollt weiter; Amimun zieht mit gestrecktem Arm, schenkt Doornkaats Elend kein Gehör.

»Das hab ich dir doch schon ein paarmal erzählt, da auf dem Hocker in deiner Spülecke. Obwohl ich jeden Tag Fitnesstraining mache, fühl ich mich nicht gut.« Er haut seine Zähne in eine Waffel.

Die Aufzugtüren schließen sich, und wir sausen in dem Schacht nach unten.

Krümel fallen von Doornkaats Mund. »Dass man nicht weiß, welche Richtung man einschlagen soll, Nordip. Dass man atmet, um zu atmen. Wenn man oben ist, will man nach unten, und wenn man unten ist, will man wieder hoch. Ständig dieses Schuldgefühl. Gehst du tanzen – Schuldgefühl. Gehst du was trinken – Schuldgefühl. Gehst du in die Stadt – Schuldgefühl. Isst du ein Wiener Schnitzel – ach nee, lass mal, das ist was anderes. Du weißt doch, was ich meine, Topfkratzer.«

»Nein, das weiß ich nicht«, lüge ich, weil ich mich aus diesem Gefühlschaos raushalten will. Das habe ich mir für dieses neue Jahr vorgenommen. »Bist du vielleicht depressiv, Doornkaat?«

»Ich depressiv? Ich?« Ein Finger zeigt auf seine Brust.

»Ja, du.«

Die Aufzugtüren schwingen auf und schließen sich hinter uns wieder. Genervt verpasst Amimun ihnen einen Tritt.

»Ich weiß nicht, ob ich depressiv bin«, erwidert Doornkaat. »Ich hasse nur einfach die ganze Welt.«

»Die ganze Welt?«

»Ja.«

»Die Große Weite Welt?«

»Ja, das sag ich doch. Ich hasse Menschen, Tiere, Bäume, Mütter, ich hasse das Hassen.«

»Schon gut. Dann hass sie eben alle, aber hass sie gut. Es gibt 'ne ganze Menge von Menschen, die keine Wahl haben – die haben ein viel größeres Problem. Sieh mich an, Mann. Ich hab zwei Jahre lang nur geschlafen. Ich wusste einfach nicht mehr weiter…« Ich setze mich bewusst herab, um ihn größer erscheinen zu lassen, und trete gegen eine Kiste Blumenkohl, die hier im Gang steht.

Doornkaat bleibt wieder stehen, schluckt ein Stück von seiner Waffel hinunter. »Hast du das gehört, Ratte? Ich bin depressiv, aber ich hab nur ein kleines Problem. Dieser Topfkratzer ist nicht ganz richtig im Kopf.«

Amimun legt ein paar Schnitzel, die durch das Rütteln des Wagens verrutscht sind, wieder gerade, schüttelt den Kopf und zieht das Gefährt hinter sich her. »Ihr seid beide nicht ganz dicht. Jungejungejunge, benimm dich doch endlich mal wie ein Mann.«

Doornkaat macht ein Gesicht wie ein Kind, das sich in einem zu großen Vergnügungspark verlaufen hat.

»Du bist lediglich… äh… ein bisschen hässlich. Ich bin jetzt einfach mal total ehrlich«, blödel ich drauflos, um den kahlen Riesen aus seinem Tief zu ziehen. Denn die Kraft, die in diesem großen Jungen steckt, hat sich gegen ihn selbst gerichtet, weil er sich nicht traut, sie zu akzeptieren. Jeden Tag schlägt sie ihn einen Kopf kürzer. Wenn er bei mir in der Spülecke auf einem der Hocker sitzt – für ihn halte ich den größten Suppentopf bereit, oh Boy –, dann schlägt sein kleines Herz aus seinem großen Mund unter dem struppigen Schnurrbart, und dann erzählt er weinerlich von seiner Selbstverleugnung und der knackigen Psychologin, zu der er geht. »Jeden Sonntagmorgen schau ich mich im Fitnessstudio um, und dann seh ich sie wieder«, sagt er dann, die Hände gegen seinen kahlen Schädel gepresst. »Alle die, die genau wie ich in dieser Nacht, verdammich, in dieser Supernacht von Samstag auf Sonntag, keinen Sex hatten und frustriert Gewichte stemmen, ziehen und schieben. Denn warum würde man sonst am Sonntag so früh aufstehen? Was glaubst du, Nordip, wenn ich in den Himmel komme, darf ich den mit meinem abtrainierten Körper überhaupt betreten? Ich hab keine Lust, noch mal von vorne zu beginnen. Ich will breit gebaut in den Himmel… Sie hat mich in ihrer Macht, Nordip. Sie macht mit mir, was sie will. Das darf niemand wissen, Nordip – schwör es, *wallah billah*, beim Allmächtigen, dass du es niemandem erzählst –, aber ich stehe jeden Tag zusammen mit Mäuseköttelanspitzern, chronischen Nörglern, gespaltenen Persönlichkeiten und ausgebrannten Hirnis an der Töpferscheibe.«

Ja, der große Riese mit dem Adoniskomplex muss sein eigenes Selbstbild in seinen eigenen dicken Fingern spüren, seine ganze Energie hineinkneten und versuchen, etwas Optimismus daraus zu modellieren und sich auf diese Weise neu zu schaffen. Frisch und neu aus Ton auferstehen – auf Anordnung seiner knackigen Psychologin.

»Und was hast du schon alles zusammengeknetet?«, fragte ich ihn neulich noch.

»Schwarzenegger, Nordip. Ich habe Schwarzenegger geschaffen. Schwarzenegger ist echt breit gebaut. Er ist der Breiteste.«

»Deine dicken Arme überheben sich an der Illusion, und deine breite, muskulöse Brust steckt voller Zweifel. Du bist ein Riesenzwerg, Sofian. Vergiss deine schweren Wünsche, Junge. Leg dich genau wie ich mal ein paar Monate aufs Ohr, mein dicker Freund, und versuch dann mal, dein eigenes Gewicht vom Bett hochzuheben, bevor du an den schweren Kilos der Welt zu Grunde gehst. So, jetzt weißt du's.«

Die Leidensmiene des Jungen verwandelt sich in einen großen Mund mit Zähnen. Ich habe ihn falsch eingeschätzt. Er hat sich die Frotzeleien zu sehr zu Herzen genommen.

Gott sei Dank steht die Tür zum Mississippi-Saal genauso weit auf wie der Mund des Anabolikariesen. Schwere Zigarrenluft und das schallende Gelächter aufgedonnerter Holzköpfe schlagen uns entgegen.

»Warte nur, Topfkratzer. Waaarte nur… das wirst du noch bereuen – warte nur, was ich gleich draußen alles mit deiner Mutter anstellen werde.«

»Lass meine Mutter aus dem Spiel, Doornkaat.« Meine Mutter ist mir heilig.

Amimun versucht uns zu beruhigen und zieht den Wagen über die Schwelle. »Jetzt hört auf, ihr beiden, denkt mal an die Gäste, müsst ihr uns denn immer blamieren?«

Eine der aufgetakelten Tigerdamen blickt in unsere Richtung und spielt mit ihrem Ohrring.

Doornkaat, der genau weiß, dass er kein Verbalartist ist und keine Chance gegen meine Beredsamkeit hat, macht eine zupackende Bewegung in meine Richtung.

Ich springe vor den Wagen.

Wir stehen in der Türöffnung des festlich geschmückten Saals – das Klagen der Geige vermischt sich mit den Stimmen der Gäste.

Liebe Agnes und Claudia stehen bereit, um den Wagen von uns in Empfang zu nehmen und das Essen zu servieren.

»Sssscht … Ihr steht hier direkt vor den Gästen«, flüstert Agnes und zähmt uns mit einem Lehrerinnenblick, den Zeigefinger gegen die Lippen gedrückt.

Doornkaat, der machtlos den prüfenden Blicken der Tiger an den langen Tischen ausgesetzt ist, nährt seine Wut auf mich und deutet eine Attacke an.

Ich werfe ihm aus der Entfernung ein Küsschen zu. »I love you, pus-s-s-sycat«, flüstere ich, wobei ich das S lispele.

Auf dem Podium vorn im Saal streichen drei bebrillte Brüder mit identischer Frisur, lackiert und mit Mittelscheitel, sehnsuchtsvoll über die Saiten.

»Das erinnert mich an meine Mutter, die mir früher immer die Haare gemacht hat«, sagt Liebe Agnes, die sich zwischen Amimun und Doornkaat gestellt hat. »Miranda und ich waren die Opfer des Kunstsinns meiner Mutter. Schleifen, Bänder, Perlen – alles musste in unsere Haare –, aber was macht ihr hier eigentlich?«, fragt sie, als würde sie sich erst jetzt unserer Anwesenheit so recht bewusst.

Wir stinken nach Fisch. Ich selbst stinke am meisten. Ich rieche nach Fisch, Hund, Kamel, Grünkohl, Schwein und Haschisch. Die Küchenbrigade und ich – die Aushilfe – dürfen hier nicht rein. Meerman hat uns verboten, vor den Gästen aufzutauchen. Was würden die denken, wenn sie uns so sähen, in der Blütezeit unseres Lebens. Sie würden das Leben verabscheuen …

Die Lippen der musikalischen Gebrüder zittern im Takt des einschläfernden Saitengejauls.

»Die sind echt nicht breit gebaut«, murmelt Doornkaat.

»Du willst dich also wieder unterhalten.«

»Nein, ich brech dir gleich alle Knochen.«

»Nur zu.«

Im Licht der Scheinwerfer schimmern hochglanzpolierte Lackschuhe unter krummen Beinen. Vor dem Podium walzert ein betrunkener Tiger erdentrückt einsam übers Parkett. »Bravo! Bravo! Bravo!«, brüllt er, und als die drei Gebrüder ihr Spiel beenden, applaudiert er. Die drei halten den Geigenbogen dicht an den Körper, verbeugen sich und machen Platz für den Gastgeber, der auf das Mikrofon zusteuert.

»Meine sehr verehrten Damen und Herren: Ich heiße Sie nochmals willkommen bei diesem Jahrestreffen der Tiger. Gerade hatten Sie das Vergnügen, den Darbietungen des Streichertrios Die Mitesser lauschen zu dürfen. Noch einmal einen herzlichen Applaus für Die Mitesser! Vielen Dank, vielen Dank. Wir hängen ein wenig mit der Zeit … wir haben den Saal bis ein Uhr gemietet. Meine sehr verehrten Damen und Herren – ich will Sie nicht länger auf die Folter spannen: Ich habe die Ehre, nun jemanden ankündigen zu dürfen, der unserer neuen schnellen Zeit neue Impulse gegeben hat – einer Zeit, in der wir neue Möglichkeiten schaffen, in der wir kreativer sind als je zuvor und immer mehr leisten in immer kürzerer Zeit, einer Zeit, in der wir effektiver und mit größerer Treffsicherheit immer neue Fortschritte erzielen. Dabei dreht sich alles nur um eines: den Glauben an sich selbst, den Glauben an den Erfolg! Die Tiger stehen für Kraft und Erfolg! Und aus diesem Grunde haben wir, wie jedes Jahr bei unserer Versammlung, wieder einen besonderen Gast eingeladen. Seine Vorträge und Seminare erfreuen sich weltweit enormer Beliebtheit. In den letzten Monaten hat er mit asiatischen Topmanagern gearbeitet, um auch der dortigen Wirtschaft neue Impulse zu geben. Aber heute Abend ist er bei uns zu Gast. Meine Damen und Herren, darf ich Ihnen vorstellen, den Meister der positiven Einstellung, den Guru des Erfolgsdenkens … hier ist: RIK BRUG-MAN …!!!«

Der Saal jubelt dezent, begleitet von zartem Fingerklopfen auf weichen Handflächen – ein Tigerapplaus, spießig, wohlerzogen, gesittet –, und auf dem Podium erscheint ein attraktiv wirkender, blonder Mann, eng anliegender blauer Anzug, kurzes, dickes Haar und ein großer, abstoßend hässlicher Mund.

»Der sieht aus wie der Joker aus *Batman*«, sagt Amimun.

»Du siehst zu viele Filme.« Das habe ich ihm schon so oft gesagt.

Doornkaat gurgelt.

Der blaue Guru läuft auf dem Podium unruhig auf und ab, windet das Mikrokabel wie eine zahme Schlange um sein Handgelenk und schiebt sich das Mikro zur Hälfte in seinen weit geöffneten Mund. »Meine Damen und Herren. Einen schönen guten Abend.« Er stößt die Worte hart aus. »Um gleich positiv mit der Tür ins Haus zu fallen: Ich freue mich. Ich freue mich, heute Abend hier sein zu dürfen … blabla … mich unter Erfolgsmenschen zu befinden … den Gewinnern … blabla … im Kreise derjenigen, die sich von der großen Kraft des Tigers inspirieren lassen, dessen bin ich mir durchaus bewusst … aber sind Sie sich dessen auch bewusst, frage ich mich … in jedem Menschen steckt ein Gewinner… die Kunst besteht darin, den Gewinner in uns selbst zu wecken… aus den tiefsten Tiefen unseres Unterbewusstseins… blabla…«

Er klatscht mehrmals in die Hände. Im Saal wird es mucksmäuschenstill. Furcht erregend still. Bis auf ein trockenes Hüsteln, etwas Geraschel, den ein oder anderen Räusperer. »So einfach ist das«, sagt er ruhig. »So einfach ist das. Das Leben ist einfach.« Plötzlich hebt er seine Stimme. »Wer sind Sie?«, schreit er in den Saal.

Die Gäste bleiben wie angenagelt auf dem Stuhl sitzen oder stehen reglos an der Bar. Der Redner hingegen genießt sein Charisma des modernen Propheten auf Bestellung immer enthemmter.

»Sprechen Sie mir nach, Herrschaften. Alle zusammen, die Gruppe dort hinten… ja, auch Sie, sprechen Sie mir nach. Ich zähle vor: drei, zwei, eins… WIR SIND DIE GROSSEN TI-GER!!!« Brugman macht eine Faust: »Und jetzt alle: drei, zwei… eins… WER SIND SIE?!!!«

»Wir sind die großen Tiger! Wir sind die großen Tiger! Wir sind die großen Tiger! Fauch, fauch, fauch…«

»Wer sind Sie, Herrschaften? Das geht doch lauter, noch sehr viel lauter! Geben Sie sich voller Vertrauen in Ihre eignen Hände, ja, gut so. Positiv! Positiv! Positiv! Drei, zwei, eins! WER SIND SIE?«

»Wir sind die größten Tiger! Wir sind die größten Tiger! Wir sind die größten Tiger! Fauch, fauch, fauch…«

»Jungejunge, die haben echt Pfeffer unterm Hintern, verstehsdu… von daher…« Amimun hat seinen Kommentar verdammt lange für sich behalten.

»Das war schon recht beeindruckend, Herrschaften, aber es geht doch noch lauter! Kommen Sie, erwecken Sie sich durch Ihre eigene Lautstärke zum Leben! Wer sind Sie?!«

»Wir sind die allergrößten Tiger! WIR SIND DIE ALLERGRÖSSten Tiger! Wir sind die allergrössten Tiger! Fauch, fauch, fauch…«

»Ja, kräftig fauchen wie die Tiger, Herrschaften… geschmeidig schleichen wie echte große Tiger!«, redet Brugman weiter und tigert auf und ab.

Der Saal brüllt, der Saal faucht, kriecht und schleicht – und ich… ich kriege plötzlich einen spontanen Lachanfall, als würde ich auf einem riesigen Joint in den Himmel fliegen – so zum Schreien komisch und traurig ist das Ganze. Das sind also die Menschen der neuen, schnellen Zeit. Sie sind allesamt an mir vorbeigedüst, während ich unter der warmen Decke des Schuldgefühls geschlafen habe. Und wieder denke ich: Ist ein Gefängnis immer eine Zelle mit Gitterstäben? Sind wir es nicht selbst, die uns in die Enge treiben, schwimmen wir nicht aus eigenem Antrieb direkt auf die Netze zu? Sind wir vielleicht der saftige Lachs für die Bärentatze?

Wir stehen auf dem Bahnsteig; ich habe sie begleitet, sie fährt zum Unterricht.

»Ich kann von dem ganzen Kaffee sowieso nicht schlafen, Chupita, deshalb mach ich das hier… Denn sonst, sonst würde ich das niemals machen… hier mit dir mitgehen…«

In ihren klaren Gazellenaugen sehe ich, dass sie mich durchschaut hat, dass ich um die Liebe herumtanze, dass ich nicht nachgeben will…

»Gib nach«, sagt sie leise. »Gib nach und gib dich hin. Sich der Liebe hinzugeben ist moderne Kunst.«

»Es ist noch früh, Chupita«, sage ich und reibe mir die Augen blind. Fünf vor sieben, zeigen die Zeiger auf der Bahnhofsuhr.

Ich wollte einfach jede Minute bei ihr sein und blieb deshalb bis halb sieben morgens wach. Für Chupita. Denn ich hatte mich damals – wie ich ja bereits erwähnt habe – in eine Eule verwandelt. Tagsüber schlief ich, und kurz vor der Abenddämmerung, wenn Mevrouw Marode ihren Zsa Zsa rausließ – das hörte ich am Quietschen des Gartentors –, wurde ich wach, briet mir ein Ei, stürzte eine Kanne Kaffee hinunter, versetzte Süleyhirn, meinem Bruder – der wieder mal schrie, dass der Werwolfmann wach wär –, einen Tritt, ließ mich von der Dusche wachregnen, zog mich zähneputzend an – frag nicht wie, oh Boy –, machte einen Handstand, um meine Durchblutung anzuregen, sprang mit einer Zigarette zwischen den Fingern in meine Turnschuhe und fiel aus dem Haus...

HALLO, GROSSE WELT, ICH BIN DER KLEINE NORDIP.

Für Chupita blieb ich bis zum Morgen auf. Die Tautropfen auf dem Wildwuchs starr im Blick, liefen wir zusammen die Gleise entlang. Wie ein echter Gentleman trug ich ihren leichten Rucksack. Ich inhalierte Gottes Atem und starrte, wie über meinen Körper hinausgewachsen, vor mich hin. Ich kapierte es nicht. Wenn man eine Weile Abstand nimmt, so wie ich, oh Boy, dann kapiert man nicht mehr sehr viel, dann wird man zum Zuschauer.
Und dann ist so ein Ausstieg auf Zeit, ein Jahr Praktikum im Blauen Geier ziemlich praktisch – ein Jahr, das ich mir dafür reserviert hatte, »mich selbst in anderen zu entdecken«.

Minutenlang betrachtete ich die wimmelnde Masse, die sich kreuz und quer, quer und kreuz, wie ein eifriges Ameisenheer durch das Chaos fortbewegte. Ich betrachtete die Absätze der Schuhe, die im Rhythmus einer Nähmaschine forteilten. Menschen, die für einen Platz in der ersten Reihe den Moment vergeudeten.

»Scheißwetter heute wieder mal!«, so lautete die allmorgendliche Begrüßung.
Was für eine Vergeudung von Zeit, ihr Haufen wild gewordener Hühner, dachte ich, zog an meiner Zigarette und beobachtete das lustige Gerempel vor den Kartenautomaten. Vor einem der Automaten stand eine alte Frau, das Portemonnaie fest in den zittrigen Händen. Sie traute sich nicht. Einen kurzen Moment lang sah ich meinen Großvater dort stehen. Der weise alte Mann, für den sich das gesamte Dorf erhob. Großvater zog uns an beiden Ohren, wenn Krimo und ich auf seinem Stuhl saßen und uns in den Flötentönen verstiegen hatten, und sagte: »Jetzt hört mir gut zu, ihr beiden, und macht mal Platz für euren Großvater.« Und wir hörten gut zu. Ja, tatsächlich, wir hörten mit dem größten Vergnügen dem alten, weisen Mann zu. Und wir standen auf. Und dann zog er mich – nachdem er sich auf den Stuhl hatte sinken lassen – am Arm zu sich heran und hob mich auf seinen Schoß, um mich zu berühren, um seine Geschichten an mich weiterzugeben… Die alte Frau auf dem Bahnsteig, genauso alt wie meine Nachbarin Mevrouw Marode, wusste nicht, wo sie anfangen sollte, wen sie an den Ohren ziehen sollte. Bei wem musste sie anfangen, um die geforderte Aufmerksamkeit zu erhalten? Welche Reaktionen würde sie bekommen? All das ersann ich dort auf dem Bahnsteig. *Es kann uns egal sein, ob Sie nun sechzig, achtzig oder hundertachtzig sind. Ob Sie alt und weise sind oder auch nicht. Wenn Sie diese schnellere Gangart nicht mehr schaffen, dann krepieren Sie doch langsam in Ihrem Altersheimer.* Mit einem Diplomatenkoffer, einer Zeitung unter dem Arm und einer Flasche Mehrkorn-Trinkfrühstück oder einem Becher Frühstückspampe in der Hand, die Übelkeit erregend hin und her schwappt und über den Rand spuckt, würde der vor lauter Stress wankende Mann neben ihr aufschreien: »Pfo-

ten weg von meinen Ohren, alte Schreckschraube! Da kommt mein Zug.« Krampfartig steige ich die Leiter hoch. Die Leiter der Selbstsucht, bei der jede Stufe des Do-it-yourself-Lebens schon für sich selbst spricht. Selbstverteidigung, Selbstbefriedigung bis an die Spitze – und dann die Selbstzerstörung.
Der Zug kam langsam in den Bahnhof geruckelt, und alle Anwesenden rannten wie eine Herde aufgeschreckter Gnus los. Was geht hier ab?, fragte ich mich. Was soll das alles? Wovor flüchten all diese biochemisch aufgeladenen Trauerklöße, diese saugenden Kosmosflöhe? Bin ich vielleicht verrückt geworden, vom langen, tiefen Schlaf überwältigt? Bin ich dem Leben unterlegen? Stehe ich wirklich so weit abseits? Komm ich aus dem All? Bin ich eine Laus im Pelz der Masse geworden? Ich zog so fest wie möglich an meiner Zigarette – meine Wangen sackten zwischen den Kiefern zusammen – und schlug mir selbst auf den Kopf. Aufwachen, Nordip. Aufwachen, aufwachen … Der Zug ist noch nicht abgefahren …

Ich reibe mir die Augen, blicke zu einem anderen einfahrenden Zug hinüber und sage zu Chupita, die irgendwelche Notizen durchsieht: »Davor fürchte ich mich: Eines Tages werde ich vielleicht-möglicherweise-unter-Umständen auch in diesem Schnellzug Platz nehmen.«
»Wenn du noch was aus deinem Leben machen willst, würde ich damit mal langsam anfangen«, sagt Chupita in mütterlichem, leicht belehrendem Ton, die Augen unverwandt auf ihre Unterlagen gerichtet.
»Ich hab Zeit genug«, erwidere ich mit morgendlich heiserer Stimme.
»Kauf dir mal ’ne Uhr, Nordip.«
Chupita gibt mir zu verstehen, dass sie jetzt nicht gestört

werden will, und ich reise – dicht neben den gelben Tafeln mit den Abfahrtszeiten – in Gedanken nach Tamasint, in mein Dorf, zu meinem Phantasieplatz, einem zeitlosen Ort…

Das Klagelied der Mädchen… auf ruhig dahintrottenden Eseln… Pferden… sie trommeln auf Zinkeimern… in der flirrenden Luft einer hoch stehenden Sonne…

Es war nur ein Film, dort auf dem Bahnsteig neben den kalten Gleisen, alles nur ersonnen, und dennoch… Plötzlich musste ich an das Meer denken. Was ist schöner als die See? Manchmal aufgewühlt, manchmal ruhig – genau wie meine Seele –, die See, die unergründliches Leben enthält und die Toten zudeckt, die sie selbst verschlungen hat, die Jungs aus meinem Dorf, die mit einem selbst gebauten Floß auf den Wogen des schönen Scheins zu einem so genannten besseren Leben unterwegs waren. Kobaltblau, weiß schäumend um meine Nike-Schuhe, brachte sie mir, dem Träumer auf dem Bahnsteig, den Tag. Die See war dort auf dem Bahnsteig, das Meer, das ich nicht umfassen, nicht erfassen konnte. Die Unruhe in meinem Körper…

Plötzlich hatte ich, genau wie in der Schule, Angst, dass ich eines Tages meine Freiheit verlieren könnte, einfach so. Aber ich wusste auch, dass ich meine Freiheit genauso gut durch diese Angst verlieren konnte. Mit Daumen und Zeigefinger drückte ich kräftig auf den Filter, zog an dem, was noch von meiner Zigarette übrig war, und blies meine Verwirrung hinaus.

»Weißt du, Chupita«, sagte ich – sie presste ihren Finger auf die Zahlenreihe mit den zahlreichen roten Strichen, während der Schaffner mit einem Fuß in der Zugtür auf die Bahnhofsuhr blickte und die Bahnhofspfeife zwischen

seinen Lippen bereithielt –, »wenn ich in Ferien bin, aus mir selbst hinausgehe und zwischen den Bergen in den Hochebenen eines unermesslichen Landes mit Eukalyptus- und Olivenbäumen in den Himmel starre… dann möchte ich wieder Frieden schließen mit der Ruhe… Im Augenblick kann ich das nicht. Ich fühle mich wie ein hypernervöses Kamel auf Rollschuhen. Ich würde gerne harmonisch herumtrotten, um die Schönheit des Unscheinbaren in mir aufzunehmen. Aber die Räder drehen sich weiter und weiter und weiter: Ssst-ssst-ssst… das Leben saust wie der Blitz mit all seiner Schönheit an mir vorbei. Und wenn ich zu wissen glaube, wie man bremst, stechen die Uhrzeiger mir in die Hand… in meine eigene Hand, die so gerne die rote Bergerde unter meinen Füßen berühren will. Und dann ist es Zeit… Zeit, um mit demselben leeren Rucksack zurückzukehren, derselbe Rucksack, mit dem ich gekommen bin… das Land des Eines-Tages… wo sich die Rollschuhräder ungebremst weiterdrehen bis ins Grab…«
»Süßer, du brauchst deinen Schlaf«, sagt Chupita, so wunderbar sanft und lieb. Sie streicht mir über die Wange, zieht ihre Schultasche von meiner Schulter und springt zeitgleich mit dem lauten Pfiff des Schaffners in den Zug, dessen Türen von Druckluft zugepresst werden. Ihre winkende Hand und ihr lachendes, leicht geschminktes Gesicht – die knallroten Lippen auf das kleine Fenster gedrückt – werden von den Hochspannungsleitungen fortgerissen. Ihre Mädchenfinger spielen auf dem Luftklavier eine Abschiedsmelodie.
Ich sehe den Zuglichtern nach, sehe, wie sie vom Tunnel verschluckt werden, sauge an dem tabaklosen Filter, werfe die Kippe zwischen die Gleise und drehe mich um. Ich bin wieder ein Säugling, so klein, so nackt, so zerbrechlich; ich lache und weine zugleich und helfe der alten Frau mit ihrer Karte. Verständnislos pfeife ich mich selbst nach Hause, wo Süley-

hirn, mit einem Glas Milch und einer Packung Schokoflocken neben sich, sein Brot schmiert und lauthals seine Hausaufgaben für Englisch macht. Er sieht hoch und schreit: »Mama! Mama! Der Werwolfmann ist wieder zu Hause!« Mein Fußknöchel schmerzt von dem Tritt, den ich ihm zukommen lasse, und das macht mich nur noch wütender…

Brugman fordert die Tiger auf, sich zu erheben, und beugt sich über die weiße Schachtel, die ihm seine Assistentin – eine Pin-up-Dame mit langen Nylonstrumpfbeinen – zugeschoben hat. Er nimmt einen Stapel kleiner Spiegel heraus und bittet den Saal, diese nach hinten weiterzugeben.

Als sie unsere Gruppe erreichen, weigert sich Amimun, von Agnes einen Spiegel anzunehmen. »Nein, Liebe Agnes.«

»Herrschaften! Hat jetzt jeder einen Spiegel?«

»Jaaaaaa!«, antwortet der Saal im Chor.

Ein dünnes »Ja« flutscht auch mir aus dem Mund.

Amimun blickt grimmig zur Seite.

»Betrachten Sie sich nun einmal selbst im Spiegel. Was sehen Sie in Ihren Augen? Was geben Ihre Augen über Sie preis? Wie sehen Sie sich selbst an? Gehen Sie in sich, überlegen Sie und ziehen Sie Ihre Schlüsse.« Brugman tigert mit dem Mikro durch den Saal – er ist der Herr und Meister. Mit seinem magischen Tonfall, irgendwo zwischen Reden und Flüstern, betört er die empfängliche Menge.

»Herrschaften, ich benötige jetzt kurz einen Assistenten.« Rik Brugman scannt mit weit aufgerissenen Augen den Saal. »Du da, der Junge in dem weißen T-Shirt mit den Safranflecken und dem aufgemalten Bob Marley – komm doch mal her… Komm doch bitte mal nach vorne…« Er winkt. Seine Assistentin steht auf hohen Hacken und mit einem so breiten Lächeln im Gesicht neben ihm, dass man denken könnte, sie wäre Miss Holland persönlich.

Was mache ich jetzt bloß?, flüstert etwas in mir. Ich kratze mich wie ein verflohter Affe unter der linken Achsel und sehe mich flüchtig um.

»Geh nicht, geh nicht!«, zischt Amimun. »Er will dich nur lächerlich machen, Spülwurm! Dieser Dreckskerl, dieser Breitmaulfrosch will dich doch nur lächerlich machen, verstehsdu. Von daher...«

Doornkaat grinst und schlägt mit seiner flachen, rechten Hand auf die linke Faust – »jetzt bist du dran, Mann, hipp, hipp, hurra!«

Überall glänzende blaue, rote und schwarze Abendkleider, mit einem Smoking am Arm. Was soll ich tun? Oh Boy. Ich beiße auf meinen kleinen Finger, ich beiße auf meinen Zeigefinger und dann auf meinen Daumen. Ich biete echt keinen schönen Anblick – durchtränkt mit Soße, Apfelmus und Tomatensuppe, durch und durch verdorben, Ekel erregend, aber auch mit frischem Mut in dieses Jahr hineingegangen, ich traue mich wenigstens, mit Hunger zu leben, für den Moment da zu sein, feurig zu verlangen, zu spielen, nicht in Panik zu geraten, nicht sofort wieder zwei Jahre zu verschlafen, wenn es mal nicht so läuft wie gewünscht... Los, Nordip, ran an die Buletten; es ist doch nur ein Spiel – nur ein Spiel? Hör mir auf mit Spielen, oh Boy. Ich gehe. Ich gehe nicht. Doch. Nein. Warum? Nein. Ich gehe.

Ich betrachte eingehend meine Schuhspitzen, hole tief Luft und wanke entlang der glitzernden Dekolletés, vorbei an den schwarzen, fusseligen Bundfaltenhosen zur niedrigen Treppe am Podium. Ich steige die Stufen hinauf. Beifall. Tosender Beifall. Noch nie zuvor hat jemand meine Taten so sehr beklatscht – okay, ein einziges Mal ein Polizist mit einem Knüppel auf mein forteilendes Bein oder ein Imam auf meine flach ausgestreckten Zitterhände, weil ich das Geld, das ich ihm jeden Mittwoch geben musste – eine Art Studiengebühr –, für Softeis mit diesem herrlich karnevalesken Liebesperlenkonfetti ausgegeben hatte. Aber so ein Applaus, ein richtiger Applaus, eine von vergoldeten Klatschhändchen losgelassene Salve, nein, noch nie …

Ich stehe auf dem Podium. Ich blicke in den Saal hinein, weiche den vielen Augen aus und starre auf den großen Webteppich, der zu dieser Gelegenheit vor der Wand aufgehängt wurde – ein großer Bengalischer Tiger und darunter in eleganter Schrift:

Erfolg lohnt sich wieder!

»Sieh an, sieh an, wen haben wir denn da …« Brugman legt einen Arm um meine Schultern, und seine Augen stellen stille Fragen zu meiner versifften Kleidung.

Brugmans hübsche Hupfdohle weicht einen Schritt zurück. Eine wollüstige Sekunde lang überlege ich, was ich so alles mit ihr anstellen könnte.

»Erzähl dem Saal mal kurz, wer du bist.«

»Ich heiße Nordip.«

»Nordik?«

»Nein, Nordippp.«

»Russisch?«

»Nein, hebräisch.«

Die Tiger verfolgen mich mit gebannten Blicken und leicht geöffnetem Mund. Sie suchen Halt an ihrer Zigarre oder ihrem Weinglas.

Ich stehe etwas unsicher und greife zum Mikroständer.

Die spießigen Lippenschmatzer starren mich an, als wäre ich gerade mit einer fliegenden Untertasse auf den Flügeln des Blauen Geiers gelandet. Ein Gastarbeitersohn ist die wahre X-File, oh Boy. Der kitzelnde Floh, der in meinem Ohr sitzt, beginnt mit Stings Stimme zu singen:

I'm an alien, I'm a legal alien
I'm an englishman in New York
I'm an alien, I'm a legal alien
I'm an englishman in New York

Amimun legt eine Hand auf seinen Mund. Er wird wohl Angst haben, dass ich hier baden gehe, dass ich mich selbst, ihn und ein ganzes Volk bis auf die Knochen blamiere – diese Verantwortung habe ich gratis mitbekommen.

Liebe Agnes verschüttet etwas Wein beim Einschenken.

Mitten in meiner Brust sticht mich etwas, stachelt mich an, zum Mikro zu greifen, hineinzutönen und zu rufen:

> Was seid ihr doch für ein Haufen hoffnungslos seniler grauer Labormäuse!
> Ein solcher Erfolg ist keinen Pfifferling wert!

Aber sie sind diejenigen, die Erfolg haben, und ich bin derjenige, der zwei Jahre verschlafen hat und sich nun selbst in den Töpfen und Pfannen reinigt. Dieser Gedanke beschwert meine Zunge, macht mich unsicher.

»Nordik?«

»Ja.«

»Wie alt bist du, Nordik?« Brugman wirft einen Blick auf meine abgetragenen Nikes.

»Neunzehn … fast zwanzig.«

»Allem Anschein nach hast du heute gekocht. Kompliment, junger Mann! Nimm dieses Kompliment und setze es in Energie um. Gratis und völlig umsonst.«

»Ich habe nicht gekocht«, sage ich bescheiden. »Ich bin nur eine Aushilfe.«

»Du bist die allerbeste Aushilfe!«, brüllt Brugman und stampft auf die Planken des Podiums.

»Und du bist echt nicht mehr ganz bei Trost!«, flüstere ich laut in sein Ohr.

»Äh, gut... aber dafür habe ich dich nicht nach vorne kommen lassen, Nordik.«

»Nordip. Ich heiße Nordip.«

»Äh, gut... Nordieb, ich habe dich nach vorne geholt, um diesen Menschen hier zu zeigen, dass das Erleben von Erfolg etwas Persönliches ist. Wer war ich gestern, wer bin ich heute, was bin ich morgen – das sind die Fragen. Schritt für Schritt. Wer kennt dieses Buch nicht?«

»Ich.«

Brugman nimmt seinen Arm von meiner Schulter und hält mir das Mikro unter den sabbernden Mund.

»Wer warst du gestern, Nor-äh... dip?«

Ich schiebe meine Zungenspitze unter meine Oberlippe. Mein Zahnfleisch fühlt sich kalt an. »Eine Schlafmütze, ein Werwolfmann.«

Erstes Gelächter wird laut.

Brugman sieht mich verständnislos an.

Ein paar Tiger in der ersten Reihe nehmen einen Schluck Wein, legen den Mund gegen das Ohr ihres Nachbarn und lachen.

»Hier, nimm das Mikrofon mal selbst in die Hand, ja, genau so... Und jetzt erzähl diesen Leuten hier mal, was bis heute dein größter persönlicher Erfolg gewesen ist.«

»Okay. Hallo Leute, Tiger. Guten Abend, liebe Gäste, Sie sehen alle so glücklich aus... tja, was kann... was soll ich sagen? Ich habe heute neun... nein... siebenundneunzig Schnitzel gebraten. Große Schnitzel. Solche Riesenteile! Die waren wirklich enorm groß, Sie haben sie heute Abend selbst auf Ihrem Teller gehabt. Tut mir Leid, aber das ist alles, was ich heute zu sagen habe.«

Ich höre mich selbst, wie ich »heute« sage, drücke das Mikro wieder in die Klemme am Ständer – ein bisschen tölpelhaft vor Nervosität – und gehe die Treppe hinunter. Ich sehe nur den Boden des Saals, ich sehe ausgetretene Zigarrenstummel, ich sehe Erdnüsse und anderes Knabberzeug.

Ich bekomme einen zögerlichen, leisen, nachdenklichen Tennisapplaus.

Sehnsucht nach dem Spiel und nach der Liebe

Warum kommst du schon wieder zu spät, Schaumschläger?«

»Ich konnte den linken Schuh, der an meinem rechten Fuß saß, nicht finden, Chef.«

»Ja dann … na, dann hol mir mal 'ne Tasse Kaffee.«

Und so beginnt wieder ein Tag. Lustlos ziehe ich mich um; den Kaffee bringt die hin und her rennende Liebe Agnes. Ich salamiere.

Die knallenden Pfannen, klirrenden Schüsseln, dampfenden Herde und rauchenden Grillroste mit den jungen, statuslosen Köchen und Teilzeitpfannenrührern dahinter sind zu beschäftigt für ein Guten Morgen.

Und dann bin ich wieder allein. Der Tellerwäscher. Der alte Trott hat mich wieder. Wo ist meine Bürste?

Krimo pfeift ein Lied, während er Paprika schneidet. Er nickt mir gemächlich zu, als er sich kurz umdreht, und stürzt dann wieder zum Herd.

Ich werde mir doch wohl nicht der Tatsache bewusst, dass ich hier sitze?

Dieser Gedanke dröhnt unablässig durch meinen Kopf, und ich versuche mich aufzumuntern, indem ich relativiere und an jemanden denke, der hart gearbeitet hat. Oh Boy, setz dich kurz hin. Gerade hatte ich ihn noch am Telefon. »Mevrouw Marode ist schwer krank, kleiner Scheißer. Sie will dich sehen«, sagte er schleppend. Seine Stimme ertrank im Fernmeldestrom. »Diese Schweinefleisch fressende, liebe, gute, alte Frau möchte dich noch mal sehen, Nordip, denn sie wird bald… so wie es jetzt aussieht, wird sie bald sterben.« Es machte ihm wirklich zu schaffen. Das konnte ich an seiner nass-verzerrten Stimme hören. Mevrouw Marode hatte viel für ihn getan. Sie hat ihn wie ein Blindenhund durch den Irrgarten geführt…

> Früher stieg mein Vater schon mal gerne in den nächstbesten Bus, und wenn der Fahrer ihn von seinem großen Lenkrad aus fragte: »Wohin, bitte?«, antwortete Vater arglos: »Straße.«
>
> »Wohin?« Der ganze Bus lachte, dass die Stoßdämpfer quietschten.
>
> Vater sah sich um und lächelte. »Straße«, sagte er erneut und zuckte mit den Schultern.
>
> Der Busfahrer klopfte mit der Hand auf die Sitzbank neben sich und forderte meinen Erzeuger auf, sich hinzusetzen. Er brachte zuerst alle Businsassen ans Ziel, kommunizierte mittels stummer Gebärden mit meinem Vater und fuhr ihn dann zu seiner Pension.

Vater, der mir Geschichten erzählt, wenn ich mich beklage, dass meine Oberschenkel vom Sitzen auf dem Topfstahl schmerzen, meine Handgelenke vom Spülen und Scheuern ganz schlaff geworden sind, mein Herz kotzen muss von dem ganzen Sermon, der mir anvertraut wird, und mein Kopf vom vielen Kaffee- und Aspirinschlucken dröhnt. Wenn ich mich beklage, dass ich noch immer nicht weiß, was ich will, trotz zweier Jahre Lebensabstinenz und eines langsamen Starts…

Er gießt Tee in zwei kleine Gläser, stellt eines vor mich auf den Tisch, drückt kurz mein Bein, nimmt einen vorsichtigen Schluck und beginnt zu erzählen. Zwei große Teekannen lang.

In diesen Momenten vergesse ich völlig, dass ich koffeinsüchtig bin…

Er hat sich auf jedem Stückchen Bauernland gekrümmt – kurzfristiger Job hier, Gelegenheitsarbeit dort, die Hacke in den Boden gerammt und wieder geschultert, bei Sonnenaufgang und bei Sonnenuntergang, rein in die Kartoffeln, raus aus den Kartoffeln… Wenn es keine Arbeit gab, hat er auf Kieselsteinen und rotem Sand gelegen, am Fuße der Berge, und sich vom Sternenhimmel zudecken lassen. Bald hatte er Gesellschaft von Kopfläusen, Heuschrecken und wimmelnden Ameisen; sie tummelten sich in und auf seinem Körper, dessen erschöpfter Geist sich erhoben hatte, um heimlich von einem Paradies zu träumen…
In den Träumen, die er dort am Fuße der sandigen Berge träumte, besuchte er seine Mutter – die an der Meeresmündung Gott um den Leib ihres Sohnes anflehte – und kleidete sie in die schönste Seide der Welt. Seinem Vater, der wiederholt rief, dass er dem Ausreißer eine Tracht Prügel verpassen würde, wenn er zurückkäme, aber innerlich langsam verkümmerte, gab er einen Platz auf einem satinbezogenen Stuhl, woraufhin dieser in vollkommener innerer Ruhe in das Dekor eines irdischen Paradieses entführt würde: Feigen- und Olivenbäume, grasende Schafe, der Duft des roten Sandes nach einem Regenguss… und hinter der Bergkette das Meer, ruhig sich abzeichnend unter einer lachenden Sonne… Okay, okay… genug nachgedacht, genug geträumt. Weitermachen, immer nur weitermachen… Jeder Schritt war einer zu wenig. Es waren Träume, sehnsuchtsvolle Träume, genau wie sein Sohn später davon träumen sollte, eines Tages die Welt der Erwachsenen und der Großen zu verstehen. Er hatte sich allerdings nicht für ein Praktikum entschieden; er hatte

keine Zeit gehabt, zwei Jahre lang durchzuschlafen, zu überlegen, sich hängen zu lassen – diese Wahl hatte er einfach nicht gehabt. Sein Leben war ein Leben nach dem Motto Immer-weiter-auf-einem-schnurgeraden-Weg-immer-nur-gerade-aus.

»Wo willst du hin, Dunia?«, quälten ihn die Stimmen. »In welche Richtung soll es gehen? Handelst du nicht vielleicht ein wenig überstürzt? Willst du vielleicht fliegen?« Ein in seinem Hinterkopf angesiedelter Geist, der ein ungetrübtes Verhältnis zu dem Wunsch pflegte, anders als die anderen sein zu wollen (etwas, was wir heute als »Ehrgeiz« bezeichnen würden), war in ihm zum Leben erweckt worden.

»Wer will schließlich nicht weiterkommen, weiter bis ins Nichts...«, sagte er vage, als er mir dies alles bei einer Kanne Tee erzählte und ich Plätzchen in mich hineinstopfte, weil ich von seinen Geschichten hungrig und gierig wurde.

Dieser Ehrgeiz, den ein Tellerwäscher in der Form noch nicht kennt, trieb ihn voran, trommelte in seinem Herzen, nahm ihn mit zur Orangenernte im Zitrusfrüchte-Walhalla Barkane, einem besonders fruchtbaren Ort. Er folgte diesem Weg weiter bis über die Grenze nach Algerien, wo er in den Städten Oran, Sidi Bel Abbès und Tlemcen Häuser baute und noch mehr Häuser in Algier selbst – und zwar so lange, bis die Stadt neben den kolossalen Bauwerken aus der französischen Zeit mit Arbeiterhäuschen voll stand und es nichts mehr zu tun gab.

Er suchte weiter, aber er fand nichts.

Enttäuscht kehrte er auf einem Lastwagen in sein ausgedörrtes Heimatdorf zurück. Seinen Lohn – Brot, Fleischtomaten und ein Kilo Sardinen – trug er in einem Beutel. Seine Mutter nahm ihn schluchzend in die Arme. Großvater schlug einen ganzen Spazierstock auf seinem harten Schädel kaputt, und bevor er seinen Sohn herzlich umarmte, sagte er grinsend: »Spürst du das, mein Sohn? Das sind noch leichte Schläge im Vergleich zu denen, die du mir gegeben hast. Sieh dir das an: Für jeden Tag, den du nicht hier warst, habe ich mit einem stumpfen Messer eine Kerbe in meinen Stock geschnitzt. Von dem Stock ist fast nichts mehr übrig.«

Aber mein Vater ließ es dabei nicht bewenden. Was hatte er schon zu verlieren?

»Was hatte ich schon zu verlieren, Nordip, mein kleiner Scheißer? Zwei Strohballen, einen Esel mit Schlappohren, der gegen die zu hohe Arbeitsbelastung protestierte, und die holländische Kuh Beatrix, die sich nicht an die sengende Hitze gewöhnen konnte und an allen sonnenflirrenden Tagen nur müde vor sich hin muhte – aus der war nicht ein einziger Tropfen saure Milch zu holen!«

Von nun an wollte er nicht mehr im Süden nach einem besseren Leben suchen, um dort Orangen auf Plantagen oder Steine in Algier zu stapeln, sondern er beschloss, weiter fortzugehen, viel weiter, und zwar mithilfe eines Vertrags, den Allah ihm in Gestalt seines Onkels überreichte – eines gewissen Buchaib.

Buchaib war ein großer Mann mit einem dicken Herrscherschnurrbart in einem zerfurchten Gesicht, das von Jahren der Einsamkeit geprägt worden war. Buchaib genoss im Dorf Ansehen. Er war einer der ersten Dorfbewohner, die ihr Heil jenseits des Meeres gesucht hatten. Dort, in dem großen Paris, hatte man Buchaib herzlich empfangen und ihn direkt in einen Citroën-Overall gehüllt. Er wurde mit einem Steckschlüssel bewaffnet, um damit die nächsten zwanzig Jahre in seiner eigenen kleinen Welt um die Realität herumzukreisen: Ich will, ich habe, ich habe alles. Ich will noch mehr haben.

»Habgier ist ein Fass ohne Boden, Nordip. Das Ende ist nicht abzusehen. Aber wie sucht man am besten nach dem Ende? Fortsetzung folgt? Jedenfalls erzählte Buchaib dort in unserem

Dorf ununterbrochen diese Geschichten, bis er letztes Jahr an Diabetes starb.«

In einer Zeit, als die Landflüchter ausgelacht wurden, war diesem Buchaib zu Ohren gekommen, dass mein Vater förmlich darauf brannte, wegzukommen und einen Blick hinter die große Meerespforte zu werfen. Ihn persönlich anzusprechen, das hatte Vater sich nicht getraut. Buchaib hatte es von Sliman gehört, dem Dorfkrämer mit dem Holzbein, der für seine scharfen, eingelegten Peperoni, seine knackigen Erdnüsse und seine Wechselgeldtricks berühmt war. Sliman lebt heute noch und erzählt noch dieselben Geschichten mit dem gleichen verschlagenen Humor wie damals. So wie mein Vater ihn beschrieb, so leibt und lebt er auch heute noch. Er nennt uns immer »kleine Schwuchteln« und »gepuderte Milchgesichter mit glattem Mädchenhaar und engen Jeans aus Übersee, die von den Pfarrern der Westlichen Kathedrale einer Gehirnwäsche unterzogen wurden«. Jedes Jahr im Mai, wenn der Sommer schon in der Luft liegt, reckt und streckt er sich nach einem nichtsnutzigen Winterschlaf und schreit seine Frau an: »Steh auf, du Eselin! Mach den Laden sauber! Bald kommt das Geld nur so reingeströmt! Endlich wieder *flus*, eine klingelnde Kasse! In diesem verfluchten Geisterdorf mit den wenigen verbliebenen Krüppel-Heuschrecken ist doch sonst nichts mehr zu verdienen!«

Unter seiner über die sonnenblinzelnden Augen gelegten Hand sah Sliman-mit-dem-Holzbein dann jeden Tag gespannt über das Flussbett in Richtung der mit Felsbrocken übersäten Bergpfade und hoffte auf das eine goldene Jahr, das ihm ein ausreichendes Vermögen bringen würde, so dass er seine Frau Laila Gaila vom Berg ins Tal stoßen und sich selbst nach Spanien verdrücken könnte, wo er sich ein Plastikbein besorgen würde. Alles Weitere würde sich dann schon ergeben. Und zwar möglichst genau so, wie die Kartenleger es märchenhaft vor ihm auf dem Tisch ausgebreitet hatten: Während er sich an seinem eigenen Körper ergötzte, in eine Legging biss und mit seinen ausgetrockneten Fingern in ihrem warmen, feuchten Mund stocherte, würde er mit einem »Sesam, öffne dich!« den noch warmen Windbeutel stöhnend aufreißen. Ali Baba würde ihm seine Füße mit einer Pfirsichsalbe massieren und Tee für ihn einschenken aus der goldenen Kanne des himmlischen Überflusses...

Jeden Sommer kaufte Sliman die allerneusten Trend-Artikel, um sie an die Urlauber zu verhökern: Nikes, Adidas-Slips, Calvin-Klein-T-Shirts und schimmernde italienische Maßanzüge der Hausmarke »Best-Ravioli«. Darüber hinaus entwickelte er eine eigene Sliman-Kollektion von Kitschsouvenirs – Schlüsselanhänger, Glückskuhglocken, Taschenlampen, vierundzwanzigkarätige Blecharmbänder, Kappen, Socken, Duftwässerchen... Der Hinkefuß spielte sein Spiel verdammt gut: Er wusste genau, dass man wankelmütigen, jungen Leuten mit einem chemiespuckenden Taifun in der Birne wie mir einfach alles andrehen konnte. Und dann auch noch zum dreifachen Preis. Mit anderen Worten: Das Hoffen und Harren auf das Sommertrinkgeld, auf das spendable Jungvolk mit den großen Löchern in den Hosentaschen und ebenso großen Löchern im Portemonnaie lohnte sich – diese Travoltas, Backstreet Boys und puppenhaften Madonnas, die sich in der Dorfsprache ein paar fette Beulen eingefangen hatten und das Wort *ramsamman* nicht mehr aussprechen konnten.

Dieser Begriff, der einen mehrschichtigen quadratischen Pfannkuchen bezeichnet, markierte den Abstand zwischen mir und dem hinkenden Händler. Wenn ich im Sommer zum ersten Mal wieder zu ihm kam, um eine Flasche Mineralwasser zu kaufen, dann sah er mich kurz abschätzig an, rieb seine schwarzen Fingernägel über die Köpfe der Nieten am Rand seiner Theke, spuckte seinen Zeigefinger und Daumen feucht und strich damit über seinen dünnen Schnurrbart, der wie eine verrunzelte Kiwischale über seiner Oberlippe thronte. Er gab mir einen

Keks, nahm einen dieser Zehnschichtenpfannkuchen in seine von Sonne und Mücken zerfressene Hand und sagte heiser: »Weißt du, was das ist, Nordip, Sohn des Dunia, Sohn des feuchten Landes, Sohn aus dem Land der feuchten, weißen Bohnen und feuchten, leeren Sprüche?«

Die Zikaden besangen den Mittag, der schläfrig Siesta hielt – und ich tat es ihm einen Moment lang gleich.

»He, Nordip, aufwachen! Hier nimm.«

Ich griff nach dem Pfannkuchen. Die knusprige oberste Schicht blätterte auf die Ladentheke. Slimans Augen waren auf meine Hände gerichtet, die zu zittern begannen.

»Das ist ein äh... ein äh ram... ein ram... srrammel... gebäck«, stotterte ich und ließ den Pfannkuchen fallen.

Sliman amüsierte sich so sehr, dass er seine schwarzen, faulen Zahnlücken entblößte. »Armer Junge, du bist in der Westlichen See vollkommen untergegangen, sie haben dich dort vergiftet, dich vollkommen leer geschüttelt – du bist nur noch eine seelenlose Hülle, die Französisch plappert.«

»Holländisch«, wehrte ich mich mit verkrampftem Magen.

»Oh«, sagte er zögernd.

Aber ich konnte an seinen Augen ablesen, dass er meine Unsicherheit erkannt hatte. Ich stand wie angewurzelt vor seiner Theke. Jede Bewegung konnte eine Demütigung bedeuten.

»Holland? Das liegt doch in der Nähe von Bordeaux, oder?«

»Nein, etwas weiter weg... hinter den Vinkeveener Seen«, erwiderte ich.

»Oh ja, bei Norwegen. Aber hör mal zu, Nordip, Junge, Prachtkerl mit dem glatten, gepuderten Milchgesicht, an das die Sonne nicht herankommt, kleine glitschige Eidechse, wusstest du eigentlich, dass du der Sohn des Sohns der Söhne bist? Ich bin ein Cousin all dieser Söhne. Du gehörst also zur Familie. Komm mal kurz hier rüber. Komm mal kurz hinter die Theke zu deinem Großonkel. Du hast mich doch nicht etwa vergessen, oder?«

Sliman packte mich am Handgelenk, zog mich an sich und umarmte mich innig, schlug die Fliegen von mir weg, verwünschte sie bis ins siebte Glied und fügte dann diesen warmen Willkommensgruß hinzu: »Du gehörst zur Familie und bist viel zu mager; dieses prahlende Europa mit seinen weinenden Marienbildchen ist nichts für dich, meine kleine Bohnenstange. Hier, iss einen *ramsamman* und trink eine Coca Cola zum Touristenpreis von nur tausendfünfhundert Francs, Spezialpreis nur für dich, mein kleiner Pfirsich. Ein Familienpreis. Hast du vielleicht holländische Marlboro mitgebracht, Blutsverwandter? Dieses schwere Dreckszeug aus Spanien hat mir die Lungen perforiert …«

Er konnte nicht genug bekommen.

Viele Jahre zuvor hatte dieser hinterlistige Sliman seine Chance vertan. »Gegen euch Landflüchter wird ein Komplott geschmiedet, ihr Naivlinge!«, schrie er im Zentrum, wo die Caféhocker herrschten. »Große Esel mit Jungen, die nichts gewöhnt sind. Sie lassen euch den Wein kosten, dieses süße Eselsblut, bis ihr nicht mehr wisst, in welche Richtung ihr gehen müsst – ganz zu schweigen, in welche Richtung ihr beten müsst! Ihr Luxus lässt euch Maulaffen feilhalten, bis die Fliegen in eure weit aufgesperrten Mäuler einziehen und eure Zungen verderben. Und nachts verschleudert ihr euer Geld in *haram* Teehäusern, füllt wieder ihre Taschen und kratzt euch danach suchend an euren eigenen leeren Säcken. Allah wird euch sicher vergeben, ihr Landflüchter und Unglücksjäger! Eine einfache Fahrt ins Fegefeuer, ja! Ja! Für diese Sorte von Ort, Orte der Chips und des Überflusses, solltet ihr zu Sliman kommen, eurem Onkel, eurem Lehrer, dem Meister. Mich können sie nicht für dumm verkaufen!« Er schlug sich mit seiner stolzen Faust gegen die Brust. »Ich spiele einfach all diese französischen Spielchen mit, die ihr nicht durchschaut, Söhne des Hin und Her, und die euch den Kopf kosten. Ich spiele sie mit, bis ich – mein Wille entscheidet – genug zusammengetragen habe. Dann heißt es: Adieu La France, Bonjour Bledi, mein Dorf, unberührter Sand. Hier herrschen Ruhe und Frieden. Ein schönes Haus mit Gipsdecke und einer goldenen Deckenlampe aus Mellila, dort auf dem Safranberg an meinem Meer, eine Hand voll frische Minze auf meinem Feld …« Sliman schlug dem Onkel meines Vaters auf die Schulter, sah in dessen grimmige Augen und sagte: »Gib mir solch einen Vertrag, Buchaib, und ich gebe dir ungezügelte *love*.«

Buchaib schloss seine Hand fest um das Teeglas; er zerquetschte es, knirschte es entzwei. Dann sah er auf seine Hand hinab, auf die Schwielen und Hornhauthügel, auf denen die letzten, lau gewordenen Teetropfen trockneten. Und in unwohl erwogenen Worten widmete er sich Sliman: »Pass ein bisschen auf deine versteckten und verhüllten Worte auf, auf deine getarnten Andeutungen, Hinkefuß, denn ich hab dich durchschaut. Spar dir deinen Tee, du Heuchler. Denn am liebsten würdest du selbst gehen, den Fliegen hier entkommen. Red nicht drum herum, hinkende Hyäne. Vergiss es mit deiner Schleimermethode. Vergiss es einfach. Der Einzige, der aus diesem Dorf mit mir geht, ist mein Neffe. Ein Dunia hilft einem Dunia.«

Und so kam es, dass Großmutter die Kuh Beatrix und einen Fünfliterkanister Olivenöl verkaufte, um die Reise des nächsten Landflüchters in Tamasint zu finanzieren. Heute würde man das als unternehmerischen Mut bezeichnen – sie setzte alles auf eine Karte.

Großvater schnitt sich mit einem Messer in drei seiner Finger, hielt die Hand hoch, sah zu, wie die Tropfen auf seine weißen Pantoffeln fielen und sich wie Schlangen über die Spitzen des

Schuhwerks in Richtung Boden wanden, und sagte mit weinerlicher Stimme, während er ein ernstes Gesicht zog: »Ich habe meinen Sohn und all seine Nachkommen verloren. Allah, ich verblute...! Ich verblute langsam und qualvoll... Die schönsten Feigen an meinem Baum werden in der Fremde gepflückt werden...«

Zwei Jahre arbeitete Vater in der französischen Automobilfabrik. An den Wochenenden verkaufte er am Strand Wassereis. Dann kehrte er zurück, um die Dinge zu tun, die getan werden mussten – heiraten, mich zeugen und dergleichen. Nur um sogleich wieder zu verschwinden, mit zahlreichen zurückgelassenen Versprechungen. Warum die einzulösen soviel Zeit verschlang, verstand niemand im ganzen Dorf. In einer Goldmine findet man doch Gold, oder etwa nicht? Ein wenig schaufeln, ein bisschen graben, in einen Sack füllen und fertig ist die Orientlaube, oder?

Ein Jahr später kam er zurück, um seinen Sohn – ebendiesen Schaumschläger – auf der Erde willkommen zu heißen und die ersten Bündel französische Francs für ein Paket Windeln zurückzulassen (eine Art Pampers, aber etwas einfacher).

Nach vier Wochen voller Versprechungen, Spekulationen und Tränen um die Zurückgebliebenen packte er erneut seine Koffer und verschwand wieder für noch längere Zeit. Vater wurde zum »Held« dieses kleinen Zikadendorfes – Samir Dunia, der Mann, der mich lehrte, süßen Tee zu trinken...

Jedes Mal, wenn ich sandverkrustet mit Krimo, meinem vier Jahre älteren Cousin, spielte, sagte dieser Musikant, dass auch er gerne so einen Superpapa hätte. Einen, der nicht wie seiner nur zum Markt und zurück ging. Dieser Wunsch offenbarte sich immer wieder, wenn wir zusammen, angestachelt von der Hitze und aus reiner Langeweile, Pferdemist in Bambuspfeifen rauchten, aus Bambusstöckchen Autos fertigten, dazu Räder aus alten Schuhen schnitten, Schlangen ärgerten, indem wir sie in der Mitte durchhackten, Grashüpfer quälten, Katzen totkatapultierten, sie am Feigenbaum aufhingen und anschließend folterten – und zwar ohne jedes Schuldgefühl: Denn damals wurde uns Kindern weisgemacht, eine Katze hätte sieben Leben. Und als Dorfkind ist man genauso schlau wie die schönsten Geschichten, die im Dorf die Runde machen.

Krimo und ich waren die Lieblinge unseres Großvaters, und wir kämpften sogar um dessen Aufmerksamkeit. Süleyhirn gab es damals noch nicht.

Ich durfte Großvater überallhin begleiten, war der Schwanz an seiner *Djellaba* – auch wenn eine Frau seiner acht Söhne wieder mal ein Kind bekam, das Großvater nach der Geburt segnen musste. Er nahm mich an die Hand, seinen Lieblingsenkel, sagte, dass es wieder mal so weit sei, und dann gingen wir in eine der aus Stroh, grob behauenen Steinen und Lehm hochgezogenen Hütten, in der etliche Kinder schreiend, greinend und pieselnd kreuz und quer durcheinander rannten. Großvater nahm draußen vor dem Raum Platz und sagte: »Geh schon mal rein, Nordip. Und ruf mich, wenn es so weit ist.«

Ich ließ meinen Blick kurz auf seinen Pantoffeln ruhen, dann über seinen Spazierstock bis zu seinen Augen wandern, ging hinein und ließ mich von den Frauen drücken und herzen. Sie fanden mich bedauernswert – so ganz allein und vaterlos. Ich genoss ihre Aufmerksamkeit in vollen Zügen, auch wenn ich so tat, als sei es mir unangenehm.

Großmutter nahm das Baby in die Arme, wickelte es in ein Tuch und schnitt die Nabelschnur durch. »Es ist ein Junge. Ein wunderschöner Junge!«

Die Frauen jubelten, dass es in den tiefen Tälern widerhallte.

Ich rief Großvater herein: »Alles okay! Es ist so weit!«

Großvater, der von diesem ganzen Weiberkram nichts verstand, blickte verstohlen in die Hütte. Ein paar der Mädchen erhoben sich, um seine Hand zu küssen. Er schob sie von sich und drückte seinen Spazierstock gegen ihre rosigen, pausbäckigen Wangen.

»Bleibt sitzen, bleibt bitte sitzen.«

Der kleine Cousin wurde gewaschen, gesalbt und gepudert und mit allerlei Kräutern und Olivenöl eingerieben. Olivenöl war ein vielseitiges Produkt, das alle Wehwehchen heilte. Wenn eines der Kinder des Stamms Kopfschmerzen hatte, massierte eine Großmutter ihm die Stirn mit diesem Mittelchen.

Inzwischen hatte Großvater sich ganz in die Hütte hineingetraut, seufzend und seine Augen reibend. Die schwere *Djellaba*, unter der seine weißen Pantoffeln halb hervorschauten, ließ ihn noch gebückter gehen. »Noch eins und noch eins, was tun meine Söhne mir an? Sie pflanzen sich fort wie die Karnickel, dann verschwinden sie und überlassen mir den Rest, *oulaiallah*, als ob ich nicht schon genug mitgemacht hätte!« In seinem Schlepptau befand sich eine ganze Horde schlafloser Kinder, in deren Schlepptau sich wiederum eine ganze Horde Nachtfalter, Mücken und ähnliches Getier tummelten, die in den von den Nasen heruntertropfenden Rotzfahnen ausreichend Vitamine und Nährstoffe fanden. Großvater führte seine zittrigen Hände zum Kopf des kleinen Cousins, der das Stammesoberhaupt mit strahlenden Augen begrüßte.

Die Frauen, die als Gesandte diverser anderer Stämme der umliegenden Region Zeuge waren, saßen auf Schafsfellen gegen die blau gestrichenen Lehmmauern gelehnt. Die Flammen in den Öllampen tanzten in der Zugluft. Auf dem Boden stand ein Tonbehälter, in dem einige Kohlen glimmten. Und darauf brodelte eine alte Teekanne und verbreitete eine behagliche Atmosphäre.

Unter den Anwesenden waren auch Frauen, die keinem Stamm angehörten, unverheiratete Frauen, die sich gierig an den

Broten aus dem Lehmofen rund aßen und voller Liebe auf den Tod meiner Großmutter hofften, damit sie die Füße meines geachteten Großvaters reinigen konnten. Einträchtig stimmten sie Lobeshymnen an und deuteten mit ihren Köpfen auf das hilflose Neugeborene.

Mit erhobenem Haupt sprach Großvater die rituellen Worte: »Möge dieses jüngste Kind von Amminu, meinem Sohn, vor dem bösen Blick behütet werden.« Anschließend küsste er den kleinen Jungen und legte einen gesegneten Talisman unter dessen schwaches Köpfchen.

Natürlich war mir bewusst, dass Großvater das auch bei mir getan haben musste. Und ganz bestimmt mit genauso viel Liebe in seinen alterslosen Augen. Damals mit Krimo an seiner Seite. Nach einem so herzlichen Start kann es im Leben niemals völlig schief gehen, egal wie viele Jahre man auch verschlafen mag, denn man weiß immer, an welchem Ort man noch einmal ganz von vorn anfangen kann.

Später sollte Großvater mir noch sehr lange Kassetten mit seiner kräftigen Stimme schicken, um mir über die ersten Tage im fernen Norden hinwegzuhelfen.

Wenn die Melonen sich reif verfärben
und schön saftig sind, mein Sohn,
dann schick ich dir eine Kiste.

Wenn die Feigen braun werden
und gesund sind, mein Sohn,
dann schick ich dir eine Kiste.

Großvater hob die Hände zum Himmel. Leise gemurmelte, heilige Worte fügten sich zu einem Gebet, das aus einem einzigen endlosen Satz bestand.

Die Kinder, die Großvater gefolgt waren und sich hungrig,

nasebohrend und wangenkratzend in der Türöffnung versammelt hatten, schickte er mit einem Wink seines Spazierstocks nach draußen. Er sah sich eine Weile in der Hütte um, betrachtete sein eigenes Porträt an der Wand und wandte sich dann mit ernster Stimme an die Frauen: »Ihr habt nun genug gejubelt. Den ganzen Tag dieses Geschrei und Geschnatter! Gönnt der armen Wöchnerin etwas Ruhe. Macht euch nützlich und nehmt eure Kinder mit!« Großvater wollte endlich ein Abendessen haben. Ein Huhn, geschlachtet für das neue Familienmitglied, dessen Vater in Übersee arbeitete.

Aber mein Vater war der Beste, er war der Held des ganzen Dorfes, der absolute Champion. Der Mann, der ohne Schuhe, seine Füße nur in Lumpen gewickelt, fortging und Jahre später mitten in der Dürreperiode in einem knallroten Peugeot 405 in das Dorf zurückkehrte, rote Erde am Auspuff. Der Mann, der seinen Wagen neben unserem Maulesel Erra parkte – ein symbolischer Akt: der erste Schritt in Richtung Wohlstand. Krimo betrachtete sich selbst im Außenspiegel und sah, dass er sich waschen musste. Aus dem ganzen Dorf strömten sie herbei, um das Gefährt zu bestaunen.

Das Vieh wurde unruhig. Erra war der Einzige, der sich von der Limousine nicht beeindrucken ließ. Er bediente sich seiner stärksten Waffe und schrie den Automotor in Grund und Boden.

Im Beatles-Stil gewandet – Hemd mit spitzem Kragen und weite Hosen mit Schlag –, öffnete Vater die Fahrertür. Als ob er für eine Filmpremiere ausstiege. Er trug Clint-Eastwood-Stiefel, eine lange Jacke wie die von Hutch – der besseren Hälfte von Starsky – und einen Backenbart à la James Brown (ein echtes Gastarbeiteridol, diese wilde Sexmaschine).

Ich war noch klein, aber immerhin groß genug, um meinen Großvater, dessen Hand auf meinem Lockenköpfchen ruhte, zu fragen, was dieser seltsame Clown hier wollte.

»Hab Respekt vor deinem Vater, Junge, er macht das alles nur für dich«, sagte Großvater.

Mit tausend Fragen auf den Lippen blickte ich zu ihm hoch.

Wie viele Jahre würde er noch hin- und herreisen, in unregelmäßigen Abständen wieder auftauchen, neue Ziele ankündigen: Korsika, Belgien und schließlich die Niederlande, wo er sich der Gastarbeitervereinigung I. K. W. Z. (Irgendwann kehren wir zurück) anschloss. Jeder Sommer bot eine neue Überraschung. Wird er noch mal heimkommen?, dachten seine nächsten Angehörigen, die bereits ihren Frieden damit geschlossen hatten, an seinem Leben nur flüchtig teilzuhaben. Was wird er diesmal mitbringen?, dachte das ganze Dorf. Viskosehemden, Urban-Kordhosen mit Schlag, Klamotten, die einen Sommer in Mode waren und im nächsten Sommer nur noch lächerlich… T-Shirts mit Werbeaufdrucken von Hendriks Baumateralien und Smits Holzleime. Ein Plattenspieler mit Batterien, ein Fernsehgerät ohne Batterien, Radiogeräte von Pech Tech Electronics mit und ohne Batterien, Hunderte von Packungen Kinderschokolade für die rotznasigen, pieselnden Kinder… Wenn er alles ausgepackt und alle Taschen und Tüten geleert hatte, spielte ihm die Einsamkeit einen Streich. Denn diese Geschenke waren nichts anderes als das Lösegeld, mit dem er sich von seinem Schuldgefühl gegenüber dem armen Rest freizukaufen versuchte.

Immer häufiger trafen mit der Post Kassetten ein; auf der einen Seite waren Songs von Cat Stevens, Neil Diamond und Abba, auf der anderen ertönte jeweils seine eigene feuchte Stimme. Er selbst kam jetzt auch immer häufiger zu Besuch, um mitzuteilen, dass er jetzt immer häufiger kommen würde, und kündete beim nächsten Mal an, dass er noch häufiger kommen würde. Und dann…

Und dann saßen wir plötzlich, erstaunt und verwirrt, im Bauch eines Flugzeugs mit servierenden, fröhlichen Flugzeug-

Barbies, die die weinenden, saftkleckernden und eierschälenden Mütter mit den plärrenden Kindern auf dem Schoß zu trösten versuchten. Ich umarmte eine Stuhllehne, drückte meine Wange dagegen und saß nur apathisch da. Als eine der Barbies mich trösten wollte und ihre sanfte Hand auf meine weiche Wange legte, packte ich die Hand und biss ihr in den Finger. Ich schmeckte nur die Tränen meines Großvaters. Und den Bambus von Krimos Flöte …

Großvater! Krimo! Ich sprang auf und rannte schreiend durch das Flugzeug. Eine der blonden Stewardessen drückte mir ein Päckchen Orangensaft in die Hand und strich mir über die Locken. Ich ließ das Päckchen auf den Boden fallen und kickte es unter die Sitzreihen. Diverse Mütter sahen meine Mutter mit pädagogisch-wertvollen Blicken an … Sie versuchte, sich in der Spiegelung des Flugzeugfensters aufzulösen.

Wir landeten auf einem gelben Noppenteppich, zwischen grauen Eichenmöbeln, Etagenbetten und knalligen Blumenmustern an den Wänden. Ich protestierte, wie ein kleines Kind eben protestiert: schlug mit meinen Fäusten gegen die Wände. »Wo ist Großvater? Wo ist Krimo?«

Mevrouw Marode begann zu schreien.
Ich stampfte mit den Füßen auf den Holzboden.
Mevrouw Marode begann, lauter zu schreien.
Ich protestierte gegen diesen Beschluss der Zeit.
Mevrouw Marode begann, noch lauter zu schreien.
Zusammen schrien wir die ganze Nachbarschaft zusammen.
»Was sind das für Leute?«, riefen sich die Nachbarn zu.
»Was seid ihr für Leute?«, rief ich ihnen zu.
Wir verstanden einander nicht.
Vater rief mich zurück. So kannte ich ihn nicht. Ich kannte ihn nur als den Mann mit den Süßigkeiten.

Woher nahm die Zeit das Recht, mich der Sonne, den Feigenbäumen, dem magischen Sand, den Flötentönen meines Cousins und den Geschichten meines Großvaters zu entreißen und diese durch Regen, Bibi Blocksberg, Kinderschokolade und Märchen zu ersetzen? Während ich diese Frage tagein, tagaus aufs Neue stellte, erwiderte meine Nachbarin Marode mit gleicher Regelmäßigkeit: »Dann geht doch zurück, wenn es euch hier nicht gefällt...«

Irgendwann war ich der Antwort entwachsen, es machte alles nichts mehr aus, ich ließ mich von derselben netten Nachbarin streicheln, die mir Honigkuchenschnittchen mit Butter schmierte. Sie wollte so gerne für dieses arme Kind mit den wilden Locken aus dem fernen Afrika sorgen...

Mit derselben Nachbarin, Mevrouw Marode, sollte mich im Laufe der Zeit eine Hassliebe verbinden. Ich wurde des Honigkuchens müde, hatte genug von ihren pseudo-fürsorglichen Schmiermethoden. Und eines Tages, als sie mal wieder mit ihren krummen Zehen in den Hausschuhen und nur einem Morgenmantel bekleidet an der Hecke stand, einen Teller mit dick beschmierten Honigkuchenschnitten in der Hand, sagte ich ihr mit Worten, die ich auf der Straße sehr schnell gelernt hatte: »Stecken Sie sich das Zeug doch in Ihren schwabbligen Elefantenhintern...!«

Sie gab mir einen Klaps auf den Hinterkopf.

Das hatte sie noch nie getan.

Als Reaktion darauf riss ich ihr resolut den Teller aus der Hand, sprang wie ein blinder Frosch in die Höhe und schleuderte ihn ihr an den grauen, mit Lockenwicklern bestückten Kopf.

Das war das erste Mal, dass mein Vater mir eine Gardinenpredigt hielt und ich ihn bat: »Vater, könntest du mich bitte ganz hart schlagen?«

Fahrlässige Tötung

Bei Mevrouw Marode hörte ich oft den Piratensender. Radio Tante Fantasia war in Opwallen ziemlich populär. Neben karnevalesken Gassenhauern der Marke »Wir ziehen los mit ganz großen Schritten und Erwin greift der Heidi von hinten an die … Schulter« wurden dort auch diverse Ratespiele gesendet, bei denen ich erfolgreich abschnitt.

»Weißte dat auch schon wieder?«, fragte Mevrouw Marode, während sie die Hundehaare von der Fußmatte pflückte. »Du biss ene pfiffige Jung.« Dann wählte sie rasch die Telefonnummer des Piratensenders, und ich durfte der musikalischen Feedbackstimme von Tante Fantasia die Antwort sagen.

Die Preise, die ich gewann, wurden jeden Freitag bei Mevrouw Marode angeliefert. Nach einer Weile hatte ich mir drei Bälle, einen Teddybär, eine Schachtel Spielzeugsoldaten, eine Lucky-Luke-Sammlung und sogar einen richtigen Roller erraten. Das ganze Zeug – okay, bis auf die Soldaten – hab ich dann verkauft.

Als ich meinem Vater davon erzählte, wollte er mir sofort eine Metzgerei einrichten. »Du hast Geschäftssinn, kleiner Scheißer – das müssen wir umgehend ausnutzen.«

Mevrouw Marode tat mir Leid. In der Regel fristete sie ihre Tage vollkommen allein in stiller Ergebenheit. Ich war ihr Nachbarjunge, ihr kleiner Afrikaner. Manchmal betrachtete sie mich als den reinsten Glücksfall, und manchmal gab sie mir die Schuld, dass die Wohnungsbaugenossenschaft keine andere Wohnung für sie hatte. Häufig sah sie sich das Treiben vor ihrer Tür mit einem schrägen Blick an, ging dann seufzend und an ihrer Wollstrumpfhose fummelnd in die Küche und kehrte mit Honigkuchenschnitten zurück. Sie konnte durchaus nett sein. An anderen Tagen jedoch, vor allem dann, wenn ich sie längere Zeit nicht mehr besucht hatte, verwandelte sie sich in eine runzlige Nörgeltante, die ihr Stückchen vom großen gesellschaftlichen Achtungskuchen einforderte. Manchmal wollte sie für die ganze Welt da sein; um das Gefühl zu haben, dass sie dazugehörte, dass die Zeit sie nicht überholt hatte. Dann lud sie uns zu sich nach Hause zu einer Tasse Tee ein oder begann, spontan die Straße zu reinigen, die immer mit einer Ansammlung von leeren Pullen, Papierchen und Plastiktüten bedeckt war, und schrubbte die Eingangsstufen, bis sie glänzten. Sie gab allen Kindern auf der Straße eine Gesundheitlich Vertretbare Süßigkeit: »Hier, haste einen Apfel, hier nimm… so was krichste zu Hause nich…« Aber das war nur ganz selten. Meistens saß sie mit tiefen Lebenslinien im Gesicht und glasigen, verloschenen Augen in ihren eigenen vier Wänden und sah benommen durch das Doppelglasfenster zu, wie das Spiel des Lebens gespielt wurde. Wenn sie nach unten blickte, um einen Staubfussel von ihrem Ärmel wegzuseufzen, sah sie, wie Fiffi, den die Stille im Haus unruhig gemacht hatte, genau wie ihre Wanduhr hin- und herpendelte, von Blumentopf zu Blumentopf.

Manchmal brachte sie auch genügend Mut auf und sah auf die wimmelnde Hauptstraße hinaus. Mit ihrem Schlabberpulli und einem um die grauen Haare gewickelten Handtuch stand sie dann schüchtern in der spaltbreit geöffneten Tür hinter der vorgelegten Kette.

In diesen Momenten hätte ich sie gerne zum Lachen gebracht. »Hallo, Mevrouw Marode! Wollen Sie mitmachen? Sie können als Nummer zehn im Sturm spielen.«

»Fiffi, bei Fuß! Sitz! Auf der Stufe! Auf der Stufe! Sitz! Könnt ihr denn nie mal Ruhe geben? Wisst ihr eigentlich, wie spät es ist? Dieser ständige Lärm. Ihr Verbrecher!« Aber sie klang nicht unfreundlich.

Ich stellte einen Fuß auf den Ball.

»Wat starrt ihr mich so an? Spielt gefälligst bei eurer Mutter vor der Tür. Nie hab ich meine Ruhe. Fiffi! Komm her! Fiffi, bei Fuß!« Dann ging sie wieder hinein und stellte ein kleines Schild ins Fenster, mit Fiffis unschuldigem Gesichtchen und dem Begleittext:

VORSICHT, BISSIGER HUND!

Fünf Jahre lang hatte sie uns nicht mehr zu Hause besucht. Ein einziges Mal – wir waren gerade in unsere Arbeiterwohnung gezogen – hatte sie es gewagt, ihre knallroten Knitterlippen an ein gastfreundlich gereichtes Teeglas zu drücken und sich so gierig auf den Tee zu stürzen, dass sie ihre alte Zunge daran verbrannte. »Wollt ihr mich verbrühen??!!«, schrie sie und ließ das Glas auf unseren neuen Teppich fallen.

»Isse nich schlimm, isse nich schlimm«, versuchte mein Vater sie zu beruhigen und hob das Glas auf.

Mein Cousin Karim, damals noch nicht verheiratet und deshalb noch ziemlich kreativ, flüsterte: »Soll ich sie mit einer Sense oder mit einer Schaufel ermorden?«

»Mit Hammer und Meißel erscheint mir lustiger«, erwiderte ich.

Zwei Wochen lang wechselte Mevrouw Marode kein Wort mit uns. Sie hatte Blasen an der Zunge. »Dieser Nachbar ist heiß und merkwürdig«, posaunte sie überall herum. Es war das Bushaltegespräch der Woche.

Nach einiger Zeit hatte Mevrouw Marode sich aber wieder gefangen und stand eines Tages als kräftig geschnürter Rollbraten – sie trug eine enge rote Wollstrumpfhose – wieder vor unserer Tür.

»Sieh mal nach, was diese fettige, gute, alte Frau, diese *tamagmuscht,* von uns will«, sagte mein Vater, der gerade seinen Gebetsteppich zusammenrollte.

»Da biste ja, min Jung! Kommt ihr rüber auf 'ne Tasse Tee? Omma hat leckeren Kuchen gebacken.«

»Honigkuchen?«

»Nein… nein, leckeren Butterkuchen…!«

»Wollen Sie reinkommen?«, fragte ich.

»Nee, min Jung – kommt ihr man zu mir.«

Ich bequatschte meine alten Herrschaften mitzukommen, und gemeinsam nahmen wir auf dem rissigen Rindsleder unserer Nachbarin Platz.

Mevrouw Marode servierte den Tee in fingerhutgroßen Tässchen und goss immer wieder nach, wobei sie unverständliches Zeug murmelte. Das Einzige, was ich verstand, war: »Ist dat nich schön? Nordip is so 'ne liebe Jung…« Sie setzte sich hin, nahm ihren Pudel – damals noch Fiffi – auf den Schoß, streichelte ihm sein schläfriges Köpfchen und begann ein Telegrammgespräch. »Schönes Wetter, oder?«, wandte sie sich an meinen Vater, der in der Unendlichkeit zu rühren schien.

»Ja«, antwortete ich für ihn.

»Stückchen Kuchen?«

»Machen Sie gleich zwei daraus.«

»Noch wat Tee?«

»Nein«, sagte ich. »Haben Sie auch Kaffee? Mit zehn Stückchen Zucker. Ich rühre dann selbst um.«

»Noch wat Kuchen, Jung?«

»Nein, nein«, protestierte ich, »meine Mutter hat herrliches marokkanisches Gebäck für Sie mitgebracht.« Ich reichte ihr einen Teller mit Backwerk, das meine Mutter für sie gebacken hatte.

»Oooooooh… wat lecker! Sach mal deiner Mutter, dat dat nich nötich gewesen wär«, sagte Mevrouw Marode in lautem, munterem Ton, nahm das Geschirrtuch fort, mit dem der Teller abgedeckt war, und reichte es meiner Mutter. Dann unterzog Mevrouw Marode das Gebäck einer sorgfältigen Inspektion und leckte an dem tropfenden Honig.

Ich kaute heftig an meinen Nägeln. So was fand ich keinen, wie soll ich sagen – keinen so angenehmen Anblick: Ältere Frauen, die sich mit klebrigem Gebäck keinen Rat wissen… da will man dann doch sofort eine persönliche Eingreiftruppe schicken. Wer würde das nicht wollen? »Pffffft… okay, äh, dann woll'n wir mal wieder«, sagte ich, während meine Hände in meinem Schoß ruhten und ich vor Langeweile unruhig hin- und herrutschte. Ich sah zu meinem Vater hinüber, der vor lauter Porzellantellern an der Wand schon ganz delftblau im Gesicht war. »Komm, Paps, die gibt's bei Havaria auch, komm, wir müssen gehen, es wird höchste Zeit. Die Sonne ist schon untergegangen, ihr müsst zum Gebet«, sagte ich.

Als wir wieder draußen standen, in dem blühenden Vorgarten inklusive Kletterrosen und beerenlosen Brombeersträuchern, winkte Mevrouw Marode uns nach und sagte, wobei sie zwischen jedem Wort an ihren Fingern leckte: »Dat war wirklich ein sehr netter Nachmittag. Fiffi, hierbleiben! Oh ja, bevor ich et vergesse – kann Nordip morgen auf Fiffi aufpassen? Ich wollt mit Käthe einen Ausflug in den Wald machen…«

Mein Vater sah mich hilflos an. Stellt euch vor, ihr habt einen Sohn, einen bockigen, vorlauten Koffeinjunkie, von dem ihr euch nichts lieber wünscht, als dass er Schafe hüten ginge, aber auf dessen Hilfe ihr dennoch angewiesen seid… »Was sagt diese fettige, freundliche Frau?«, fragte er.

»Sie fragt, ob ich morgen auf ihr Haus aufpassen kann. Sie geht in den Wald, um zu beten. Tja, das macht man hier so. Ich kann es auch nicht ändern«, sagte ich, als Vater vor Entrüstung alle Finger abwehrend von sich streckte.

»Musst du denn nicht zur Schule?«

»Da wird morgen ein Fest gefeiert.«

»Was für ein Fest?«

»Ein Bananenfest, Paps. Dabei hängt man Bananen statt Kugeln in den Tannenbaum.«

»Die haben hier alle vollkommen den Verstand verloren, mein kleiner Scheißer. Wirst du wenigstens dafür bezahlt?«, fragte Vater ernst.

Ich nickte stolz.

Am nächsten Tag stand ich, mit einem ordentlichen Scheitel wie der netteste Junge der katholischen Schule, vor ihrer Tür.

»Tach, Jung. Fiffi, bei Fuß! Fiffi, dat is Nordip.«

»Angenehm.«

Ich hasse Hunde.

»Er muss zweimal raus zum Pipimachen«, sagte Mevrouw Marode beunruhigt. »Dat merkst du dann so: Dann reibt er nämlich ganz süß die Vorderpfötchen aneinander. Und einmal am Tag muss er für ein großes Geschäft raus. Dat merkst du dann so: Dann reibt er nämlich ganz süß die Hinterpfötchen aneinander.«

Ich kratzte mich am Kopf, um Gelehrtheit vorzutäuschen. Dann sagte ich: »Okay, verstanden: Pipi vorne und Aa hinten. Alles easy. Sie können ganz beruhigt in den Wald fahren, Mevrouw Marode. Fiffi und ich, wir schaffen das schon, was, Fiffi?«

Fiffi kläffte.

Schon halb aus der Tür, rief Mevrouw Marode mir noch zu, dass ich den Fernseher, das Radio, die Zitruspresse, den Elektroheizofen, einfach alles, was einen Schalter besaß, nicht anfassen durfte, aber dass ich so viel Honigkuchen verdrücken durfte, wie ich nur wollte.

Den Pudel im Schlepptau, der die zerbrechlichen Nippes seines Frauchens mit seinem Leben schützte, ging ich durchs Haus. Überall hingen gerahmte aufmunternde Sprüche wie *Beginne jeden Tag aufs Neue*. Ferner viele Fotos, Familienhäupter in Silberrahmen hinter blinkendem Glas. Ich hatte kein einziges dieser Häupter jemals bei Mevrouw Marode an der Tür gesehen, auch nicht, als ich mich zwei Jahre lang auf's Ohr gehauen und in unserem Viertel wie ein Aufseher alles im Blick hatte.

Ich betrachtete mich in einem großen Spiegel mit goldlackiertem Rahmen und suchte nach Übereinstimmungen zwischen mir und dem Bild, das mir vorgegaukelt wurde, zog Grimassen, drückte ein paar Mitesser aus und holte tief Luft. Mein Herz raste. Vier große Mauern um mich herum. Es war beklemmend. Und es roch so muffig in dem kleinen Haus; es schien, als läge der Tod in diesem staubigen, alten, tapezierten Zimmer auf der Lauer. Im Flur kläffte und sprang Fiffi unruhig gegen die Haustür. Er jagte mir einen ziemlichen Schrecken ein. Hunde, die bellen, beißen nicht, versuchte ich mich selbst zu beruhigen und schnüffelte ein wenig in Mevrouw Marodes Papierkram – Werbung, Windows für Senioren – und den Zeitungen, die auf dem dunkelbraunen, mit Häkeldeckchen verzierten Esstisch verstreut lagen. An der Tischkante standen ein Teller mit kleinen Apfelpfannkuchen, ein Gefäß mit Sirup, ein Päckchen Gute Butter und ein halbes Mehrkornbrot. Auf der Butter lag ein Brief:

Fallste Hunger hass, min Jung.

Unter den Papieren lagen noch ein abgelaufener Führerschein, ein abgelaufener Angelschein und eine abgelaufene Bahnkarte.

Ich machte mir in der Küche einen Kaffee und schnitt mir ein paar Scheiben Honigkuchen ab. Ich jagte Fiffi, der auf meine Schuhe sabberte, in die Flucht, indem ich einen Behälter Wasser über ihn kippte. Plötzlich lag da ein Goldfisch auf dem Boden und zappelte wie wild. Ich hätte ihn gern frittiert, aber Mevrouw Marode hatte nirgendwo Sonnenblumenöl. Fisch ist gesund, hieß es doch immer bei diesen Sozialarbeitern in unserem Viertel, schrecklich… Fiffi begann wütend zu kläffen. Ich habe eine angeborene Angst vor Hunden, egal ob es große oder kleine sind. Ich ziehe Heuschrecken, Skorpione und Klapperschlangen vor…

Mit einem Becher Kaffee bewaffnet, setzte ich mich wieder hin und schaltete den Fernseher ein.

Fiffi blieb vor dem Elektroheizofen stehen und rieb seine Hinterpfoten gegeneinander. Ich erschrak dermaßen, dass ich mir den Kaffee auf den Schoß verschüttete. Schnell zog ich meine Hose etwas nach oben.

Okay, okay. Was jetzt? Keine Panik, Nordip, nur keine Panik. Wie war das jetzt noch mal, bedeutete das pissen oder…?

Fiffi rannte nun wie irre durch's Zimmer und kläffte immer lauter. Als er mir zu nahe kam, geriet ich in Panik und schob den Tisch etwas nach vorne, damit ich aufstehen konnte. Die Butter und das Gefäß mit Sirup fielen vom Tisch, und der Hund war von oben bis unten mit Sirup bedeckt. Ich dachte nur eins: Mevrouw Marode wird mich lynchen. Und mein übernächster Gedanke war: Mein Vater wird mich totpredigen. Halleluja.

Ich kratzte meinen letzten Rest Mut zusammen, schnappte mir das zitternde Tier, das von Kopf bis Fuß klebte, setzte es in sein Körbchen, gab ihm eine Scheibe Honigkuchen und suchte in dem muffigen Haus nach einer Lösung. Im Badezimmer stieß ich auf eine kleine Plastikwanne und eine Idee. Heißes Wasser! Das musste die Lösung sein! Das macht Mutter auch immer, wenn sie die Hühner sauber macht, die mein Vater in Appelboom beim Schwarzarbeiter-Bauern kauft.

Sehen, merken und anwenden. Genau. Richtig heißes Wasser.

Ich ließ etwas Wasser kochen, füllte es in die Wanne, hob Fiffi auf und steckte ihn in das heiße Bad...

In diesem Augenblick läutete das Telefon. »Und, wie läuft et bei euch beiden...?« Mevrouw Marode höchstselbst war am Apparat.

»Äh, ja, alles prima... wunderbar... ganz hervorragend, Mevrouw Marode.« Das Wasser tropfte von meinen Händen. Ich legte auf und rannte wieder in die Küche.

Fiffi zuckte ein paarmal, begann jämmerlich zu kläffen und verdrehte schließlich die Augen.

Ich beruhigte mich allmählich, die pulsierende Panik ebbte langsam ab. Ich dachte, dass Fiffi das bestimmt herrlich fand, so ein Hühnerbad, und dass er eingedöst war und ein friedlich-entspanntes Schlummerchen hielt. Pfeifend rieb ich ihn mit Scheuermittel und Waschpulver wieder vollständig sauber. Ariel für fleckenlose Sauberkeit, hieß es doch immer bei den Sozialarbeitern.

Mein Vater kaufte für Mevrouw Marode einen neuen Hund und für mich eine Peitsche, von der er aber keinen Gebrauch machte.

Teil 3

Krimo – die Geschichte meines Cousins

Von Tamasint via Marseille in den Blauen Geier

Er hatte gesungen, hinter seinem Verkaufswägelchen, neben den Schneckenverkäufern und den Garküchenmännern, er hatte gesungen, um seine Zitronenlimonade auf dem Markt von Tamasint zu verkaufen. Mit seiner Suppenkelle rührte er das Zuckerwasser um. »Limonensaft! Herrlich frischer, kühler Limonensaft! *Elberd! Elberd!* Herrlich kühl!« Wenn die Sonne sich von der Abenddämmerung umhüllen ließ, packte er seine Gläser zusammen und schob den Verkaufswagen nach Hause. Den Tageserlös legte er seiner Stiefmutter in die Hand, meiner Tante – eine Tochter der Tochter einer Cousine meines Großvaters –, die das Geld für ihn in einer alten Teekanne aufbewahrte. Er aß zu Abend, leckte sich sein Fingerbesteck ab und ging in sein Zimmer, das er mit einem Bock, einer Ziege und ein paar Hühnern teilte. Hinter dem Hühnerverschlag holte er dann eine Flasche Schmuggelwein hervor. Er schenkte sich missgelaunt ein, taute ein wenig auf und packte seine Gitarre am Hals. Dann zwang er sie auf seine Knie, schlug sie in die richtige Stimmung und sang.

Ja, erzählte er zögernd, als du schon lange hier warst, da hab ich noch gesungen, genau wie ich jetzt singe – über das Leben, die Liebe, ach, alles Mögliche …

»Leg die Gitarre weg und mach dich nützlich!«, schrie sein Stiefvater – ein Sohn eines Onkels – ihm mit schöner Regelmäßigkeit aus dem Innenhof des kubusförmigen Hauses zu, das von einer Stachelhecke aus dicht gewachsenen Kakteen umgeben war. Dort im Innenhof lag dieser Vater der Länge nach ausgestreckt auf einer Strohmatte, schälte Erdnüsse und nippte an seinem Pfefferminztee. An seinen Zehen nuckelte ein Haufen dreckverkrusteter Kleinkinder.

»*Inschallah, inschallaaah*, Onkel«, antwortete Krimo, »werde ich eines Tages so sein wie all diese Männer auf den Platten aus Europa, die sie auf dem Markt verkaufen und die Nordip für mich aus Hollanda mitgebracht hat. Weißt du, wer Conny van den Bos ist, Vater?«

»Geh Zitronen pressen, Sohn. Dein Vater hat dich nicht gemacht, damit du tanzt. Alles, was dort drüben auf der anderen Seite des Wassers gedeiht, ist des Teufels, auch dieser Sohn meines Cousins. Ich will gar nicht wissen, was der da so alles treibt.« Der Stiefvater nahm Krimo nicht ernst, hielt das Ganze für pubertäre Hirngespinste, die irgendwann vorübergehen würden, und warf eine Erdnuss hoch, die er mit seinem weit aufgerissenen Mund auffing. Dann zog er einen der Knirpse – seinen Lieblingsneffen – von seinen Zehen fort und fing an, ihn zu kitzeln und zu zwicken.

So lauschte mein Cousin andächtig – während er selbst gepressten (und mit reichlich Zuckerwasser verdünnten) Zitronensaft in die Gläser füllte – den großen Stimmen des Oraner Blues, der gewagten, immer populäreren Rai-Musik auf den Kopien von kopierten Kassetten, die auf der Straße gehört, verkauft und getauscht wurden. Er starrte hinüber zu dem Tisch voller Musikleben und las die Namen und verrücktesten Künstlernamen, die über den ausgestellten lachenden Musikanten auf den Kassettenhüllen prangten. Die Namen und Pseudonyme begannen fast alle mit *Cheb*, was für »jung sein und bleiben« stand – ein Motto, durch das sich die junge Generation von Rai-Musikern, den Interpreten dieses herrlich brodelnden Kamelblues, von allen anderen unterscheidet. Dort auf dem Tisch lagen sie alle vor ihm: Angefangen bei den Pionieren wie dem immer strahlenden Innovator Cheb Khaled und dem energiesprühenden Cheb Mami, der die Zuhörer mit seiner hellen Stimme durch Tausendundeine Nacht schweben lassen konnte, bis hin zu den Rosstäuschern wie Cheb Frankenstein und Cheb Pickliger Hering, die mit einem Woolworth-Spielzeugkeyboard fünfundvierzig Minuten lang auf zwei Akkorden rumsägten.

Krimo betrachtete die Mädchen, die sich vor den Marktständen drängten, um diese aufreizenden Kassetten zu erstehen. Und er sah, wie die überhitzten Verkäufer, diese Gesüßten-Tee-Schlürfer, den ganzen Tag Kassetten aus ihrer Hülle zogen und in einen Rekorder schoben, um dann aus lauter Verdruss in regelmäßigen Abständen zu seufzen und unter Schlackern ihrer müden Handgelenke den Nicht-Käufern verbittert zuzublöken: »*Iwa, aralla*, Dorftrulla, wird das heute noch was? Oder steh ich mir bei dieser Hitze hier vielleicht für nix und wieder nix die Beine in den Bauch?«

»Wenn du nicht verkaufen willst, gehen wir eben zu jemand anderem. Hier auf dem Markt gibt's genug Kassettenverkäufer, und die sind wesentlich attraktiver als du. Okay? Hast du Cheb Kaka, mit dem Lied, das ungefähr so geht:

Mutter, Mutter,
gar nimmer mehr werde ich trauen
Vater sagt, ich solle
bei meinem Glück lieber ein Haus bauen

»Wenn du so weiterredest, Schätzchen, dann wird dich selbst der hinkende Dorftrottel nicht mehr heiraten wollen.«

»Die Kassetten, die du verkaufst, sind alle uralt. Du bist nicht mehr auf der Höhe der Zeit.« Das Schätzchen wandte ihm den Rücken zu und zog mit ihren Freundinnen weiter.

Unter Ausstoßen der schaurigsten Flüche, die man sich nur vorstellen kann – eine Mischung aus Elternverwünschungen, ekligen Krankheiten und Organschäden –, schob der Kassettenverkäufer seine Bänder wieder zurück in die Fächer. Er spuckte in Richtung der Mädchen, die ein paar Meter weiter an einem Süßwarenstand kichernd die Köpfe zusammensteckten.

»Hab ich's dir nicht gesagt? Allesamt Flittchen!«, schrie der Gemüsehändler seinem Standnachbarn zu. »Meinst du nicht auch, Krimo?« Mit einer spanischen Zeitung verscheuchte er die Fliegen von seiner Vorkoster-Melone. »Melonen! Saftige Melonen! Hierher, Herrschaften! Jaja, die letzten Melonen! Nur solange der Vorrat reicht!«

Krimo, der Musikant, mein Cousin, der mich das Flötenspiel lehrte, verließ Tamasint und ging nach Tabla, in der Nähe der algerischen Grenze. Dort schweifte er auf den breiten Boulevards umher und saß seine Zeit auf einem Felsblock unter den riesigen Palmen ab, die das Dekor für die Straßenfotografen bildeten. Er ging zum Markt, sang dort über die Sonne, den Mond und das Meer – wovon die meisten Menschen gern hören – und brachte auf diese Weise Geld für etwas Essen und einen Schlafplatz zusammen.

In der kleinen dunklen Herberge Mystique Bualem durfte er die betrunkenen Gäste mit seiner Tonkunst amüsieren, im Tausch gegen eine tägliche Mahlzeit aus Brot mit gebratenem Huhn und einen Schlafplatz im Stall.

Und so spielte er *Allein auf der Welt*. Er sang angetrieben von seinen Emotionen, und gab diese Mischung an die fünf Saufkumpane weiter, die mit ihren Bierkrügen auf die Tische schlugen, ihre haarigen, vom Getreidemähen wie mit Kabeln versehenen Armstämme hoben und lallten: »Weitermachen! Weitermachen, Unbekannter! Oh Gott, ist das wundervoll! Du triffst direkt in mein Herz!«

Die Kunde ging wie ein Lauffeuer durch Tabla. Die Nachbarn aus dem Grand Café Chicago, der Patisserie Akruschi, dem Lichtspieltheater Granada, dem Champagner-aus-Damenschuhen-Club Farhan und dem Hotel Fizz – sie alle wussten innerhalb kürzester Zeit von der Existenz des virtuosen Sängers, meines Cousins. »Der Junge spielt, dass dir das Herz aufgeht, so schön … so wunderbar … was für eine samtige Schwuchtelstimme …!« Mit jedem Tag kamen mehr Nachtschwärmer, um ihm zuzuhören.

Eines Abends war der kleine Saal im Herzen der Herberge gerammelt voll mit Schluckspechten und Übernachtungsgästen.

»Sieh dir das an, Krimo! So viele Leute! Wir werden zusammen gute Geschäfte machen, Krimo«, sagte der hinterlistige, verschwitzte Wirt Brahim. Dann warf er mit seinen rollenden, schrägen Murmelaugen wieder einen Blick in den Saal, schob die Spitze von seinem Geschirrtuch in einen Krug und drehte das Tuch langsam darin hin und her.

Krimo lächelte – mein Cousin tut nichts anderes als zu lächeln.

Bis er Larbi kennen lernte …

Der Mann hatte den ganzen Abend vorn gesessen, eine Zigarre zwischen den breiten Lippen und eine violett gekleidete, stark transpirierende Bauchtänzerin auf dem Knie, die kichernd ihre schwarzen, abgekauten Zahnlücken entblößte und in die Hände klatschte, wenn er ihr schmatzend an die Waden packte und sie auf seinem Knie Hoppe-Hoppe-Reiter spielen ließ.

»Larbi, Plattenboss und Eigentümer von Studio Atlas«, stellte er sich vor. »Ich kann dich ganz groß rausbringen.«

Brahim tippte dem Studioboss auf die Schulter. »Ich bin Krimos Manager«, sagte er voller Stolz. »Bezahl mir das Essen, das ich ihm serviert habe und das ihn so erfolgreich gemacht hat.«

Krimo sah sich um und lächelte erneut – und dieses Mal war sein Lächeln ein gefundenes Fressen für den Hai.

»Steh dem business nicht im Weg«, sagte Larbi drohend zu dem Wirt. Er kaute auf einem Stück Tabak, rettete dann jedoch seine Ehre und bot Brahim ein Bündel Banknoten an. Er konnte spüren, wie ihm die Scheine aus der Hand gerissen wurden.

Mit einem Daumen ließ Brahim die Scheine knistern und verschwand hinter der Theke.

»Ich werde dafür sorgen, dass du das ganz große Publikum erreichst, Krimo. Dass deine Musik von hier über Andalusien bis… sagen wir mal bis nach Amsterdam… oder sogar bis nach Amerika gehört wird. Wir versehen deine Musik mit etwas mehr… mit etwas moderneren Klängen, etwas mehr Elektro, etwas mehr… Pepp!« Larbi legte die Fingerspitzen gegeneinander und zog ein raffiniertes Gesicht, als ob er an Blumen riechen würde. »Ich sorge für eine Band, kümmere mich um Auftritte. Ich habe die besten Drummer, die besten Bassisten, Gitarristen, was du auch willst. Was meinst du? *Bon?*« Er schlug Krimo auf die Schulter – und bevor er seine Hand zurückzog, kniff er kurz hinein.

Mit seinen dunklen Augen blickte Krimo auf die Glitzerfingernägel der Bauchtänzerin, die dauernd ihr Bein hochzog, so dass die kleinen Glöckchen an dem violetten Tuch um ihre Mitte zu schellen begannen. Sie sah aus wie eine brünstige Milka-Kuh.

»Lass mich darüber nachdenken«, erwiderte Krimo und stützte sich auf seine Gitarre.

»Nachdenken? Worüber willst du nachdenken? *Pourquoi?* Ich biete dir das Beste vom Besten! Da ist ein Angebot, das du nicht ablehnen kannst! Was zögerst du da noch?«

Beleidigt zog der Studioboss ein weiteres Geldbündel aus seiner Tasche und ließ seinen Blick auf Krimos dreckigen Schuhen ruhen.

Larbi sah aus, so erzählte mir Krimo später, wie jemand, der Weinbergschnecken, Kaktusfeigen oder Zitronensaft verkaufte, mit seinem locker geknöpften Streifenhemd, seinem dünnen Mafiaschnurrbart und seiner Haarmatte. Wie auch immer – jedenfalls sah er nicht direkt wie ein Studioboss aus. Unter einem Studioboss stellte Krimo sich einen kleinen kahlköpfigen Mann vor, mit einem gesunden Bauch, hochgeschobener Sonnenbrille, Bundfaltenhose mit Hosenträgern und goldenen Slippern an den Füßen.

»Hier, nimm«, sagte Larbi in einem milden Ton. »Jede Begegnung ist auf ihre Art einträglich. Denk noch einmal gut darüber nach. Zeig mal etwas Mumm. Oder willst du ewig auf dem Schoß deiner Mutter hocken bleiben?«

Einen kurzen Moment sah Krimo das Gesicht seiner Mutter vor sich, so wie sie auf dem alten verblassten Schwarzweißfoto abgebildet war, das er immer bei sich trug (und auch heute noch ständig bei sich trägt).

Larbi holte ein Stück Karton aus seiner Innentasche und streckte Krimo seinen Arm entgegen. »Hier, meine Karte. Da steht die Adresse vom Studio drauf.« Er gab Krimo die Hand, biss die Spitze von seiner nächsten Zigarre ab, spuckte sie aus und drückte seine spitze Nase in das mollige Gesicht der Bauchtänzerin – die kichernd einen Schritt nach hinten ging und sich mit gespreizten Beinen auf den Barhocker hinter ihr fallen ließ.

* * *

Krimo zog sich die Decke über den Kopf. Seine Ohren klirrten noch von der lauten Musik im Club Farhan. Er wälzte sich in seinem Bett herum, krümmte sich und grübelte. Die halbe Nacht hatte er wach gelegen und halluziniert: Ein Vertrag, der ihn nach Frankreich führen würde, nach Paris, in das Viertel Barbès, wo all seine Idole und musikalischen Freunde beisammen waren, in der Nähe der gläsernen Metrostationen und der zugenagelten

Wohnungen, um bei einem Glas Pfefferminztee zusammen die Tinte aus der reichen Feder fließen zu lassen, die Finger auf Synthesizern, *guembri*, E-Gitarren und Trommeln spielen zu lassen, zu jammen, mit allen Musiktönen der Welt, auf einer soliden arabisch-afrikanischen Basis. Und danach kamen dann die Hochzeitsfeiern, die kleinen Festivals, die großen Bühnen… Möglicherweise bei einem der großen Labels – Barclay oder Totem Records… Alles sehr beängstigend, dachte er im Stillen…

Kikerikiiii…!

Oh, Scheiße, der Hahn! Wo bin ich? Wo ist meine Decke? Ist das kalt… Totem Records? Wer ist Larbi?, all das fragte Krimo sich in seinem halb wachen Dämmerzustand.

* * *

Krimo betrachtete das Firmenschild.

Studio Atlas

Die Tür stand weit offen.

Er ging in das winzige, dunkle, muffige Studio und sah sich um. Der Raum roch nach Haschisch, feuchtem Zement und in Olivenöl gebratenen Eiern. Ein Ventilator voller Spinnweben drehte sich an der mit Gips dekorierten Decke, und an einer Wand türmten sich große Boxen und aufeinander gestapelte Keyboards. Auf einem alten Tisch thronte das Mischpult mit einem darauf abgelegten Kopfhörer – und ein Glas mit Kaffeesatz, das von einer dichten, wollartigen Schimmelschicht bedeckt war. Das Aufnahmegerät stand in einer Ecke, und der ganze Boden war übersät mit Kassetten.

»*Sabah algier.* Kann ich dir irgendwie helfen?« Eine junge Frau kam ihm entgegen. Sie hatte langes, hennarotes Haar, ein schönes, matt schimmerndes Gesicht, und ihre Augen funkelten vergnügt im Schatten ihrer nachgezogenen Augenbrauen.

»Ich suche Larbi«, sagte Krimo. Er wischte sich die Hände an der Hose ab und blickte schamvoll zu Boden.

Sie sah ihn an, kräuselte die Lippen, wandte sich um und griff zur Türklinke. »Mein Vater schläft noch. Ich werde ihn holen.«

Noch bevor sie die Klinke herunterdrücken konnte, rief Krimo sie zurück. »Nein, lass nur. Dein Vater soll ruhig ausschlafen.«

Sie stellte sich nun Krimo als Yasmina vor und bot ihm den einzigen Stuhl im Raum an. Sie setzte sich auf den Boden, zog den Saum ihres Kleides etwas weiter über ihre Knie und sah zu, wie Krimo sein Instrument aus der schwarzen Tasche nahm.

Die Saiten begannen zu schnarren, als ihm die Gitarre (eine schwarze, elegante, spanische Dame, die er auch hier im Blauen Geier immer bei sich hat) aus der Hand rutschte und zu Boden fiel.

»Willst du hier Aufnahmen machen?«, fragte Yasmina.

Krimo nickte mit einem orangefarbenen Plektrum im Mund, während sein rechter Daumen über die Saiten strich und er mit der linken Hand stimmte. Der Ventilator brummte. Krimo blickte hoch, sah dann Yasmina an und presste verlegen die Lippen aufeinander. »Ziemlich warm hier«, sagte er schließlich. Das Plektrum behinderte ihn beim Sprechen.

»Soll ich das Fenster öffnen?«

»Nein, nein …« Als er die Gitarre da hatte, wo er sie haben wollte, nahm er das Plektrum aus dem Mund, ließ seine Hände in einer Mischung aus spanischem Flamenco und marokkanischer Volksmusik über das Instrument gleiten, drang mit seinen träumerischen Augen in die dunklen Ecken des Studios und sang:

Auch wenn ich über das Wasser fahre
auf den Spuren meines Cousins
ins Rahmbutterland …

Mutter, was bringt mir das
dort zu arbeiten, ohne Perspektive,
bis meine Seele einsam stirbt …

Mutter, ich habe mein Fährticket,
gemischte Gefühle befallen mich …

Doch eh ich's mir anders kann überlegen,
befiehlt der Kapitän mir, Platz zu nehmen …

Aus der Türöffnung erklang lauter Applaus.

Nur mit Pyjamahose und einem weißen Hemd bekleidet, unter dem die schwarze Brustbehaarung herausstach, trat Larbi in den Raum. »Bravo! Bravo, Krimo! Phantastisch! Großartig! Was für ein Talent!«

Nachdem Yasmina frischen Kaffee und süßes Gebäck serviert hatte, machten sie sich sofort an die Arbeit.

Mit Hilfe von Drumcomputern, einem Synthesizer und ziemlich viel Hall schusterte Larbi Krimos erste Kassette zusammen. Arabische und afrikanische Klänge in einem westlichen Soundgefüge, das sollte es werden. In noch nicht einmal drei Wochen legten sie diesen musikalischen Spagat hin. Mit sechs Songs über Einsamkeit, Liebeskummer und dem Ertränken desselben wurde Krimo auf den Markt geworfen.

Der Erfolg klang schrill aus den Boxen. Die Kassettenverkäufer auf dem Markt verkauften Krimos Bänder am laufenden Band.

Serbi, Serbi, schenk mir ein!
Schenk mir ein, Barmann.
Das Mädchen, das ich mir in den Kopf gesetzt habe, ist verheiratet.

Serbi … Serbi, schenk noch mal ein!
Sie geht nun mit einem reichen Gelbe-Socken-Träger …

Bald fand Krimo sich unter den Scheinwerfern der großen Sommerfestivals im Touristenort Tabla wieder. Für ein Taschengeld – »Das ganz große Geld kommt erst noch«, versicherte Larbi ihm – wurde der junge Mann mit der hohen Stimme bei Hochzeitsfeiern und anderen Festen gebucht. Die großen Auftritte würden im Laufe der Zeit schon noch kommen. Auf der Bühne entpuppte Krimo sich von der schüchternen Raupe zu einem ungezwungenen, energiesprühenden Schmetterling.

»Wir haben eine Anfrage aus Frankreich, Junge.« Larbi legte seinen Arm um Krimos Schultern. »Marseille. Samstag, fünfter März. Mitten in der Stadt, Junge. *Festival Afrique*. Ich hab's dir ja gesagt. Ich bring dich ganz groß raus.« Ein Hahn krähte zur Mittagsstunde.

Krimo befreite sich aus der Umarmung, setzte sich auf den Stuhl hinter dem Mischpult, sackte in sich zusammen und schob den Masterregler rauf und runter. Er blies sich ein paar Haare aus den Augenbrauen, blickte zur Decke, sah Yasmina an, die mit einer Kassette spielte, und legte seine Hand auf eine Fliege. Durch einen Spalt zwischen seinen Fingern betrachtete er das gefangene Insekt. »Ich werde dort nicht hinfahren«, sagte er bockig. Er zog seine Hand fort. Die Fliege flog weg.

Larbi sah hoch, folgte der Fliege, blickte kurz zu seiner Tochter hinüber und dann wieder auf Krimos trommelnde Finger. »Was …? Was sagst du da?!«

»Ich werde nicht nach Marseille fahren. Das bringt nur Ärger. Was hab ich da zu suchen? Ich möchte es möglichst einfach halten. Ich will mein Leben nicht aufgeben, ich will in der Nähe meines Dorfes bleiben …«

Larbi grinste verständnislos und hielt einen Finger hoch. »Dein Leben? Was ist dein Leben denn schon wert?!«, schnaubte er. »Du bist ein freier, erwachsener Mensch! Und doch stellst du dich total ängstlich an! Nennst du das etwa Leben? Das ist das Leben eines Esels! Du bist nicht bereit, dich voll und ganz dafür einzusetzen, für deine Träume zu kämpfen. Du hast Talent, Junge. Deine Stadt? Dein Stiefvater? Bei allem Respekt, aber was hat dieser arme Schlucker denn schon für dich getan? Willst du dort wieder am Schwanz eines Esels ziehen? Ich habe viel Energie und Geld in dich investiert. Mach jetzt nicht alles kaputt!«

Krimo seufzte; schweigend folgte er mit den Augen den lahmen Umdrehungen des brummenden Ventilators.

Larbi nahm einen Schluck Kaffee und lief mit den Händen in den Hosentaschen stirnrunzelnd zur Tür und wieder zurück. »Sieh mal, Junge. Ich erkläre es dir noch genau einmal …« Larbi hielt den Zeigefinger hoch und presste die Augenbrauen zusammen, von denen die Schweißtropfen herabglitten. »Du lehnst nur dann ab, wenn ich ablehne. Sonst ist sofort Schluss! Draußen stehen sie in Dreierreihen vor der Tür! Hast du noch genügend Zitronen auf Lager?« Larbi nahm seinen Finger wieder runter und sah Krimo streng an; dann blickte er wieder zu seiner Tochter, nahm ein von Gummiringen zusammengehaltenes Bündel Banknoten aus seiner Tasche, zog ein paar Scheine heraus, ließ sie fallen, schob sich eine Zigarre in den Mund, tigerte nervös durch den muffigen, dunklen Raum und ging schließlich seufzend aus dem Studio.

Für Minuten war es totenstill. Nur das Brummen des Ventilators.

Schließlich stand Yasmina auf, zog ihr Kleid gerade und ging auf Krimo zu. Freundlich strich sie ihm über die Arme. »Warum willst du nicht fahren, Krimo?«

Krimo wischte sich mit den Händen übers Gesicht. »Ich weiß nicht genau«, sagte er langsam und kopfschüttelnd. »Ich weiß es auch nicht genau, Yas. Ich hab Angst …«

»Aber wovor denn?«

»Ich habe Angst, dass ich dann den Weg nach Hause nicht mehr finden werde. Ich hab schon meinen Vater und meine Mutter verloren, ich will nicht auch noch mein Dorf verlieren. Mein Cousin Nordip ist schon seit fünf Jahren nicht mehr zu Hause gewesen. Wenn ich all die Geschichten richtig verstanden habe, ist es da in Europa gefährlich schön … du leckst an einem Eis, und ehe du dich versiehst, ertrinkst du in Sahne …« Er setzte sich auf den Boden und blickte hoch zu den Fuchsaugen, die sie von ihrem Vater geerbt hatte.

Yasmina bückte sich, hob die Geldscheine auf, legte sie zu einem Stapel und faltete sie einmal. »Hier«, sagte sie. »Hier nimm.« Sie beugte sich zu ihm herab und küsste ihn auf die Stirn.

Krimo fuhr mit der Zungenspitze über seine Lippen, stand auf und ging hingerissen, mit einem willigen Lächeln im Gesicht, zu seiner Gitarre. Er spielte, vertraute seine Angst den Saiten an und gab sich seinem Lied hin.

Yasmina klatschte und tanzte für ihn.

* * *

Einen Monat später stand er in Marseille vor einer johlenden und pfeifenden Menge auf der Bühne und sang Lieder über das Trinken, über heimliche amouröse Begegnungen und über den Tod. Halte dich fern von dem, wovon du dich nicht fern halten kannst, sang er mit inbrünstigen, lang angehaltenen Tönen. Hinter dem Bühnenvorhang stand sein strahlender Manager, mit der ewigen dicken Zigarre und der hechelnden Wolfszunge, die ihm halb aus dem Mund hing.

Der Vater aus dem letzten Lied – von dem all diese jointrauchenden, Karohosen tragenden Ökomütter kaum etwas verstanden, auch wenn sie dazu in Sandalen und zu weiten T-Shirts mit ihren Rettet-die-violetten-Fingernasenwale-und-das-grüne-Kosmoskaninchen tanzten – besagter Vater also mähte gerade das

Getreide mit einer Sichel, als er mit seinen gelben Slippern gegen die weichen Speckröllchen seines eigenen lieben Töchterleins stieß, die rittlings und dampfschnaubend am Dorfmesserschleifer die Sichel putzte. Der Vater hielt sich an seinem Bart fest, zählte bis zehn und wieder zurück, um den bösen Geistern genügend Zeit zu geben, seinen Körper blitzschnell zu verlassen. Doch die Wut ließ sich von der Zeit nicht ersticken und zwang ihn sogar, den hölzernen Griff in seiner Faust noch fester zu umklammern. Er schwang die Sichel und hackte den beiden Verliebten mit zwei kräftigen Schlägen die Köpfe ab. Diese rollten, einander noch immer verliebt in die Augen blickend, ins Kornfeld. Die Sonne stand hoch am Himmel und das Getreide, das nicht blutbesudelt war, schimmerte wie Gold.

Welch ein herrliches Ende, so geschwungen und farbenfroh wie ein Regenbogen. Ja, so können sie sein, diese verdammten Lieder. Oh Boy, ich hasse die Liebe.

Das Los hat entschieden

Ich trotte durch die Wüste. Es sind weniger die Dürre oder die Hitze noch das Verlangen, die mich peinigen und durstig machen … Es ist vielmehr die Angst, dass nach jedem Sandsturm eine Verschiebung der Konturen stattfindet, so dass ich mich an das Schöne von gestern nicht mehr erinnere, und dass das Neue von heute bereits morgen im gleichen Sturm verschwindet …

Zwanzig Fotos und mehrere Briefe erhielt ich von ihm nach seinen Auftritten in Frankreich. Als er in unser Dorf zurückkehrte, war Großvater schon gestorben.

In Tamasint umarmte ihn sein Stiefvater herzlich, klopfte ihm auf den Rücken und sagte: »Bin froh, dass du wieder zu Hause bist, mein Junge, habe nur Gutes über dich vernommen. Auf dem Markt höre ich überall deine Stimme. Und es ist ein bisschen auch meine Stimme. Wie viel hast du mit dieser erhabenen Gitarre verdient?« Der Stiefvater warf einen Blick in Richtung Küche – ein Granittisch mit einem Butangaskocher und einem ausgedampften Couscoustopf. »Frau, wo bist du?«, rief der Stiefvater aufgekratzt. »Beeil dich, schlachte ein fettes Kaninchen für meinen talentierten Sohn!«

Bald hatten sich die Dorfaugen wieder an Krimos ausgelaugtes Gesicht gewöhnt, und es gab nichts mehr, was er Krimo vergeben wollte – also warum sollte er ihn, der ihm nur eine Last war und ihn fette Kaninchen kostete, nicht einfach piesacken, so wie es sich für einen allerbesten Vater gehörte?

Krimo saß im Nebenzimmer auf einem Schaffell, improvisierte ein wenig auf der Gitarre und dachte an Yasmina.

Der Stiefvater kam herein und ging zum Fenster. Auf dem Mauervorsprung vor dem Fenster stand ein Krug mit Wasser. Der Stiefvater nahm einen großen Schluck daraus, wischte sich in einer fließenden Bewegung den Mund ab, öffnete das Fenster und atmete die kühle Morgenluft tief ein, um sich anschließend über Krimo zu beugen und ihn auf den Kopf zu küssen. »Ich will, dass du heiratest, Krimo«, sagte er und presste seine Hände gegeneinander.

Krimo ließ seine Finger verharren und sah erstaunt auf. »Heiraten?«

»Ich habe da schon ein Mädchen im Auge; sie ist schön und sie macht ihre Arbeit, Punkt. Keine von dieser Sorte, du weißt schon, diese äh … diese Zickzackziegen, die den ganzen Tag herumtanzen und quatschend am Brunnen vertrödeln. Bah! Möge Allah ihnen eine Natter unter das Kopfkissen legen!«

(»Herzlichen Glückwunsch, bester Stiefvater von allen«, hätte ich geantwortet. »Ich liebe dich. Wie möchtest du sie haben? In Blumenpapier gewickelt oder in einer mit Pralinen verzierten Schachtel?« Aber Krimo – der mir das alles hier auf diesem Suppentopf erzählte – zuckte nur mit den Schultern und lächelte freundlich.)

Er hatte die Großstadt, die Hektik, die torkelnden Schnapsnasen und die kreischenden Mädchen vor den Absperrgittern zu dem Zeitpunkt ziemlich satt und nahm das Dorf, von den Bergen umarmt und mit einem felsigen Fuß im Meer, so wie es war. Er war froh, wieder bei seiner Stiefmutter zu sein, die ihm von Zeit zu Zeit über den Kopf strich, für ihn die süßesten Leckereien zubereitete und beim Abstellen des Tellers mit den Süßigkeiten mit schöner Regelmäßigkeit und niedergeschlagenem Blick sagte: »Mein Herzchen, hörst du auch auf deinen Vater? Er will doch nur dein Bestes. Ich habe dich so vermisst. Komm, leg den Rücken mal beiseite … hier, nimm diese saftige Kaninchenkeule. Das ist zartes Fleisch …«

»Krimo, komm mal kurz mit nach draußen«, sagte der Stiefvater während eines lustlosen Abends auf dem Innenhof, an dem die ganze Familie inklusive aller Verwandten und Anverwandten zusammengekommen war.

Krimo saß inmitten der Erdnüsse schälenden Frauen, die tratschend über ihn herfielen und lauter Anspielungen bezüglich dieser verdammten Heirat machten – dass er, wenn er es nicht täte, ein Leben auf Treibsand führen würde; dass alles, was er aufbauen wolle, wie Pudding zusammenstürzen würde; dass er den Dorfältesten, den letzten flackernden Dämmerlichtern des Dorfs, einmal zeigen sollte, dass er nicht der erstbeste, im Café prahlende, auf exotische Mädchen geile, nicht abspritzende Esel sei. »Du bist erst dann ein richtiger Mann, Krimo, wenn du Kinder machen kannst …«

Der Stiefvater schüttelte die Kinder von seinen Füßen – »Macht, dass ihr wegkommt!« –, warf die letzte Erdnuss aus dem selbstgeflochtenen Korb in die Luft und fing sie mit weit aufgerissenem Mund auf. Dann erhob er sich, reckte und streckte sich, rülpste in Richtung der lachenden Sterne, bat sich selbst um Entschuldigung und schlug einen Arm um den mageren Krimo. »Komm mal kurz mit, Junge, komm mal kurz mit …«

Mit einer Öllampe in der Hand gingen sie zusammen nach draußen. Kröten quakten in der milden Nacht. Der Stiefvater deutete in Richtung des auffälligsten Hauses im ganzen Dorf – zwei Stockwerke, große Fenster, eine Veranda mit Aprikosenbäumchen, mit orangefarbenem Rauputz verzierte Mauern, und das Ganze umgeben von träge schwankenden Palmen und luxuriösen Backhäusern. »Krimo, mein Junge, siehst du das große Haus dort auf dieser Anhöhe?«

»Ja.«

»Dort wohnt sie.«

»Wer?«, fragte Krimo.

Der Stiefvater hob die Öllampe etwas höher, damit er Krimos Gesicht besser betrachten konnte. »Nicht zu viele Fragen stellen, Junge, ich bin dein Onkel. Die Tochter eines geachteten Mannes, der nach Frankreich geht. Laleja heißt sie. Was für ein Name für ein Honigtöpfchen! Mollig, hübsch und spiegelglatt – wie ein kleiner Seehund, Junge, was will man mehr …!«

Krimo spürte, wie er sich verfärbte. Er räusperte sich und schlug seine Augen nieder, blickte auf seine Slipper, in denen seine Zehen sich in einer Mischung aus Schweiß und Sand unruhig auf und ab bewegten.

»Bald kommen sie zurück«, sagte der Stiefvater und machte einen Bogen um eine sich aufblähende Kröte. »Das bringt Unglück, wenn man darauf tritt … Dort von diesem Hügel«, er deutete in die Ferne, »werden sie herunterkommen, und dann müssen wir dafür sorgen, Sohn, dass wir dort als Männer stehen und die Ersten sind. Wir müssen für deine Zukunft bereit sein. Ich habe deine gesamten Ersparnisse für eine anständige Hochzeit aufbewahrt. Aber wir werden die arroganten Dunias, da in Hollanda, auch noch um Geld bitten müssen. Laleja wird bestimmt eine ordentliche Stange Geld verlangen …« Er schlug erneut einen Arm um Krimo, hielt die Öllampe wieder dicht vor seine Augen, blies eine Mücke von seinem Ohrläppchen und tippte Krimo auf den Hinterkopf.

Krimo schwieg. Er wich dem strengen Blick seines Stiefvaters aus und begann, vor sich hinzupfeifen.

»Nicht pfeifen, das bringt Unglück«, brummte der Stiefvater und sah hinüber zu den Kindern, die in der Tiefe der Nacht – wo sonst nur hinterlistige, funkelnde Katzenaugen in der pechschwarzen Dunkelheit umherschweiften – Zweige von den Feigenbäumen abbrachen. Der Stiefvater bückte sich, sammelte ein paar Steine, warf mit Wucht und holte so mehrere seiner eigenen Kinder aus den kahlen Bäumen. »Hopp! *Sied…!* Hopp, hopp, geht zu eurer Mutter, ihr Scheißeritisbengel! Möge Gott euch Mumps, Masern und Röteln schenken, *inschallah*!«

Und sie kamen tatsächlich. Ein paar Monate später. Langsam, ruckelnd auf dem Pfad, der sich durch die Berge wand und nach Tamasint führte, erschienen die Bewohner des großen Hauses. Es war zwei Uhr morgens.

Der Stiefvater schrak beim Geräusch eines Dieselmotors aus dem Schlaf hoch, hüllte seine dürren Glieder hastig in eine Djelaba, sprang mit seinen zitternden Schwielensohlen in die weißen Schuhe, stieß sich in der Eile an der Tür, spuckte darauf und flüsterte mit schmerzverzerrter Stimme: »Möge Allah alle Türen verfluchen!« Er rannte und rannte, als ob er um die Goldmedaille beim Achthundertmeterlauf kämpfte. Zweimal stolperte er über Steine, stand ächzend wieder auf, trat fünfmal auf eine Kröte, rief »Unglück! Unglück!«, verlor seine Slipper, ließ sie liegen, rannte und rannte – aber leider… trotz all seiner Bemühungen… Es war zwei Uhr morgens, und es waren schon sechzehn Wartende vor ihm da…

Die wilden Hunde heulten in den Tälern, die Katzen zerfleischten einander zwischen den Kakteen, und vor der Holztür des einzigen Hauses mit zwei Stockwerken standen in einer langen Reihe die jungen Männer, allesamt nach Palmolive Rasierseife und B-Superlux-WC-Spray duftend. Einer nach dem anderen stolperten sie – mit tatkräftiger Unterstützung von Vater oder Bruder – ins Haus, mit zwei Zuckerbroten in der Hand (die Schleimer unter ihnen mit vier großen), und hielten der Reihe nach mit wankendem Kopf um Lalejas zarte Hand an.

Lalejas Vater ließ sich in der Ecke des großen Außenraums im

Schneidersitz auf den Boden sinken, sammelte alle Neffen und Nichten um sich und machte sich daran, die lange Reihe der Wartenden abzuarbeiten.

Und wo war Laleja selbst? Dieses Mädchen, für das die Männer Schlange standen?

Sie hatte sich hinter den dünnen Vorhang des Backhauses zurückgezogen, ihren begehrten Allerwertesten auf der Butangasflasche platziert und malte nun mit Kreide Herzchen, Blümchen und Schmetterlinge auf den Betonboden. Sie spitzte ihre kleinen Ohren und genoss all diese bauchpinselnde Aufmerksamkeit (das erzählte zumindest Krimo auf dem Weg vom Amsterdamer Flughafen nach Opwallen).

»Wer ist an der Reihe?«, rief der Vater.

Zwei Kandidaten begannen sich zu zanken, wer zuerst dran sei.

Lalejas Vater, der sich ständig ermahnen musste, wach zu bleiben, sprang auf, zog mit einer Hand einen Schuh von den Füßen und warf ihn in das Gemenge. »He! Möge Allah den Teufel vertreiben! Ruhe! Was ist denn das für ein Geschrei? Alle beide raus, meine Tochter ist nicht für den Erstbesten bestimmt. Es ist halb drei morgens, beste Söhne Adams. Verhaltet euch ruhig, oder ich schließe meine Türen. Ach, warum sollte ich sie nicht gleich schließen? Immer dieses Theater, dieser ganze Blödsinn, jedes Jahr das Gleiche…« Murrend setzte er sich wieder hin und hörte sich desinteressiert und halb dösend die schönsten Geschichten an, die ihm aufgetischt wurden. Er nickte verständnisvoll, goss Tee in ein schmales Glas, streichelte dem einen oder anderen Neffen über den Kopf, nahm beizeiten den Löffel vom Tablett und schlug damit auf dem Deckel der Teekanne: »Der Nächste!«

Und so ging das die ganze Nacht – vom Holzfäller über den Hufschmied und Straßenfriseur bis hin zum Feldscher. Sie alle zeigten sich von ihrer besten Seite – herausgestreckte Brust,

Pünktchenkrawatte, schimmernde Schnurrbärte, geschrubbte Ohren, gefeilte Nägel, große Geschichten, aufgeblasen wie ein Ballon –, bis die Morgenröte anbrach, die Hähne zu krähen begannen, der grelle Ruf zum Morgengebet erklang und der Vater sich erhob, tief seufzte, die Teekanne und die eingedösten Kinder beiseite schob und mit zusammengekniffenen, brennenden Augen vage sagte: »Allah, der Allmächtige, wird es schon richten.« Dann entfernte er sich aus dem Innenhof, um mit nagenden Zweifeln im Kopf das Morgengebet hinter sich zu bringen.

Der Stiefvater, der für seinen stillen Krimo (der auf seiner Strohmatte lag und schlief) ein gutes Wort unter Nachbarn hatte einlegen wollen, war seine Geschichte noch nicht losgeworden und begann nun, unzufrieden vor sich hinzumurren und mit den Armen zu fuchteln. »Ich bin sein Nachbar, und dann muss er auf einmal beten? Diese selbstsüchtigen Schacherer! Keine Liebe mehr für ihre Nachbarn und Freunde.«

Nach einer Weile erhob sich Lalejas Vater murmelnd vom Boden, kehrte in den Innenhof zurück und betrachtete prüfend die erwartungsvolle Menge.

Krimos Stiefvater sprang auf. »Ich bin an der Reihe!«

»Gemach, Nachbar, gemach«, beruhigte Lalejas Vater ihn und klopfte den Gebetsteppich an seinen Knien ab. »Deine Zeit kommt schon noch.« Er entschuldigte sich und ging zum Backhaus, um sich mit seiner Tochter zu beraten, die aber längst von all den schleimerischen und ichtrunkenen Selbstdarstellungen eingedöst war. Er beugte sich über sie und rüttelte sie wach. »Möchtest du denn heiraten, meine Tochter, meine Blume?«

»Weiß nicht. Fahren wir morgen wieder zum Einkaufen in die Stadt, Papa?«, sagte Laleja schläfrig und tauchte wieder unter die Decken, die noch nach den Mottenkugeln rochen, welche die Großmutter bei ihrer Abreise immer zwischen die Wäsche legte.

Der Vater zog ihr vorsichtig die Decke vom Kopf. »Tochter,

ich habe dich etwas gefragt. Befindet sich unter dieser Horde da draußen ein Esel, der dich tragen kann?«

»Lass mich bitte schlafen, Papa. Morgen will ich mit meinen Cousinen in die Stadt zum Einkaufen. Deswegen sind wir doch hier, oder, Papa? Es gibt hier so schöne Satinkleider, und dann auch noch so billig, und Kassetten, Papa … so viel Musik …«

»Ja … ja, ja … Aber so hilf mir doch, meine kleine Blume, was habe ich verbrochen, dass ich solche Entscheidungen treffen muss?« Müde legte er eine Hand auf ihren Kopf und schüttelte traurig sein Haupt. »Was für Zeiten …«

»Lass mich schlafen, Papa, lass doch einfach das Los entscheiden«, sagte Laleja halb im Schlaf, halb im Scherz. Sie drehte sich um, schmatzte ein-, zweimal, schloss die Augen und wünschte sich vom Nachtregisseur einen Traum mit einem schönen Prinzen, nicht auf einem weißen Pferd, sondern in einem schnellen, elegant geschnittenen, knallroten Porsche mit blinkenden Scheinwerfern und einem Schiebedach, aus dem der Romeo in seinem Gap-Star-Outfit sein ansehnliches Haupt herausstreckte – er kam gerade von seinem Spitzenjob nach Hause –, ihr eine Rose zuwarf und mit weit ausgebreiteten, begierigen Armen hungrig sang: »Bin wieder da, mein Honigschnäuzelchen! Setz schon mal das Couscous auf …!«

Der Vater deckte sein Goldkind zu, das wieder in Fötusstellung und mit Tiefschlafatmung an seinem Daumen nuckelte, und sagte leise: »Ich tue, was du sagst, meine kleine Blume, es ist dein Leben …«

Er stand auf, lehnte sich gegen die Anrichte, ließ alles noch einmal auf sich einwirken. Dann sah er sich um, bückte sich, riss ein großes Stück Verpackung von dem Zementsack, auf dem die Butangasflasche stand, und unterteilte die Ausbeute in siebzehn kleine Papierfetzen. Mit bleischweren Augenlidern ging er wieder hinaus und bat die Wartenden, ihren Namen auf eines der Papierchen zu schreiben. Und während sich die Menge um den einzigen Stift balgte, sagte er: »Das Los wird entscheiden.«

Schließlich faltete der Vater alle elegant beschriebenen Papierchen zu kleinen Kugeln und legte sie in einen tiefen Erbsensuppenteller. Er schüttelte den Teller, und beim Anblick der hungrigen Menge wiederholte er noch einmal trübsinnig: »Das Los entscheidet. Herrschaften… Herrschaften… In vierzehn Tagen gebe ich den zukünftigen Mann meiner besten Tochter bekannt.«

Jetzt drängte sich Krimos Stiefvater nach vorn. »Ich habe meine Geschichte noch nicht vorgetragen«, beschwerte er sich.

»Deine Geschichte ist mir bekannt, Nachbar. Liebe Leute, Gottesanbeter, ihr könnt nun alle gehen. Ja, geht nun endlich!«, wandte er sich grob an die Menge, die ihn mit erstaunten Blicken ansah.

Sofort erhob sich ein Stimmengewirr. Machte er das, um die Mitgift nach oben zu treiben? Was für Spielchen spielte er mit ihnen? Wollte er sie ihre Machtlosigkeit spüren lassen?

Die Bittsteller und Brautwerber hatten Lalejas Vater eine schlaflose Nacht bereitet – jetzt würde er ihnen vierzehn bereiten.

An diesem Dienstagnachmittag döste das gesamte Zikadendorf während der Siesta ermattet vor sich hin: in Hängematten, unter den Feigenbäumen, am Strand oder auf eigens dafür ausgebreiteten Schaffellen – bis auf den Bereich in und um das Haus mit den zwei Stockwerken herum. Dort standen die Menschen Schlange und warteten auf das Ergebnis der nächtlichen Lotterie.

Lalejas Zukunft war zusammengepresst in einem Papierkügelchen. Sie tauchte ihre Zöpfe in einen Eimer Wasser, zog sie wieder heraus und bespritzte ihre Cousinen damit. (»Laleja war noch ein junges Mädchen, Nordip«, erzählte Krimo. »Sie war einfach ein junges Mädchen, das in Ferien war und Sommer, Sand und Sonne genoss, ein verspieltes und wankelmütiges Mädchen. Sie wollte zum Spaß einkaufen, sie wollte zum Spaß Eselreiten, sie wollte zum Spaß Wasser am Brunnen holen und vielleicht wollte sie auch zum Spaß heiraten ... «)

Der Vater trat durch das Tor, mit jeweils einem seiner Neffen an der Seite, warf einen Blick auf die lange Reihe und salamierte: »*Salam aleikum* (Friede sei mit euch).«

Die gesamte Reihe antwortete im Chor: »*Aleikum salam* (Friede sei auch mit dir).«

Krimos Stiefvater reagierte etwas verspätet und sagte mit einer Hand vor dem Mund: »*Essam aleikum* (Gift sei mit euch).«

Lalejas Vater ließ einen seiner Neffen ein Papierkügelchen aus dem Teller nehmen. Während der kleine Junge noch im Teller herumrührte, sagte der Vater: »Eine Kinderhand ist rein und heilig.«

Der Neffe nahm ein Papierkügelchen heraus und gab es Lalejas Vater.

Die wartenden Männer begannen zu klatschen.

Lalejas Vater begann nun, das Papierkügelchen langsam auseinanderzufalten. Er öffnete den Mund, um den ersten Buchstaben von seiner Zunge rollen zu lassen ...

Spannung.

Uhrticken.

Sonnenblindheit.

Ein Esel, der Hafer und Heu zwischen seinen breiten Kiefern zermalmt.

Wer ist es? Wer wird es werden?

Wer gewinnt, wird Leuchtraketen in die Luft jagen; wer verliert, wird Gott die Schuld geben ...

»K... K... Krimo!«

Krimos Stiefvater zog seine Slipper aus, zog seine Djellaba aus, sprang in die Luft, führte einen Freudentanz auf, zog den Esel am Schwanz und küsste die gelben Slipper des Mannes, der sich im grellen Sonnenschein der Tatsache bewusst wurde, dass er seine kleine Blume verlost hatte.

Laleja fand es alles wunderbar, diese ganze Aufmerksamkeit; sie sammelte die Fotografien ihres Zukünftigen und schlief darauf – Fotos vor dem Dorfcafé, Fotos im Dorfcafé und Fotos auf dem Dorfcafé –, bis sie wieder fortging, zwei Jahre älter wurde und erkannte, dass das Los entschieden hatte, mit wem sie ihr restliches Leben teilen würde.

Sie hatte mit ihren Freundinnen darüber gesprochen, die sie für vollkommen irre erklärten, und hatte auf das Ganze plötzlich überhaupt keine Lust mehr. Sie begann nun, sich ihrem Los zu widersetzen.

»Vater, hilf mir doch«, heulte Laleja. Die stille Angst und die Wut hatten an ihrem Körper gezehrt. Ihre Wangenknochen drückten sich durch die Haut ihres Gesichts.

Der Vater wollte eine möglichst nuancierte Antwort formulieren und konnte doch nur seufzen. Er schluckte und sagte zu seiner Tochter, die sich jeden Tag auf dem kalten Boden wand, von einer Seite auf die andere warf und schließlich mit weit aufgerissenen Augen das Tischbein anstarrte: »Meine Laleja, meine kleine Blume, mein Perlenmädchen. Ich verstehe dich ja, ich habe schlaftrunken, unter dem Druck des ganzen Zikadendorfes, einen Fehler begangen, doch wir können diese Schande nicht über uns kommen lassen.« Er breitete die Arme aus und presste seine trockenen Lippen fest aufeinander. »Was sollen denn die Leute sagen, wenn wir... falls wir... Unser schöner Doppelname würde doppelt besudelt. Das Los hat entschieden, mein kleines Juwel. Akzeptiere dein Los, meine kleine Blume. Akzeptiere es. Und mach dich bitte nicht selbst krank.« Er zog sie vom Boden hoch, drückte ihren Kopf gegen seine Brust, strich ihr über das ausgetrocknete Haar und sagte so melodisch wie ein Dichter: »Meine kleine Blume, meine kleine Blume...«

Laleja gab nach, ging wieder arbeiten, quengelte ihrem Chef einen Jahresvertrag aus der Tasche und machte bei der überlaufenen Ausländerbehörde sämtliche Papiere für Krimo klar.

Allerdings bereitete sie Krimo schon vor der Hochzeit jede Menge Sorgen. Sie wollte dies, sie wollte das, und das da drüben natürlich auch, zwanzig Kleider und vergoldete Glöckchen an ihrem goldenen Gürtel. Denn das hatte Zohra, ihre Cousine, bei ihrer Hochzeit auch alles gehabt...

> Was siehst du mich so an, Krimo, ich will dasselbe wie Zohra, und von dem da will ich auch noch etwas, das ist mein hochkarätiger Ernst, Krimo, oder du und ich, wir beide spielen bei Jerry Springer die Reise nach Jerusalem! Lass deine Hände mal zupacken! Sorg gefälligst für eine Hochzeit, von der das ganze Dorf noch Jahre später sprechen wird.
> Und so ließ Krimo sich mit Plastikblumen in der Hand mit ihr auf dem Hochzeitsfoto verewigen und zog mit ihr nach Rotterdam in Hollanda.

Laleja konnte bei Krimo nicht zu sich selbst finden – egal, was er machte (meistens Kartoffeln schälen oder Windeln wechseln), egal, was er versuchte. Sie begann damit, ihn zu kneten, umzuformen, zu kleiden.

Sie stürmte mit ihm in den Levi-Shop, wo sie zehn Hunderter auf die Ladentheke knallte und die Verkäuferin, die routiniert wie ein Sack Kartoffeln hinter der Theke hing, mit weit aufgerissenen Augen abfällig aufforderte: »Verpass diesem armen Schlucker hier ein paar anständige Klamotten, er sieht doch aus wie eine ausgemergelte Ziege. Oder etwa nicht?«

»Tut mir Leid, aber so einfach geht das nicht«, antwortete das Ladenfräulein kaugummikauend, »ich kann schließlich nicht zaubern.«

Trotz Krimos neuen Kleidern entwickelte Laleja sich zu einer gleichgültigen Frau, die zwar ein Kind von unserem Krimo gebar, diesen aber noch im Kreißsaal – als sie es zum ersten Mal in ihre muskulösen Arme gelegt bekam – ächzend und mit angestrengt angehobenem Kopf fragte: »Was soll ich hiermit? Hier, du Möchtegern-Sänger, nimm dein Balg und sieh zu, wie du damit klarkommst!«

Krimo küsste seine Tochter und lächelte, als er ihre kleinen Fingerchen in die Hand nahm. »Sie kommt nach dir, Laleja.«

Krimo dachte nach, produzierte Chemie in seinem Kopf, redete sich alles schön: So ist die Welt nun mal, das Los hat mein Leben entschieden, es ist ein geschriebenes Buch, mein Stiefvater mag zwar ein egoistischer Sack sein, aber er ist und bleibt mein Onkel.

(Als er mir das alles erzählte, riet ich Krimo: »Du hättest mit Tassen und Mayonnaisegläsern nach ihr werfen und sie zum Bungeejumping schleppen sollen, das hätte die Spannung erhalten.«)

»Jetzt hör endlich auf mit deiner blöden Gitarre!«, herrschte seine Frau ihn eines Tages an. »Den ganzen Tag dieses Katzengejammer! Entweder verschwindet die Gitarre oder du …!«

Die Gitarre verschwand in den Keller und kam nur noch zum Vorschein, wenn Laleja morgens aus der Tür und zur Arbeit ging und die Tochter noch schlief. Und im Bett, wenn Krimo am stark parfümierten Hals seiner Frau schnuppern wollte, wickelte Laleja sich in ihr Laken und drehte sich um, öffnete die Schublade ihres Nachtschränkchens und las im Licht der Nachttischlampe in einer Frauenzeitschrift.

Und so quälte sie sich selbst und Krimo, und zwar exakt so lange, bis sie es eines Tages nicht länger aushielt und die schwere Bombe – das Stechen in ihrem Unterleib – explodierte.

Entschlossen packte sie Krimos Koffer, hielt ihm die Tür auf und warf ihm seine Gitarre hinterher: »Ich habe dich hierhergebracht, ich habe dir den Weg gewiesen, ich habe dich unterhalten. Und jetzt VERSCHWINDE! Geh Fliegen fangen, Ziegenhirte.«

»Muss das denn wirklich auf diese Weise sein?«, protestierte Krimo.

»VER-SCHWIN-DE! Tess, tess... ruhig, ruhig, tess, tess, tess...« Mit einer Hand unter der Windel und einer Hand im Rücken hielt Laleja ihre kreischende Tochter und probierte sie in den Schlaf zu wiegen.

»Ja, ja, schon gut. Ich geh ja schon.« Krimo gab seiner Tochter einen Kuss, zog die Tür hinter sich zu, sah noch einmal zum Hausnummerschild Nr. 34 hoch und zog im Vorgarten seine warmen Urban-Socken an. Er schenkte den Nachbarn ein schwaches Lächeln, die im Fenster hingen und zu ihm herüberglotzten, schlug seine trüben Augen nieder und schob seufzend die Hände in die Hosentasche. Eine Weile spielte er mit seinem schweren Glockenspiel Taschenbillard, zog aus lauter Verdruss an seinem eigenen Schwengel, biss sich fest auf die Lippen und schmeckte sein eigenes, warmes Blut, das immer nur für andere geflossen war.

Krimo dachte darüber nach, fortzugehen, Abstand zu gewinnen, um Überblick zu bekommen. (Aber nicht im Dauerschlaf, so wie ich, nein...) Er wollte umherziehen, durchs Land tingeln, weit weggehen, sehr weit weg, weg vom Klammergriff der Familie, nach Alaska, nach Kapstadt oder einfach wieder zurück nach Tamasint... reisen, Musik machen... spielen, leben... Er gab sich seiner Tochter zuliebe noch eine letzte unechte Chance... und machte sich murrend auf den Heimweg.

Nach zwei Tagen stand er wieder vor der Tür.

Krimo bummelte durch die Straßen, ließ sein Lächeln in den Wind schießen und fragte sich, während seine Schuhspitze gegen einen Laternenpfahl trat: Warum dieses Leben? Warum ich? Ich bin pleite, du dämlicher, überflüssiger Pfahl …! Und die Stimmen in seinem Kopf drehten vollends durch: Komm schon, tritt zu, du kannst mir keinen ernsthaften Schaden zufügen. Ich habe dich lieb. Du bist an der richtigen Adresse. Wahrhaftig, denn ich bin doch das Licht?! Er stand kurz davor, den Verstand zu verlieren; sein Geist war im Begriff, sich von allen guten Geistern zu verabschieden … Der Spiegel mit seinem Selbstbildnis lag in tausend Scherben am Boden … vielleicht war ja jetzt alles vorbei … keine Musik mehr … keine Hoffnung mehr … Er presste die Hände auf die Ohren und begann zu schreien, zu schreien, so laut wie die Schlager, die durch seinen Kopf tobten … das Licht ging aus … Er fiel …

Passanten riefen einen Krankenwagen. Als er wieder halbwegs auf den Beinen war, verließ Krimo Rotterdam und kam zu mir. Ich besorgte ihm einen Job im Blauen Geier und ein Zimmer – aus innigem Egoismus –, so dass wir uns jeden Samstagabend, nachdem er für mich gespielt und gesungen hatte, unbekümmert ins Nachtleben stürzen konnten …

Teil 4

Der Weg zu Liebe und Freiheit

Hauptverdächtiger im Alcatraz

Es donnert. In der Ferne zuckt ein Lichtstrahl schräg über den Himmel hinunter zur Erde, verschwindet auf halber Strecke. Ein Blitz, der sich jeden Moment in einem natürlichen Orchester entladen kann, das mit einem grellen Gong und blitzschnellem Wassertrommeln das Publikum auf den Balkonen dazu veranlasst, sich rasch zurückzuziehen...

Ich höre das Geschrei meiner Mutter, das nur hier so klingen kann – wie eine Elefantentrompete in der Betonwüste.

»Nordip! Nordip! Krimo ist an der Tür!«

»Warte, ich komm runter.« Ich schließe das Speicherfenster und renne die Treppe hinunter, rutsche halb auf dem Geländer nach unten, wo Mutter mit einer Tasse Kaffee auf mich wartet. »Nein, danke«, sage ich aufgeregt, eilig.

Sie starrt mich verblüfft an, lässt ihren Blick kurz auf der Kaffeetasse ruhen und geht wieder in die Küche.

Ich salamiere und gebe Krimo die Hand. Wir tauschen vier freundschaftliche Küsse auf unsere feuchten Wangen aus.

»Warum kommst du so spät?«, frage ich, nicht ohne eine Portion Selbstironie.

Wir krümmen uns vor Lachen.

Mit den Jacken über den Köpfen sprinten wir durch die leeren Straßen. Der Himmel entleert all seine Gießkannen über uns. Die Tropfen schlagen Kreise in die Pfützen auf dem Bürgersteig.

Krimo zieht mich am Ärmel. »Komm, wir gehen hier rein, bis es aufhört zu regnen«, sagt er.

Wir quälen uns eine Böschung hinauf bis zur Tür eines klapprigen Herrenhauses mit einfachen Fenstern. Das Gebäude steht etwas außerhalb der Kette von Mietshäusern, genau gegenüber vom »Schwanensee«, der niedergetrampelten Rasenfläche, auf der mehrere kleine Kinder dem Regen trotzen und versuchen, einen Ball zwischen zwei Pfosten zu brüllen.

Ein Volvo fährt durch die Pfützen. Das Wasser spritzt auf den Bürgersteig.

Die Straßenlaternen beginnen zu glimmen.

BÜRGERZENTRUM ALCATRAZ

Schwarze Farbsplitter auf einer Tafel. In einem der Fenster hängen Poster mit Veranstaltungen.

Freitag, 20. Dezember, ab 19.00 Uhr Kniffelabend
Organisation: Henkie's Club

Jeden Sonntagnachmittag
Kickboxen- und Kung-Fu-Unterricht
Leitung: Projekt Said
Unterleibsschutz erforderlich

Wir gehen rein.

Ich salamiere. Farid zieht sein Billardqueue vom Tisch. Die weiße Kugel, die er schlecht getroffen hat, kommt nicht weit.

Zigarettenqualm umnebelt die Decke. Die Lampen strahlen grell und kalt auf ein Tischfußballturnier herab.

Am Kicker stehen Rashid – ein Jugendfreund mit Haarmatte,

Indianerperlen und Goldkettchen um den Hals – und Mariwan und drehen und reißen an den Stangen. Es scheint, als würden die hölzernen Spieler bei einem schlechten Spielergebnis ohne Gnade bestraft: Der Vorstopper hat bereits den Kopf verloren, und einer der Mittelfeldspieler steht ohne Unterleib da… Unter großem Geschrei wird der Ball hin und her geschossen.

– Tzzz…! Klasseschuss! Wallah, der Ball zählt!

– Nein, der ging über die Bande, der zählt nicht!

– Her mit dem Ball!

Mariwan bemerkt uns und reicht mir die Hand. Mariwan ist ein knöcherner Schädel mit einer hochgeklatschten Gel-Tolle. Normalerweise trägt er knallbunte Viskosehemden. Sein Vater hat eine eigene Autowerkstatt in Besenloos.

»Was wollt ihr trinken?«, fragt Rashid.

»Für mich ’nen doppelten Espresso«, sage ich.

Krimo möchte ein Bitter Lemon und Mariwan eine Cola.

Wir setzen uns. Im Fernsehen wird ein Sprintwettbewerb gezeigt.

»Müsst ihr heute nicht bei diesem Schnitzelverkäufer arbeiten?«, fragt Rashid und stellt die Flaschen auf den Tisch.

»Nein«, erwidert Krimo mit der Flasche Bitter Lemon an der Unterlippe. »Heute haben wir frei.«

Rashid setzt sich uns gegenüber auf einen der Holzstühle, die neben dem Flipper an der Wand stehen.

Vor dem Flipper steht der unrasierte Milud, auch aus Besenloos, und stößt mit jeder Kugelbewegung fest gegen den Flipper. Sein Arm schnellt wütend nach vorn, sobald wieder mal eine zu geringe Punktzahl zu seinem Spielstand addiert wird.

»Mann, mach mal halblang«, sagt Rashid, während er mitsamt Stuhl und Kaffeetasse näher an die Wand rückt.

»Verzieh dich«, schnauzt Milud zurück, ohne sich aus dem Spiel bringen zu lassen.

Rashid lacht, rasiert mit den Fingern kurz über seine Wange und nimmt einen Schluck von seinem dampfenden Kaffee.

Der Regen peitscht in schweren Wellen über die großen Fensterscheiben.

Ich entfalte das Opwallener Tagesblatt von gestern und schlage die Beine übereinander. Meine Hosenbeine rutschen leicht nach oben. Ich öffne den Reißverschluss meiner Jacke und durchwühle die Innentaschen auf der Suche nach dem Päckchen. Jetzt eine Zigarette. »Ich habe selbst Feuer«, sage ich zu Rashid, der mir sein Feuerzeug unter die Nase hält.

Neben mir kommt mühsam ein Gespräch in Gang. Freundschaftliche Rangeleien und Diskussionen mit Sozialarbeitern, oh Boy, vor denen ich nach meinem Schlafanfall – seit dem Beginn des Praktikums – meine großen Ohren fest verschlossen halte. Gespräche, die immer nach dem Willen des Leiters verlaufen und in Seitenhieben und übler Nachrede enden. *Also ich muss doch sehr bitten, das war wirklich mies, du dreckiger Bauernlümmel, wusstest du nicht, dass du mein Freund bist?* Heiße, krokante Diskussionsschichten. Diskussionen über gute schlechte Frauen, über schlechte gute Frauen, über Kontoauszüge und Autopreise, über Fußball und Kickboxen oder über alles gleichzeitig … Tzzz …!

Aber es kommt noch viel schlimmer.

Bouchedjeff, Olivenkopf mit spitzer Nase, setzt sich zu uns, umarmt ein Kissen und legt seine Finger wie ein Gelehrter gegeneinander. Er grüßt mich. Und zwar folgendermaßen: »Soso, Nordip die Spülbürste.«

Ich salamiere und bemerke beißend: »Tach auch, Doktor Harry.«

Der Pinocchio mit der fest geknoteten Krawatte ist untrennbar mit seinem Diplomatenköfferchen verbunden.

Die Zeitung in meinen Händen raschelt, als spiele der Wind mit den Blättern. »So wie ich das sehe, hast du in deinem Koffer nur einen Stapel Edeka-Prospekte und eine Familienpackung Prozac, stimmt's, Bouchedjeff?«

»Ach, spiel du doch weiter die Schnitzelnutte im Blauen Geier«, erwidert er, stellt den Koffer auf den Tisch und öffnet ihn. »Ich werde einen Plan für das Bürgerzentrum entwickeln«, sagt er sachkundig, als leite er die Vorstandssitzung von Shell.

»Einen Plan für das Bürgerzentrum?«, frage ich feixend.

Rashid wirft mir einen Sollen-wir-ihn-mal-wieder-richtig-hochnehmen?-Blick zu.

Ich zwinkere Rashid zu. Wir verstehen einander. Wir haben einander schon immer verstanden. Zusammen joyriden, Auto an einer Tankstelle parken und Radarfalle spielen: Mit Fernlicht die Wagen auf der Autobahn anblitzen, so dass die Fahrer mit beiden Füßen in die Eisen steigen… und sich dann krümmen vor Lachen… Bis es irgendwann schief ging, Stoßstangen einander küssten und wir zusehen mussten, wie sich eine Girlande aus Autowracks bildete. In dem Moment galt es, so schnell wie möglich zu verschwinden und Gas zu geben.

»Eine neue Politik! Das streben wir an!«, ruft Bouchedjeff voller Überzeugung und schlägt mit der flachen Hand auf den Tisch. Der Aschenbecher hüpft kurz hoch.

»Bist du noch ganz dicht?«, murmle ich hinter meiner Zeitung.

»Geh du nur ruhig weiter für lau Pfannen schrubben, Nordip.«

Ich ziehe die Zeitung näher zu mir heran und ersinne aus einer der Schlagzeilen eine scharfe Widerrede.

MANN RETTET SCHAF VOR DEM ERTRINKEN

»Ich wette, dass du jeden Abend Sex mit deinem Spiegelbild hast, mit einem egoschmeichelnden Vorspiel à la:

Schäflein, Schäflein an der Wand,
bin ich nicht der beste Ausländer im ganzen Land?
Määähhh… määähhh…

Nur schade, dass das Spiegelbild dann nicht vor lauter Elend ein Eigenleben entwickelt, zwei Finger in deine lange Nase steckt, dich aus deinen Träumereien in luftigen Höhen auf den Boden zurückholt und höflich antwortet: ›Nein, mein Junge, du bist einfach nur ein unglaublicher Schwachkopf in einem selbst erfundenen multikulturellen Drama.‹«

Rashid versetzt ihm den Todesstoß. Er tut so, als wolle er aufstehen und rempelt absichtlich gegen den Tisch, so dass zwei der halb leeren Flaschen umkippen und Bouchedjeffs Papierkram komplett einweichen.

»Verdammich!«, flucht der Weltverbesserer. Er stellt die Flaschen wieder aufrecht hin, nimmt seine Papiere, lässt die Flüssigkeit abtropfen und stopft die Zettel in seinen Koffer. Dann nimmt er sich einen Stuhl und verzieht sich an den nächsten Tisch.

Rashid kriegt sich nicht mehr ein: Er lacht, bis ihm die Tränen kommen.

»Partizipation, Assimilation und Integration ist nur Blabla«, quasselt Bouchedjeff weiter.

Ich schaue weg, bestelle eine Tüte Chips, um meinen Mund zu beschäftigen, und ermüde meine Kiefer.

Das Salz macht mich durstig. Ich bekomme Lust auf Kakao. Ich lege die Zeitung kurz ab, knabbre nervös an den Nägeln, esse mich selbst auf. Die Streichhölzer in meiner Hosentasche beginnen wieder zu jucken. Ich muss hier einfach das große Kotzen kriegen. »Krimo, lass uns abhauen.«

Er ist vollkommen im Banne eines Gesprächs.

Auf dem Tisch steht ein Damebrett; die Steine sind über die Felder verteilt. Im Fernsehen läuft inzwischen eine Übertragung vom Kugelstoßen.

»Echt, ganz ohne Scheiß, Jungs!«, überschreit Bouchedjeff die anderen. »Der Wirbelwind Maxima schlägt sich eine Schneise hierher. Im Jahr Zweitausendzwei ist hier alles platt gewalzt. Echt wahr! Holt eure Kohle von der Bank! Nur du nicht, Nordip, du arbeitest ja sowieso umsonst, haha! Holt eure Kohle von der Bank und seht zu, dass ihr wegkommt...!«

»Wichser«, murmle ich.

»Das Boot ist voll und wird untergehen. Unvermeidlich. Die Erde wird sich öffnen, es wird tagelang regnen, wir werden alle ertrinken.«

»Auf diese Dinge hast du keinen Einfluss, die hast du nicht im Griff«, sage ich und falte die Zeitung zusammen. »Aber fang schon mal damit an, für deine Hirngespinste eine Arche zu bauen, Meister Noah, und such dir eine Eselin. Mit dir zusammen hast du dann schon dein erstes Tierpaar, mit dem du auf deinem eigenen Seemannsgarn weiterschippern kannst.«

»Nostradamus. Nostradamus, Nordip, hast du den denn nicht gelesen?« Er macht ein belesenes Gesicht und hebt das Kinn – ein Upperclass-Flötenkessel.

»Glücklicherweise lese ich nur Comics.«

»Jetzt werd doch endlich mal erwachsen, Mann.«

»Ja, Doktor Harry.«

Schweigen.

Draußen gießt es noch immer in Strömen.

»Krimo, komm, lass uns hier verschwinden. Sonst bleibt von mir nichts mehr übrig.«

Er ist noch immer in sein Gespräch vertieft.

Game over, verkündet der Flipper. Dreißig statt vierzig als Endzahl – kein Freispiel für den unrasierten Milud.

»Ach, Mann, leck mich! *Tfu! Tfu!*«, spuckt er in die Runde. »Alles Scheiße hier. Scheißwetter, Scheißarbeit und Scheißspiele!« Er presst seinen Unterleib gegen den Flipper, sieht zur Seite und erkennt, dass alle Blicke auf mich gerichtet sind. Er zeigt auf mich, während ich noch mit Bouchedjeff im Clinch liege. »Der Typ? Wenn ihr mich fragt – ich würd ihm nicht vertrauen, Jungs. Dieser Nordip ist irgendwie seltsam. Wer arbeitet schon für lau im Blauen Geier? Ich hab inzwischen gehört, was da in diesem dreckigen Restaurant passiert, wo sie euch alle für dumm verkaufen! Die spielen ihre Spielchen mit euch! Tzzz – bezeichnet sich selbst als ›Lehrling‹. Bevor der was lernt, werden die Toten auferstehen! Früher war er der letzte Penner, die Schlafmütze des ganzen Viertels, und jetzt soll er sich auf einmal ›geändert‹ haben. Erst so und dann 'ne Hundertachtzig-Grad-Wende. Wer's glaubt, wird selig. Ich jedenfalls nicht. Der führt doch irgendwas im Schilde, dieser Nordip.«

Ich erstarre unter den forschenden Blicken und dem jokerartigen Grinsen, richte meine Augen auf die kahle violette Wand und nehme einen der Damesteine in die Hand. »So, du glaubst also, dass ich mit Meerman unter einer Decke stecke?«

»Wer ist Meerman?«

»Der Chef vom Blauen Geier.«

Milud schlägt mit der Faust auf die Glasplatte.

Ich lasse den Stein wieder auf das Brett fallen.

»Ja, genau das glaube ich. Ach was, glauben – ich bin mir absolut sicher. Du bist einer dieser Spitzel, denen im Büro ein Packen Geld in die Hand gedrückt wird, wenn sie jemanden verpfeifen, und die zwischendurch die Mädels vollsabbern. Amimun isst Garnelen – das warst du doch? Du bist auf seinen Job und sein Mädchen scharf… diese, diese Achnesch oder wie die heißt… mit deinen Tricks zwischen den Töpfen. Du bist schon lange entlarvt.«

»Amimun? Hat Amimun das erzählt?« Ich sehe Krimo an, aber Krimo schaut zur Seite. »Amimun?«

Game over, nörgelt der Flipper. Für diesen roboterartigen Spruch bekommt die Kiste einen Schlag auf ihre Glasplatte verpasst. Aber der Flipper flackert lächelnd auf: *Insert coins.*

Milud blickt abfällig auf meine Schuhe, deren Farbe sich in der Dunkelheit verliert. »Und warum hast du als Einziger nicht das Küchenspiel spielen müssen? Erklär mir das mal, Nordip. Was verbirgt sich dahinter? Jeder muss in dieser Schnitzelküche was von sich preisgeben, bevor er dort arbeiten kann, und du spazierst da einfach so rein … Hast du vielleicht deine Hose runtergelassen, du Drecksau, hast du dir's mal so richtig besorgen lassen?«

Nervös sauge ich den Teer aus dem Filter meiner Zigarette, der mir prompt in die Birne steigt. Einen Moment lang weiß ich nicht mehr, was Sache ist, und fange an, mich zu verteidigen … »Ich will einfach nur was lernen. Ein Tellerwäscher steht nun mal außen vor, und deshalb brauchte ich dieses Scheißspiel, um das ihr alle ständig so ein Riesengeheimnis macht, eben nicht zu spielen … «

Es war wie ein Lauffeuer durch das ganze Viertel gegangen; selbst mein Vater kam mit der Botschaft nach Hause, er habe über den Sohn des Dunia munkeln hören, dass dieser umsonst im berüchtigten Geier Pfannen spüle. Ich hatte ihm erzählt, dass ich ein cleverer Lehrling sei und deswegen eine Stelle im Dienstleistungsbereich erhalten hätte. Eine Art Büroarbeit. Ich fand, dass ich dabei nicht mal gelogen hatte: Kleine Töpfe zu kleinen und große Töpfe zu großen sortieren – wenn das keine Büroarbeit ist …

Der raue Wind der sozialen Kontrolle pfiff Löwenherz ins Ohr, was ich da im Blauen Geier so alles machte. Einst war ich für ihn der beste Sohn, der allerbeste Sohn, aber jetzt bin ich degradiert, weil ich das mache, wofür ich mich selbst entschieden habe – ich bin ein »Schlag ins Spülwasser«.

»Dein missratener Sohn arbeitet für keinen müden Cent; er kratzt Schweinefett von Pfannenböden, er verrät Jungs, die heimlich Garnelen, Lachs oder Sahne verputzen, Dunia. Pfeif ihn zurück, denn so kann das nicht weitergehen.«

Falls ich noch mal Steuerunterlagen für diesen scheinheiligen Irren ausfüllen soll, werd ich das so machen, dass er vom Bußgeldbescheid einen Herzinfarkt bekommt. Aber obwohl ich nichts Verkehrtes getan hatte, stand ich da wie ein begossener Pudel und konnte gegenüber den Worten meines Vaters nichts zu meiner Verteidigung vorbringen – als wäre ich entlarvt. Nur warum? Als was war ich entlarvt? Ich wusste, dass eine Gardinenpredigt auf mich zukam und dass sie zum ersten Mal vollkommen unberechtigt wäre.

Irgendwie war ich mir selbst zuwider, als Vater mich mit Enttäuschung im Blick niedermachte. Erneut quälten mich Schuldgefühle. Zwei Jahre lang hatte ich vor seinen Augen geschlafen. Wie konnte er da noch stolz auf mich sein? Ich war nicht länger der ideale Sohn, von dem ganz Opwallen sprach. Nein, dieser Trottel war glücklicherweise eines Tages einfach so im Bett gestorben.

Aus kurzer Entfernung richtete Süleyhirn eine Schreckschusspistole auf mein Ohr.

Vater schüttelte den Kopf und presste die Lippen zusammen, so dass sich seine Wangen aufblähten.

Mach schon, tu es endlich, ich kann es nicht mehr ertragen … komm schon …

»Süleyman, geh mit deiner Pistole draußen spielen!«

Süleyhirn zog am Abzug.

Einen kurzen Moment lang war ich angenehm taub.

»Das ist also das Leben, das ihr führt – die Gute-Butter-Generation? Lügen! Du wagst es, deinen Vater zu belügen? Deinen eigenen Vater, der stürmischen Meeren trotzte, mächtige Felsen erklomm, in anderer Leute Erde wühlte, von Schlangen und Termiten gebissen, um das Gift sein ganzes Leben in sich zu tragen? Du wagst es, mich zu belügen? Mich, der auf den Eingangsstufen der Wohnungsbaugenossenschaft übernachtet hat, um für dich ein warmes Haus zu erquengeln! Ja, sieh mich nur an; du bist für mich ein offenes Buch.«

»Okay.«

»Nein, nicht okay.«

»Okay.«

Vater hob beschwörend seine Hände und betrachtete das gerahmte Poster einer Moschee, deren Minarett in wattebäuschige Wolken verpackt war. »Allah der Barmherzige, der Allmächtige weiß, wer, was, warum und wie ihr seid! Bist du tatsächlich mein Sohn, Nordip? Ich werde nicht auf eine Antwort warten, so wie ich damals, in den Zeiten der Armut, nicht darauf gewartet habe, dass es Erbsensuppe vom Himmel regnet. Diejenigen, die warten, werden ewig warten. Nur Narren warten ewig! Ich dachte, dass ich mit dir, Nordip ... Weißt du eigentlich, mein Sohn, wie glücklich ich über die Kassette war, auf der meine Mutter deine Geburt unter Tränen verkündete, mit dem rauschenden Meer im Hintergrund? Ich habe getanzt vor Freude, damals in der Pension, mit Polina, unserer Wirtin! Ich habe ein ganzes Kaninchen mit meinen einsamen Zimmergenossen geteilt; ich bin zu C & A gerannt und habe zusammen mit der Verkäuferin die schönsten Sachen für dich ausgesucht ... Natürlich, ich sollte dich erst später zu Gesicht bekommen, aber warum sollte ich warten? Wer wartet, wartet ewig. Endlich hatte sich vor meinen Augen ein Ziel abgezeichnet. Die Mauern der Einsamkeit waren bereits immer näher auf mich zugerückt, hatten mich schon fast in den Wahnsinn getrieben und innerlich erkalten lassen. Ich dachte, mein Sohn, ich dachte, dass ich mit dir vorangeschritten wäre ... Und nun sieh mich hier stehen, Allah, ich habe keinen einzigen, aber auch nicht einen einzigen Schritt in Richtung des verdammten Fortschritts gemacht. Dieser verdammte Fortschritt ... fortschreiten ... immer weiter fortschreiten ... Der Tod liegt dem Fortschritt am nächsten, Sohn. Ich wurde von der verfluchten Zeit betrogen. Von diesem verfluchten Land. Zwar scheint die Sonne zu strahlen, aber ich habe noch nie ihre Wärme gespürt. Ein riesiger Betrug! Und das Traurige ist… ich wurde von meinen eigenen Kindern betrogen. Diese Welt ist nichts als schöner Schein, voller Lügen und Selbstbetrug… nichts außer Wahnvorstellungen.« Das alles sagte Vater in völlig bedächtigem Ton, ohne seine Stimme auch nur einmal zu erheben.

Ein Blitz durchzuckte meinen Schädel. Ich war wie gelähmt. Plötzlich hatte ich die Idee, mich zwei Wochen lang auf den Kopf zu stellen und das Testbild von NL 2 anzustarren. Ich war bis aufs Mark durchgefroren, nicht in der Lage, mich zu verteidigen. Das Einzige, was ich herausbrachte, während ich Süleyhirn genüsslich auf die Zehen trat, war: »Tut mir Leid… Tut mir Leid, aber kannst du mich nicht einfach… könntest du mich bitte ganz hart schlagen?«

Während ich das sagte, sah ich, wie kahl er geworden war. Das Leben fiel von ihm ab wie Herbstblätter von den Bäumen. Ich sah, wie alt er geworden war. Wie zerbrechlich. Es war nun an mir, ihn zu tragen. Und ich wusste, dass ich schneller lernen musste. Besser zuhören, besser zusehen… und das schneller, intensiver. Ich würde fest gegen die Töpfe schlagen: ALARM! ALARM! Schnall dich an, wir werden fliegen, oh Boy! Ich musste den Blauen Geier fliegen lassen, nicht umgekehrt! Es war zwar nur ein Gedanke, aber damit fängt schließlich alles an. Zum Schlafen ist jetzt keine Zeit mehr, dachte ich, ich hab noch nicht mal mehr Zeit, mir die Gardinenpredigten meines Vaters anzuhören. So konnte ich nicht weitermachen. Der Hunger nagte an mir. Meine Augen schlugen Flammen. Ab jetzt würde ich alles nicht mehr nur für mich machen, sondern auch für ihn, meinen Erzähler, meinen Vater… meinen… meinen Freund! Halleluja! Mehr Kraft für diesen Spülwasserschwimmer, oh Boy! Das dachte ich.

Und so dachte ich noch vieles mehr, bis mein allerbester Vater mir den Rücken zugekehrt hatte und sehr ruhig und mit einem ehrlichen Lächeln sagte: »Kleiner Scheißer, kümmerst du dich auch anständig um deinen Cousin?«

Der Regen hat aufgehört. Ich kippe den Kaffee in einem Zug hinunter, drücke mich aus den Kissen und stehe auf. Plötzlich habe ich Lust zu tanzen, auf den träumerischen Reggaebeat, der durch diese städtische Kickerecke dröhnt. Ich tanze, ich steppe, ich nicke Krimo zu, um ihm zu sagen, dass ich gehen will, und steppe schon mal in Richtung Ausgang.

Ich werfe einen Blick über die Schulter, während meine Hand an der nur lose angeschraubten Türklinke zerrt (die nicht ganz gerade befestigt ist, sondern schräg nach oben weist).

Farid reibt mit Kreide über die Spitze des Billardqueues.

Bouchedjeff liest einigen noch unsicheren Anhängern aus *1000-ganz-legale-Steuertipps* vor.

Bitte, lieber Gott, bitte … nur einmal, nur ein einziges Mal ein kleines Geschenk für den Schaumschläger … einen Meteoriten auf das Dach vom Alcatraz.

Liebe ohne Finger

Ratsch!

»Aaaah! *Yemmaaa!!!*«

Mir fällt die Bürste aus der Hand. Wilhelms Beilhacken bricht abrupt ab. Unter der Dunstabzugshaube schaut eine Reihe verblüffter, dampfender Köpfe hervor, die Fleischgabeln wie Schwerter nach vorn gestreckt: Die drei Schnitzelmusketiere Krimo, Amimun und Johnson. Zu lange, durchgesuppte Kochjackenärmel reiben über die heißen Nasen.

Draußen kreischen die Möwen.

Staubkamm Jamal, mit den hellbraunen Haaren, starrt auf seine Finger und rennt mit seinem ganzen Mut durch die Küche. Die Fingerkuppen hängen wie Marmeladeklumpen von den Gliedern herab, Blut sickert über seine Handfläche, sein Gelenk und sein Hemd. Kinn hoch. Brust stolz nach vorn gestreckt. Wie ein verwundeter Soldat, der keine Angst vor dem Roten Kreuz kennt, streunt er über das Küchenfeld. Nur ein einziges Mal schreit er: »Jesuuuus… Mann, Mann, Mann!« Dann: Ruhe. Er schreit nicht länger, heult nicht. Fünfzehn Jahre alt. So hart wie Granit. Ein Soldat in seinem eigenen Kinderkrieg – in seinen scharfen braunen Augen lässt sich keine Spur von Gefühl erkennen.

(Mein Großvater sagte einmal: »Wer in einem Dorf zwischen Felsen und Kakteen geboren wird, wird genauso hart wie die

Felsen und genauso giftig und wehrhaft wie die giftigsten Schlangen, die zwischen den Kakteen leben.« Fragt meinen Cousin, wenn ihr mir nicht glaubt.)

Liebe Agnes lässt ihre Bestellung fallen – drei gebratene Forellen mit Mandelblättchen landen auf dem Boden. Panikartig umklammert sie die Lampen über dem Tisch vor dem Herd. Lampen, die kleine Zwischenmahlzeiten warm halten sollen. Hastig zieht sie ihre Hände zurück. »Sofie!! Sofie!!«, schreit sie, krümmt ihre Finger, lässt wieder locker und leckt die Hitze von ihren Handflächen. Ihre graugrünen Augen ragen aus den geschminkten Augenhöhlen hervor, so groß sind sie. Sie lässt sich von Sofie festhalten. Sie hüpft, sie trampelt mit den Füßen und schreit, als hielte eine Horde Schlangen und Skorpione Einzug in die Küche.

Wilhelm rennt in heller Aufregung quer durch die Küche, während das Beil gefährlich in seiner Hand baumelt. »Pass doch gefälligst auf, wo du deine dreckigen Finger reinsteckst, du Blödmann! Tücher! Krimo! Amimun! Johnson! Schaumschläger! Verdammter Schaumschläger, komm sofort her! Hol Tücher! Schnell! Soll ich etwas Salz darauf tun? Soll ich etwas Salz auf die Wunde tun? Die Blutung muss doch gestillt werden. Komm her, Jamal, ich werd etwas Salz drauf tun ...« Er packt Staubkamm am Handgelenk, zerrt ihn vorbei am Kräuterregal bis zum Spülbecken – das Blut hinterlässt eine gewundene Tropfenspur –, wo Ali mit dem Besenstiel in den Fäusten seelenruhig weiterfegt.

Ungerührt betrachtet er seine eigenen lahmen Fegbewegungen, als sei es das Normalste der Welt – so normal, dass es nicht mehr normal sein kann. Finger – Ali, es sind Finger –, Menschenfleisch. Siehst du das denn nicht? »Fick dich doch ins Knie, eines Tages seid ihr alle tot«, murmelt Ali.

Ich suche ein paar Tücher zusammen und reiche sie dem kopflos hin und her hetzenden Chefkoch.

Amimun kommt mit weit nach vorn gestreckter Fleischgabel auf uns zugerannt.

Wilhelm hält ein Paket Salz in der Hand. Er schiebt mich zur Seite. »Mach mal Platz, Schaumschläger.«

Ich rutsche aus und falle. Steh auf.

»Bist du völlig plemplem, Wilhelm?!«, schreit Amimun.

Die Frustrationen heizen die Küche noch mehr auf.

»Schnitzel in die Pfanne! Macht schon – fünfzig Stück! Verdammt noch mal, habt ihr noch nie Blut gesehen? Ihr solltet mal an der Front stehen, auf einem Schlachtfeld voller abgetrennter Gliedmaßen. Los, Schnitzel braten, macht endlich!«

Amimun wirft einen Blick über seine Schulter. »Ich bring ihn um, den Scheißkerl ...«

Johnson, der verbitterte Kriegsveteran – ein Baum von einem Kerl mit einem Gesicht voller eilig vernähter Messerstiche und hohen, vollen Brauen über den kleinen Augen –, steht mit geplatztem Kragen am Herd. »Kommt jetzt nun endlich jemand Schnitzel braten oder nicht?!«

»Der Junge muss ins Krankenhaus, Wilhelm. Bring ihn hier weg, Mann! Bring ihn sofort weg!« »Soll ich etwas Salz drauf tun?« »Du bist echt nicht mehr bei Trost, verstehsdu ... von daher ... Vollidiot ...« Amimun lässt seine Wut an Wilhelm aus.

Aus dem Radio dröhnt: Sing halleluja ...! Sing hallelujaaa ...!!!

»Macht das verdammte Scheißradio aus, ihr dreckigen Straßenköter!« Wilhelm ist laut und deutlich.

»Nordip, fahr du bitte mit ins Krankenhaus, ich kann nicht vom Herd weg«, sagt Krimo. Und für Wilhelm unverständlich fügt er hinzu: »Ich traue diesem Küchenkasper nicht. Der ist im Stande und bringt den Jungen um die Ecke.« Reinste Berbersprache.

Wilhelm schweigt, kaut auf jeder Sekunde herum, liest den Text auf der Salzpackung, katapultiert sie in Alis Richtung. Und verfehlt. »Weiterfegen, du lahme Kakerlake! Komm, Schaumschläger!«

Schnell spurten wir die Treppe hinunter – die Plastiktüten fallen von meinen Schuhen –, durch das Magazin, hinaus zu Wilhelms Rost-Ente. Auf zum Krankenhaus.

»Ich bin mit den Fingern zwischen die Speichen meines Fahrrads gekommen«, erzählt Jamal dem Arzt und gibt mir und Wilhelm durch einen Biss auf seine Unterlippe deutlich zu verstehen, dass das ab jetzt die Wahrheit ist.

Keine Wahrheit heißt keine Sorgen und keine Sorgen sind ein Segen. Der Junge arbeitet so schwarz wie es nur geht, und der weiß gekittelte Arzt könnte ihn vielleicht verpfeifen.

* * *

Als wir zurückkommen, werden wir am Eingang zum Magazin von Meerman in Empfang genommen. Er hält eine Videokassette in der Hand und wirft einen Blick auf Jamals dick bandagierte Fingerstummel. »Hmm, wie dumm, wie unglaublich dumm von dir, Junge«, murmelt er und schüttelt müde sein teures Haupt. »Es tut mir Leid, aber am besten gehst du gleich nach Hause. So kannst du ja doch nicht viel machen. Und was sollen die Gäste denken, wenn sie dich so sehen …«

Ich schlucke, meine Wut wummert gegen meine Rippen. Ja, was sollen sie denn denken, wenn sie uns so sehen … ich gönne Meerman einen Blick, habe ihm aber nichts zu sagen … doch, eigentlich schon: Ernst, Hass … Ich drehe mich um … ich renne … kurze Sprünge über die Treppenstufen, zu meiner Pfannküche. Jetzt reicht's, jetzt ist endgültig Schluss … Ich werde nach Hause gehen, mich wieder schlafen legen, und diesmal nicht nur für zwei Jahre, sondern bis mich das Alter verfärbt und ganz schrumpelig werden lässt … bis der Tod mich von meinem letzten, schwersten Atemzug erlöst.

Ich setze mich wieder auf meinen Hocker, binde die Plastiktüten um meine Schuhe, kippe eine Tasse kalten Kaffee hinunter und sehe zu, wie Meerman, der mir gefolgt ist, die Schneidemaschine inspiziert. Teil für Teil. Er zieht den Stecker aus der Dose, hantiert an der Abdeckung herum und zieht die blutigen Scheiben heraus. Feine Streifen Blutsalat fallen von den Klingen. Die Spulen der Schneidemaschine sind durchgebrannt – der Motor konnte Staubkamms Finger nicht verarbeiten. Eintausend Euro im Eimer, Meerman. Genau so blickt er drein. Wie viel sind drei Fingerkuppen eines noch nicht ausgewachsenen Jungen wert?

Und dann … dann kommt sie sich bei mir ausheulen … Die hat echt Nerven, diese Pinguintante, die ständig um die Tische der hungrigen Gäste herumscharwenzelt, um Trinkgelder zu erschleimen. Bei Gästen, denen man sogar eine Nilpferdlippe servieren könnte – selbst dann würden sie ihre Gabeln noch verzückt in das Fleisch stechen. Hmmm … einfach köstlich! Möchten Sie vielleicht noch ein paar Kartöffelchen dazu? War alles zu Ihrer Zufriedenheit?

Und doch ist Agnes lieb.

Um wen oder was heult sie jetzt? Um Staubkamm? Wer ist Staubkamm? Sie heult um ihrer selbst willen, möglicherweise ohne es selbst zu merken. Sie parkt die Fingerkuppen ihrer Hände gegeneinander, schnieft, schnüffelt, schnüffelt und schnieft, wischt eine Träne weg. »'tschuldigung … Ist meine Wimperntusche verlaufen, Nordip?«

»Nein, du siehst wundervoll aus, Liebe Agnes. Ein Juwel. Zum Anbeißen. Du hast lediglich einen dicken Eiterpickel mitten auf der Stirn. So eine fiese, fette Pustel, deren gelbe Spitze kurz vor dem Explodieren steht und dir dann übers ganze Gesicht spritzt …«

»Jetzt hör doch mal auf, Nordip.« Sie verpasst mir einen Hieb auf die Schulter.

Genau wie Chupita: Auch ständig mit ihrem Äußeren beschäftigt. Im permanenten Vergleich mit Topmodels. Psychotests, Kosmetikratschläge und Experten, die für jeden Leserbrief, sei er auch noch so komplex, sofort eine passende Antwort aus der Schublade hervorziehen. Wenn wir zusammen im Zug saßen (sie mit einer echten und ich mit einer gefälschten Studentenkarte) – um zu einem ruhigen Ort zu reisen, um einander in dieser Stille nicht verstehen zu wollen oder um etwas Überflüssiges zu kaufen, damit wir uns unser Innerstes nicht gegenseitig verkaufen mussten –, blätterte Chupita durch Teeniezeitungen wie *Girlpower.* Mit zu großem Ernst versank sie in den hübschen Anzeigen, die ihr einen Zerrspiegel vorhielten.

»Hier, Nordip, lies das mal ...«

Sie drückt mir die poppigbunte Zeitung ins Gesicht, und mir fallen die Augen aus ...

Ich springe auf, hantiere an dem kleinen Zugfenster herum und sehe mich hoffnungsvoll nach dem Kaffeewägelchen um, damit ich unter ständigem Rühren in der heiß begehrten schwarzen Flüssigkeit heimlich entschwinden oder mich vollständig auflösen kann. Doch stattdessen strauchelt wie üblich nur eine alte Frau in das Großraumabteil und bleibt mit ihrer Tasche zwischen den Schiebetüren hängen. Das Ganze verstärkt Chupitas Emotionen, und mit noch größerer Liebe drückt sie mir die Zeitung auf meine suchenden Augen.

»Du nimms' mich echt nich ernst, richtich? Ihr Männer seid alle gleich, ihr seid genauso oberflächlich wie ... Hier, lies das jetzt! Oder wir reden kein Wort mehr miteinander ...«

»Haben wir das denn jemals getan?«, frage ich.

Das Wetter: Zunächst düster und bewölkt, und im Laufe des Tages ist mit heftigen Gewittern und starken Orkanböen zu rechnen ...

Genau so starrt sie mich an, während ihre zarten Finger mich ins Handgelenk kneifen.

»Aua!«
»Weichei!«
»Zimtzicke.«
»Schlafmütze.«
»Okay.«
»Ich liebe dich.«
»Okay.«
Was soll ich darauf jetzt antworten, oh Boy. Ich hasse die Liebe.
»Okay, okay. Wie du willst. Gib schon her.« Liebevoll reiße ich ihr die Zeitung aus der Hand und schenke den rotznasigen, nach Nutella riechenden Passagieren auf Klassenfahrt, die gegenüber von diesem Nordip, diesem Schokokerl sitzen, ein falsches Lächeln. Dann lese ich die Leserbriefe mit den hässlichen Überschriften:

MÄNNER SIND MONSTER

MÄNNER SIND BLITZABLEITER

und werde Opfer aller möglichen k(r)atzbürstigen Ansichten. Wie der Blitz blättere ich weiter zu den Fragen an Lieber Dr. Winter, stoße dort auf die Wehmut ruheloser Teenys, die auf dem Eiter ihrer Pickel ausgerutscht sind, sich im Netz des schönen Lebens verheddert haben und alles, aber auch alles durcheinander geworfen haben. Was für ein Saustall!

»Er ist ein Pirat; ich weiß es genau.«

»Was weißt du genau?«, frage ich sie. Dieser Tag steckt voller Überraschungen; bei jedem Schritt, den ich mache, trete ich auf eine Mine.

»Ich bin bis über beide Ohren in einen Piraten verliebt.«

»Ver… verliebt?« Ich drücke das Wasser aus meinem Schwamm und kicke eine leere Apfelmusdose aus dem Regal.

Wilhelm dreht sich um, sieht, dass Liebe Agnes neben mir sitzt, und hält sich zurück.

»Ja, das wusste ich schon lange«, sage ich. »Oder hast du gedacht, dass ich hier den ganzen Tag nur Pfannen poliere? Aber äh… muss das jetzt sein? Hat das echt Eile? Musst du mir das ausgerechnet jetzt servieren – wie ein Plätzchen zum Kaffee? In einem Moment, in dem ich nur an Jamals Finger denken kann? Und darüber nachdenke, was ich hier eigentlich tue…?«

»'tschuldigung«, sagt sie mit ihrem unschuldigen Gesichtchen. Dadurch wird sie noch schöner – ein Mädchen aus Marzipan.

»Hier!« Wilhelm wirft mir eine Eierpfanne vor die Füße. »Mach die mal sauber, Schaumschläger. Und nimm die Bürste aus der Lauge…«

»Findest du deinen Cousin nicht auch irgendwie seltsam?«, fragt Agnes.

Ich muss lachen. »Jeder findet hier jeden irgendwie seltsam, Liebe Agnes. Wir sind alle seltsame Vögel im Innern dieses seltsamen Vogels.«

Wir werfen beide einen Blick auf Krimos flinke Hände. Geschickt schneidet er ein Hühnerfilet in Streifen und wirft das Fleisch zusammen mit Zwiebelringen, Champignons und Paprikawürfeln auf einen Haufen. Er bestäubt den Haufen mit Salz und verschiedenen Kräutern, knetet den kulinarischen Vulkan durch, bis er auseinander bricht, schiebt ihn wieder zusammen und wirft ihn lieblos in eine Pfanne mit prasselnder, schäumender Butter. Routiniert geht er einen Schritt zur Seite, um den Spritzern auszuweichen, und wischt sich die Hände – knallrot vom Paprikapulver – an seiner Schürze ab.

Liebe Agnes saugt mit ihren feuchten Augen jede einzelne Bewegung seiner gut gefetteten Motorik in sich auf. »Nordip… ich weiß nicht, wie ich es ihm sagen soll… Steht es denn nicht schon deutlich auf meiner Stirn geschrieben? Haben meine Augen mich denn nicht längst verraten? Habe ich mich nicht auffällig oft für den gleichen Dienstplan eintragen lassen? Bartels stellt bereits Spekulationen an: Agnes, warum arbeitest du in letzter Zeit so häufig am Wochenende? Wegen des Trinkgelds? Haben meine Lippen denn nicht schon die Wahrheit gesprochen? Haben sich meine Füße nicht auffällig oft in seine Richtung bewegt? Allerdings immer mit zehn Meter Abstand... ein Pirat... dein schöner Cousin...«

»Liebe Agnes, kleines Dummerchen, was soll denn das werden? Was tust du mir da an? Bin ich etwa nicht attraktiv? Die paar Pickel... Nein, aber jetzt mal im Ernst... sind das vielleicht die Entzugserscheinungen nach einem zu streng reglementierten Schema aus Haferbrei, Schule und Freund?«

Und wie so häufig, wenn ich mit meinem knurrenden Hunger nach den Beweggründen für ihre Teilnahme an einem Spiel frage, das der Norm entsprechend eigentlich meilenweit unter ihrem Niveau ist, zuckt sie nur mit den Schultern: »Du kennst mich nicht. Du kennst mich nicht, Nordip.«

»Dann erzähle es ihm, Liebe Agnes.«

Sie gießt einen Rest Kaffee aus ihrer Tasse in den Abfluss und schweigt. Sie strahlt.

Ich habe keine Eile. »Er fährt bald zwei Wochen in Urlaub«, sage ich schließlich. »Sag es ihm jetzt, solange noch Spannung drin ist.«

»Bring du mich doch bitte mit ihm in Kontakt, Nordip, er ist so still...«

Ich sehe zur Seite, zähle vier entkleidete Zwiebeln auf dem Tisch, eine Kiste Champignons, zwei Radieschenblüten, weiche ihrem Blick aus. Ich will mich da nicht reinziehen lassen, in dieses ganze Liebes-Theater. Ich hasse es, oh Boy.

Sie streicht sich ein paar lange Locken aus dem Gesicht, fasst sie im Nacken zusammen und umwickelt sie mit einem Gummiband.

Sie steht auf und geht einfach weg, lässt mich schäumend und spritzend zurück. Auf einem Sieb morse ich fünf kurze Notsignale: *Deng! Deng! Deng! Deng! Deng!*

»He! He! He!« Wilhelm schnellt zu mir herum. »Was soll dieser Lärm, Schaumschläger?!«

»Ich will Schlagzeuger werden. Übung macht den Meister«, erwidere ich niedergeschlagen.

»Mach lieber ein paar Kinder und üb dich darin, Schaumschläger! Wo bleibt meine Pfanne?« Er humpelt weiter, vorangetrieben von den schnellen Garzeiten, um dem nächsten um Aufmerksamkeit flehenden Arbeitnehmer – Ali, der mit seinem Besenstiel verschmolzen zu sein scheint – einen Stoß zu verpassen. »Rumstehen kannst du in deiner Freizeit, Trantüte!«

»Fick dich doch ins Knie, eines Tages bist du tot.«

»Ach, leck mich.«

Was für ein Tag... Der Kloß in meinem Hals sitzt so fest, dass ich Angst habe, er könnte direkt aus meinem Magen katapultiert werden, sobald ich versuche, ihn hinunterzuschlucken. Zum ersten Mal seit Beginn meines freiwilligen Praktikums traue ich mich deshalb, wie ein besiegter Cowboy die Bürste aus dem Halfter zu ziehen, sie auf den Boden zu legen und Wilhelm quengelig zu bitten, ob ich nicht – armer, kranker Lehrling, der ich bin – etwas früher nach Hause gehen darf. Auf seiner Uhr ist es vierzehn Uhr zwanzig.

Er schlägt sein Beil tief in den Hackblock, drückt seine Stirn fest gegen meinen Kopf, reibt seinen Schädel an meinen Schläfen und schraubt einen Finger in seine Nase. »Ach, du armer schwarzer Kater, brauchst doch nicht zu weinen... Ach, mach dich doch vom Acker!«

Ein Schritt nach vorn

Das Maaswasser klatscht gegen die Uferböschung und spritzt die Deichsteine nass. Liebe Agnes liegt, die Beine übereinander geschlagen, im Gras. Über ihre rechte Stiefelette kriecht ein grünes Flügeltierchen, für das mir so schnell kein Name einfällt. Ihr Oberkörper stützt sich auf den rechten Ellenbogen auf. Eine entspannte Faust drückt sich in die Taille, die vom elastischen Bund ihrer Stretchhose eingeschnürt wird. Darüber trägt sie ein ärmelloses, weißes T-Shirt. In ihren blonden Locken spielt eine leichte Sommerbrise, die den Samen diverser Unkräuter mit sich führt.

Den gedrungenen Hals tief zwischen den Schultern, zockeln Bauern mit ihren Traktoren über den Deich. In ihren blauen, dreckbespritzten Overalls hängen sie über dem Steuer und fahren an uns vorbei, im Schlepptau diverse Anhänger mit auf und ab hüpfenden Apfelkisten.

»Als kleines Mädchen bin ich oft hier gewesen. Zusammen mit meinen Eltern und meiner Schwester Miranda.« Agnes wirft ein paar Kieselsteine in den Fluss, beobachtet die Kreise im Wasser und blinzelt hinüber zum anderen Ufer.

Grasbüschel, struppige Sträucher, das Café Zur Fähre, eine Windmühle, ein Bauernhof. Eine alte Frau füttert ihre Hühner.

MS Pinguin. So steht es auf dem Rumpf des Frachtschiffes, das langsam vorbeituckert.

Wir schwingen uns auf die Räder und fahren weiter, in Richtung einer Horde Kinder, die kreischend auf dem Platz zwischen den Häuserblöcken herumtoben. Die Sträucher rund um den Eingang strotzen vor Müll: Plastiktüten, Pommesschälchen und verstoßene Fahrradreste. Ein Einkaufswagen ist auf dem Kopf geparkt. Die Münze wurde mit Gewalt herausgebrochen. Ein ausgemustertes Sofa und ein Kühlschrank stehen ergeben neben den Müllcontainern. Ein dunkelhäutiger Mann bockt seinen Ford Fiasko auf. Vor seinen nackten Füßen liegen drei Flaschen Shell-Motoröl.

Einer der Rotzbengel spielt den Hasen, provoziert, wird umzingelt, auf den Boden geworfen und von allen Seiten getreten und bespuckt. Er krümmt sich wie ein Fötus zusammen und verwandelt seine Ellbogen in ein solides Schild, das die Peitschenhiebe der knallharten Straße abfängt.

»Das ist ja schrecklich, Nordip, du musst dazwischengehen«, sagt Agnes erschrocken.

Ich lächle nur.

Aus Respekt vor dem Gesetz der Straße lasse ich sie gewähren. Ich sehe mich selbst wieder… mit geballten Fäusten, mit einem kräftigen Ärmchen um den Hals eines anderen, um der Welt klarzumachen, dass ich nicht mit mir scherzen lasse. Wenn ich einen Hieb austeilte, wusste ich genau, dass ich selbst zehn Schläge weniger kassieren würde. Auf der Straße heißt es auch ohne Shakespeare Sein oder Nichtsein.

Wir werden vom markerschütternden Kreischen eines Kindes aufgeschreckt. Agnes streicht sich die Haare aus den Augen, und gemeinsam schauen wir nach oben, hinauf zu den Balkonen, die vor Wäsche überquellen.

Eine hysterische Mutter hält eines ihrer Kinder am Fußgelenk über das Geländer und droht mit einem Eines-Tages-bring-ich-dich-um-Blick ihr ureigenes Fleisch und Blut fallen zu lassen. Schließlich zieht sie das Kind wieder hoch und scheucht es mit einem Klaps auf den Hinterkopf – »*Sied*… mach schon!« – zurück in die Wohnung.

Ihre Nachbarin schaut über das Geländer. »*Awatschma*, die Kinder treiben uns noch in den Wahnsinn. Du putzt den Flur, und sie latschen mit ihren dreckigen Quanten einfach durch. Du räumst ihren Krempel weg, und sie verteilen überall ihre Sachen. Du stellst irgendwas hin, und sie fegen es einfach zur Seite. Ich werd noch waaahnsinnig! Du sagst ihnen, dass sie ihre Hausaufgaben machen sollen, aber stattdessen lernen sie irgendwelche Tricks aus dem Comic-Heftchen und stellen das Radio so laut, dass dir von dem dröhnenden Umtz-Umtz-Umtz! die Ohren klirren. Nicht mehr lange und mein Kopf ist nur noch ein armseliger Linsensuppenbrei! Und du weißt ja, Schwester, wer an allem schuld ist, wenn ihr Vater nach Hause kommt. Aáálles fällt auf mich zurück. Aber auch alles! Von mir bleibt nichts übrig…!«

»Und dabei hast du es noch gut, Schwester…« Die andere rührt mit ihren Handgelenken, die mit einer Reihe klimpernder Rotgoldarmbänder schwer behängt sind, in der Balkonluft herum. An ihrer Wäscheleine trocknen gepökelte Fleischstücke. »Denn du, Schwester, du hast keine Töchter im Haus…!«, kreischt sie mit schriller Stimme. »Bei Jungs ist das was anderes… selbst wenn sie ins Meer fallen oder von einem Berg stürzen, was macht das schon? Sie können deine Ehre niemals besudeln. Aber das, was ich hier im Haus habe, diese Mädchen, das sind auf heißen Kohlen kriechende, giftige Skorpione, das sag ich dir. Schlangen sind sie, hinterlistige Schlangen! Es raubt mir noch den letzten Nerv, sie ständig im Auge zu behalten! Zucker, Nierensteine und chronische Müdigkeit, das kriegt man davon. Was haben wir, gütiger Allmächtiger, falsch gemacht, dass wir in diesem Elend gelandet sind und unsere Kinder verloren haben?«

Wenn ich so etwas höre, dann suche ich in meinem Rucksack nach der Vergangenheit. Ich fasse sie an, weil ich sie sehen will, mich erinnern will, was Vater immer sagte, wenn ich wieder mal meinen Jugendsünden anheim gefallen war. Und er wusste genau, wie er das Ganze bringen musste, schön verpackt in die übliche Gardinenpredigt: »Wer hätte gedacht, dass dieses Hollanda jemals so enden würde, Nordip? So frei, so verrückt, so ... so ... Ich hätte dich zu Hause lassen sollen, Sohn, mit einer Flöte und einem Bambusstock inmitten einer Herde lahmer Schafe. In der sengenden Hitze wärst du dein eigener Hirte gewesen und hättest dir selber den Weg gewiesen, deine Flöte hätte dich an den Ort gebracht, an dem ich meinen Baum gepflanzt habe. Du hättest dich gegen den Stamm gelehnt und in der Erde gegraben auf der Suche nach deinen Wurzeln ... Du hättest die Reisenden auf dem Weg zum Markt von den Früchten des Baums kosten und sie mit aufrechtem Stolz wissen lassen, dass dies der Baum deines Vaters ist. Dann würdest du mit beiden Beinen in der Wirklichkeit stehen, Nordip. Dein Vater hat den größten Fehler seines Lebens begangen. Genau so ist es, kleiner Scheißer, genau so und nicht anders. Und sollte es doch anders sein, dann weiß ich es auch nicht.«

»Worüber reden die denn da? Und warum sprechen die so schnell?«, fragt Liebe Agnes mit einer Stimme, die tief aus ihrer Kehle kommt.

Ich presse mich gegen den Fahrradlenker. »Ach ... nichts ... Im Grunde sagen sie gar nichts, sie reden übers Fernsehen, über Gute Zeiten, Schlechte Zeiten.«

Der König des Parks

Ein Namensschild unter einer Türklingel. KRIMO DUNIA.

Über den Klingelknöpfen prunkt ein aus Beton gemeißeltes, lächelndes Professorenhaupt.

»Warum bist du immer so abwesend, Nordip?«, fragt Liebe Agnes.

Ich bekomme keine Gelegenheit, es ihr zu erklären.

»Hallo???« Eine heisere Stimme krächzt aus der Gegensprechanlage. Ich beuge mich zu dem Alugitter hinunter.

»He, Waschlappen, wie geht's?«

»Nordip? Hi, *family boy*, warte … warte, ich komm runter.«

»Bring Kaffee mit.«

Liebe Agnes streicht nervös über ihre lange Mähne. Hinter der Freude in ihrem Gesicht wird sie die Erregung gut verstecken können, die Sehnsucht nach ihrem Piraten. Das Mädchen aus Sondergleichen, das während seines Abenteuers, während seines Fluchtversuchs aus dem goldenen Käfig knallhart gegen das weiche Herz eines Träumers stieß.

Das sprechende Alugitter an der Tür verschluckt die Familienstimme wieder und lässt mich mit einer nervösen Agnes an der Seite warten. Du dumme Kuh, was siehst du gut aus.

Krimos Gesicht ist gebräunt, seine Haare sind von der Sonne geküsst – ein dunkler Karamellton.

»Hi, Krimo… wie geht's?«

Er lässt die Tür los. Die Feder zieht die Tür zurück in den Rahmen.

Ich lehne mein Rad gegen die Hausmauer und schließe es ab. Wir salamieren, umarmen und küssen uns gegenseitig und sagen, um irgendetwas zu sagen, dass es der Familie halt wie üblich geht.

»Hallo, Krimo«, sagt Liebe Agnes mit dünnem Stimmchen und reicht ihm die Hand.

Wie ein Tenniszuschauer blicke ich zwischen den Augen der beiden hin und her.

Während die Verliebtheit im darauf folgenden Schweigen fröhlich flötet und zwitschert, überlege ich, wie ich als Aushilfe, als Lehrling die Liebe zum Tanzen bringen soll, wie ich sie dazu bewegen kann, meinen Cousin und meine Kaffeeserviererin an der Hand zu nehmen und sie zu einem leidenschaftlichen Cha-Cha-Cha zu verführen. Vielleicht tue ich ihr damit etwas Gutes, und sie verzeiht mir… Ach, vielleicht bin ich aber auch einfach nur verrückt, vielleicht sollte ich mal aufwachen und die Schönheit aus Sondergleichen für mich selbst erobern. Cousin hin, Familienbande her, ich muss doch auch mal zum Zug kommen?! Ich habe die Liebe nie wirklich ernst genommen, warum sollte ich es dann jetzt tun? Außerdem ist dies nicht der richtige Ort für die Liebe.

Ich denke an den sorgfältig angelegten Park ein Stückchen weiter den Fluss hinauf, direkt unterhalb des Deichs.

> Der Park war für mich ein Zufluchtsort, an dem ich während meiner stürmischen Jugendzeit oft verweilte – wenn Vater mir mitteilte, dass mein Schlüssel nicht mehr in das Haustürschloss passe und dass ich mich mal ein paar Nächte abkühlen müsse, zwischen seltsamen Käuzen und anderen Vögeln. Ich sehe mich selbst wieder herumstreunen, unrasiert wie ein flüchtender, betrunkener Strauchdieb, immer

auf der Suche nach positiven Reaktionen auf meine konfusen Aktionen, die überall Scherben hinterließen …
Aber auch im Park waren positive Reaktionen nicht so üppig gesät wie die Blumenbeete entlang der Kieswege. Ich war enttäuscht und so nervös, dass ich eines Tages, als mich die grelle Sonne und eifrige Ameisen wachpieksten, die Pappdecke von mir warf und zu mir selbst sagte: »Basta, jetzt reicht's, *safi*, Ende! Jetzt drehe ich den Spieß um! Ich werde den Teig selbst in die Hand nehmen und mein eigenes Brot kneten, und wem es gefällt, der isst davon, und die anderen spucken es eben wieder aus! Ich ernenne diesen Park hiermit zu meinem persönlichen Eigentum. Ich werde der Diktator dieses Parks, mache meine eigenen Regeln, meine eigene Zeitung und veranstalte meinen eigenen Nationalfeiertag, an dem niemand seinen stinkenden, uralten Plunder, Kakerlakenchips und Salmonellenhühnchen oder Froschspieße verkaufen darf, niemand mehr orangefarbene Perücken oder Clownsnasen tragen darf und erst recht niemand mehr sich die Gerstenkaltschalen intravenös zuführen lässt, um dann den ganzen Tag ›Zur Mitte, zur Titte, zum Sack, Zackzack!‹ zu grölen. Basta, jetzt reicht's, *safi,* Ende! Ab jetzt nehm ich das Ruder selbst in die Hand!« Und ich, der Nordip, der ich damals war – gierig und wild und dank des pubertätsbedingten Adrenalinüberschusses Spielball meiner Hormone –, ich lieh mir also mit dem größten Vergnügen einen Eimer rote Farbe aus dem örtlichen Baumarkt und malte folgenden Text auf ein Holzbrett:

DIESER PARK IST NUR FÜR NETTE MENSCHEN!

Ich nagelte das Brett an eine Eiche am Eingang des Parks und versteckte mich im Schoß der wild wachsenden Sträucher, um gegebenenfalls hervorzupreschen und den Kampf aufzunehmen: »Tut mir Leid, neue Parkregeln, hier hängt das Schild. Das Leben ist schön, die Sonne scheint, die Kinder spielen und machen fröhliche Geräusche, aber Sie … Sie sind ein Miesepeter! Und Ihr Pitbull mit dem Kopf wie ein Toaster übrigens auch. Sie ähneln einander. Wenn Sie bitte so freundlich wären und direkt wieder umkehren …!«

Die Reaktionen der morgenmuffligen Frühaufsteher auf meine Schreckensherrschaft waren so heftig, dass ich noch am gleichen Morgen mit einem klaffenden Hundebiss und in allen möglichen Farben schillernd in der Ambulanz landete und anschließend in der Ausnüchterungszelle.

Mein Vater wurde telefonisch informiert, und als er mich abholte, fragte er die Beamten hinter dem Schalter mit dem Standardspruch DIE POLIZEI – DEIN FREUND UND HELFER, ob sie mich nicht für ein paar Tage festhalten könnten. Die angesprochene Beamtin meinte, während sie ihren Stift auf der Theke hin und her rollte und ihr Gesicht der Sonne im Fenster zuwandte, dass so etwas aktentechnisch nicht möglich wäre.

»Mit dir habe ich nichts als Ärger«, sagte mein Vater gefährlich ruhig und begleitete mich zum Ausgang. »Es gibt Kinder, die auf ihre Eltern hören, es gibt Kinder, die auf ihre Lehrer hören, es gibt Kinder, die auf jedermann hören, aber du …« Und so hielt er auf dem langen Heimweg wieder mal eine seiner berühmten Gardinenpredigten, die mir auf die Nerven ging. Darum sagte ich im gleichen Tonfall wie er: »Es gibt Väter, die ihren Kindern ab und zu eine anständige Tracht Prügel verabreichen, es gibt Väter, die ihre Kinder hin und wieder ordentlich durchrütteln, aber du … Kannst du mich nicht einfach … könntest du mich bitte ganz hart schlagen?«

Er bleibt etwa einen Meter von uns entfernt stehen.

Es ist Douwe. Unter seinem Hut sprießen struppige Haare hervor, die ein abgehärmtes, rot angeschwollenes Gesicht umrahmen. Er trägt einen dunkelgrünen Lodenmantel über einer mit Flicken übersäten Hose. Mit Douwe habe ich damals den Park geteilt. Ich hatte immer eine Rasierklinge bei mir – für Notfälle –, und damit rasierte ich Douwe, und Douwe rasierte mich. Douwe ist der Mann, der mich lehrte, hin und wieder einen Kopfstand zu machen und die Welt aus dieser Perspektive zu betrachten.

Der Vagabund mit den großen, ausgetrockneten Lippen, den gelb überkrusteten Herpesbläschen und dem Speichel in den Mundwinkeln verbeugte sich vor mir wie ein Künstler vor einem zufriedenen Publikum. »He, Nichtsnutz! Täuschen mich meine Augen oder seid Ihr das wirklich?« Er schiebt sein Kinn vor, bezwingt meine Augen und scheint quer durch mich hindurchzusehen.

Vorsichtig atme ich durch den Mund aus. Der strenge Geruch von Alkohol und altem Schweiß ist durch die Nase nicht zu ertragen.

Douwe nimmt einen kräftigen Schluck und geht leicht in die Knie.

»Dass Ihr es wagt, Euch hier noch mal blicken zu lassen, Nichtsnutz! Aber was seht Ihr gut aus! Ihr seid gewachsen. Ihr seht phantastisch aus!«

»Danke, Douwe …«

»Wie? Wacht auf, Nichtsnutz! Was muss ich da sehen? Ihr zögert. Hmm, ich weiß Bescheid. Ich kenne Euch … Ihr seid doch hier, um Eurem Park etwas zu bringen, oder etwa nicht, Nichtsnutz? Sind Eure Freunde vielleicht Eure neue Sicht auf die Liebe?«

Ich weiche seinem fragenden Blick aus und starre töricht in Richtung von Agnes und Krimo, die weitergegangen sind und jetzt mit etwa einem halben Meter Abstand nebeneinander auf einer Parkbank hocken und angelegentlich ihre Zehen studieren.

Douwe kneift mich in die Wange. »Ein Ausreichend für meinen Durchblick, haha! Der Kandidat hat neunundneunzig Punkte! Ich war gut in der Schule. Ich durfte den Spitznamen ›Newton‹ tragen. Genie und Wahnsinn liegen dicht beieinander …'tschulligung … ssseht nur, dieser prächtige Schmetterling, wie der davonflattert …!«

Ich folge dem Hals seiner Weinflasche, mit der er dem anmutigen Flatterfalter hinterherzeigt, und erzähle Douwe von meiner zwei Jahre dauernden Auszeit, meiner Selbstbestimmung und meinem Entschluss, vor dem großen Sprung meine Tage erst einmal als Lehrling, als unbezahlter Tellerwäscher mit Plastiktüten an den Füßen zu verbringen.

Nachdem er sich das alles schwankend und strahlend angehört hat, lässt er die Flasche aus den Händen gleiten.

In den umliegenden Bäumen beginnt es zu rascheln. Vögel fliegen auf. Ein Schoßhund kläfft.

Und dann halte ich es nicht mehr aus: Ich platze und erzähle dem Vagabunden, während ich mit den Schuhen über die in der Sonne glitzernden Glasscherben tanze, von der Liebe, die sich zwischen den beiden da auf der Parkbank nicht einstellen will – auch wenn ich das so sehr wünsche. Ich erzähle ihm von dem verirrten reichen Mädchen, das auf der Suche nach der Armut ist oder das sich auf eine andere Art und Weise bereichern lassen will. Ich erzähle ihm von meinem Cousin, der versucht, sich reich zu träumen, und dass sie alle beide hungrig durch die Küche geistern auf der Suche nach mehr … auf der Suche nach Liebe … Ich hasse die Liebe.

»Ist das der Träumer?«, fragt Douwe.

Ich nicke.

»Hmmm.« Nachdenklich legt Douwe den Zeigefinger gegen

sein rundes Stoppelkinn. »Dieser Junge …«, sagt er schließlich träge und räuspert sich, » … dieser schöne Südländer gehört zur gleichen Art wie die Parkbäume, Nichtsnutz. Diese dunklen Augen – vergesst doch die Flaschen, Leute … verdammich, wo ist meine Flasche geblieben? – diese Augen sagen … sie sagen viel … Ich kenne das, Nichtsnutz. Ich kenne diese Sorte. Sie träumen sich bis auf … auf … aaggh … bis auf den Erdboden … oder bis auf den Boden der Flasche. Hier, seht mich an: Douwe Labbert ist genau so einer. Als ich die Wut in mir und die Lügen endgültig satt hatte, habe ich nur noch geträumt, Nichtsnutz. Ich habe nie versucht, so wie Ihr, noch mal ganz von vorne anzufangen. Ich träumte von einem unbekümmerten Leben, ohne Sorgen … ach, warum denn erst morgen, ich tu einfach so, als hätte ich nur noch einen Tag zu leben. Ich träumte von immer währender Hoffnung, von Freiheit, ohne diese teuer erkaufen zu müssen, und jetzt, Nichtsnutz … jetzt bezahle ich dafür doppelt, denn niemand dreht sich nach einem Billigheimer wie mir auch nur einmal um.« Er betrachtet die schwarzen Flicken auf seiner Hose, die mit dickem Zwirn festgenäht sind. Sein abgestorbener Mund erwacht langsam wieder zum Leben und fängt an zu lachen.

»Ja, Douwe, und das tut mir Leid.«

»Leid? Hahaha! Wo ist Eure spiel … spielerische Kindlichkeit geblieben, Nichtsnutz? Werdet Ihr da … da, wo Ihr Euer Pra … Praktikum macht, auch anständig bezahlt?«

»Nein, mein Lohn besteht aus Erfahrungen und Geschichten für mein offenes Ohr.«

»Gut! Ein weiser Lehrling! Diese Bescheidenheit ehrt Euch. Aber ich … ich will auf jeden Fall bezahlt werden.« Douwe packt meine Hand und schleppt mich mit.

Agnes rückt ein Stückchen zur Seite und hält sich an ihrem Fahrradlenker fest.

»Das ist Douwe«, stelle ich den Stadtstreicher vor.

Douwe legt eine Hand auf seine Brust und macht eine elegante Verbeugung. »Seid gegrüßt, mein Südländer, seid gegrüßt, meine Prinzessin…« Er nimmt die Hand von Liebe Agnes und richtet sich wieder auf. »Darf ich Eure Hand küssen mit meinem bescheidenen Mund, dem beim Anblick Eurer Schönheit das Wasser zusammenläuft, meine Prinzessin?«

Agnes lächelt. So lieb.

Ich muss lachen.

Douwe lässt Agnes' Hand los und hält den mit Schwitzflecken übersäten hellblauen Troyer, der schlabbrig unter seinem Mantel zum Vorschein kommt, am Bündchen fest. »Ich habe Leberkrebs«, sagt Douwe mit rauer Stimme und zieht den Pullover bis zur Brust hoch. Das weiße Hemd, das er darunter trägt, ist die ultimative Herausforderung für jedes Vollwaschmittel. »Hier…« Er piekst sich in die Seite, dort, wo seine schlotternde Hose mit einem Seil rund um seine Taille festgeschnürt ist. »Hier, Mädel, ich gehe bald zu Grunde, Prinzessin, also tu mir… tu mir noch einen Gefallen und lass mich in meiner letzten Stunde noch einmal am Feuer der Liebe teilhaben…«

Liebe Agnes wagt es nicht, die Augen zu senken.

Douwe schleppt sie zu Krimo, der mit einem Zweig rhythmisch auf den Rand der Bank schlägt.

Krimo ist von der Feriensonne noch brauner geworden als er bereits war. Genau wie in den Jahren, als wir weit voneinander entfernt lebten – an zwei völlig verschiedenen Orten –, hat er wieder am Meer gelegen, ist wieder in den Bergen herumgestreift und hat sich am Anblick von Granatäpfeln, Feigen, Kaktusfeigen und Zitronen gelabt. Er ist genau wie in den Jahren seiner Rebellion durch feinen Wüstensand gepaddelt, hat an Klatschmohnblüten gerochen, ist über wimmelnde, würzig aromatische Märkte gestreift, er hat gesungen und sich vollströmen lassen. Und jetzt…? Jetzt riecht er grimmig die Gerüche meines Parks, kontrolliert alle Blicke, zweifelt… Er sieht mich fast mordlustig an, als ob ich den Wahnsinn, die Spontaneität, vor der er sich so fürchtet, auf ihn losgelassen hätte. Aber das ist mir egal, es macht mir nichts aus, oh Boy. Würde es auch etwa was ausmachen? Was für ein Spiel im Blauen Geier gespielt wird, kann ich nur raten, aber hier spiele ich selbst, hier werfe ich die Würfel: Auf welche Seite sie auch fallen, mit wie viel Augen sie mich auch anstarren, wie viele Punkte sie mir auch immer zuteilen, das interessiert mich alles einen feuchten Dreck. Zumindest kann ich von mir behaupten, dass ich es gewagt habe, dass ich mich an die Liebe herangetraut habe … Ich hasse die Liebe.

Ich habe meinen ganzen Mut am Schopf gepackt, Liebe Agnes angerufen, sie ins gammlige Besenloos im Maasbogen mitgeschleppt, zu Krimos schlichtem Zimmer, und auf die Klingel gedrückt. Ja, oh Boy, ich habe persönlich auf die gammlige Klingel gedrückt … ich hätte meinen Finger auch zurückziehen können, ich hätte darauf beißen, die Liebe noch mehr hassen und die ganze Geschichte abblasen können, so wie damals bei Chupita, aber nein … Und jetzt bin ich hungriger als je zuvor. Ich will essen, laufen, klettern, fliegen und die Saiten der Liebe bespielen, das Humtata des Lebens blasen. Und darum ertrinke ich in den trüben Augen eines Freibeuters. Bitte, Douwe, fleht mein Gesicht, gib meinem Cousin und mir ein paar anständige Ohrfeigen, zerschlage alle Flaschen, die du zwischen den Büschen versteckt hast, auf seinem und meinem Kopf entzwei, rüttel Krimo wach … denn … sonst könnte es sein, dass auch er immer weiterschläft, ein Jahr, zwei Jahre oder vielleicht ein ganzes Leben lang.

Douwe hält es nicht mehr aus: »He! Vergesst doch die Flaschen, Leute …! Was starrt Ihr sie denn so an, Südländer! Schlappschwanz! Nehmt endlich die Hände aus der Tasche, Südländer.« Douwes Stimme klingt flehentlich. »Nun macht schon, Döskopp, küsst diese … hicks … Prinzessin und erklärt … erklärt ihr … Was? Ach … ggg … das müsst Ihr schon selbst wissen. Gebt dem Ganzen selbst einen Namen, solange Ihr nur etwas von Euch selbst erklärt, denn Ihr sitzt hier völlig unerklärlich herum, Südländer…« Douwe greift nach Krimos schlaffem Handgelenk, schiebt ihn ein Stück auf Agnes zu und legt Krimos Arm um ihre Schultern.

Liebe Agnes baumelt mit den Beinen.

Krimos Arm führt ein Eigenleben und zieht sich wieder zurück.

Agnes' Fahrrad rutscht auf den Boden, von der Bank weg. Freie Arme. Der Moment, um zur Tat zu schreiten. Sie kommunizieren ohne Worte – ein wirres Durcheinander aus Wünschen und Sehnsüchten.

Sie sieht nicht ihn an, sie sieht mich an. Wirft mir einen tiefen Blick zu.

Krimo blickt starr vor sich hin.

Ihre Hand sucht. Ihre Hand sucht tastend. Ihre Hand spricht… mit dem Fahrradlenker… mit seiner Hand… mit seinen Fingernägeln…

Nun mach schon, Cousin, lass das Familienblut aufkochen, dirigiere sie als Musiker in den nächsten Satz, spiel schneller, sei genauso eindeutig wie auf deiner Gitarre, denn dieses Sondieren der Herzen, dieses etappenweise Präsentieren der Sehnsüchte ist furchtbar öde.

Sie macht weiter… klettert mit ihren Fingerbeinchen auf sein Kinn, lässt sich hinabgleiten, zu seinem Hals… oh Boy… oooh… oh Boy… sie spielt mit seinem Ohrläppchen, nur ganz kurz. Er gibt keinen Mucks von sich. Ihr gehauchter Atem lässt ihn unruhig werden, bis er rastlos hin und her schwankt… Er rutscht ein Stückchen zur Seite. Sie schaut zu, sie jagt, schüttelt ihre Mähne, sie strahlt, strahlt aus, dass sie den Mut hat… Wird sie jetzt zuschlagen? Und ob! Wie eine Kobra auf ihre Beute wird sie sich auf ihn stürzen und ihn mit einem einzigen Biss verschlingen. Sie platziert ihre Lippen, natürlich rosa schimmernd, auf dem überraschten Mund meines Cousins, des Träumers. Oh Boy … Er lässt sich gefangen nehmen, in einem Atemzug … oooh …!

Und ich … ich darf den Stadtstreicher mit meinem blendend weißen Zahnpastalächeln anstrahlen … der erste Film unter meiner Regie ist soeben angelaufen:

COLUMBIA PICTURES PRESENTS
A WERWOLFMANN & SCHAUMSCHLÄGER
ENTERTAINMENT PRODUCTION
CRAZY LOVE

Die Rotwesten

Ich hatte sie schon öfter über den Parkplatz tigern sehen, die Hände tief in den Hosentaschen – diese tuschelnden, viel zu korrekten Männer. Manchmal wühlten sie wie Romandetektive hinter den geparkten Wagen in herumfliegendem Müll, oder sie stocherten in den Moosfugen zwischen den Pflastersteinen. Anfangs dachte ich: Das sind bestimmt Architekten. Wahrscheinlich steht eine Renovierung an, eine Generalüberholung, für die sich der Blaue Geier mit seinen verrosteten Dachplatten und verrotteten Holztüren krumm und schief arbeitet. Doch die Männer folgten Wilhelm jeden Tag, sobald er traditionsgemäß kurz vor der hektischen Mittagszeit am Teich hinter dem Parkplatz angeln ging.

»Ach, Schaumschläger, das sind nur dämliche Touristen«, reagierte Wilhelm gelassen, als ich ihm erzählte, dass diese pillernden Sonntagsanzüge ihm hinterherspionierten. Er sah mich an und ließ einen krachenden Furz.

»Schwein!«, rief Amimun.

»Hier, sieh mal, Schaumschläger: ein leckerer Fisch«, sagte Wilhelm und nahm genießerisch ein Näschen seiner eigenen Darmwinde, »unverkennbare Qualität. Aber genug gegafft – an die Arbeit!«

Wilhelm ließ Krimo den Fisch pochieren und arrangierte den toten, staunenden Schwimmer auf einer Servierplatte neben den anderen Garnierungen – farbenfrohe Früchte, gedämpfte Gemüse, diverse Fleischsorten und weitere Fische mit weit aufgesperrten Mäulern.

Er nahm mich nicht ernst.

Die Gäste, die vor der Razzia bereits im Restaurant saßen – das Besteck entweder im Anschlag oder im Fleisch auf ihrem Teller –, erhielten eine rote Karte mit einer Tischnummer, die gleichzeitig auch als Ausfahrterlaubnis diente. Aber zunächst durfte niemand den Blauen Geier verlassen, auch die Gäste mussten sitzen bleiben – nicht meckern, nicht klagen, einfach den Anweisungen folgen.

Sie hatten sich plötzlich aus ihren bequemen Sesseln erhoben, eine rote Weste übergestreift, alle Kassen besetzt und alle Kellner umzingelt. Sämtliche Portemonnaies und Menübons mussten ausgehändigt werden. Weitere Steuerfahnder, müde Sozialversicherungsbeamte und ein Grüppchen Überstunden schiebende Polizisten stürmten das Gebäude und riegelten alle Ein- und Ausgänge ab. Meerman wurde aus seinem Büro geholt und abgeführt. Seine komplette Buchführung wurde mit Aufklebern markiert und beschlagnahmt, und das Telefon wurde gesperrt. Die Schnitzel trieben wie durchtränkte dunkle Butterbrote in der Soße.

Ein langsamer Strom aneinander stoßender Pinguine ergießt sich in Begleitung einer Rotweste in die Küche. Wie in der Brutzeit stehen die Kellner und Kellnerinnen in der Brotecke zusammen und tuscheln aufgeregt – oh ooooh, von diesem Frittendrama werden sie noch ihren Kindern und Kindeskindern berichten … Ein Tropfen Spannung im Stillen Ozean ihres Alltags. Sie toasten etwas Brot und knabbern an der Kruste. Das Ganze wirkt wie ein Pinguinfanclub, diese Ansammlung lächerlicher Anzüge in der Küche. Normalerweise sind sie über die Küche und das ganze

Restaurant verteilt und fallen nicht so auf. Jetzt müssen auch sie den Rotwesten folgen und sich um den Hackblock versammeln.

Plötzlich wird knirschend die Balkontür aufgeschoben. Das Beil mit dem Chefkoch taucht im Türrahmen auf. »Was geht hier vor?!« Mit riesigen Schritten steuert er auf den Herd zu.

Eine der Rotwesten ermahnt ihn, Ruhe zu bewahren, »sonst werden Sie festgenommen«.

Wilhelm bleibt stehen und sieht sich verstört um. Sein Pferdeschwanz zuckt hin und her. Provozierend streckt er dem stämmigen Mann, der die Durchsuchung leitet – ein ruhiges, viereckiges Gesicht, dickes, schwarzes, glatt nach hinten gekämmtes Haar –, seine Handgelenke entgegen: »Dann mal los! Hier, legen Sie mir ruhig Handschellen an!«

»Wenn Sie jetzt bitte Ruhe bewahren und einfach mitarbeiten würden!«

»Die Menübons müssen fertig gestellt werden! Unsere Gäste haben Vorrang! Wer füttert sie denn sonst, meine Gäste, die sich meiner Kochkunst anvertraut haben. Unverkennbare Qualität! Wer, verdammich, wer füttert sie denn sonst?« Wilhelm sprüht vor Wut wie ein verstopfter Sprinkler und umklammert mit seiner kleinen Hand den blutigen Griff seines Beils. »Wer oder was seid ihr eigentlich, ihr… ihr… dass ihr es wagt, gewaltsam in meine Küche einzudringen?«

»Betrachten Sie das Ganze nicht als gewaltsames Eindringen und stellen Sie sich bitte nicht so an. Wenn Sie sich jetzt freundlicherweise zu den anderen begeben wollen – wir haben es eilig.« Rotweste legt Wilhelm eine Hand auf den Rücken und zeigt auf den Hackblock. »Nach Ihnen, Küchenmeister.«

Wilhelm schlägt den Arm weg, zieht den Ärmel seiner Kochjacke etwas nach vorn und haut seine Zähne in den Stoff. »Das ist meine Küche!«, tobt er wutschnaubend. »Meine Küche! Meine Küche! Ich bestimme, was hier passiert!«

Rotweste, der mit seinen Männern wie eine Kommandotruppe den Blauen Geier überwältigt und dessen Schnabel gebrochen hat, schiebt seine Hand in die Jackentasche, zieht eine Karte hervor und hält sie wie ein Schiedsrichter, der eine rote Karte vergibt, in die Luft. »Finanzbehörde zur Erforschung von Steuerstraftaten. Im Volksmund auch ›Steuerfahndung‹ genannt. Gegen den Blauen Geier ist ein Ermittlungsverfahren wegen Steuerhinterziehung eingeleitet worden. Mein Name ist Wijnands. Ich ersuche Sie erneut, im Interesse Ihrer Küche und in Ihrem eigenen Interesse mit uns zusammenzuarbeiten.« Er streckt eine Hand aus.

Wilhelms Blick streift rasch über die Regale mit den Gewürzgläsern und über den Bärenklau; dann bohrt er einen Finger in die Nase und beginnt mit halb geöffnetem Mund eine ausgiebige Rundreise durch seine Nasenhöhle. »Oh … soso …« Der kleine Chefkoch schluckt mühsam und zieht seinen Finger ruckartig wieder aus der Nase. Die Nasenflügel bleiben weit geöffnet. Interessiert betrachtet er die Bohrerträge und entspannt seine clownesk verzerrten Gesichtszüge. Dann schluckt er. »Und wenn du der Sohn von diesem … von diesem Präsidenten … diesem äh … diesem Benny Clinton wärst … das hier ist noch immer meine Küche, und ich bestimme, was hier passiert!«

Doornkaat schlägt sich vor Lachen auf die Schenkel.

Rotweste seufzt einmal tief und sucht Augenkontakt zu einem seiner Kollegen. Sie wechseln verächtliche Blicke. Sie genießen die Situation. »Meneer Steenbakker, würden Sie jetzt bitte …« Der stämmige Mann geht einen Schritt zurück, als wolle er es dabei belassen, schiebt die Karte wieder in die Innentasche und stellt sich wie ein Erdmännchen auf die Zehenspitzen: »Bert! Bert …!«

Einer der Polizisten hört ihn und manövriert sich zwischen dem Pinguinclub, den Pseudoköchen und den feuchten Tischen hindurch. Belustigt sieht man ihm hinterher.

Der Beamte geht entschlossen auf Wilhelm zu und legt seine Hände fest um die dünnen Ärmchen des Chefkochs. »So, dann woll'n wir mal … Gaaanz ruhig … nur die Ruhe …«

Wilhelm strampelt und zappelt wie ein Huhn auf der Schlachtbank. »He! Lass mich los! Lass mich sofort los! Was soll denn das? Sofort loslassen!«

»Schnauze, Küchenbulle!«, schreit Rotweste. Sein nichts sagendes Gesicht verzieht sich langsam zu einem Ausdruck größtmöglichen Ernstes. »Stellen Sie sich nicht so an. Ich habe Sie gewarnt. Meine Geduld ist am Ende. Ich hab schließlich noch was anderes zu tun. Jeder hier scheint zu glauben, er könne sich alles ungestraft erlauben.«

Amimun röchelt und spuckt auf einen Kuhkopf. Der Kuhkopf sieht ihn zufrieden an.

Der Polizist verschränkt Wilhelms Arme hinter dessen Rücken, hält ihn mit einer Hand fest und lässt eine Handschelle um Wilhelms linkes Handgelenk einschnappen, direkt neben einer mehlbestäubten billigen Quarzuhr – 17.16 Uhr. Dann drückt er Wilhelm auf den Boden und klickt die andere Handschelle um ein am Boden festgeschraubtes Bein eines Desserttisches, auf dem Schälchen mit Melonenscheiben, Trauben, Erdbeerbavarois, Waffeln und geschmolzenem Eis stehen. Die Schokosauce tropft von den eleganten Glasbechern.

Wilhelm zerrt an den Handschellen. »Mach mich los, mach mich sofort los!«, schreit er.

Der Schlagsahnebereiter auf dem Tisch lässt einen Tropfen Sahne fallen, der auf dem feuchten Boden auseinander spritzt.

»Ich muss noch vierzig Fasane und zwanzig Hasen filetieren!«

Liebe Agnes stößt einen Teller vom Tisch. »Hoppala …«

»Vierzig Stück … noch vier Wochen und dann ist Weihnachten! Wissen Sie eigentlich, was dann hier los ist? Die Schlange der Wartenden reicht von hier bis zur Simeonkirche!« Wilhelm lässt das Kinn auf die Brust sacken.

Ich muss dringend zum Klo.

Der stämmige Mann schüttelt den Kopf, sieht Wilhelm an wie einen Geisteskranken und deutet mit einem Stift in Richtung Hackblock.

»Nimm den Stift weg!«, tobt Wilhelm und reißt erneut heftig an den Handschellen. »Menschen mit Stiften in den Jacken traue ich nicht über den Weg. Da ist es mir lieber, jemand kommt direkt mit dem Messer auf mich zu – dann weiß ich wenigstens, woran ich bin, und kann ihm mit meinem Beil den arroganten Schädel abhacken. Mach mich los ... bitte, pfeifen Sie Ihren Bert zurück und machen Sie mich los! Haben Sie denn überhaupt kein Mitleid? Haben Sie denn keine Kinder?«

Wir krümmen uns vor Lachen, selbst die Sozialversicherungsmitarbeiter und die Cops kriegen sich nicht mehr ein. Nur die Rotwesten machen einen auf todernst, sind nicht zu erweichen.

Und Wilhelm rast weiter: »Ach, hören Sie, Herr Obersteuerfahnder ... ich habe jahrelang auf diesen Moment gewartet. Das Wild ist dieses Jahr ganz ... ganz ausgezeichnet ... hervorragend ... testen Sie selbst ... unverkennbare Qualität! Da auf dem Herd liegen meine köstlichen Kaninchen und schmoren in Lorbeerblättern. Probieren Sie, und Sie werden mich kennen lernen, Pappsoldat.«

»Wie traurig ...«, sagt die Oberrotweste.

»Ja, verdammt traurig«, bestätigt der Hofnarr.

Rotweste legt Wilhelms Beil auf den Desserttisch, nimmt einen Eislöffel und pocht unruhig auf ein Glas Haselnusscreme. Er geht ein wenig in die Knie und blickt – wie eine Mutter auf ihr ungezogenes Kind – auf den rebellierenden Wilhelm herab, der das, was ein gut besuchter Schnitzeltag zu werden versprach, nun von der Steuer aufgefressen sieht. Rotweste klopft mit dem Eislöffel in seine Hand, wirft einen Blick zu Bert, lässt sein Lächeln langsam ersterben, nickt, bückt sich tiefer, feuchtet mit der Zungenspitze seinen Zeigefinger an, streicht damit über seine Schuhspitze und richtet sich wieder auf. Dann kommt er auf uns zu.

Um den Hackblock hat sich ein armseliger Haufen so genannter nichts ahnender Schwarzarbeiter versammelt. Die Spitznamen albern herum, während andere todernst schweigen. Die Pinguine fühlen sich sichtbar unwohl zwischen den riesigen Suppentöpfen, den scharfen Messern, den Blutlachen, den Schweine- und Rinderköpfen, die uns von einer blutigen Palette kraftlos anstarren, als seien sie Zuschauer einer Partie Amateurkorbball.

»Jetzt sind wir dran, verstehsdu«, flüstert Amimun mir aufgeregt ins Ohr.

»Wieso? Wofür?«

»Wir arbeiten hier alle schwarz, Spülwurm, verstehsdu.. von daher... du etwa nicht?« Er dreht sich um. »Komm, Doornkaat. Wir machen die Fliege.«

Doornkaat, schon ganz nervös dank der Flüsterstimme desjenigen, zu dem er aufsieht – Amimun, der einen Teil seines Lebens dirigiert –, blickt in Richtung Ausgang und murmelt irgendetwas. Hinter dem großen Fenster tanzen die Trauerweiden im eiskalten, schneidenden Wind.

Der stämmige Steuerfahnder nimmt eine Kiste Schweinefilets vom Hackblock und klettert auf den Boden. Ein Kloben auf einem Kloben.

Johnson stößt Claudia in die Seite wie ein Reiter in die Flanken eines Esels: *»I hate you«*, flüstert er.

Claudia weicht erschrocken zurück.

Pikiert schiebt Amimun sie wieder nach vorne.

Rotweste räuspert sich. Er scheint ein wenig nervös. »Herrschaften... Herrschaften! Darf ich Sie einen Moment um Aufmerksamkeit bitten?! Wir sind von der Steuerfahndung. Der Finanzbehörde zur Erforschung von Steuerstraftaten. Ich bitte Sie lediglich, mit uns zusammenzuarbeiten und zwar an einer gerichtlich angeordneten Durchsuchung bei einem Verfahren gegen Ihren Arbeitgeber wegen Hinterziehung von Steuergeldern. Ich möchte, dass Sie das alle richtig verstehen. Sie selbst haben mit dieser Angelegenheit nichts zu tun. Es geht einzig und allein um Ihren Arbeitgeber, der der Fälschung von Bilanzen bezichtigt wird. In Ihrem eigenen Interesse haben wir eine gründliche Durchsuchung angesetzt und führen diese heute durch.« Er streicht sich mit dem Daumen über seine Augenbraue. »Haben Sie noch irgendwelche Fragen, Herr…«, er klatscht in die Hände, »…schaften?«

Krimo sieht mich an… blickt zitternd zu Agnes hinüber… schluckt… saugt seine Lippen nach innen und sorgt für eine Szene, die ihm eigentlich nicht liegt… die ihm nie vorhergesagt wurde: Nonchalant tritt er vor und legt seine Fleischgabel auf den Hackblock. »Ich werde mich hieran nicht beteiligen.«

Ich tausche einen Blick mit Liebe Agnes.

Rotweste ist sprachlos. Ein Pirat, der im Namen der Ehre seinen Job riskiert? So jemand wagt es, den Behörden lästig zu fallen?

Ja, oh Boy, und es ist mein Cousin.

Krimo geht zurück, gibt Agnes einen Kuss und legt seine Hände schützend um ihr Gesicht.

Die Liebe kann so schön sein, weil sie sich um nichts kümmert, sie macht einfach… zumindest, wenn man sie lässt, wenn man sie gewähren lässt, aber ich nicht, oh Boy, ich hasse die Liebe. Warum? Vielleicht weil ich doch mit ihr rechne.

Krimo gibt mir noch einen spielerischen Schlag auf die Brust und schlendert dann zum Ausgang. Dort wird er festgehalten, an den Armen gepackt und zur Treppe begleitet. »Wenn Sie mich freundlicherweise nicht anfassen würden!« Er reißt sich los, zeigt seinen Ausweis und seine Aufenthaltsgenehmigung, deutet auf sein Passfoto, auf seinen Namen, auf seine Unterschrift und geht weiter, die Treppe hinunter.

Agnes schnieft.

Ich grinse breit. Mein Cousin ist frei. Er hat obsiegt, sich aus seinem Angstei gepellt. Wie ein Küken, das zum ersten Mal das irdische Licht sieht, watschelt er an den Gockeln vorbei. Und die müssen es schlucken – ob sie wollen oder nicht.

»Seht euch den an! Selbst der Waschlappen traut sich! Ihr seid allesamt Weicheier«, flüstert Amimun, »Angsthasen.« Er verpasst Doornkaat einen Stoß. »Komm.« Der Reihe nach krümmt er seine Finger. Drei … zwei … eins …, bis sie eine Faust bilden. Er sieht sich noch einmal kurz um, dann bilden seine Lippen: »Jetzt!«

Und im nächsten Moment rennen sie davon, um den Herd herum, an den Kühlräumen und Gefrierschränken vorbei zum Aufzug … wie kein anderer kennen sie alle Ausgänge … sie werden es schon schaffen. Die Rotwesten haben das Nachsehen.

»Waren das etwa Illegale?!«, brüllt der stämmige Mann wie ein Offizier.

Rotweste holt einen kleinen Tisch hinter dem Gewürzregal hervor und bläst und wischt den Staub ab. Dann nimmt er sich einen Stuhl, setzt sich, verteilt einige Utensilien auf dem Tisch und klappt sein Notebook auf. Die Küche wird jetzt zum Vernehmungszimmer.

»Wichtigtuer«, sagt Johnson laut.

Rotweste sieht mit einem vagen Lächeln auf und blickt dann wieder direkt zu seinen klappernden Fingern auf den kleinen Tasten. Der Reihe nach werden wir aufgerufen und verhört.

Ich langweile mich zu Tode, suche Bewegung. Hände auf den Bauch, schön kraulen, rauf zu meinem Nacken. Leider habe ich keinen Kaugummi dabei. Ich lese die Zutatenliste auf einer Dose Tomatensauce, lasse meine Gedanken hin und her flitzen wie eine Flipperkugel – vom Auge zum Ohr und vom Ohr zum Auge.

Wasser Wie heißen Sie *Tomatenpüree* Johnson *Aubergine, Paprika* Haben Sie keinen Vornamen *Pflanzenöl* No *Salz* Wie lange arbeiten Sie hier schon *modifizierte Stärke* Sieben Jahre *Zucker* Wie viel verdienen Sie hier *Knoblauch* Neun Floppen die Stunde *Basilikum* Können Sie sich ausweisen *Petersilie* Nein *Cayennepfeffer* Wann wurden Sie geboren *Kräutermischung* Neunter November neunundfünfzig …

»Sie können jetzt da rübergehen. Bert, würdest du Herrn Johnson bitte kurz durchsuchen?«

»Mann, das ist hier ja wie im Straflager«, murmelt Johnson.

»Genau!«, brüllt der Steuerfahnder. Er sieht hoch, den Stift wie eine Zigarette zwischen den Fingern. »Der Nächste! Meneer Dunia!«

»Bingo!« Ich schiebe mich selbst nach vorne, mit Beinen, die gerne schweben würden.

Rotweste wirft einen prüfenden Blick auf mein T-Shirt. »Soso, wen haben wir denn da … Bob M …«

»Ich heiße Nordip.«

»Seit wann arbeitest du hier?«

»Seit neun Monaten.«

»Und was machst du genau?«

Meine Füße jucken. »Spülen.«

»Wie viel verdienst du?«

Die nassen Socken irritieren. »Nichts, noppes, nada, *walu*. Ich bin dieses Jahr hier, um zu lernen.« Ich bücke mich, kratze mich an der Ferse und am kleinen Zeh und reiße an den Spaghetti-Schnürsenkeln meiner Nikes.

»WIE BITTE?« Der stämmige Steuerfahnder stemmt sich hoch und sieht auf mich herab.

Inzwischen habe ich mich wieder aufgerichtet.

Er schiebt sich den Kuli in den Mund und fängt an, darauf herumzukauen – langsam, säuerlich und vorsichtig, als hätte er Zahnschmerzen. Dann zieht er den Stift wieder heraus, macht einen Haken auf der Personalliste und setzt sich wieder. »Hör auf, meine Zeit zu vergeuden, Junge. Ich bin hier schließlich nicht zu meinem Vergnügen. Also, wie viel verdienst du?« Er klappt seine Mappe auf.

Mühsam unterdrücke ich einen Lachanfall.

»Nichts, ich bin nur ein Lehrling, ein einfacher Lehrling …«

Wütend schlägt er die Mappe wieder zu, stemmt sich erneut hoch und zerrt an seinem Krawattenknoten. »Ha! Und was, bitte schön, lernst du hier? Den Butler für die Königin spielen?« Er richtet sich vollends auf, breitet seine Arme über dem klapprigen, mit Papier bedeckten Tisch aus und stützt sich auf die Tischecken. »Raus mit der Sprache, Bob. Was genau lernst du hier?« Er nimmt einen kräftigen Schluck Kaffee und sieht zu einem seiner Kollegen hinüber. »Will der Herr vielleicht ein zweiter Paul Bocuse werden, ja? Na?! Also los … erzähl mal …«

»Nein, nein … ich tauche hier in meine Erinnerungen ein und sehe mich um, grabe leidenschaftlich in den Gesichtern der anderen. Ich bin auf der Suche nach der Liebe, nach dem Gleichgewicht und nach dem Spiel – meinem eigenen Spiel.«

Rotweste setzt sich wieder hin und zieht eine Zigarette aus seiner Packung, obwohl auf der Tischkante noch ein Glimmstängel glüht. »Spielen kannst du auf dem Spielplatz.« Er stochert mit der Zigarette in Richtung meiner Brust. »Du bist wirklich ziemlich unverfroren, Bob.« Dann steckt er sich die Zigarette zwischen die Lippen, nimmt sie sofort wieder heraus und hält sie mit der Spitze nach unten.

Ich gestehe: »Es stimmt, ich bin nicht verfroren geboren. Tut mir Leid, aber manche Dinge … da kann ich nun mal nichts dran ändern … angeborene Missbildung.« Ich ziehe eine Mitleid erregende Grimasse und setze Löwenherz' um Hilfe bittendes Gesicht auf, so eine kriecherische Maske, die alles für sich in Anspruch nimmt, aber selbst nichts zu geben hat, deren Lächeln so schnell kommt, wie es wieder verschwindet.

Rotweste blickt mit gerunzelter Stirn auf seine Armbanduhr,

blättert ein paar bedruckte Seiten um und tippt etwas in sein Notebook. »So. Mach mal voran: Geburtsdatum?«

»Fünfundzwanzigster September fünfundsiebzig.« Ob meine Mutter schon Kaffee gemacht hat?

»Geburtsort?«

Ich hatte heute noch nicht einen einzigen Schluck. »Tamasint. Recht pittoreskes Dorf.«

»Und was machst du dann hier in diesem Schnitzelparadies?«

»Ich bin wegen des Sex hier.«

»Bert!«

Der Geier hat einen Flügel verloren

Warum kommst du zu spät, Schaumschläger?«

»Ich war schon halb auf dem Weg hierher, als ich feststellte, dass mein Fahrrad noch abgeschlossen war, Chef.«

»Ach so? Ja dann … Na dann hol mir mal 'ne Tasse Kaffee.«

Ein kurzer Blick durch den Spalt zwischen den Pendeltüren. Ich sehe die gutbürgerlichen Lampenschirme, den roten Teppichboden, die gepflegte Gastlichkeit des Blauen Geiers, dieses Aasfressers mit seinen gärenden Gedärmen, schief gemauerten Fluren und Gängen. Alles Lug und Trug. Seht mich nur an: Ich bin der Schwanz dieses Vogels, schmierig und überrollt von diesem selbst erwählten Elend. Du wolltest doch erwachsen werden, Nordip, oder nicht?

Das gedimmte Licht und die Berieselungsmusik aus den Boxen singen den Wahnsinn in den Schlaf, der hier an diesem Herd zubereitet wird.

»Sind meine Pfannen endlich sauber, faule Miesmuschel?« Johnsons sägende Stimme. Den ganzen Tag schon läuft er in der Hitze auf und ab.

Die aufgeheizte Küche fördert einen starken Drang zur Selbstzerstörung – so sehe ich das zumindest von meinem Platz hinter dem Mäuerchen. Da kann man sich doch besser selbst für dumm verkaufen, so wie ich, oh Boy, und hier in der Pfannküche sitzen. Denn hier wird man wenigstens noch high von der Chlorluft und vergisst die Zeit, Seife und Raum.

»Ich warte auf meinen Kaffee.«

»Du hast schon genug Kaffee getrunken, fauler Marokkaner.«

Doornkaat steht glücklicherweise ein Stück entfernt und zerhackt konzentriert einen Haufen Knochen, sonst gäbe es hier gleich ein vorzeitiges Schlachtfest.

»Wenn du das vor ein paar Monaten gesagt hättest, hätte ich auf deinem Kopf einen Pfannentest durchgeführt, Kamerad Koch. Aber inzwischen bin ich etwas weiter, so dass ich das Problem bei seinem Verursacher lasse«, erwidere ich.

Johnson zuckt die Achseln. Mein holpriger Kommentar lässt ihn kalt. »Du lebst nur einmal, Miesmuschel, mach es jetzt, wenn du dich traust...« Er wirft mir eine Pfanne vor die Füße. »Los, komm schon, Miesmuschel!«

»Wie du willst«, sage ich achselzuckend und trommle ein Pfannensolo auf seinem Kopf.

Es macht ihm nicht das Geringste aus. Sein zerhauenes Gesicht zeigt keinerlei Anzeichen von Verformung.

»Du hast echt ein Problem«, sage ich müde und schmeiße die Pfanne auf den Ausgabetisch.

»Probleme sind Klasse!« Er streckt seinen Arm aus und reicht mir die Hand. »Freunde!« Dann dreht er sich um und geht zurück zum Herd, während er mit einer Hand seine Stirn massiert.

Ich blicke ihm nach und überlege mir eine Stellenanzeige für den Blauen Geier.

> Abenteuerliche Arbeitsbedingungen und pausenlos Action – wäre das nicht auch etwas für Sie?
> Wir sind ein junges Team aus Schizophrenen, Alkoholikern, Zombies, Frustrierten sowie einer übermütigen Schlafmütze alias Koffeinjunkie und suchen dringend nach einem innovativen Selbstmordkandidaten.

Johnson wischt sich die feuchte Stirn mit dem Ärmel ab, dreht sich um, wendet drei brutzelnde Schweinefilets, rührt in der Pfeffersoße, und richtet die beiden Spitzen seiner Fleischgabel auf die Kellnerinnen, die das schmorende Fleisch betrachten.

Liebe Agnes und der Kaffee lassen lange auf sich warten.

»Verschwindet hier vom Herd! Abmarsch! Eines Tages jage ich euch alle noch in die Luft! Raus, raus, raus!« Er nimmt ein paar Schüsseln vom Tisch neben dem Herd, stellt sie ein Stückchen weiter wieder ab und schnäuzt sich in seine Kochjacke.

»Ich… ich wollte nur meine Hühnerpastete mitnehmen«, stottert Claudia kühn, im Küchenlärm gerade noch hörbar.

»Ich geb dir gleich Pastete! Wo? Welche Pastete? Du hast überhaupt keine Pastete bestellt! Von wem ist denn dann das gebratene Hähnchen? Von wem ist dieser mistige Gockel, der da auf dem Tisch liegt? Sag jetzt bloß nicht ›von mir‹! Wag es ja nicht!« Er deutet mit der Gabel auf den Teller, auf dem ein exhibitionistisches Hähnchen mit gespreizten Beinen und gefülltem Anus liegt.

Claudia hat einen dicken Kloß im Hals und sieht sich Hilfe suchend um. »Das ist mein Bon«, piepst sie fast unhörbar.

»Meinst du etwa diesen unleserlichen Wisch hier? Was steht da? Soll das etwa nicht Brathähnchen heißen?!« Er nimmt den Bon vom Herdrand, hält ihn gegen das Licht, als suche er nach dem Wasserzeichen, zerreißt ihn in kleine Stücke, sammelt die Fetzen in seiner Faust und lässt sie über dem Kopf des verlegenen Mädchens herabrieseln. »Dein Bon existiert nicht mehr… schreib mal 'nen neuen, den man auch lesen kann.«

Claudia weicht einen Schritt zurück. »Aber die Gäste sitzen da schon seit einer halben Stunde und warten auf ihr Essen.«

»Wenn du so weitermachst, dann warten sie noch länger! Los, Abmarsch, Trulla!«

»Kannst du dich nicht einmal normal verhalten?« Claudia

bricht in Tränen aus, wischt einen Löffel vom Ausgabetisch, schlägt die Hände vors Gesicht und läuft heulend weg.

»Ich brauch den Räucheraal und die Atlantische Fischplatte für Tisch dreizehn!«, ruft Bartels in die Küche.

»Sind fast fertig! Noch 'ne knappe Minute!«, schreit Amimun, der neben Johnson steht, genauso laut zurück.

»Nein, jetzt sofort! Die Leute haben es eilig.«

»Dann schick sie doch zu McDonald's. Ich hab auch nur zwei Hände, verstehsdu ...!«

Löffel klatschen auf den Boden. Das Telefon klingelt einsam vor sich hin.

Bartels klopft dreimal mit einer Gabel auf ein Tablett. »Mach voran mit der Fischplatte, mach schon!«

Amimun seufzt verärgert, zieht den Kopf unter der Abzugshaube hervor und mischt seine Wut mit dem Fisch. »Willst du vielleicht Sushi? Okay, dann kriegst du eben Sushi! Arschwichser!«, zischt er in fehlerfreiem Berberslang. »Mir doch egal. Aber komm bloß nicht zu mir und beschwer dich, wenn der ganze Kram zurückkommt, wenn diese Frittenfresser anfangen rumzunörgeln, verstehsdu ...«

Murmelnd pickt er die Fischstücke mit der Fleischgabel auf und schiebt sie mit seinem Daumen auf einen Servierteller. Er wendet Bartels den Rücken zu, hält einen Teil des Tellerrands kurz in die Herdflamme, bis sie rot aufglüht, marschiert zur Ausgabe und schmeißt den Servierteller auf den Tisch. »Hier, mach doch, was du willst. Macht doch alle, was ihr wollt ...« Er dreht sich um, kämmt sich mit den Fingern durch die Haare und zaubert ein genießerisches Grinsen auf sein Gesicht.

»Aaaah ...! Scheiße, verdammte ...!« Bartels rennt, die Finger im Mund, zum Spülbecken.

Jetzt kommt auch Meerman hinzu, der seit neuestem hier unten mithilft. »Nur die Ruhe, Amimun, nimm den Teller wieder mit und brat den Fisch vollständig durch. Zwei Hawaii-Schnitzel für Tisch neunzehn sind fertig!«

Johnson stellt die beiden Teller mit den panierten Schnitzeln, den Ananasscheiben und der Currysauce auf den Tisch und wischt mit einem Handtuch ein paar Fingerabdrücke vom Rand.

Meerman nimmt die Teller, stellt sie auf ein Tablett, auf dem schon Schüsseln mit Erbsen, Kroketten und Pommes frites warten, und drückt Sofie das Tablett in die Hand.

Sofie ist angespannt; ihr Gesicht glänzt feucht vor Anstrengung. Sie lässt ihren Busen auf ihren Armen ruhen, stößt einen Seufzer nach dem anderen aus. »Ich muss noch Toast zu Tisch vierzehn bringen«, murmelt sie benommen.

»Zuerst das hier, Mädel … los, Abmarsch!«

Seit der Razzia der Steuerfahndung geht es in der Küche drunter und drüber. Alle vermissen den Jungen, der sich wie ein Sklave für andere aufopferte, meinen Lieblingscousin. Krimo hat ihnen was gepfiffen – er singt jetzt sein eigenes Lied und tanzt nach seiner eigenen Pfeife.

Der Frust, der früher schon schwer in der Frittenluft hing, ist noch schlimmer geworden. Vor allem Wilhelm ist kaum mehr zu genießen. Wie ein aufgescheuchtes Huhn rennt er hin und her, vom Kühlhaus zum Kräuterregal, vom Herd zur Mikrowelle, Teller rein, Teller raus. Angespannt dreht er an den Zeitschaltuhren. Flambierte Kirschen raus, Fleischberge und Kartoffelpüree rein. Auftauen, garen, braten. »Achtung, Vorsicht, heiß und fettig!« Er stolpert von Augenblick zu Augenblick. Schweigsam, nachdenklich, kopfkratzend. Nur sein Unterkiefer ist permanent in Bewegung. Verwundert löffelt er ein paar rote Hackbällchen aus der Tomatensuppe.

Während der Stoßzeit, in der größten Hektik – der Stunde, in der die schlimmsten Nörgler an den Tischen rumsitzen –, steht plötzlich Ali die Meckerziege in sauberer Küchenuniform hinter Wilhelm. »Hallo Chef, ich muss Sie mal was fragen.«

Wilhelm rührt gerade in einer Schüssel mit flambierten Kirschen, die er mit Speisestärke andickt. Er sieht sich zu dem Jungen um, dessen Name sich zum Synonym für feuchten Besen entwickelt hat. »Was willst du? Ich hab jetzt keine Zeit, Ali. Erst muss ich das hier… Mach 'nen Abgang… geh fegen…« Er klopft mit dem Löffel gegen den Schüsselrand, so dass die letzten Stärkeklümpchen abfallen.

»Ich will eine Gehaltserhöhung, Chef.« Entspannt stützt Ali sich mit dem Kinn auf den Besenstiel. In seinen Augen döst pure Gleichgültigkeit.

Der Chefkoch streicht sich mit den Händen übers Gesicht, öffnet sie wie ein Buch, sieht, dass sie vor Anstrengung schweißfeucht sind, und richtet seinen überraschten, verachtungsvollen Blick auf den Küchenfeger. »Du, Ali? Du …? Gehaltserhöhung? Nicht jetzt, Ali, nicht jetzt! Schalotten, Schinken… hab ich. Petersilie… hab ich. Hirn… hatte ich. Und was noch? Wer brauchte jetzt auch wieder die Kalbsnussscheiben?« Suchend blickt er sich um, will Ali, ohne eine weitere Erklärung abgeben zu müssen, auf diese Weise entkommen. »Wer brauchte jetzt auch wieder die Kalbsnussscheiben? Wer war das denn? Wer?«

Niemand reagiert.

»Verdammte Verbrecherbande, alle miteinander«, murmelt Wilhelm und wirft die Kalbsnuss in den Mülleimer.

Ali lässt nicht locker. Er fegt schon seit drei Jahren und erzählt seit drei Jahren immer dasselbe: »Chef, ich will 'ne Gehaltserhöhung, oder ich gehe. Echt wahr, Chef. Wenn ich erst mal weg bin, bin ich weg. Und wer soll dann fegen?« Er schiebt den Besen vor sich her, bleibt so – wie ein träger Straßenfeger – stehen und wartet auf die Erfüllung seiner Forderungen. »Kommen Sie schon, Chef. Bitte, Chef!«

Amimun schlendert an ihm vorbei. »He, du lahme Ente. Blamier uns nicht.«

Mein Cousin hat Ali offensichtlich dazu ermutigt, für sich

selbst einzustehen, gegen Türen zu schlagen, die sich nicht öffnen wollen. Und falls man nichts erreicht, dann hat man es wenigstens versucht. Erst durch Krimos unerwartete Kaltblütigkeit erkannte Ali, dass man für seine eigenen Antworten, seinen eigenen Spielraum, für sein eigenes Spiel alle Türen sprengen darf. Zeig deinen Ausweis, dein Gesicht, deinen Namen, deine Unterschrift, deine Identität. Zeig, dass du Mumm hast, und nimm die Treppe ins FREIE. Wer? Ich? Ali? Im Freien ist es aber kalt und ich bin ganz unten...

»Nimm mal die Kiste Paprikaschoten, Ali, und komm mit. Wir werden jetzt leckeren Gulasch machen. Du magst doch Gulasch, oder, Schmierlappen?«

Ali schweigt.

»Was willst du eigentlich, Ali? Was willst du von mir? Wie viel willst du mehr haben, Putzteufel?«

»Ich bin kein Teufel, Chef.«

»Das musst du selber wissen, was du sein willst und was nicht, solange du nicht so wirst wie ich.« Wilhelm halbiert ein paar Paprika und nimmt das Herz, das zusammen mit den Samen am Stiel sitzt, aus dem Fruchtfleisch. »Ich bin einzigartig und will es auch bleiben«, sagt er düster. »Mein ganzes Leben lang laufe ich für diese Meermänner hin und her, Tag und Nacht. Einen halben Tag pro hektische Woche darf ich raus, und dann muss ich die Namen meiner Kinder wieder von vorne lernen. Halt dich von der Gastronomie fern, Putzerfisch... Lern ein Handwerk, ein richtiges Handwerk, sonst bleibst du dein Leben lang die meckernde Mistfliege, die du heute bist. Und jetzt mach 'nen Abgang.« Wilhelm blickt zur Seite und sieht, dass ich die Situation genieße. »Weiterspülen, Schaumschläger! Wir brauchen Pfannen!«

Eifrig spüle ich weiter, wie eine brünstige Küchenmagd für ihren Lohn. Allerdings mit gespitzten Ohren.

Ali verfolgt mit den Augen das Messer, mit dem der Chefkoch

blind und dicht vor seinen Fingernägeln die Paprikahälften in dünne Streifen schneidet.

Wilhelm sieht wieder auf. »Wie viel?«

»Einen Euro fänd ich prima, Chef. Ich will nächstes Jahr mit dem Auto in Urlaub fahren. BMW Cabrio, Turboeinspritzer, breite Reifen, Sportlenkrad, CD-Wechsler … «

»Ja, ja, hör schon auf, hör schon auf. Was willst du eigentlich mit so 'nem Schlitten? Du kannst doch noch nicht mal über das Lenkrad sehen.«

»Bräute, Chef. Heiße Bräute, Chef, die stehen auf so was. Echt wahr, Chef.«

Wilhelm lacht säuerlich. Die Verzweiflung hat sein vom Schlafmangel kalkweißes Gesicht schwer gezeichnet. Er sieht auf und hält den Atem an, indem er die Lippen fest nach innen saugt. Nach einer Weile stülpen sie sich wieder nach außen. »Wie viel kann ein Mensch aus Fleisch und Blut ertragen?«

»Keine Ahnung, Chef.« Ali steht ungerührt neben ihm und strahlt eine Ich-kümmer-mich-nur-um-meinen-eigenen-Kram-Haltung aus.

»Mann, Mann, Mann … Was hab ich euch denn getan? Ihr seid mir echt ans Herz gewachsen, und ich hoffe, dass ihr alle ohne Ausnahme krepiert. Also antworte mir … warum? Gib schon deinen Stundenzettel her, du kriegst deinen Euro, Putzteufel. Und jetzt geh wieder fegen … geh fegen und lass mich in Ruhe.«

Für mich ändert sich nur wenig – ein paar zusätzliche Pfannen, etwas mehr Geschrei, etwas mehr Spülkram, aber mehr auch nicht. Allerdings bleibt jetzt weniger Zeit für ein gutes Gespräch bei einer Tasse starkem Kaffee. Ständig herrscht Hochbetrieb. Das Restaurant ist jeden Tag überfüllt mit Gebäck-in-Kaffee-Tunkern – sensationsgeile Katastrophentouristen, die in Massen hier auflaufen, um den von den Behörden streng kontrollierten

Salat zu kosten. Sie haben die marktschreierischen Schlagzeilen über Meermans Nacht im Bau gelesen, über die Betrügereien mit der Buchhaltung und den Gehältern, den Illegalen und Schwarzarbeitern. Was stimmt davon und was nicht?

Geschrei, verzerrte Gesichter, Streit, Stress… und zahlreiche Reklamationen. Die Küche steht mächtig unter Druck, und es ist niemand in Sicht, der wie mein Cousin dem Dampf ein Ventil verschaffen könnte. Jeden Tag kommen etliche Gerichte zurück, und es hagelt Beschwerden.

Der Blaue Geier ist krank und fliegt nur noch mit einem Flügel.

Ich staple gerade ein paar Pfannen aufeinander und suche mir mehrere Schwämme zusammen, als plötzlich jemand ruft:

»Nordip! Nordip! Telefon… Telefooon!«

Ich schrecke zusammen. Die Bürste fällt mir aus den Händen. »Telefon? Für mich? Vielleicht die Lottogesellschaft?«

»Dein Vater, Mann. Was hast du jetzt schon wieder ausgefressen, Spülwurm?«

Vor lauter Langeweile habe ich gerade eine Kakerlake geköpft.

Ich lasse den Schwamm fallen, reiße die Plastiktüten von meinen Füßen und schleppe mich mit quietschenden Schuhen zum Telefon. Dort übernehme ich den Hörer von Amimun, der zurück zum Herd rennt, zwei große Seezungen an der Schwanzflosse packt, kurz durchs Mehl zieht und in die Butter gleiten lässt. Die Butter ergießt sich in die gaffenden Fischmäuler und verbrennt die dünnen Schwanzflossen.

»Hallo.« Die Stimme meines Vaters klingt feucht; sie kommt aus einem tiefen Tal. »Sie ist gestorben, kleiner Scheißer.«

Ein Schlag vor den Kopf. Ein Zittern geht durch meinen Körper. Stille. Großmutter. Ein Black-out. Tamasint, unser Kaktusgarten, unsere Birnbäume, die Sträucher in den felsigen Tälern, ein Grab…

»Sie ist tot… sie ist tot… Mevrouw Marode ist gestorben.«

Ich halte den Hörer an mein Bein.

»Nordip? Hallo Nordip? Mein kleiner Scheißer, bist du noch dran?« Der Hörer wird aufgelegt. Die Verbindung ist unterbrochen.

Meine Beine werden zu Pudding, und ich lehne mich an die Wand. »Kann mir bitte jemand einen Kaffee holen?«

Keine Reaktion.

»Kann mir bitte irgendjemand einen Kaffee holen?«

Nichts.

»Kaffee! Kaff-feeee!«

Liebe Agnes blickt hoch, während Meerman ihr zwei Teller in die Hand drückt. Zusammen mit Claudia spurtet sie in Richtung der Pendeltüren. Sie tritt gegen die Trennwand zwischen Küche und Restaurant, zwischen Hektik und Ruhe, zwischen der abgepackten Instant-Wirklichkeit und der schönen Illusion, appetitlich garniert auf einem Teller.

Aus dieser Entfernung starre ich völlig verständnislos vor mich hin, mit dem letzten Bild von Mevrouw Marodes Gesicht – wie zusammengeknittertes Faltpapier – auf meiner Netzhaut, und mich beschleicht ein Gefühl vollkommener Sinnlosigkeit. Was tue ich hier eigentlich? Die Zeit schlägt unbarmherzig zu, sie tötet – ob du nun schläfst oder geschäftig umherrennst, Nordip. Es zählt nur das Jetzt, nur der Moment, jetzt bist du an der Reihe, Junge, in deinem eigenen Spiel… Und was jetzt? Jetzt heule ich. Ich heule wie ein Kind.

»Sind die Schnitzel für Tisch dreißig schon fertig?«

Wen kümmern jetzt schon ein paar Schnitzel, ein dreckiges, grunzendes Schinkenstück? Pah!

Ich habe hier im Blauen Geier noch keine einzige Träne vergossen; ich habe mir selbst weisgemacht, dass ich den Kinderschuhen entwachsen wäre, dass ich größer wäre, realistischer… und jetzt… mit nur zwei Händen kann ich die Tränen kaum auffangen… und niemand bemerkt es, niemand… ja, du, oh Boy, aber wer bist du schon?

»Wo bleibt mein Kaffee?!« Liebe Agnes in deinem blöden, verschrumpelten Pinguinkostüm, bring mir bitte, bitte einen Kaffee. »Kaffee, Kaffee, Kaffee!«

Sie negiert mich einfach mit ihrem Jetzt-nicht-Nordip-Blick. De Ruyters Tochter, die hier im Blauen Geier das gefunden hat, was sie suchte, was wir hier im Grunde alle suchen, in dieser entscheidenden Lebensphase, in der Vorschulklasse unseres Lebens – Liebe und Zuwendung. Sie negiert mich wie die schmierigen Kakerlaken, die über den Fußboden kriechen.

Mit einem wütenden Gesicht und klackenden Schuhen stürmt meine Retterin auf Meerman zu. »Hier!« Sie reicht ihm eine Serviette. »Ich hab die Schnauze gestrichen voll«, fährt sie ihn an und stemmt die Hände in die Hüften.

Dann sieh mich mal an.

»Ruhig, Mädel…« Mit gerunzelter Stirn liest Meerman laut vor:

> Wir sind hierher gekommen, um zu essen und nicht, um stundenlang darauf zu warten. Geben Sie das Essen Ihrem Chef und sagen Sie ihm, dass es sich um ein ungenießbares Stück Schweinefleisch handelt. Und sagen Sie ihm auch, dass wir hier keine Unbekannten sind. Der Narr denkt wohl, wir wären ein Haufen hungriger Idioten. Wir wollten nur ein Rinderfilet mit Pommes frites und keine Schuhsohle mit Mayo. Vor lauter Hunger haben wir die Rechnung aufgegessen – die mundete allerdings köstlich.

»Scheiße!« Meerman faltet die Serviette zweimal, stopft sie in seine Gesäßtasche und beugt sich über eine Schüssel Erbsen. »Das sollen Erbsen sein?!« Die Frage stellt er sich selbst, und seine angewidert verzogenen Mundwinkel sagen genug. Er schiebt einen Finger in die Gemüseschüssel und zerdrückt die grünen Kügelchen. Dann marschiert er mit der Schüssel in der Hand zum Chefkoch hinüber.

Wilhelm versucht gerade, einer alten Sauce béarnaise mit Farbstoff etwas Glanz zu verleihen.

Meerman leckt fast an Wilhelms Ohren, als er ihm etwas zuflüstert.

Zusammen gehen sie zurück zum Herd und inspizieren die restlichen Gemüseschüsseln.

Als Wilhelm probiert, läuft er rot an vor Scham und stürmt auf Ivan zu, der vor Stress bereits tanzt.

Was für ein nervöses Ballett. Kartons auspacken, Pommes und Kartoffelscheiben frittieren, Erbsen in die Töpfe werfen und schaufeln und schöpfen und schöpfen und schaufeln, denn diese Tage sind beherrscht vom Hunger.

»Wo bleiben die Fritten? Das Essen wird kalt... mach schon, mach schon, mach schon! Sind die Erbsen bald fertig? Kartoffeln in die Pfanne! Los doch!« Bartels schreit.

Er hat als Kind zu wenig geschrien. Babys müssen kräftig schreien, sich alles von der Seele schreien.

Wilhelm reißt Ivan die Schöpfkelle aus der Hand.

Ivan blickt überrascht auf den Chefkoch hinab. *»What are you doing, man?«*, fragt er empört und lässt die Frittenkelle fallen.

»You go!«, schreit Wilhelm und sticht mit einem Finger in Ivans kräftige Schulter, die ihn turmhoch überragt. »Ach, *you must go*, weg, raus...! Hop, hop, kssst... go! Nun mach schon, Frittenheini!«, tobt Wilhelm. »Was soll denn das werden, wenn's fertig ist?« Wütend reißt er das Handtuch aus seinem Gürtel, packt den Topf mit Erbsen an seinen nassen Henkeln und kippt ihn um. Er fühlt sich für das Elend in der Küche verantwortlich. *»You are modderfucker who kann nicht cook. Go home.* Was ist... was ist das? Erbsensuppe?« Danach schlägt er mit der Hand in das Frittierfett, fischt ein verkohltes Hackbällchen heraus, wirft es in

die Luft, fängt es mit dem Mund auf und macht große, wütende Augen, um dem großen Ungarn Angst einzujagen. »Das schmeckt wie Scheiße! *Do you like Scheiße, modderfucker?* Dann friss auch deine eigene Scheiße, Drecksau!«

Ivan lässt den Kopf hängen, schüttelt ihn mehrmals ungläubig, schiebt eine Hand in seine Hosentasche, zieht einen zerknitterten Stundenzettel hervor und reicht ihn Wilhelm. »*Sign it. Sign it.* Isch gä nachchause«, sagt er ruhig, sichtlich in seiner Ehre gekränkt. Er spürt, wie Wilhelm ihm den Zettel aus der Hand reißt, sich daran weidet – die Zungenspitze aus dem Mund –, mit hastigen Strichen etwas darauf kritzelt und ihm den Zettel zurückgibt.

»Ich bin stolz auf dich!«, schreit Johnson.

»Weitermachen, Yankee!« Wilhelm sieht wieder zu Ivan hinauf. Seine Finger zittern. »Hier, bitte. Kauf dir 'ne Portion Grips dafür, Frittenheini!« Manchmal kann Wilhelm echt nett sein.

Ivan schaut sich um, sieht überall bestürzte Gesichter... und dazwischen ein breites Grinsen: Amimun. Der Ungar dreht die Adidaskappe, die immer verkehrt herum auf seinem Kopf saß, nach vorn, reißt sich die Schürze von der Hüfte und wirft sie in das Frittierfett. Unter Ausstoßen rasselnder osteuropäischer Verwünschungen und einem »Mihse Raate, verräcke!«, mit dem er den Küchenkaspar verflucht, verlässt er hoch erhobenen Hauptes die Küche.

Meine Nachbarin ist tot

Backe, backe Kuchen,
wer will heute fluchen?
Wer will gute Schnitzel machen,
der muss haben sieben Sachen:
Schweine und Schmalz,
Pfeffer und Salz,
Panade und Mehl,
Farbstoff macht das Ferkel gel.
Schieb, schieb in'n Ofen!

Meerman hat den Blauen Geier nicht mehr im Griff. Die Mannschaft ist ihm über den Kopf gewachsen, denn es sind nur noch wenige übrig: Krimo, mein Lieblingscousin, ist singend davongezogen, und Ivan der Erbsenspezialist, hat das Weite gesucht. Aber Amimun und Johnson in etwas geringerem Maße – diese Jungs beherrschen das System perfekt. Das System, das hier »am Küchenfließband stehen« heißt: organisieren, rausschicken, braten, garnieren, Bons ausrufen, im richtigen Moment schimpfen. Niemand weiß, wie das Ganze richtig zu laufen hat, und es wird auch niemandem beigebracht. Man muss sich schon selbst hinter den Herd stellen, eine Fleischgabel nehmen, den Kopf unter die Abzugshaube halten, bis die Haare vor triefendem Fett stehen und die Haut dank der starken Grilllampen eine Bronzetönung annimmt. Hier darfst du die Kellnerinnen begehren oder beschimpfen, Halleluja brüllen und den Dirigenten des Hungers spielen …

Meerman sieht sich nervös um. »Willi! Komm mal kurz, komm mal kurz hierher …!«

Der Chefkoch eilt zum Herd, dort, wo der Direktor des Siechen Geiers sich zu ihm herunterbeugt und mit Nachdruck in die Küche zeigt. Inzwischen spricht Meerman, wie um ihn zu verunsichern, Wilhelm nur noch mit »Willi« an; er sagt ihm, dass der Betrieb nicht gut läuft, ach was, nicht gut läuft … dass alles Mist ist, dass »wir diese Woche schon den x-ten unzufriedenen Gast hatten« und dass die Zeitungen bestimmt wieder voll davon sein werden. »Wenn das so weitergeht, müssen wir bald dichtmachen, Willi, wenn wir so weitermachen, müssen wir schließen und dann musst du auf Stütze gehen, Willi. Die Küche läuft nicht mehr, seit dieser flötende Bimbo, dieser Krimo abgehauen ist. Die Motivation des Personals ist unter den Nullpunkt gesackt und von Kommunikation kann keine Rede sein. Was gedenkst du daran zu ändern, Willi? Was willst du dagegen unternehmen?«

Wilhelm wird mit dieser Verbalknarre gegen den Tisch gedrückt. Der vorwurfsvolle Wortschwall fliegt ihm wie Kugeln um die Ohren. In seiner flachen Brust trommelt ein beschleunigter Herzschlag, sein Atem stockt, und sein Herz leiht sich Blut aus seinem abgewandten Gesicht, um das alles verarbeiten zu können. Dadurch wirkt Wilhelm noch bleicher als sonst – geschminkt vom Stress.

»Welche Geheimwaffen hast du außer deinem stumpfen Beil, deinen Fleischgabeln und deinem verrosteten Fleischwolf sonst noch auf Lager, Willi? So geht es nicht weiter. So ist mein Geier bald pleite. Hier muss ein frischer Wind wehen, Willi. Am Herd muss wieder jemand mit Ahnung stehen. Jemand, der nicht nur gut ist, sondern auch jemand, von dem sie es nicht erwarten.

Dann wächst der Neid untereinander, und durch diese interne Rivalität erzielen wir wieder gute Ergebnisse. Denn genau das ist es, was sie antreibt. Das musst du ausnutzen, Willi.«

Verstört, als sähe er blaue Vögel durch die Küche fliegen, schaut Wilhelm sich um. Er ist nicht mehr er selbst.

»Was glaubst du denn, wie die insgesamt achtzig stolzen Blauen Geier entstanden sind? Das nennt man Management, Willi, denk doch mal praktisch. Du musst im großen Stil planen.« Meerman versetzt dem Chefkoch einen aufmunternden Schubs, nimmt sein Jackett vom Haken und lässt seinen Blick auf mich fallen.

Wilhelm folgt seinem Blick. »Was stehst du da rum mit dem Hörer am Bein, Schaumschläger?!«

Es ist nur heiße Luft. Wilhelm ist vollkommen ausgelaugt.

»Geh spülen.«

»Mevrouw Marode, meine liebe Nachbarin, ist tot«, sage ich trübsinnig und reibe mir die Augen. Meine Wimpern kleben aneinander.

»Ach ... wie schön für dich. Wenn meine Frau stirbt, können wir zusammen feiern, Schaumschläger.«

Meerman starrt mich an, als würde er zum ersten Mal meinen Wert schätzen. Er klappt den Kragen richtig und klopft ein paar Flusen von seinem Jackett. »Das ist es! Spiel mit ihm, Willi, spiel das Spiel mit ihm! Setz ihn weiter oben ein. Dieser Junge ist auf der Suche nach mehr. Gib ihm und uns eine Chance. Nutze alles, was dir zur Verfügung steht.«

»Der Tellerwäscher?«, fragt Wilhelm fassungslos, als hätte er gerade gehört, dass der Blaue Geier mit drei Restaurantsternen bedacht werden soll. »Dieser Schmierfink? Diese Kakerlake?«

»Ja, dieser Tellerwäscher. Ich hab's dir ja schon mal gesagt. Die sind nicht so, wie du denkst.« Meerman nimmt sich eine Fritte, sieht mich direkt an, zwinkert mir wie eine übermotivierte Bordsteinschwalbe zu und marschiert an der Fritte knabbernd ins Restaurant.

Wilhelm bohrt in der Nase. »Ach … es ist doch sowieso gelaufen …«, murmelt er und tunkt eine Schokowaffel in eine Dose Tomatensauce. »Mit dem Geier ist es doch sowieso gelaufen. Meerman kann den Laden besser gleich warm sanieren. Dann kriegt er zumindest noch Geld von der Versicherung …« Er hält die Waffel hoch. Die Mischung aus Tomatensauce und Schokolade tropft über seine Hand auf den Ärmel seiner Kochjacke. »Der Schaumschläger …? Meerman ist wohl völlig übergeschnappt. Es ist gelaufen, vorbei, finito. Jetzt komm endlich vom Telefon und troll dich zu deinen Pfannen, Schaumschläger! Es ist gelaufen …«

Mein Vetter besteigt die Bretter

Samstag, vierundzwanzigster November oder um den Dreh. Ein Anruf von Krimo, eine Einladung, auf die ich – mehr tot als lebendig – die ganze Zeit gewartet habe.

Einfach reingehen, nichts Besonderes, oh Boy. Keine dummen Fragen, kein überbreiter Pitbullaufpasser an der schweren Tür, der mit bellenden Worten eine deutliche Linie fährt: Ausweis zeigen, keine falschen Schuhe, keine falsche Hose, keine falsche Jacke, keine falschen Ohren...

»Bist du sicher, Mann? Wirklich sicher, zweihundert Prozent sicher?«

»Ja, geh einfach rein, Mann.«

»Kein Problem?«

»Kein Problem.«

»Okay.«

Irgendwie doch anders als im Klokhuis, wo sie seit neuestem auch eine Hausordnung haben, eine maßgeschneiderte Zugangspolitik, oh Boy – so nach dem Motto:

»Nein!«

»Nein ist doch keine Antwort. Kannst du das nicht etwas freundlicher formulieren... bitte...«

»Ey, Alter, du komms hier net rein. Neue Vorschrift vom Boss«, brummt der Gorilla, als spräche er aus einem hohlen

Weinfass. Die Galle, die er spuckt, krieg ich in den falschen Hals. Stur sieht er in Richtung Türrahmen. Überrascht und in meinem ganzen Stolz gekränkt, betrachte ich den dicken, rot gefleckten Hals. In die Enge getrieben von den zerfleischenden Blicken der anderen Gäste, die auf ein festliches Besäufnis scharf sind und nicht auf einen fröstelnden Nordip, spucke ich den Gedanken via Zunge aus meinem Schädel. »Wann wirst du denn mal endlich für dich selbst reden, ganz zu schweigen für dich selbst denken, du Conan von Opwallen? So viel zähe Fleischmasse unter einem Giftzwerggesicht. Das … das kann doch nicht so schwer sein?! Aber vielleicht solltest du dich auch mal zwei Jahre aufs Ohr hauen, dich auf das Schwabbelbett deiner Wampe legen.«
Sendepause.
Er dreht seine Nackenmuskulatur, spuckt zweimal in seine Hamburgerpranken, reibt sie warm, klatscht einmal hohl in die Hände und streicht sich über den kahlen Schädel. Schließlich platziert er seine Reaktion auf meinen verzweifelten Verbalausrutscher auf die elegante Stahlkappe seines Stiefels und tritt sie gegen mein nichts ahnendes Steißbein.
»Auaaah!«
»Wichser!«
»Kusch, Bello!«
»Verpiss dich, Arschratte.«
»Okay.«

Prüfend und peilend sehe ich mich um. In dem feuchtkalten Konzertsaal tanzen und springen überall Gruppen junger Männer und Frauen herum, und an den violetten und grünen Mauern hängen große Plakate, die Krimos Auftritt ankündigen. Ein hagerer junger Mann, ohne Fleischgabel, dafür im Jeanshemd und mit einem Mikro an den Lippen. Irgendwie hat er eine gewisse Ähnlichkeit mit mir. Diese Nase …

Cheb Krimo
24. November
Live im Nachtvlinder

Mitten in Amsterdam. Ein dunkler Saal mit Lampen, die das Licht bündeln. Auf der Bühne ist ein Schlagzeug aufgebaut, das nur darauf wartet, betrommelt und mit Besen gestreichelt zu werden.

Zusammen mit Liebe Agnes (ich darf für Krimo auf sie aufpassen) schlendere ich zur Bar, die mit lustlos herumhängenden Musikliebhabern, snobistischen Neugierigen und aufgedrehten Partygängern besetzt ist.

Die rothaarige Bardame überrascht meinen Blick mit ihrem schweißdurchtränkten und daher fast durchsichtigen T-Shirt, unter dem zwei gigantische Milchmaschinen in Hertie-Hängematten bereitliegen. »Und, was willst du trinken …?«

»Äh, ja, zwei große Cola … mit zwei großen Eis … Eiswürfeln … ja, zweimal bitte …« Meine Augen rollen wild hin und her, landen wie magisch angezogen immer wieder in der Senke zwischen den beiden sommersprossigen, Fleisch gewordenen Fendern, die fast unter meiner Nase kleben.

Der 7. Sinn
Halten Sie Abstand … immer

Agnes verpasst mir einen Klaps auf den Hinterkopf.

Ich sehe mich um. Ich verschütte Cola. Ihr Glas.

Sie nimmt das Glas. Bekommt nasse Finger. »Ferkel.«

»Ja, aber Schnitzel servieren, die zwölf Stunden am Tag in der Soße schwimmen, das ist Klasse. Du kannst mir ja mal deine zeigen«, sage ich mit gespieltem Ernst.

Ich bekomme noch einen Klaps auf den Hinterkopf. Schon

etwas fester. Und direkt danach noch einen. Noch fester. »Nordip, denk nach, bevor du etwas sagst.«

»Okay, Liebe Agnes, ich werde darüber nachdenken.«

Agnes deutet auf eine Ecke, in der ein junges Mädchen mit bernsteinfarbenem Haar tanzt. Sie trägt einen grünen, durchscheinenden Kaftan, der die Schönheit ihres Körpers unterstreicht. In ihrem hellbraunen Gesicht strahlen zwei herausfordernde Augen, schwer beladen mit feuchter Selbstachtung. Sie besitzt große Ähnlichkeit mit Chupita.

Chupita!

Soll ich morgen meinen Stolz überwinden und sie anrufen, ihr erzählen, dass ich nicht mehr der faule Nordip bin, der ich einmal war?

»Hallo? Nordip?! Hallooo, das ist ja lange her … Wie geht's denn so, was treibst du so?«

»Ach, wie es halt so geht. Ich bin jetzt Seifenspender bei einem Geier …«

Tuut-tuut-tuut. Ihre Verbindung wurde unterbrochen, versuchen Sie es später noch einmal.

Dieses Telefonat sollte ich vielleicht noch einen Monat zurückstellen.

»Oh, Mann, sieht die klasse aus«, sagt Agnes mit dünner Stimme, das Glas an ihrer Unterlippe. »Ich wünschte, ich könnte so tanzen.«

»So darfst du nicht denken, Liebe Agnes.«

»Denkst du denn nie so?«

»Nein, so denke ich nie.«

»Das glaub ich nicht.«

»Ich glaube nicht, dass ich so denke.«

»Du redest immer um alles herum.«

»Denkst du?«

Auf der Bühne erscheint einer der Mitspieler von Krimos Band. Er winkt. Ich winke zurück.

Ein leicht dicklicher Mann mit einer Kappe und einem Geigenbogen in der Hand nimmt die E-Geige, die auf der Bühne demütig für ihn bereitliegt. Er hält sie mit gestrecktem Arm fest und lässt den Bogen einmal über die Saiten gleiten, um den Klang über die Monitorboxen zu sich durchdringen zu lassen. Er prüft, schmeckt, ist nicht wirklich zufrieden. Der Mischer auf der gegenüberliegenden Seite fängt seinen Blick auf und dreht und schiebt an den Reglern. Die kurze, schnelle Klangwelle dringt durch meinen Körper, stimmt meine Knochen, schießt nach oben, lässt meinen Kopf zucken und bringt meine Hände über die geladenen Härchen in Bewegung. Der stämmige Mann drückt das Instrument mit den weiblichen Rundungen tiefer in seine Halsbeuge. Sein langes, leicht flaches Kinn hält die Geige fest an ihrem Platz. Als er den Bogen erneut über die Saiten bewegt – von kurz nach lang –, entweicht ihr der Schrei einer gefangenen Seele. Das Instrument stimmt ein harmonisches Wehklagen an, das sich über meine Brust einen Weg bis tief in mein Innerstes sucht: Es versinkt bis in meinen Magen, zieht mich in einen Eimer Seifenlauge, ich blase Seifenblasen, Speichelblasen, Löffel, Gabeln, Schweinsköpfe, Schaumlöffel, Teller, Wilhelms Stimme keift durch meinen Kopf, Mädchen kreischen …

»Zigarette?«

»Du bist wohl nicht ganz bei Trost!«, sage ich zu meiner wild herumhüpfenden Nachbarin.

Ein zweites Bandmitglied – ein großer Schwarzer – kommt unter lautem Applaus und Mädchengekreisch auf die Bühne. Er macht eine tiefe Verbeugung, nimmt hinter einem schwarzweißen Tasten-Doppeldecker Platz und beugt den Kopf leicht nach vorne, so dass seine gedrehten, verfilzten Rastaschnüre über seine kleinen Augen fallen. Dann wischt er sich die Hände an einem weißen T-Shirt ab, auf dem sich das Bühnenlicht bricht.

Die nicht aufgesetzte Grimasse weicht einem breiten Cartoonlachen, als seine Hände – seine Nervenenden – eins werden mit der Tastatur der Synthesizer, die linke Hand auf dem oberen Keyboard und die rechte auf dem unteren. Der Kopf mit den walnussförmigen Augen bewegt sich im Takt der Akkorde und wendet sich schließlich dem träumerischen Streicher zu. Sie wechseln einander mit den Melodielinien ab, schnell und dann wieder langsam, als Einleitung für den Auftritt des nächsten Musikers.

Ein blonder Typ setzt sich auf den Hocker hinter dem Schlagzeug; er trägt ein ärmelloses T-Shirt, so dass seine formlose Tätowierung sichtbar ist. Bevor er zu den essstäbchenartigen Stöcken greift, trinkt er noch einen Schluck Wasser.

In der Zwischenzeit nimmt sein großer, monströser Percussion-Kumpel auf einem Stuhl Platz und zieht die bereitliegende *darabukka* mit der rechten Hand zu sich heran.

Ich sehe zur Seite auf ein Paar wild hin und her bewegter Schuhe, dann wieder hoch. »Ich find dich total nervig«, sage ich zu der Schuhträgerin, einer stämmigen Dame, die mir mit jedem Takt ein paar Zentimeter Terrain raubt.

Sie nimmt es sportlich: »Tut mir Leid, aber ich hab schon einen Freund.«

Agnes lacht mich aus. Sie darf das. »Bei dir ist echt 'ne Schraube locker, Nordip.«

»Nicht eine, Liebe Agnes, sondern fünfundsiebzig, wovon fünfundsechzig nicht mehr im Handel erhältlich sind.«

»Nordip, jetzt hör doch endlich mal auf!«

»Okay.«

Der monströse Mann packt die *darabukka* an ihrem schlanken Hals, platziert das Ding zwischen seinen Beinen und streicht mit der Hand über das straff gespannte Fell.

Die krausköpfige Gestalt in der Trainingshose vor ihm wirft sich einen Bass um den Hals und blinzelt mit den Augen, um sich an das Licht zu gewöhnen. Er wird mit einem Blitzlichtgewitter empfangen.

Mit leisem Fingerpochen setzt der Trommler an, das Publikum zu reanimieren. Einatmen – ausatmen.

Jetzt kommt ihm der Schlagzeuger mit Trommel-, Bassdrum- und Beckenschlägen zu Hilfe.

Ein paar Jungs aus der Menge katapultieren sich in Richtung Bühne, als der Bassist mit verbissenem Gesichtsausdruck einen tiefen Funkrhythmus dazu spielt.

Agnes kann sich nicht länger beherrschen und gibt sich hüft- und schulterschwingend der Musik hin. Sie lässt sich von dem schnellen Geigenwehklagen mitreißen, das über den Rhythmus hinwegtanzt. »Wo bleibt er denn, Nordip?«

»Krimo? Der zieht sich auf der Toilette eine weiße Meditationshilfe rein.«

»Nordip!«

»Okay, okay, Liebe Agnes, ich werde in Zukunft erst nachdenken, bevor ich was sage.«

»Das kannst du doch gar nicht.«

»Okay, dann war auch das wieder unüberlegt. Tut mir Leid. Aber ich fühle mich heute nun mal echt klasse, Liebe Agnes.«

Der Keyboarder wirft sich mit dem ganzen Körper in die Akkorde, während ein langhaariger Gitarero mit Paillettenweste unter lautem Gejohle und Pfeifen als letztes Bandmitglied die Bühne betritt. Er beißt sich auf die Lippen, anschließend auf seine Zungenspitze und stürzt sich in die Musik. Er kennt keine Gnade für seine Gitarre und treibt sie mit flinken Fingern in den heulenden Wahnsinn – sie kreischt und jault, als würde sie zu hart rangenommen …

BASTA! Jetzt reicht's, meine musikalischen Herren, klettert auf die Tonleiter, pflückt mir die Früchte eures Erfolgs und gebt sie mir zu essen, denn ich habe Hunger, brüllenden Hunger, Hunger nach dem Spiel. Dieses Anfeuern der Sehnsüchte mit

Pauken, aber ohne Trompeten, das könnt ihr in eurer Freizeit machen... ich habe mich auf diese Weise schon drei Jahre einseifen lassen. Ich hasse Seife. Ich hasse Lauge. Ich hasse Seifenlauge.

Ich ziehe mich in Gedanken zurück, während die Fragen auf mich einstürmen. Der Blaue Geier? Was mach ich bloß mit dem Blauen Geier? Du warst doch derjenige, der zwischen den Zeilen, gegen alle Regeln lebte, oder etwa nicht, Nordip? Und jetzt hat es dich wieder voll erwischt. Die Tage plätschern so dahin; sie sind zwar leichter als die ziellos verstrichenen Tage während deiner zweijährigen Auszeit, aber trotzdem. Ich bin leer, oh Boy, für einen kurzen Moment lang ist alles klar, der alltägliche Mist ist abgestreift, ausgeschwitzt, vollkommen zertreten. Was tue ich im Blauen Geier? Bin ich inzwischen nicht längst fertig mit Spülen? Hänge ich da nicht schon zu lange herum? Halte ich mich nicht zu sehr an seinen fettigen Schwanzfedern fest, sozusagen auf Nummer sicher, in der Hoffnung, dass er mich eines Tages fliegen lässt? Genau wie damals in der Schule, dieser Hasch-Hauptschule, oh Boy, spüre ich während der letzten Wochen dieses freiwilligen Praktikumsjahrs wieder diese erdrückende Hand an meiner Kehle, und nur die Phantasie bietet mir eine gewisse Erleichterung. Ich sehe mich allein zwischen den Pfannen und Apfelmusdosen.

Ich will da weg, aber habe das Spiel noch nicht in den Griff bekommen. Ich stehe kurz vor der Explosion.

Die tobende Menge jubelt ekstatisch.

»Kri-mo! Kri-mo! Kri-mo!« Das Mädchen neben mir skandiert den Namen des Schinkenschnitzlers, des gestrigen Kochs, des verlegenen Flötenspielers. Sie kennt unseren Krimo von den kopierten Kassetten, die über verschlungene Pfade bis zu ihr vorgedrungen sind. Wie ein Maulwurf, der dem dunkelsten Traumschacht entkommt – die Hände wie zu einer Flüstertüte geformt –, schreit sie sich selbst ans Licht und lässt ihr Innerstes, von Liebe bis Hass, an den Rand der Bühne branden, bis es dort auseinander spritzt wie das salzige Nass auf den Klippen. Sie selbst kann nicht hinterher: Die Security versetzt ihr einen kurzen Stoß, so dass sie nur das Salz auf ihrer Haut für ihren Helden zurücklässt und wogend und schäumend an ihren Platz zurückkehrt. Sie küsst ihre Hand und pustet die Liebe in Richtung Bühne… für ihn, für meinen Cousin, für Krimo, einen Dunia-Taugenichts, einen Dunia-kleiner-Scheißer…

Unter ohrenbetäubendem Kreischen und Pfeifen erscheint er hinter dem Bühnenvorhang. Niemand in diesem gut geschüttelten Menschencocktail achtet noch auf sich selbst, auf die eigene Haltung, die draußen, jenseits der großen Bühne, so viel von Geist und Körper fordert und wo nur die besten Schauspieler mitspielen können.

Ein kleines Mädchen weint.

Ein großes Mädchen kreischt.

Ich pfeife.

Krimo erscheint noch magerer, dort oben auf der großen Bühne. Er hat sich in ein schlichtes, schwarzes Hemd gehüllt, dessen Spitzen über seine verblasste Jeans hängen.

Die jaulenden Soli des Geigenspielers und die immer wiederkehrenden Melodielinien des Keyboarders breiten einen Klangteppich für ihn aus, für meinen Cousin. Darf ich vielleicht nicht stolz sein auf meinen Cousin, oh Boy? Seine träumerischen Augen strahlen. Ich strecke meine Hand hoch in die Luft. »Familyboy!« Ich werde eins mit dem Saal, nicht mehr und nicht weniger, der Cousin von… Einen Moment lang fühle ich mich nicht mehr als Tellerwäscher, pfeife und johle zusammen mit dem Phantasieorchester, das den Jungen verlegen werden lässt, der mich auf einem Eselsrücken das Flötenspiel lehrte, während er sich an mir festhielt. Jetzt halte ich mich an ihm fest, lasse mich von ihm besingen. Was habe ich mir eigentlich selbst beigebracht, damals auf diesem Eselsrücken…?

»Merci«, sagt Krimo schlicht, während er seine Hand um den Mikroständer legt und sein Mund das Kapselgitter küsst. Dann wendet er sich ab, als schäme er sich für das Glück und die kindliche Verspieltheit, die sich auf seinem Gesicht spiegelt... Schließlich kommt er zurück und bringt seine Stimme mit. Die Dunia-Stimme. Krimo ist frei. Krimo spielt, Krimo lässt uns teilhaben.

Das Küchenspiel

Warum kommst du zu spät, Schaumschläger? Es ist schon zwanzig nach zwölf!«

»Ich hab meine Schuhe in der Moschee vergessen… Und da war ein ziemlicher Betrieb… Gerangel, Ellenbogen… das Übliche.«

»Ja, ja, ja, alles wunderbar, vergiss den Kaffee und komm gleich mit, Schaumschläger. Hier ist die Kacke echt am Dampfen! Doornkaat, leg den Hörer auf und back die Berliner für den Brunch! Nordip!«

»Ja. Ich komme gleich.«

»Nein, sofort!«

»Okay.«

Ich reiße die Urban-Tüten von meinen Schuhen, stehe auf, trockne mir die Hände an der Schürze ab und folge Wilhelm, der wie von Sinnen ist – in seinen rauen Mundwinkeln glänzt der Schaum.

Die Küche läuft noch immer nicht richtig, und das Personal verkrümelt sich einer nach dem anderen: Agnes hat bereits letzte Woche das Handtuch geworfen, und selbst der kriegsbegeisterte Johnson hat gekündigt. Er hat sich irgendwo auf dem Balkan als Söldner anwerben lassen. Ich werde Köpfe rollen lassen, Miesmuschel, verkündete er aufgeräumt, als er mir zum letzten Mal die schwielige Hand gab. Während er meine Finger durchknetete, wünschte ich ihm ein aller-allerliebstes Lebewohl. So bin ich dann doch, oh Boy.

Und was kommt jetzt? Soll ich die Küche schrubben, damit Wilhelm Ali an den Herd stellen kann, dorthin, wo die kochende Not am größten ist?

Die Steuerfahndung hat dem Blauen Geier ein paar ordentliche finanzielle und emotionale Schläge auf den Kopf verpasst – er flattert jetzt mit einer Gehirnerschütterung umher. Der Geier war ein seltsames Puzzle, aber die Stückchen passten alle zusammen, daran gab es keinen Zweifel. Der Kopf, der Schwanz, die Flügel: Zusammen bildeten sie ein eingespieltes Feinschmeckerteam – bis die Steuerfahnung ein paar Teile herausnahm, in Steuerbescheidumschläge steckte, diese abwog und vollkommen zerschnippelt wieder zurückgab, als letzte Chance. Dann sieh mal zu, wie du die einzelnen Teile wieder an die richtige Stelle kriegst...

Ja, Wilhelm, du hast vollkommen den Überblick verloren. Er kratzt sich am Kopf, sein Kinn weist in Richtung der Stahlkappe seiner Schuhe. Er wirkt erschöpft und sieht mich an, als müsse er unbedingt etwas loswerden.

Wie gelähmt durch seinen niedergeschlagenen, zusammengekniffenen Blick nehme ich mir noch nicht einmal den kurzen Augenblick, um meine Spaghettischnürsenkel zuzubinden. »Kann ich erst 'nen Kaffee trinken?«, frage ich.

»Nix da! Kein Kaffee!« Wild schüttelt er den Kopf, der Pferdeschwanz wippt hin und her. Seine Hände klammern sich um das Treppengeländer, so dass die Adern sich wie blaue Zweige unter der blassen Leichenhaut abzeichnen. »Komm mal mit, Schaumschläger, heute ist dein großer Scheißtag.«

Ich bleibe kurz stehen, sehe ihn an, will in seinem Gesicht lesen... aber er lässt kein einziges Wort in seinen Augen aufleuchten. Deshalb blicke ich auf die Blutlachen vor dem Kräuterregal und schließlich fragend in alle spöttischen Augen, die die zischende und klirrende Küche hat. Ich höre die Kameras in meinem Rücken summen. Hallo, Meerman. Mir schlägt das Herz bis zum Hals.

Das Telefon klingelt. Löffel und Messer schlagen Krach.

»Wilhelm, kann vielleicht irgendjemand die Schnitzel vorbraten?«

»Nein, machs gefälligst selbst, Lackaffe!«

Amimun schreit, schimpft, tigert, schnauft, spuckt, lacht, blickt zur Seite. »Macht voran! Fritten, Lammkoteletts, Scampispieße! Nimm die ekligen Würmer vom Grill! Die Gäste warten ... verstehsdu ... Kartoffeln, Broccoli, her damit! Verdammter Scheißladen!« Mit seinem durchdringenden und argwöhnischen Blick scannt er die Küche, während er sich auf seine Fleischgabel stützt, die er in ein Schneidebrett auf dem Ausgabetisch gebohrt hat. Schließlich zieht er die Gabel – wie ein Schwert aus der durchbohrten Rüstung seines verhasstesten Widersachers – aus dem Brett heraus und schlägt mehrmals gegen das Aluminium der Dunstabzugshaube. »Dieses Spiel gewinnt nur einer! Verstehsdu!« Langsam und deutlich spuckt er die Worte aus, betont jeden einzelnen Konsonanten, aber richtet seinen Blick nicht auf denjenigen, für den die Worte bestimmt sind – etwa für mich?

»Gehst du spielen?«, fragt Doornkaat von seinem Hackblock aus, die Hände tief in einer Curver-Plastikwanne mit Teig. Dreckig grinsend sucht er Blickkontakt zu Amimun. Im Bruchteil einer Sekunde zerpflücken sie mich in der Luft, verschlingen mich mit ihren scharfen, spöttischen Blicken.

»Weitermachen, Seehund«, herrscht Wilhelm ihn an. »Weitermachen! Hopp, hopp, hopp!« Er zerrt an meinem heiligen T-Shirt. Ich höre, wie es unter den Achseln einreißt. »Jetzt komm schon! Voran, voran! Was stehst du da rum? Das hast du ein ganzes Jahr lang getan. Dafür haben wir jetzt keine Zeit, Schaumschläger. Die Pfannen stehen schon auf dem Herd.«

Eine Hand am Besen und zwei Finger der anderen Hand in der Münztasche seiner Jeans, steht Ali mit dem Kinn auf dem Besenstiel vor mir und neigt den Kopf. »Bild dir bloß nix ein, Nordip. Es ist scheißegal, ob du gewinnst oder verlierst. So oder so – eines Tages sind wir doch alle tot.«

»Hauptsache, du bist zufrieden ...«

»Soll ich dir einen Kaffee bringen?«, fragt Sofie zuckersüß, die ihren Kaffee schlürft. Die Ärmel ihres Pinguinkostüms hat sie um den Becher gelegt.

Ich schweige und habe plötzlich das Gefühl, dass mich hier alle für dumm verkaufen wollen, dass sie eine Verschwörung gegen den Tellerwäscher angezettelt haben. Zitternd vor Nervosität und akutem Koffeinmangel steige ich wie ein Opferlamm die steile Treppe hinauf. »Macht es dir was aus, wenn ich eine rauche?«, frage ich Wilhelm, damit der nervöse Gesang in mir in die Frittenluft entweichen kann.

»Von mir aus, pfff... qualm dir ruhig die Lunge zu, Schaumschläger.« Er sieht auf mich herab, sein gedrungener Körper verharrt in Kletterhaltung. »Du hast Schuppen, Schaumschläger, du musst dir mal die Haare waschen. Habt ihr zu Hause kein Shampoo?«

»Nein, wir waschen uns mit Schlamm.«

»Komm weiter, Schlaumeier!«

Ich schnippe eine Zigarette aus der Mister-Marlboro-schadet-Ihrer-Gesundheit-Schachtel, folge dem Chefkoch und versuche mit seinen großen Schritten mitzuhalten, während er in Richtung Chaosküche im zweiten Stock marschiert – die Reserveküche, die nur an hochgeschäftigen religiösen Feiertagen wie Weihnachten, Ostern, Pfingsten und Muttertag zum Einsatz kommt (wenn vom Speicher bis zum Keller jeder noch so wacklige Tisch mit Teelichtern, Serviettenrosetten und Kerzenleuchtern verziert und von fröhlichen Serienmüttern, muffligen Vätern und plärrenden Kinderkrippenblagen umzingelt ist). Hier oben sieht's aus wie bei Hempels unterm Sofa: verirrte Servietten, Brotkörbchen, Lebkuchen, Ostereier und ähnlicher jahreszeitlich geprägter Süßkram, Reste von Schnitzeln, ein Kompass, eine Zwille und Johnsons Pfefferspraydose, eine Saite von Krimos Gitarre, Damenbindenpackungen von tropfenden Pinguintanten, diverse Keksdosen, die Stück für Stück geöffnet und von Doornkaats langer Zunge gekostet wurden (man sieht es an den Krümeln und den Kuhblutflecken auf den Tischen und auf dem Boden – die halb abgerissenen Klebestreifen hat er an den Dosen hängen lassen).

»Diese verdammten Ratten«, murrt Wilhelm, legt ein paar der Keksdosen zurück ins Regal, zwängt seinen dürren Körper zwischen einer Fritteuse und einem Arbeitstisch hindurch und steuert halb stolpernd auf einen Vorratsschrank zu. Er öffnet die Türen des alten Schranks und geht einen Schritt zurück, um den unordentlich gestapelten Inhalt aus einiger Entfernung bewundern zu können. Nach einer Weile schüttelt er den Kopf, riecht an seinen Fingern, kratzt sich an der Stirn und danach am Sack und greift sich schließlich an den Pferdeschwanz. Halleluja. »Was für eine Sauerei! Was für ein Chaos! Wo hab ich dieses Scheißding nur hingelegt? Letztens lag es doch noch hier …? Es muss hier doch irgendwo sein … Bin ich denn jetzt schon völlig durchgedreht, haben sie mich echt so weit gekriegt …?« Hektisch fuhrwerken seine kleinen Hände im Schrank herum, der voll gestopft ist mit Eimern mit zerdrücktem Knoblauch, Marinade und Mayonnaise neben Curry- und Paprikapackungen. »Verdammte Scheiße! Das kann doch nicht sein.« Das, was er sucht – was sucht er eigentlich? –, findet er nicht, woraufhin er fluchend sämtliche Packungen, Gläser und Eimer aus den Regalen reißt. »Diese Schweinebande! Verfluchtes Pack! Wo hab ich das Ding nur? Die werden es doch wohl nicht geklaut haben, diese miesen Ratten?«

»Was suchst du denn?«, frage ich nicht wirklich interessiert.

»Geht dich nichts an, Schaumschläger.«

»Okay. Aber vielleicht weiß Bartels ja mehr?«

Wilhelm sieht sich überrascht um; in einer Hand hält er eine Dose mit Paprikapulver.

Geh lieber einen Schritt zurück, oh Boy.

»Was machst du eigentlich den ganzen Tag da in deiner Spülecke? Spionierst du vielleicht herum? Ach... Bartels? Wieso Bartels? Bartels sollten sie am nächsten Baukran aufhängen, diesen Schleimscheißer... der leckt dem Chef doch noch den Nektar vom Schwanz... und glaub mal ja nicht, du wärst der Einzige, der weiß, dass Bartels den ganzen Laden leer klaut, Inspektor Noorhuhn, er gibt sich echt alle Mühe, aber das ist mir inzwischen so was von egal, soll er doch, soll er doch ruhig machen, der tut doch sowieso, was er will, mir doch egal, ich bin müde, einfach nur müde...« Er stellt die Paprikadose auf den Boden. Besorgt sieht er sich um, einen Finger an der Unterlippe, entdeckt einen Antennenstab, der halb unter dem Herd herausragt, steuert darauf zu, zieht ihn heraus, wirft ihn wieder weg und kehrt zum Vorratsschrank zurück. Dann saugt er die Lippen so fest nach innen, dass sich unter seiner Nase nur noch eine sichelförmige Linie abzeichnet. Der Ärger gräbt tiefe Furchen in seine Stirn. Zornig starrt er in den Schrank und dann wieder flüchtig zu mir herüber. Wie von einer Sprungfeder betätigt, springt mir sein rechter Mittelfinger ins Gesicht. »Hier!«, sagt er laut. »Hier, du Schaumschläger! Genau der richtige Sitzplatz für dich.« Sein Kopf wackelt und ruckelt, als würde er von Zahnrädern angetrieben. Frustriert kickt er mit der Spitze seiner Stahlkappe mehrmals gegen den wackligen Schrank. »Wenn es nicht anders geht... dann eben so... hm... dann eben so...!«

Die dumpfen, schlecht gelaunten Tritte gegen die Spanplatte hallen durch die Küche. Ein Damebrett und eine zugeklebte Schachtel mit Spielsteinen rutschen vom Schrank herunter.

Wilhelm tritt Regalbretter, Dosen, Packungen und Eimer beiseite und beugt sich über das Brett. Wie versessen starrt er auf das Spiel hinab – als würde er in einen Spiegel blicken und zusehen, wie er sich in den schönsten Mann des Landes verwandelt. Er pustet den Staub weg, der bis knapp unter die vor Fett triefenden Neonröhren aufsteigt.

Zärtlich drückt er das Brett gegen seine Brust. »Mein Spiel ... mein Spiel ... Bist du bereit, Schaumschläger?« Er richtet sich wieder auf und klopft sich seine Hosen ab.

»Bereit? Wofür?«

Ist das jetzt das Spiel? Ist das etwa dieses mysteriöse Spiel, bei dem alle hier so geheimnisvoll tun? Ein blödes Brettspiel? Ein Damespiel?

Wilhelm blinzelt mit seinen Seehundaugen und bohrt in der Nase. »Was glaubst du, was das ist? Was glaubst du, was das hier ist?«

»Vielleicht ein Pappkarton mit klein kariertem Muster?« Ich hasse diese Kindergartenfragen.

»Meerman will dich weiter oben einsetzen, Schaumschläger. Er will dich am Spiel teilnehmen lassen. Er will wissen, wie blöd du wirklich bist. Wenn du mich fragst, hält er dich für einen Klon deines dämlichen Cousins. Und wenn es nach mir ginge, würdest du weiterhin spülen. Aber er ist der Boss ... leider. Du hast es also selbst in der Hand, Schaumschläger. Das Ergebnis dieses Spiels bestimmt, wo du in der Küche landest. Bleibst du dein Leben lang ein Schaumschläger? Oder wirst du vielleicht Fleischwender? Oder Brötchenschmierer? Oder aber Knochenteiler, Fleischschneider, Salatputzer, Schafschlachter, Fritteusenjongleur, mein Mittelfinger oder vielleicht was Schlaueres, so wie dein Cousin ... Was treibt dieser Clown eigentlich inzwischen? Dein Cousin war dicht dran, zu gewinnen ... haha! Aber er konnte mich nicht besiegen! Er war zu bescheiden, dieser Hanswurst! Und wie der hier fortgegangen ist ... pah! Kam wahrscheinlich durch diese arrogante de-Ruyter-Tussi ... Aber mich besiegt niemand! Ich bin der Champion. Selbst dieser, äh … dieser … wie heißt der noch mal …?«

Ich zucke mit den Achseln. »Keine Ahnung.«

»Das könnte dir so passen! Dieser Russe … Chocotoff … Smirnoff … Molotow … Kasraroff … hmm, ja, das isser, Kasraroff … der soll nur kommen. Kriegt er direkt unverkennbare Qualität um die Ohren!« Entschlossen klopfen die kleinen Finger des Chefkochs auf die Spielbrettfelder. »Ich werde dieses Perestroikahirn mal zum Glühen bringen … Ha!«

Ich verstecke meinen Widerwillen hinter einem naiven Lächeln. Ein Leckerchen für einen wild kläffenden Hund. Das kann nicht gut gehen, flüstert der Verlierer in mir. Jetzt hör auf, so rumzuquengeln, lispelt der Gewinner. Die Gedanken stapeln sich übereinander. Dieses strategische Spiel habe ich noch nie gespielt. Ich hab mir nie viel aus Spielen gemacht. Die ganze Palette im Alcatraz – Tischfußball-in-das-Tor-brüllen, Keine-Ereigniskarten-Weitwurf, Mensch-ärger-dich-schwarz und Dominosteine-gegenseitig-an-den-Kopf-schmeißen – nein, das ist nichts für mich, oh Boy, da steckt mir zu wenig Bewegung drin.

Erst hier bin ich wieder in Gang gekommen, habe mein Blut aufgefrischt, bin aus dem tiefen Loch geklettert. Ich bewege mich wieder, werde in anderen wach. Hier habe ich zugehört, Mut mit Schnitzeln gebraten, auf einem Podium gesprochen, die Liebe gesehen … aber dieses simple Brettspiel … nein, darauf bin ich nicht vorbereitet. Ich bin der Dumme, oh Boy, ich bin der Dumme. Der Verlierer in mir, der mich zwei Jahre lang schlafen ließ, weil ich nichts von den Erwartungen verstand, die mich aus dem großen Spiel herausgehalten haben, dieser Verlierer taucht wieder auf … wieder mal … in Form einer Klammer, die sich um meine Brust schließt, so dass ich nach Luft schnappen muss. Ein tiefer, schwerer Seufzer. Bleischwere Luft presst sich durch meine Lungen.

Nun komm schon, kleiner Scheißer, coacht die fiebrige Stimme meines Vaters meinen hadernden Geist. Er muntert mich auf, so wie nach seinen Gardinenpredigten, wenn er merkt, dass sich mein Gesicht vor Schuldgefühlen und Grübeleien verzerrt.

– Was grübelst du denn jetzt? Warum untergräbst du deinen eigenen Weg, jeden einzelnen Schritt, den du machst? Buddelst du dir Löcher, um darin zu weinen? Willst du dich vielleicht selbst begraben? Geh nach draußen, Sohn, geh spielen. Träume, phantasiere, lebe, glaube und sei dir sicher, dass du nichts sicher weißt.
– Vater, könntest du mich bitte einmal ganz hart schlagen?

Tränen steigen mir in die Augen.

Wilhelm sieht mich an, als wäre ich geisteskrank. »Wird's denn gehen? Du bist doch kein Mädchen?!« Er versetzt mir einen Stups und stülpt seine Lippen nach außen.

Ich kann mich gerade noch fangen und lache freudlos.

Er gibt mir noch einen Stups. »Versteh mich nicht falsch, Nordip, ich will dir doch nur helfen. Komm mal mit. Wir holen uns ein paar saubere Tischdecken aus dem Lager. Komm, wir nehmen den Lift, das geht schneller als diese beknackte Treppe. Meerman ist ein gieriger Geier.«

Der Lastenaufzug hält im ersten Stock. Zwei Touristen steigen ein. Ein dicker und ein dünner Mensch. Eine Frau und ein Mann. Rote Haare und schwarze Haare. Zärtlicher Shampooreklame-Blick und sachlicher Dreiteilig-depressiv-Blick. Sie haben den Personenaufzug – absolutes Tabugebiet für die Küchenbrigade – offensichtlich übersehen.

»Guten Tag.«

»Gutentag«, sage ich und nicke gemächlich, als würde ich salamieren. Meine Spülhände verstecke ich hinter meinem Rücken. Mayonnaise glänzt auf meinem T-Shirt … und an meinen Händen.

Wilhelm sieht die Touristen mit angewiderter Miene an. Er grinst, presst sein Gesicht zusammen und lässt einen trompetenden Furz – es klingt wie Luft, die durch eine zugekniffene Öffnung aus einem Ballon entweicht. Im Nu riecht es nach faulen Eiern, Bohnen in Senfgassoße und angereichertem Uran.

Ich halte eine Hand vor den Mund, kneife mir mit Daumen und Zeigefinger die Nase zu und sorge für eine geruchlose Luftzufuhr.

Die beiden Touristen sehen einander betreten an, blicken dann zu mir herüber und wieder weg, während sie nervös am Griff ihrer großen Koffer fummeln.

Erdgeschoss.

Sie steigen aus, im Schlepptau die quietschenden Räder ihrer Koffer.

Die Türen schließen sich automatisch. Doch bevor sie sich in der Mitte treffen, stellt Wilhelm einen Fuß dazwischen, schiebt sie mit aller Kraft, die in ihm steckt, wieder auseinander und sieht den indignierten Touristen nach. »Schweinerei! Schweinehund! Schweineschnitzels, genau, genau!«, schreit er ihnen in seinem allerbesten Flachdeutsch hinterher und zieht seinen grinsenden Schädel rasch wieder in den Aufzug zurück. »Haha! Alles miese Ratten, diese Touristen, Schaumschläger!«, brüllt er vor Vergnügen, während die Türen wieder aufeinander zurollen und einer seiner Finger augenblicklich in seiner vollkommen leer geräumten Nase verschwindet. Mit dem Daumen seiner freien Hand drückt er auf den Knopf zum Lager und streckt mir die Zunge heraus.

Zwanzig Jahre Sicherungsverwahrung mit Zwangseinweisung und zwölf Stunden pro Tag Selbstkonfrontation anhand von Zeitlupen-Videoaufnahmen und zwar unter Aufsicht, dazu würde ich ihn verurteilen, wenn ich was zu sagen hätte. Aber ich bin nur der Tellerwäscher und halte den Mund, oh Boy.

Wir holen die Tischdecken und kehren in die Reserveküche zurück. Im hinteren Bereich, kurz vor dem Notausgang, steht ein kleiner Holztisch mit zwei Restaurantstühlen, deren Pseudolederbezug halb abgerissen ist.

Wilhelm zieht einen der Stühle zu sich heran und fegt mit dem Arm den Krempel von der Tischplatte: Überreste vom Muttertag vor einem Jahr und dem Jahr davor und dem Jahr davor. Die Gläser und die überquellenden Aschenbecher mit den lippenstiftbeschmierten Zigarettenstummeln knallen auf den Boden und zerspringen. Wilhelm kickt die größten Scherben zur Seite und deckt den Tisch, als würden wir festlich dinieren. Mit einer fürstlichen, einladenden Geste deutet er auf die Schaumstofffüllung des durchgescheuerten Stuhls. »Setz dich, Schaumschläger, nimm Platz.«

Ich schiebe den Stuhl nach hinten, ziehe mein T-Shirt etwas herunter und starre wie gebannt auf das Damebrett. Mit einem Fingernagel zeichne ich die Umrandungen der Felder nach.

Wilhelm nimmt einen Spielstein, wirft ihn in die Luft und fängt ihn wieder auf. »Hast du deinen Lebenslauf dabei, Schaumschläger?«

»Meinen Lebenslauf?«

»Ja, Schaumschläger, haha! Wollen doch mal sehen, was du in diesem Moment wert bist!«

»Nein, natürlich nicht... was, zum Teufel, soll ich hier mit einem Lebenslauf?«, reagiere ich überrascht.

Wilhelm kratzt sich eifrig am Kopf und kaut einen kurzen Moment lang auf der Spitze seines Pferdeschwanzes herum. Und während er mit den Spielsteinen hantiert, murmelt er ein kleines Lied:

Ging ein Weiblein Nüsse schütteln,
Nüsse schütteln,
Nüsse schütteln,
alle Jungen halfen rütteln,
halfen rütteln,
rums!

Auf großer Fahrt mit Käpt'n Kopfzerbrechen

Wilhelm klopft mit einem der Spielsteine laut auf den Tisch. Er hält den Atem an. Dann beugt er seinen Körper leicht vor und atmet wieder aus. »Mit welcher Farbe willst du spielen, Schaumschläger? Schwarz oder weiß? Nimm am besten schwarz, das passt gut zu deinen Locken. Alle meine Gegner, die ich hier vom Brett gefegt hab, haben mit schwarz gespielt.« Er steht auf und zieht den Gürtel enger. »Ich werd uns was zu trinken holen«, sagt er und seufzt überdrüssig. »Was willst du, Schaumschläger?«

»Kaffee.«

»Wir haben hier oben keinen Kaffee.«

»Dann 'ne Zitronenlimo.«

»Haben wir hier oben auch nicht.«

»Dann eben Suppe.«

»Werd bloß nicht frech, Schaumschläger.«

»Okay, dann einen Kaktustee.«

Er richtet sich zur vollen Größe auf, macht ein Hohlkreuz und stakst zur Bar wie ein Strauß, der ein riesiges Ei in sich trägt, das nicht rauskommen will.

Zeit um nachzudenken, oh Boy, Zeit um abzuschätzen und die wichtigste Frage überhaupt zu stellen: Was jetzt? Hilft hier jetzt nur noch eine Bazooka, oder gibt es noch andere explosive Lösungen?

Ich schaue an die Decke, dann zur Seite, in Richtung Notausgang und schließlich auf das Damespiel und die Steine. Welche Farbe soll ich nehmen: Schwarz oder weiß? Ich sehe mich selbst wieder, den Nordip vor meiner zweijährigen Auszeit; ich sehe die Verspieltheit, die unbedarfte Kühnheit, mit der ich vollkommen unbefangen eine Schnapsidee nach der anderen ausprobierte und damit gar nicht mal so selten einen Treffer landete. Und dann all diese wunderbaren Gardinenpredigten, die ich mir damit einhandelte … Das alles wollte ich damals hinter mir lassen, ich wollte die so genannte höhere Reife der Erwachsenenwelt erlangen … Aber jetzt bräuchte ich sie dringender denn je, diese Verspieltheit, diese treibende Kreativität, die in mir war, weil ich bestimmte Dinge nicht fassen konnte, nicht erfassen wollte, nicht begreifen konnte, nicht begreifen wollte, nicht sehen konnte, nicht sehen wollte … Mann, Mann, Mann, was war das damals eine ungezügelte Energie!

Es war mein Schiff! Ich lebte auf meinem eigenen Schiff, frisch und munter segelte es mit dem Wind des Alltags … bis Käpt'n Kopfzerbrechen das Ruder übernahm. Käpt'n Kopfzerbrechen, der Erwachsene. Er war einfach an Bord geklettert und hatte das Ruder an sich gerissen – ein gnadenloser Tyrann, dieser Käpt'n. Ich musste mein eigenes Deck schrubben und immer häufiger eine Uniform tragen. Kleidungsstücke mit aufgedruckten Vorschriften, mit Blei in den Baumwollstoff gewoben. Die Uniformen lasteten mit jedem Tag schwerer auf meinen Schultern, drückten mir die Kehle zu, stachen mich in den Rücken und peitschten meinen Bauch und meine Beine. Mein Schiff wurde nicht mehr von meinen eigenen Händen gesteuert: Es war gekapert worden. Ich spähte über das schwappende Wasser, wurde davon überspült, dachte an Douwe und lag ständig im Clinch mit der alles beherrschenden Logik des

Käpt'n. Ich ließ die Gefühle überströmen. Dann zog ich sämtliche schweren Kleidungsstücke aus und sprang ins Wasser, ins tiefe Wasser. Aber statt zu schwimmen und das unendliche Unterwasserparadies atemlos zu genießen... blieb ich mit meinem nagenden Schuldgefühl nackt auf dem Meeresboden liegen. Ich war vor Käpt'n Kopfzerbrechen geflohen. Würde mein Schiff ohne mich auf den Klippen zerschellen? Ich traute mich nicht zurückzukehren. Zwei Jahre lang legten die Fische ihre Eier in meinen Mund. Und ich bekam einen Schwanz. Als Meerjungmann schwamm ich der schäumenden See entgegen. Kann ich diesen Schwanz jemals loswerden...

Wilhelm kommt grinsend zurück, stellt ein Glas Weißwein neben sich auf den Tisch und rückt mit dem Stuhl näher heran, während er genüsslich schmatzt: »Nimm deine Steine, Schaumschläger, mach schon, es ist schon zehn nach eins.«

Ich presse mich gegen den Tischrand. Brust raus, Schultermuskulatur angespannt. Der Tisch beginnt zu wackeln. »Ich will etwas Bedenkzeit, um mich vorzubereiten«, sage ich.

Wilhelm lacht verärgert und saugt seine Oberlippe bis zu seinem Zahnfleisch in den Mund. »Du hast dich ein Jahr lang vorbereiten können, Schaumschläger. Ein ganzes Jahr lang! Aber stattdessen hast du Kaffee getrunken und reichlich Bladadamach-ma-hall gefaselt mit all diesen Missgeburten da unten... Okay, fünf Minuten.«

Ich sehe eine Spur Mitleid in seinen Augen, stehe auf und suche mir eine nicht zugestellte Ecke. Hinter einem Stapel Butterpäckchen mache ich einen Kopfstand, lehne die Beine gegen die Wand mit den kaputten Fliesen. Mein Kaffeeblut fließt nach unten, reißt das Herz mit in die Strömung und lässt es gegen die Klippen in meinem Kopf prallen.

Mutter, hilf mir, das geht voll in die Hose! In meinem ganzen Kopf wummert es, meine Finger prickeln, mein Nacken ist total verspannt. Ich stehe kurz vor der Explosion. Schließlich springe ich auf die Füße und setze mich wieder an den Spieltisch wie ein holländischer Fußballnationalspieler, der einen Elfmeter schießen muss. Nordip, stell dich nicht so an, versuche ich mich selbst zu beruhigen. Stell dich nicht so an, es ist nur ein Spiel, ein dämliches Machoding. Schließlich geht es immer nur um irgendwelche Spielchen. Meine Gedanken machen sich nun vollkommen selbstständig.

Ich rücke mit dem Stuhl etwas näher an den Tisch. »Ich will mit den weißen Steinen spielen«, sage ich ernst.

Wilhelm starrt stirnrunzelnd auf das Brett, auf meine nervös klopfenden Finger, kratzt sich am Kopf, reißt einmal kurz an seinem Pferdeschwanz und schaut überrascht hoch. »Ach, ja? Wieso die Weißen? Weiß, warum? Warum weiß?« Er beugt seinen Kopf über das Brett und hebt ihn schließlich ungehalten. »Was soll denn das nun wieder?«, fragt er kopfschüttelnd. »Was hast du hier bloß für einen Haufen … einen Haufen Mist gelernt? Hier, nimm … nimm die Weißen … oder glaubst du vielleicht wirklich …« Er greift nach einem Stapel weißer Spielsteine und lässt sie vor mir auf den Tisch regnen.

Ich arrangiere die Steine zu kleinen Stapeln.

»Hier, nimm sie ruhig alle, Schaumschläger. Wir werden ja sehen, wozu du in der Lage bist. Ob du vielleicht mehr als nur heiße Seifenblasen produzieren kannst. Übrigens ärgere ich mich schwarz über den Text auf deinem schmierigen T-Shirt – Bob Bob Bob Marley … ist das vielleicht einer von euren Propheten? Oh-kay. Pass gut auf, Schaumschläger. Ich werd's dir genau einmal erklären.« Er demonstriert sein Wissen über das Spiel, indem er mit ausgestrecktem Zeigefinger an die kaputte Decke zeigt. »Hör zu … du gehst vorwärts, du achtest auf meine Steine und wachst über deine eigenen. Aber pass bloß auf, denn ich bin schschschnell, superschschschnell! Sehr schnell … so schnell wie der Blitz! Wenn du mit einem deiner Steine vor mir stehst und hinter dir ist ein Feld frei, dann … dann fress ich dich auf, dann bin ich dir einen Schritt voraus und stelle mich an deine Stelle. Genauso läuft das im richtigen Leben da draußen auch …« Er wirft einen Blick auf das breite, trübe Fenster. »Verdammt, hier tropft es.« Er streckt seine Hand seitlich aus und sieht an die Decke, sucht nach dem kleinen Loch, das ihn auf die Palme bringt, aber die Feuchtigkeit jetzt nicht loslässt. Als er seine Hand zurückzieht, fallen mehrere Tropfen neben ihm auf den teilweise gefliesten Boden, auf dem die Kuchengabeln regelrecht zu wachsen scheinen. »Oh-kay, hör zu: Wenn ich deine hinterste Reihe erreiche, dann bekomme ich eine Dame. Hast du das kapiert?« Er hebt das Glas, setzt den Rand an seine Lippen, sieht mich durchdringend an und nimmt einen Schluck von dem schweren Traubenwasser. »Hast du das jetzt kapiert oder nicht?«, fragt er erneut, allerdings mit erhobener Stimme, und stellt sein Weinglas ab.

»Nein, nein, das kapier ich nicht …« Mein Kopf fällt in meine Hände. Ich seufze.

»Verdammt noch mal, ist denn das zu fassen? Ich werde es dir noch einmal erklären, du dumme Nuss. Okay … Ich werde es dir erklären, Schaumschläger. Wenn ich durch deine Linien breche, weil du zu wenig gelernt hast, nur literweise Kaffee gesoffen und mit einer Pinzette an deinem halb abgehackten Winzpimmel herumgefummelt hast oder einfach zu schwach oder unaufmerksam bist …« Er nimmt zwei Steine, stapelt sie aufeinander und platziert sie auf einem Feld in meiner hintersten Reihe. »So … dann baue ich auf deinem Grund ein Haus. Mit diesem Haus auf deinem Grund habe ich Macht über dich und darf mich kreuz und quer über das Brett bewegen, nach Lust und Laune über deine Felder hinweg, um noch mehr Steine zu kassieren, bis ich eine ganze Reihe von Häusern habe und ich … haha, all deine Steine …« Er schiebt sein Kinn vor, presst seine Stirn wie ein einschüchternder Boxer gegen meinen Kopf, sieht grinsend auf meine Nase herab und schwimmt kraulend durch meine irritierten Augäderchen. »…all deine Steine aufgefressen habe! Tja, und dann bist du arm dran… dann gehörst du mir… dann kannst du Zeitungen verkaufen.«

Er hebt eine alte Zeitung vom Boden auf, rollt sie zusammen und hält sie hoch. »Straaaßenzeitung! Die neuste Straaaßenzeitung! Nur ein Euro! Haha!« Er schlägt mir mit der Zeitung auf den Kopf, macht den Mund zu – der so stinkt wie der verstopfte Abfluss in meiner Pfannküche –, rückt den Stuhl näher an den Tisch heran, kratzt sich unter den Achseln und verteilt die Steine auf dem Brett. Er räuspert sich und lächelt. »Ich will dir helfen, Junge, aber ich habe nichts zu verschenken. Denn dann wirst du nachlässig. Ich geb dir einen Zug Vorsprung, aber du musst selbst ziehen. Das ist dein großer Scheißtag. Das ist der Test, Junge… der Test… der ultimative Geiertest: Bist du ein Gewinner oder ein Verlierer? Wirst du dein Leben lang spülen oder bekommst du den Marschallstab in die Hand gedrückt – die Fleischgabel. Viel Glück, schmieriger Schaumschläger! Ha!« Er reicht mir die Hand, die anschließend als Stützpfeiler unter seinem Kinn verschwindet. Dann streckt er den anderen Arm aus und schiebt meinen ersten Stein ein Feld nach vorne. »Spiel, Schaumschläger!«

Das Spiel hat begonnen.

Wie spiele ich etwas, was ich nicht spielen kann? Hilf mir, oh Boy…

Ich kann mich nicht konzentrieren, bin zu sehr mit den Spielregeln beschäftigt. Wie ging das noch mal, wann durfte ich die gegnerischen Steine kassieren? Rückwärts ziehen darf ich nicht, wie komme ich vorwärts? Zu viele Fragen, zu wenige Antworten, oh Boy. So komme ich nicht einen Millimeter voran! Jeder Schritt, den ich mache, bedeutet den Verlust eines Steins.

Wilhelm ist ein fixer Denker, ein hässlicher Zwerg auf Storchenbeinen, der heute ein unauslöschliches Drecksgrinsen im

Gesicht trägt. Er spielt die Partie mit einem Finger in der Nase. »Komm schon, Schaumschläger, so wird das nichts. Wo bist du mit deinen Gedanken? Denkst du an die Weiber oder stehst du mehr auf Lederhomos? Wie lange hast du jetzt keinen Sex gehabt? Wahrscheinlich hat dein Sack schon Moos und Pilze angesetzt, haha! Nun mach schon, zieh endlich, haha!«

Ich kann nicht mehr mit ihm Schritt halten: Er frisst meine Steine, während sein Mund an meinem Stolz nagt.

»Zeig doch mal, dass du was in der Birne hast, Nordip, zieh, und dass du damit auch denken kannst, Schaumschläger, zieh!«

Machtlos betrachte ich meinen dezimierten Haufen Spielsteine und blicke erneut – die Hände im Nacken verschränkt und die Ellbogen nach vorne gestreckt – in Richtung des grünen Schilds mit dem einladenden Text – NOTAUSGANG. Soll ich mich wieder hinlegen und schlafen? Lang lebe der Werwolfmann! Warum diese Herausforderung, wozu dieser Ehrgeiz, warum dieses Streben? Streben wonach? Käpt'n Kopfzerbrechen klopft mir auf die Finger: Zieh deinen schweren Mantel an und leg dich auf dein Bett. Was hab ich hier nur angefangen, oh Boy? Wo ist meine Spülbürste – mein Halt –, der ich meine Geschichte erzählt habe, um diese dann im Spülwasser zu ersäufen?

Ich werde aufstehen, weggehen, ich werde gehen, ich werde fliehen. Und ob ich soll! Ich werde aufstehen, weggehen … fliehen … *Deng! Deng! Deng!*

Die Gabelschläge auf der Abzugshaube dringen bis zu mir durch, spielen Xylophon auf meinen Knochen. Kopf hoch, Nordip!

Ja, du hast leicht reden, oh Boy.

»Chef! Chef! Die Hirschfilets sind alle!«

Schnell sehe ich mich um.

Wilhelm schrickt zusammen. Mit weit aufgesperrtem Mund starrt er über die Tische, die Körbe und die Keksdosen hinweg und sieht Doornkaat vollkommen aufgelöst um die Ecke biegen.

»Wir haben ein Problem, Chef! Probleme, Chef! Echt, *wallah*, große Probleme, Chef!«

Wilhelm steht auf. »Was ist denn jetzt schon wieder?«

»Die Hirschfilets sind alle, Chef. Und das für einen Tisch mit zwanzig Gästen! Großes Problem, Chef.«

Der kleine Chefkoch zieht sein Gesicht so zusammen, dass seine Oberlippe die platte Spitze seiner schiefen Nase berührt. »Siehst du nicht, dass ich was Wichtigeres zu tun hab, Nilpferd?«

»Findest du mich dick, Chef?«, fragt Doornkaat, die Hände auf den Bauch gelegt. Doornkaat sieht, dass ich eine erbärmliche Figur mache, und grinst breit. Wahrscheinlich hat Amimun ihn nach oben geschickt. Das Problem mit den Hirschfilets ist garantiert erfunden. Amimun ist kreativ genug, um selbst ein paar Küchentricks aus dem Ärmel zu schütteln. Ihm gelingt es sogar, gebratenen Esel als Gipfel kulinarischen Genusses zu servieren.

»Sei kreativ, so wie ich!«, brüllt Wilhelm, als würde er meine Gedanken lesen. »Von deiner dicken Wampe kann man drei-, vier-, fünfhundert Hirschfilets schneiden.«

Doornkaat blickt bestürzt auf seinen hervorstehenden Bauch. »Bin ich echt dick?«

Wilhelm vergräbt sein Gesicht unter seinen Haaren und fährt sich mit den Fingern durch die Strähnen. »Was rennst du hier eigentlich rum? Kann man euch nicht einmal allein lassen? Rauch dir was von deinem Haschvorrat und lass dir was einfallen, mach irgendwas mit normalen Filets und Farbstoff, rühr 'ne Soße an... Oder... oder frag Amimun. Verdammte Penner! Warum bin ich eigentlich nicht Maler geworden wie mein Vater...?«

Und während Wilhelm lautstark Doornkaat abkanzelt, stehe ich auf und strecke meine verkrampften Beine. Ich gehe zum Notausgang, der genau wie in der Küche einen Stock tiefer auf einen Balkon führt und von dort über eine Treppe zum Lager.

Eine kurze Ruhepause

Eine Ruhepause, so wie ich sie mir in meinem Leben genommen hatte, eine Ruhepause, um nachzudenken, um einzutauchen, zu spülen und mit mir selbst zu spielen. Abstand gewinnen, um Übersicht zu schaffen. Als Reservespieler schaut man zu, wie das eigene Leben gespielt wird; man sieht sämtliche Möglichkeiten, schreit sich von der Seitenlinie die Lunge aus dem Hals, aber ohne einen Fuß auf dem Spielfeld gelingt es nicht, das Spiel in die eigene Hand zu nehmen. Man wird frustriert, entwickelt sich zu einem Selbst-Halsabschneider, einem Energiekiller, einem leidenden Tänzer, einem alten Mann, einer alten Frau – Mevrouw Marode, leben Sie noch? Ich bin nicht alt. Ich strecke meine Hände in die Luft, atme die frische Luft ein. Meine Atemwege dehnen sich in der kalten Luft aus…

Die kahlen Ahornbäume, Trauerweiden und Sträucher um den Parkplatz herum sind mit Schnee bestäubt. Dick eingepackte Kinder kratzen den Schnee von den Autoscheiben und bombardieren sich gegenseitig mit den daraus geformten Bällen. An der Ampel stehen zwei alte Leute, winterlich mumifiziert. Ein paar Autos kriechen vorsichtig auf den Kreisverkehr zu. Die Fahrer hängen mit der Nase fast an der Windschutzscheibe, um besser sehen zu können, während die Scheibenwischer hin und her schwingen. Die Luft ist von einem dicken, orangegelben Licht erfüllt.

Ich fliehe, oh Boy. Nein, nicht vor dir… Ich lasse meinen Blick über die dicke, orangegelbe Luftlinie gleiten… ich fliehe… nicht zum Notausgang, sondern auf das Spielfeld, in die Grenzenlosigkeit der schöpferischen Phantasie. Durch das lange Schlafen und die abstumpfende Arbeit habe ich wie ein Gefangener gelernt, geistige Ausflüge in das Reich der Phantasie zu unternehmen.

Ich ziehe kräftig, mindestens zwei Zentimeter, an meiner Zigarette, schließe die Augen, atme tief durch die Nase ein – die durch meine Brust säuselnde Brise nimmt mir die beklemmende Angst. Ich versinke und steige wieder auf. Ich werde mich an den Tisch setzen, ich werde dort an diesem Tisch spielen wie ein Kind, das von nichts eine Ahnung hat. Mit den Füßen im Schnitzelmatsch und dem Kopf im Paradies werde ich dort an diesem Tisch spielen wie ein Kind, das sich sein Schiff nicht wegkapern lässt. Von niemandem…

»Schaumschläger, wo steckst du? Stehst du schon wieder auf dem Kopf? Komm endlich her!«

Langsam öffne ich die Augen, schlendere zurück und nehme vor dem Spielbrett Platz. Plötzlich sitze ich hinter einem Heer von Spielzeugsoldaten, einst bei Radio Tante Fantasia gewonnen – mit Hilfe von Mevrouw Marode, die alle Rätsel zu lösen verstand, nur nicht ihre eigenen.

»Wir müssen mal langsam voranmachen, Schaumschläger, es ist schon zwanzig vor zwei!«

Wilhelm ist der hässliche Anführer einer starken Armee, ein hektischer, nasepopelnder General. Hisst die Flaggen! Ladet die Kanonen mit Gabeln und Löffeln! Ich reiße kurz an den Zügeln meines Pferdes. Die Stute beißt auf das Eisenstück in ihrem schäumenden Maul und gräbt ihre Hufe tief in den roten Sand. Sie tanzt, aber findet ihren Platz nicht. Lautes Wiehern und Schnaufen. Sand wird aufgewirbelt und vom Wind bis in die Augen des Feindes getragen. Hopp, mein erster Schlag, und endlich mein erster Stein! Ich drücke mich fester in den Sattel, gebe das Zeichen für den Angriff, erkenne die Chance, eine Festung zu erobern, ziehe mir ein Tuch über die Nase und hebe das Gewehr hoch in die Luft. Mit meinen Augenwinkeln binde ich mich an meinen Spielsteinsoldaten fest. Seid ihr bereit? Bleibt immer dicht bei mir. Abtrünnige werden vom Feind direkt vom Feld gefegt. Yes! Wir ziehen quer durch die Mitte, kaltblütig durch das Zentrum – der Weg ist dort am breitesten. Krimos Stimme singt Halleluja als Begleitung zu einem schnellen Klatschrhythmus. Das Klappern der Pferdehufe – tagadapp … tagadapp … tagadapp … tagadapp … – schallt durch die Täler. Die Berge erwachen, werden zu felsenfesten Augenzeugen. Das sind nur Pfannen, flüstert Käpt'n Kopfzerbrechen, der mir die Wirklichkeit wie ein Dia auf die Linse drückt. Augen zu, Nordip, es sind Berge. Halte durch, es sind Berge, Nordip. Bleib bei Tante Fantasia. Es sind keine Pfannen, sondern Berge.

Pfannen!
Berge!
Pfannen!
Nein, Berge!

In der Ferne erklingen das Jubeln der Frauen und die anspornenden hohen Kinderstimmen. Fertig machen zum Angriff! Hopp, hopp, hopp! Mit großer Bravour steuern wir auf den Feind zu. Rührt euch! Hochmütig baut der Feind sich mit gaffendem Mund und einem Finger in der Nase hinter den Kanonenrohren, dem schweren Geschütz auf und droht von seiner Festung, von seinem stark befestigten Bollwerk aus, mich in die schäumende See zu treiben. Erneut gebe ich einen kurzen Ruck an den Zügeln. Kurz nachdenken. Was jetzt? Eine Hand … eine Seele … Genug geschlafen, genug gespült, ich sah die Liebe so wie ich sie sah, ich sah den Sänger singen, und jetzt … komm schon, kleiner Scheißer...! Ich habe Hunger... ich habe Hunger nach mehr... ich will ALLES... Dies ist das Spiel des Hungers... das Spiel, das unter der Zunge lebt... vielleicht weil niemand sein Wissen über dieses Spiel teilen will... aus Furcht, gegen seine eigene Weisheit, gegen seine eigene Dummheit zu verlieren... Hier gelten die Regeln der Macht im Kleinen... hier wagt niemand es, etwas zu geben... aus Furcht, dass das, was gegeben wurde, eines Tages zurückschlägt... der Geier ist eine kleine Welt und jeder hier wäre gerne soooooo groß... quälende Ängste, Entbehrungen, Verleugnungen... und noch vieles mehr... und davon macht der charmante Meerman dankbar Missbrauch... vielleicht sogar unbewusst... so hob sich sein Blauer Geier über sämtlichen Stolz hinweg und flog zu den Tischen mit seinen Gästen... und genau wie Löwenherz hatte er nichts Besseres zu tun, als die jungen Unsicheren mit Hilfe eines inszenierten Wettstreits zu inbrünstigem Erwachsenenneid anzustacheln... zu Hass... eine Teile-und-herrsche-Politik im kleinen Küchenmaßstab... Feuer! Feuer! Wir besetzen die Flanken, drängen mit einer dröhnenden Offensive von den hintersten Linien bis ganz nach vorne an die Front... Vorwärts! Zum Angriff, Soldaten! Er verteidigt sich nach besten Kräften, macht ein Hohlkreuz, lässt ein Darmknattern los, diesen beißenden Wind, auf den er ein Patent hat – verdammter Mist, oh Boy, jetzt kriegen wir es auch noch mit Giftgas zu tun! Ich huste dreimal kräftig – Gasmasken aufsetzen, Soldaten! Er gerät in Panik, bombardiert uns mit schleimigem Nasenpopel... ich bin leicht verwundet... schlage aus purer, auflodernder Rachsucht eine enorme Schlacht... der Weg ist frei... patz... patz... Schlag um Schlag... patz... kassier hier... kassier dort... hier, noch eine Dame... wo ist denn deine Dame geblieben, Küchenmeister... einkassiert, geschlagen... ich gehe vollkommen darin auf, spiele das Spiel mit der Kraft von Tante Fantasia, die die Wirklichkeit mit all ihren Angst einjagenden Spielregeln umschifft... ich bin der General meines eigenen Spiels... ein diagonaler Schlag... patz patz... drei Festungen in einer Reihe... drei starke Damen... damit fege ich kreuz und quer über das Brett, räume es leer... hopp und fertig! Ich bin fertig mit dem kleinen Nasenmann, dem gefürchteten Schnitzelgeneral des Blauen Geiers... in nicht einmal fünfzehn traumhaften Minuten... ich klopfe mir die Hände ab... erwache aus meinem Rausch... eine Weile lasse ich mich von der Aufregung und Gefühlsaufwallung überspülen, bin vollkommen hingerissen und verzückt... Dann lasse ich einen Stein auf den Tisch fallen... ich salutiere vor meinen Soldaten, ich salamiere und ziehe sie zurück. Kaffeezeit!

»Hier bitte, Küchenmeister!«

Wilhelm sieht mich mit größtmöglicher Verwunderung an; er starrt auf das Brett, auf die weißen Steine, die zu Siegessäulen gestapelt sind, dann auf die gefangen genommenen schwarzen Steine, bohrt einen Finger in seine Nase und kratzt sich heftig am Kopf. Er schiebt den Stuhl nach hinten, steht auf und starrt mit verschränkten Armen in Richtung des grünen Schilds:

NOTAUSGANG

Dann sieht er mich wieder an, spuckt auf den Boden, hält mir seinen Mittelfinger entgegen, bückt sich, packt den Stuhl, hebt ihn bis hoch über seinen giftigen Schädel und schmeißt ihn mit solcher Wucht auf den Boden, dass er zu Brennholz zersplittert. Den festlich gedeckten Tisch ereilt klatsch-bumm das gleiche Schicksal. Im nächsten Moment ist die Luft erfüllt von Kräuter- und Gewürzwolken, die aus den Dosen aufsteigen, die Wilhelm wütend durch die Gegend kickt. Damesteine prasseln gegen die Wände – wie ein gewaltiger Hagelsturm auf ein Wellblechdach.

Beherzt greife ich zu und halte ihn an den Ellbogen fest. »Ruhig, Wilhelm, ganz ruhig.«

»Lass mich los, du dreckiger Hundsfott! Du widerlicher, pockennarbiger, schmieriger, abgewichster, mickriger …«

»Das sind ziemlich viele Beschimpfungen in einem einzigen Satz.«

»Lass mich ausreden, Schaumschläger!«

»Okay.«

»Nein, nicht okay.«

»Okay.«

»Du hast mich ein ganzes Jahr lang an der Nase herumgeführt, schmieriger Spülwurm! Den dummen Jungen heraushängen lassen, wie? Praktikum machen, wie? Du hast dich dümmer gemacht, als du bist … ach … und dann heimlich dir die Augen ausgeguckt, wie? Du miese Kanalratte … und wer sagt mir, dass die da unten nicht alle genauso sind wie du …?« Ein langer, starrer, prüfender Blick, dem ein Tobsuchtsanfall folgt und eine Vertreibung mit gestrecktem Zeigefinger. »Für den allerhöchsten Posten geeignet! Du, du … du bist für den allerhöchsten Posten geeignet, Schaumschläger! Du wirst erster Koch, du nimmst den Platz deines Cousins ein, du stehst über all diesen … diesen Pennern, diesen ausgekotzten Pissern, diesem stinkenden Misthaufen da unten – ob sie nur so tun oder nicht. Erster Koch, Schaumschläger! Ab jetzt bist du erster Koch. Herzlichen Glückwunsch. Jetzt wirst du Geld verdienen, Schaumschläger. Meerman hat das richtig gesehen, du hast mich für dumm verkauft!« Er zieht ein von Feuchtigkeit schwer in Mitleidenschaft gezogenes Notizbuch aus der Gesäßtasche seiner karierten Kochhose und blättert darin herum, bis sein Finger – nach einem Zungenschlecken und dem Glattbügeln eines Eselsohrs – an einer Stelle hängen bleibt. »Das ist es, das ist es«, sagt er entschlossen, als hätte er etwas gefunden, von dem er sicher wusste, dass es niemals gefunden werden würde. »Friso. *Friso.* Ab jetzt lautet dein Name im Blauen Geier Friso, einfach Friso, hast du das kapiert?«

»Nein. Wieso Friso?«, frage ich, noch zitternd vom Siegestaumel, aber den Mund fest zusammengekniffen, damit er sich nicht zu einem herrlich breiten Grinsen verzieht.

Wilhelms Stift klopft nervös auf das Notizbuch. »Als erster Koch bist du ein wichtiger Ansprechpartner in der Küche. Darum will Meerman, dass du dort einen sagen wir mal ›normalen‹ Namen trägst. Er hat Probleme mit der Aussprache all dieser Achalamachalla, all dieser merkwürdigen Ra-ra-raarrr- und Shoarma-Namen.«

Verärgert halte ich dagegen. »Ach, ist das so? Ist das tatsächlich so? Meerman will dieses Spiel also weiterspielen, indem er meinen Sieg mit meinem Namensverlust krönt. Mein Großvater hat zwei Schafe geschlachtet, als er mir den Namen Nordip gab – das war eine Rippe aus seinem Leib, die er dafür übrig hatte. Soll Meerman doch seinen inneren Schweinehund schlachten, der diese Art von Engstirnigkeit hervorbringt, dann werde ich den Namen Friso aus Respekt tragen. Aber bis dahin heiße ich Nordip. Nicht Nordik, Nordil, Norbit, Norshit, Norpil, Norbil oder welche blöde Verballhornung auch immer. Nein, ich bin Nordip Dunia, ich bin der kleine Scheißer von meinem großen, besten Vater. Ich werde mich nicht länger selbst verleugnen, das habe ich bereits zwei Jahre lang getan, ich lass mir keine Eier mehr in den Mund legen. Ich habe damals nicht gespielt, weil ich Angst hatte, gegen mein eigenes Spiel zu verlieren. Aber hier habe ich gefunden, wonach ich suchte. Ich habe das Spiel gesucht, mein eigenes Spiel, und wie du eben feststellen konntest, kann ich verdammt gut spielen und obendrein leicht und mühelos – kinderleicht. Ich hatte mich festgefahren, weil andere von mir Dinge erwarteten, die ich nicht leisten konnte: zu spielen, was ich nicht spielen konnte, zu tragen, was ich nicht tragen konnte, zu gehen, wie ich nicht gehen konnte, mit den Beinen in der Luft. Verklemmt saß ich vor dem Testbild, ich steckte in der Klemme, war vollkommen durcheinander, sprang von Bord, suchte Abstand, hinter den Linien des Spielfelds, insgesamt zwei Jahre lang. Lernte dann innerhalb von einem Jahr aus kürzester Entfernung wieder zu sehen, alles wieder zu sehen, in anderen und in mir. Ich habe hieraus meinen Nutzen gezogen und bin meinerseits ausgenutzt worden. Und plötzlich sah ich mein Schiff einlaufen. Halleluja, *lellabuja!*« Ich klopfe Wilhelm auf die Schulter, nehme seine schlaffe Hand und drücke sie kräftig.

Er verpasst mir einen leichten Stoß gegen die Brust. »Arschloch. Gratuliere, schmieriger Schaumschläger.« Dann nimmt er ein Buttermesser vom Boden, wischt die Klinge an seinem Ärmel ab und schneidet sich den Pferdeschwanz ab. »Hier, der Zopf ist ab. Ich habe ihn zwei Jahre lang wachsen lassen. Hier, nimm. Das ist deine Trophäe, Junge.«

Vogelfrei

Ich habe heiß geduscht, mir frische Sachen angezogen und mich mit Hugo Boss umnebelt: Jetzt rieche ich fast wieder wie ein Mensch. In der Pfannküche türmen sich die schmutzigen Pfannen und Töpfe. Von fast allen habe ich mich persönlich verabschiedet. Nur Amimun und Doornkaat waren plötzlich nirgendwo mehr zu sehen, als eine Gruppe von Köchen und Pinguinen sich aufgestellt hatte, um meinen Spülhänden nachzuwinken.

Beide Reifen meines klapprigen Fahrrads sind zerstochen.

Mit der Tasche auf dem Rücken schlendere ich über den Parkplatz. Der Schnee knirscht unter meinen Schuhen. Ein eisiger Wind teilt Schläge aus. Aus den Hotelzimmern schimmert gemütliches Licht durch die schlaffen Gardinen. Stehen bleiben kann ich nicht, will ich nicht und tue es auch nicht. Mein Adrenalinspiegel lässt mich förmlich über den gefrorenen Weg gleiten – ich schwebe auf einer Wolke süßer Euphorie. Ein letztes Mal noch drehe ich mich um.

Der Geier qualmt aus den kleinen Fenstern der zweiten Küche. Eine Rauchwolke und der Geruch von schwelendem Gummi hängen in der Luft. Auf dem Balkon stehen Doornkaat und Amimun mit gestreckten Armen am Geländer, direkt neben mehreren Behältern mit Spiritus. Jetzt schauen sie zu mir hinunter. Verirrte Gesprächsfetzen, bruchstückhaftes Gelächter und rauchendes Gepfeife. Ich hebe meinen Arm leicht. Grüße ich oder grüße ich nicht? Ich salamiere in die triste Luft. Sie rühren sich nicht, grüßen nicht.

Die Fahnen mit dem Blauen Geier – die Flügel wie zum Abheben ausgebreitet – klappern gegen die Masten. Wilhelms Karre steht nicht auf dem Parkplatz. Er ist nach Hause gefahren. Feuerwehrsirenen heulen aus den Tiefen der Stadt. Ich stecke mir die Kopfhörer meines Walkman in die Ohren. Krimo singt mir das Lied der Freiheit. Ich schiebe mir eine Zigarette zwischen die Lippen und werfe noch einmal einen Blick in meine Tasche: Spülbürsten, Streichhölzer, Wilhelms Pferdeschwanz, ein sauberer Stringtanga von Sofie, zehn schwarze Damesteine, eine Thermoskanne mit Kaffee, das zerknitterte Bob-Marley-Shirt und da … da ist ja meine Flöte, die Flöte, die Krimo für mich aus Bambus geschnitzt und in unseren Dorffarben bemalt hat. Mit der Flöte fische ich das T-Shirt aus der Tasche und werfe es mit übertriebenen Schleuderdrehungen auf die feuchten Winterperücken – kleine Schneemützen auf den Sträuchern des Grünstreifens in der Parkplatzmitte, der sich bis zur Straße erstreckt. Hier lasse ich mich auf einer der Treppenstufen nieder, direkt neben dem Brunnen. Meine Hose wird nass. Herrlich nass.

Weiter hinten dröhnt es auf einmal: »Chef! Feuer! Feuer!«

Und dann bricht Panik aus.

Ich setze die Flöte an die Lippen, verteile meine Finger über die Löcher … meine Hände am Ruder, segle ich auf der Melodie meines Cousins und entschwinde vor unbändiger Freude auf und zu meiner eigenen Weise.

Danksagung

Ich danke:
meinen Eltern – Worte sind nicht genug
meiner lieben Schwester Hajet – Paris ist oft sehr weit weg
Mo, meinem Bruder, der mich lehrte, Flaschen zu stehlen, weil ich nicht Fußball spielen konnte
Saida und dem Kicker Marouan
meinen Brüdern, den Daltons mit dem verschmitzten Lächeln: Magic, Boudinio, Bram Breekijzer, Boutie Casanova und Yousfie Superstar.

Den Damen und Herren von Vassallucci, die ich vergebens unter den Tisch zu trinken versuchte. So viel Geduld!
Agnes (wirklich!), Adriaan und Oscar!
Anna, Joan, Lex, Marrit, Michiel, Nikolai, Rogier und Sander!

Für ihre Inspiration, Unterstützung, Shoarma und Freundschaft: Abdelkader, Chandra, Mustafa, Najoua, Ori, Ramona, Rashid, Said, Siham, Sjanti, Yuhong!

Dem Freundeskreis aus dem Tieler Viertel: Redbull Mohammed, Dirk Hoegaarden, Turboman Houssani, Achmed Kuswang, Tweesnaar Nouri, Hamid van Gaal, Majid Boutaxi, Raschid Zoumbaja, Serginio und Hemelse Geertje!

Mein besonderer Dank gilt: Yoghurtman Mohammed, immer auf Zack! (Du weißt alles.)

Und noch vielen anderen:
Um unnütze Papierverschwendung zu vermeiden und den Wald zu schonen, füll deinen Namen am besten selbst hier ein.

. . . .

Tiel, Amsterdam, im Frühjahr 2001
Khalid Boudou

Glossar

Die meisten der verwendeten Begriffe und Ausdrücke stammen aus dem Rif; die Eigenbezeichnung dieser Berbersprache lautet Tarifit.

ajamschum	banaler Mensch
aralla	Dame
Aromie	(wörtl.: »Römer«) Abendländer
aulaiallah	oh, Gott!
awatschmame	eine Schwester
batata	Kartoffel
buhali	Narr
cheb (Pl.: chebab)	Jugendlicher; die Jugend
darabukka	vasenförmige Trommel
Djellaba	Kapuzenmantel (aus grober Wolle) der Männer in Nordafrika
elberd	(arabisch) kalt, kühl
Farid el Atrach	Arabischer Sänger, Komponist und Schauspieler
feschkel	sehr gut, phantastisch
flus	Knete, Zaster
guembri	Saiteninstrument
halluf (Pl.: ihallufen)	Schwein
haram	verboten; unrein

hemdulilah	(arabisch) Allah sei Dank
ifies	Schakal
ihallufen	Schweine
inschallah	(arabisch) so Gott will
iwa	he!
lellabuja	Klagelied
maro	(niederländischer Gossenjargon) Marokkaner
meskien	ach, du Armer
ramsamman	mehrschichtiger Pfannkuchen
sabah algier	Guten Morgen
safi	Genug! Basta!
sahbi	(arabisch) Freund
Schitan	Satan
schuf	sieh!
sied	komm!; Hopp, hopp!
tamagmuscht	miese, faule Frau
tas tas… ibugrur	sieh sich einer diesen Rotzlöffel an
temara	Ärger
tess	ruhig, ruhig (zu Kleinkindern)
wallah billah	ich schwöre bei Allah
walu	nichts
yemma	Mutter

Inhalt